대산세계문학총서 **0 0 2**

트리스트럼 샌디 2

The Life and Opinions of Tristram Shandy, Gentleman

Laurence Sterne

트리스트럼 샌디 2

로렌스 스턴 지음
홍경숙 옮김

문학과지성사
2001

대산세계문학총서 002_소설
트리스트럼 샌디 2

지은이 로렌스 스턴
옮긴이 홍경숙
펴낸이 주일우
펴낸곳 ㈜문학과지성사
등록번호 제1993-000098호
주소 121-894 서울 마포구 잔다리로7길 18(서교동 377-20)
전화 02)338-7224
팩스 02)323-4180(편집) 02)338-7221(영업)
전자우편 moonji@moonji.com
홈페이지 www.moonji.com

제1판 제1쇄 2001년 6월 5일
제2판 제1쇄 2010년 12월 13일
제2판 제2쇄 2015년 9월 9일

ISBN 89-320-1248-2
ISBN 89-320-1246-6(세트)

이 책의 판권은 옮긴이와 ㈜문학과지성사에 있습니다.
양측의 서면 동의 없는 무단 전재 및 복제를 금합니다.

이 책은 대산문화재단의 외국문학 번역지원사업을 통해 발간되었습니다.
대산문화재단은 大山 愼鏞虎 선생의 뜻에 따라 교보생명의 출연으로 창립되어
우리 문학의 창달과 세계화를 위해 다양한 공익문화사업을 펼치고 있습니다.

트리스트럼 샌디 2

트리스트럼 샌디 | 차례

트리스트럼 샌디 1

　　제1권 · 9
　　제2권 · 101
　　제3권 · 191
　　제4권 · 293

트리스트럼 샌디 2

　　제5권 · 9
　　제6권 · 97
　　제7권 · 179
　　제8권 · 262
　　제9권 · 331

　　옮긴이 해설: 18세기에 씌어진 현대 소설 · 395
　　작가 연보 · 408
　　기획의 말 · 410

젠틀맨 트리스트럼 샌디의 삶과 견해

제5권

내 말이 너무 솔직하고, 경솔하게 들려도, 이 정도의 자유는 너그럽게 허락하시리라 생각합니다.[1]

트집 잡기 좋아하는 사람들은, 이런 어리석은 이야기는 엄숙한 성직자에게는 너무 저속하고, 온화한 기독교인에게는 지나치게 풍자적이라며 화를 낼 것이 분명합니다.[2]

THE
LIFE
AND
OPINIONS
OF
TRISTRAM SHANDY,
GENTLEMAN.

*Dixero si quid fortè jocosus, hoc mihi juris
Cum venia dabis.——* HOR.
*——Si quis calumnietur levius esse quam decet theo-
logum, aut mordacius quam deceat Christia-
num——non Ego, sed Democritus dixit.——*
ERASMUS.

VOL. V.

LONDON:
Printed for T. BECKET and P. A. DEHONDT,
in the Strand. M DCC LXII.

젠틀맨 트리스트럼 샌디의 삶과 견해

제5권
(제2판)

내 말이 너무 솔직하고, 경솔하게 들려도, 이 정도의 자유는 너그럽게 허락하시리라 생각합니다.

트집 잡기 좋아하는 사람들은, 이런 어리석은 이야기는 엄숙한 성직자에게는 너무 저속하고, 온화한 기독교인에게는 지나치게 풍자적이라며 화를 낼 것이 분명합니다.

성직자나 수도승이 상스럽고, 익살스러우며, 웃음을 자극하는 말을 하는 경우에는 심한 견책을 받아 마땅하다.[3]

THE
LIFE
AND
OPINIONS
OF
TRISTRAM SHANDY,
GENTLEMAN.

*Dixero si quid forte jocosus, hoc mihi juris
Cum venia dabis.*———— HOR.

————*Si quis calumnietur levius esse quam decet theologum,
aut mordacius quam decet Christianum*—*non
Ego, sed Democritus dixit*———— ERASMUS.

*Si quis Clericus, aut Monachus, verba joculatoria,
risum moventia sciebat anathema esto.*

Second Council of CARTHAGE.

The SECOND EDITION.

VOL. V.

LONDON.

Printed for T. BECKET and P. A. DEHONDT,
in the Strand. MDCCLXVII.

존경하는
존 스펜서 자작님께

각하,

육신이 병든 나의 재능이 허락하는 최고의 작품인 이 두 권의 책을, 각하께서 받아주시기를 간절히 소원하며,—신께서 그 두 가지 가운데 하나라도 좀더 풍족하게 내려주셨더라면, 각하께 훨씬 어울릴 만한 선물이 되었을 것입니다.

각하께 이 작품을 바치는 동시에, 스펜서 부인께 제6권 르 페베의 이야기를 임의로 헌정함을 너그러이 이해해주시기 바라며, 이야기가 고상하다는 것 외에는 어떠한 동기도 없음을, 진심으로 밝히는 바입니다.

각하,
각하의
충실하고
미천한 종,
로렌스 스턴 올림

제1장

그 팔팔한 조랑말 두 마리와, 스틸턴에서 스탬퍼드까지 그놈들을 몰고 간 무지막지한 마부만 아니었어도, 내 머릿속에 그 생각이 떠오르지는 않았겠지요. 얼마나 번개같이 날랬던지—3마일 반의 비탈길을 올라가면서도—바퀴가 땅에 닿지도 않을 정도였으며—그 속도가 얼마나 빠르고—맹렬했던지—뇌 속으로 그대로 전달되어—마음까지 사로잡아—나는 해를 쳐다보며, 마차 앞창으로 팔을 내밀고, 위대한 일광의 신께, "집에 도착하면 서재 문을 걸어 잠그고, 그 열쇠를 집 뒤 두레 우물 속, 땅 밑 90피트 아래로 던져버리겠다"고 맹세했습니다.[4]

그리고 런던행 포장마차가 나의 결심을 더욱 굳혔습니다. 여덟 마리의 육중한 말에 끌려 올라가면서도—언덕에서 불안하게 매달려 있기만 하니,—"진력을 다하여!—하고 나는 머리를 끄덕이며 외쳐보지만 아무런 소용이 없고—우리보다 잘난 사람들도 모두 같은 방향으로 끌

※각주 중 번호가 있는 것은 독자의 이해를 돕기 위해 *The Life and Opinions of Tristram Shandy, Gentleman*(Penguin Classics, 1997) 판본을 참조하여 옮긴이가 추가한 것이고, *표는 원저자의 것이다.

1 호라티우스(기원전 65~8)의 『풍자』(I. iv. 104~05).
2 에라스무스(1466~1536)의 『어리석음에 대한 찬사』.
3 스턴은 2판을 내며(1767) 세번째 좌우명을 덧붙였다. 제2회 카르타고 공회 결의문에서 인용.
4 트리스트럼은 더 이상 다른 사람들의 글을 도용하지 않을 것이라며, 서재를 잠가버리고 그 열쇠를 없애버리겠다고 결심한다.

며 한몫하고 있는데도—아무런 진전이 없다니!—정말 희한한 일이 아닙니까!"

우리는 언제까지 *부피*만 끊임없이 늘려가며—*내용*은 외면해야 한단 말입니까? 학식 있는 분들이 한번 말씀해보십시오.

약제사들이 매번 이 그릇에서 저 그릇으로, 동일한 약제를 부어 새로운 약을 만들어내듯, 우리도 이런 식으로 끊임없이 새로운 책을 만들어내야 한단 말입니까?

영원히 같은 밧줄을 꼬았다 풀었다 해야 한단 말입니까? 영원히 같은 방식으로—영원히 같은 속도로?[5]

수도사들이—기적이라고는—기적이라고는 하나도 행하지 않고, 성인의 유골을 그저 보여주기만 하듯, 우리는 세상 끝날까지, 성일이건, 평일이건, 학문의 유골을 보여주기만 해야 하는 운명이란 말입니까?

지상에서 천국까지 일순간에 돌진하는 힘을 부여받은—세상에서 가장 위대하고, 훌륭하고, 고귀한 피조물이자—조로아스터가 그의 저서 $περὶ\ φύσεως$에서 자연의 *기적*이라고 불렀고—크리소스톰은 신의 *셰키나*라고—모세는 신의 *형상*이라고—플라톤은 신성한 *빛*이라고—그리고 아리스토텔레스는 *불가사의* 가운데 *불가사의*라고 지칭한 인간을—누가 이렇게 비참하고—보잘것없는—비열한 모습으로 배회하도록 만들었단 말입니까?[6]

나는 이 문제에 대해 호라티우스만큼 독설적이고 싶은 생각은 없지

---

[5] 스턴은 표절에 대한 공격을 하면서 로버트 버튼의 『우울함의 분석 *The Anatomy of Melancholy*』(Oxford, 1638) 서문(p. 7)에서 표절을 비난하는 부분을 표절하고 있다.
[6] 조로아스터(혹은 차라투스트라)는 고대 페르시아에서 기원전 6, 7세기경에 번성했던 종교의 창시자이다. 『자연에 대하여 $περὶ\ φύσεως$』는 그의 글로 알려져 있다. 셰키나는 히브리어로 신의 현시를 의미하며, 성 존 크리소스톰(354~407)은 그리스 정교회에서 그중 중요한 인물로 손꼽힌다.

만[7]——이렇게 말한다고 해서 비유의 남용이나, 죄가 되지만 않는다면, 대영 제국과 프랑스, 아일랜드의 모든 모방자들이 탄저병에 걸리고, 이들을 수용할 탄저병 수용소를 만들어——이런 *어중이떠중이*들을, 여자든 남자든, 모두 순화시켜주기를 바랄 뿐입니다. 그러고 보니 *구레나룻*에 관해 논할 차례가 되었는데——생각이 여기까지 미치게 된 연유를 밝혀내는 문제는——프리드와 타르튀프[8]에게 영원한 유산으로 물려주어, 그들이 최대한으로 즐기고 활용하도록 하겠습니다.

구레나룻에 관하여

약속을 잘못한 듯싶습니다——경솔하기 짝이 없는 행동이었으니——구레나룻에 관한 장이라! 안타깝게도! 이렇게 예민한 세상이——그걸 어떻게 감당한단 말입니까——그러나 나는 그 성질도 미처 모르고 있었고——아래 기록한 미완의 단편도 처음 보는 것이었으니, 그렇지 않았다면, 코는 코고, 구레나룻은 구레나룻이 분명하듯, (사람들이 아무리 아니라고 해도) 이 위험한 장을 반드시 비켜갔을 것입니다.

단편

* * * * * * * * * * * *
* * * * * * * * * * * *
* * * ——부인, 졸리신가 보군요. 노신사는 노부인의 손을 잡고 살짝 누르며, *구레나룻*이라는 단어를 되뇌더니——주제를 바꿀까요?

---

7 호라티우스는 『서한』(I.xix.1~20)에서 다른 사람을 맹목적으로 모방하며 말을 오용하는 사람들을 비판하고 있다.
8 몰리에르(1622~1673)의 희극에 등장하는 독실한 신자인 체하는 위선자.

하고 말했습니다. 천만에요. 노부인이 대답했습니다.—이야기가 아주 재미있습니다. 그녀는 얇은 가제 손수건을 머리에 대고 의자에 기대며, 얼굴을 노신사에게 향하고는, 몸을 뒤로 젖히고, 발을 앞으로 내밀며— 계속하셨으면 합니다 하고 말했습니다.

노신사는 얘기를 계속했습니다.——구레나룻! *나바르의 여왕*[9]은 *라 포수스* 양이 그 말을 입 밖에 내자, 뜨개실을 떨어뜨리며 소리쳤습니다.—구레나룻이오, 마마. *라 포수스* 양은 여왕이 그 말을 반복하자, 그녀의 무릎 덮개 위에 뜨개실을 올려놓으며 허리를 구부려 예의를 차리고 말했습니다.

라 포수스 양의 목소리는 원래 부드러운 저음이었으나, 아주 낭랑했기 때문에, *구레나룻*이라는 말이 *나바르* 여왕의 귀에 정확하게 내리꽂혔으며—여왕은 아직도 귀가 의심스럽다는 듯, 구레나룻! 하고 다시 한 번 강조하여 말했으며— *라 포수스* 양은 구레나룻이라는 말을 세번째로 반복했습니다.—마마, 나바르에는, 그 나이에, 그만한 걸 가지고 있는 기사는 없습니다. 시녀는 여왕의 호기심을 자극하며 말했습니다. 그렇게 멋진 한 쌍의—한 쌍의 무엇이란 말이냐? 마르그리트는 미소를 지으며 소리쳤습니다.—구레나룻이오. *라 포수스* 양은 그지없이 정숙한 태도로 대답했습니다.

구레나룻이라는 단어는, *라 포수스* 양의 분별없는 사용에도 불구하고, *나바르*라는 조그만 왕국에서 여전히 그 위력을 잃지 않고 있었으며, 대부분의 상류 사회 모임에서 계속해서 사용되었는데, 사실, *라 포수스* 양은 그 말을 여왕 앞에서뿐 아니라, 궁정의 여기저기서, 항상 무엇인가

---

9 프랑스와 나바르의 왕 앙리 4세의 첫 부인이었던 마르그리트(1552~1615)의 궁정이 이 이야기의 배경이 된다. 나바르는 프랑스 남서부에서 스페인 북부에 걸쳐 있던 옛 왕국.

비밀스런 뜻이 내포되어 있는 듯한 어조로 말하고 다녔습니다.―그러나 *마르그리트*의 궁정은, 알려진 바대로, 기사도와 충정으로 점철되어 있었고―구레나룻은 전자와 후자 모두에 적용되는 말이었으니, 위력이 있는 것이 당연했으며―한쪽에서 잃은 것만큼 다른 쪽에서 얻었다고 할 수 있는데, 말하자면 성직자들은 지지했으며―평신도들은 반대했고―여성들로 말하자면,―그들은 의견이 분열되어 있었습니다.―

그런데 당시 *나바르*에는 완벽한 인물과 풍채를 자랑하는 청년 드 크루아 때문에, 시녀들의 시선은 온통 보초가 서 있는 성문 앞 테라스 쪽으로 이끌리곤 했습니다. 보시에 부인은 그에게 홀딱 반해버렸으며, ―*라 바타렐* 양도 마찬가지였고―게다가 *나바르* 역사상 홀딱 반해버리기에 최적의 날씨였기 때문에―*라 기욜* 양, *라 마로네트* 양, *라 사바티에르* 양도 드 크루아에게 반해버렸으나―*라 르부어* 양과 *라 포수스* 양은 달랐으며―드 크루아는 *라 르부어* 양의 호감을 사지는 못했는데, *라 르부어* 양과 *라 포수스* 양은 아주 친한 사이였습니다.

나바르 여왕은 시녀들과 함께, 별궁으로 통하는 성문 맞은편의 채색된 내닫이 창 앞에 앉아 있다가, 그리로 지나가는 드 크루아를 보았으며―정말 잘생겼지요 하고 *보시에* 부인이 말했습니다.―풍채가 좋지 않습니까. *라 바타렐* 양이 말했습니다.―몸매가 정말 멋지지요 하고 *라 기욜* 양이 말했습니다.―나는 저렇게 멋진 다리로 서 있는 근위병을 본 적이 없습니다 하고 *라 마로네트* 양이 말했습니다.―저렇게 멋진 자세로 서 있는 근위병을 본 적이 없습니다 하고 *라 사바티에르* 양이 말했습니다.―그러나 그는 구레나룻이 없는걸요. *라 포수스* 양이 소리쳤습니다.―한 움큼도 없지요 하고 *라 르부어* 양이 덧붙였습니다.

여왕은 기도실로 통하는 복도를 걸어가는 동안, 그 일을 머릿속에서 이리저리 굴려보며 생각에 잠겼으며―방석 위에 무릎을 꿇고,―

아베 마리아 † — 라 포수스의 말이 도대체 무슨 뜻일까? 하고 중얼거렸습니다.

라 기욜, 라 바타렐, 라 마로네트, 라 사바티에르 양도 즉시 각자의 침실로 물러갔으며—네 사람 모두 안에서 문을 잠그며, 구레나룻! 하고 중얼거렸습니다.

카르나발레트 부인은 폭이 넓은 파딩게일 치마[10] 밑에서 양손으로 몰래 묵주를 세었으며—성 안토니에서 성 우르술라에 이르기까지 구레나룻 없이 지나간 성자는 하나도 없었으니, 성 프란시스, 성 도미니크, 성 베니트, 성 바질, 성 브리지트도 구레나룻을 달고 있었습니다.

보시에 부인은 라 포수스 양의 이야기에 지나치게 깊이 빠져든 나머지, 온갖 상념으로 가득 차—시종을 대동하고 말에 올라—성찬식 빵도 그대로 지나친 채—말을 타고 갔습니다.

1드니에[11]요 하고 자비회[12] 수녀들이 소리쳤습니다.—부상당한 포로들이, 자유를 소원하며 하늘과 당신만 쳐다보고 있으니, 1드니에만 부탁합니다.

—보시에 부인은 그대로 지나쳤습니다.

불쌍한 사람을 도와주십시오. 신앙심이 넘치는, 점잖은 백발의 노인이, 철테를 두른 상자를, 주름진 손으로 조심스럽게 들어 보이며 말했습니다.—나는 불쌍한 사람들을 위해—부인, 죄수들을 위해—환자들을 위해—늙은이와—조난을 당했거나, 보증을 섰거나, 화재로 고통당하는 사람들을 위해 구걸하고 있습니다.—하나님과 모든 천사들에 맹

---

10 16, 17세기에 유행했던, 버팀살을 넣어 만든 불룩한 모양의 치마.
11 드니에denier는 프랑스의 옛 화폐 단위.
12 성모 마리아의 자비회는 십자군에 참가한 기독교인들의 몸값을 모금하기 위해 1218년 스페인에서 창시되었다.

세코―헐벗은 사람들을 입히고―굶주린 사람들을 먹이고―병들고 낙심에 빠진 사람들을 위로하기 위해 구걸하는 것입니다.

―*보시에 부인은 그대로 지나쳤습니다.*

이번에는 곤경에 빠진 그녀의 친척 한 사람이 머리가 땅에 닿도록 절을 했습니다.

―*보시에 부인은 그대로 지나쳤습니다.*

그는 모자를 벗고, 말을 타고 가는 그녀를 쫓아가며, 과거의 우정과, 결연, 혈연 등에 호소하며 소리쳤습니다.―사촌, 숙모, 누이, 어머니―선행을 위해, 당신과 나, 그리고 그리스도를 위해 나를 기억하시고―불쌍히 여겨주십시오.

―*보시에 부인은 그대로 지나쳤습니다.*

내 구레나룻을 좀 잡고 있게나 하고 *보시에* 부인이 말했습니다.―시종이 말을 붙들었습니다. 그녀는 테라스 끝에서 말에서 내렸습니다.

때때로 어떤 종류의 관념은 우리의 눈이나 눈썹 주위에 흔적을 남기며, 우리 마음속 어딘가에서 이것을 지각하여, 그 흔적을 더욱 또렷이 각인시킴으로써―사전 없이도 보고, 판독하고, 알아낼 수 있습니다.

하, 하! 히, 히! *라 기욜* 양과 *라 사바티에르* 양은, 서로 각자의 흔적을 자세히 관찰하며 이렇게 소리쳤고―*라 바타렐* 양과 *라 마로네트* 양도 호, 호! 하며 마찬가지로 소리쳤습니다.―한 사람은 쉬! 다른 사람은 조용, 조용히. 그리고 세번째는 쉿! 하고 말했으며―네번째는 홍! 홍! 하며 콧방귀를 뀌었고―카르나발레트 부인은 어, 이것 참! 하고 소리쳤는데,―바로 그녀가 성 *브리지트*에게 구레나룻을 달아주었습니다.

라 포수스 양은 머리에 꽂혀 있던 핀을 뽑아 그 뭉툭한 끝으로, 그녀의 윗입술 한쪽에 작은 구레나룻을 그렸으며, *라 르부어* 양의 손에 핀을 쥐어주었으나―*라 르부어* 양은 고개를 저었습니다.

보시에 부인이 토시 안쪽에다 대고 기침을 세 번 하자— 라 기욜 양은 미소를 지었으며— 보시에 부인은 홍! 하고 콧방귀를 뀌었습니다. 나바르 여왕은 모두들 무슨 소리를 하고 있는지 알겠다고 말하려는 듯— 집게손가락 끝을 눈에 가져다 대었습니다.

그 말이 심하게 훼손되었다는 사실은 이미 궁정에 널리 퍼졌습니다. 라 포수스 양이 그 말에 상처를 입히고, 그 외 이런저런 모욕을 당한 것도 보탬이 되지는 못했습니다— 가까스로 몇 달 간 버티긴 했지만, 그후 드 크루아는 구레나룻이 없다는 이유로 나바르를 떠날 수밖에 없었고— 결국 그 말은 상스럽고, (얼마 지나지 않아) 전혀 쓸모없게 되어버리고 말았습니다.

이런 상황이라면 세상에서 가장 훌륭한 나라의 가장 훌륭한 언어의 가장 훌륭한 말도 피해를 입기는 마찬가지일 것입니다.— 데스텔라의 목사보는 이에 반대하는 책을 썼으며, 부수적인 개념의 위험성을 지적하며 나바르인들에게 경고를 보냈습니다.

그는 다음과 같은 결론을 내렸습니다. 수세기 전에는 유럽 전역에 걸쳐 코가, 현재 나바르 왕국에서 구레나룻과 동일한 상황에 처했던 적이 있으며— 당시 그 해악이 더 이상 퍼져나가지는 않았으나— 그후로는 침대와 베개, 침실용 모자와 요강이 줄곧 파멸의 위기에 처해 있지 않은가! 또한 꼭 끼는 바지, 치마 옆에 튼 구멍, 펌프 자루— 물통의 주둥이나 물꼭지도 동일한 연상 작용으로 인해 위험에 처해 있지 않은가! — 인간의 모든 특성들 가운데 본질적으로 가장 온화한 순결도— 머리를 없애버린다면— 뒷다리로 서서 으르렁거리는 사자나 마찬가지인 것이다.

그러나 사람들은 데스텔라의 목사보가 주장하는 바를 이해하지 못했습니다.— 냄새를 잘못 추적한 것이지요.— 그들은 그의 당나귀 꼬리에다 고삐를 달았습니다.— 그러니 민감함의 극단과, 욕정의 발단이 지방 총회를 함께 주관했다면, 그의 주장도 외설스럽다는 판결을 내렸을 것입니다.

제2장

아버지가 형 *바비*의 슬픈 사망 소식을 전하는 편지를 받았을 때, 그는 마침 *바비* 형이 칼레에서 파리, 그리고 계속해서 *리용*까지 타고 갈, 말삯을 계산하고 있었습니다.

정말 불길한 여행이었다는 생각을 버릴 수가 없는데, 아버지의 계산이 거의 끝나갈 무렵, *오바댜*가 갑자기 문을 열고 집에 이스트가 떨어졌다며—내일 아침 일찍 이스트를 구하러 가기 위해 마차 끄는 말을 사용해도 되겠냐고 묻는 바람에, 아버지는 한걸음 한걸음 되짚어가며, 모두 다시 계산할 수밖에 없었습니다.—물론이지, *오바댜* (여행을 다시 속행하며)—말을 사용해도 좋네 하고 아버지가 말했습니다—그런데 새로 편자를 박아야 합니다 하고 *오바댜*가 말했습니다. 가엾은 놈—가엾은 놈! 하고 *토비* 삼촌은 동일한 음의 현이 울리는 것같이 그의 말을 반복했습니다. 그렇다면 스코틀랜드 말을 타고 가게. 아버지가 서둘러 대답했습니다.—그놈이라면 등짝에 안장 받치고 있을 힘도 없는걸요. *오바댜*가 소리쳤습니다.—망할 놈의 말 같으니라고. 그렇다면 *패트리엇*을 타고 가면 되지 않나. 아버지는 이렇게 소리치며 문을 닫아버렸습니다.—패트리엇은 팔아버리시지 않았습니까 하고 *오바댜*가 말했습니다.—무슨 소린가! 아버지는 그 사실을 전혀 몰랐다는 듯, 잠시 멈칫하다가, 삼촌의 얼굴을 쳐다보았습니다.—나리께서 작년 4월에 저더러 팔라고 하지 않으셨습니까. 오바댜가 말했습니다.—그렇다면 안됐지만 걸어갈 수밖에. 아버지가 소리쳤습니다.—저도 말을 타기보다는 걸어가고 싶었습니다. 오바댜가 문을 닫으며 말했습니다.

염병할! 아버지는 이렇게 외치며 다시 계산에 들어갔습니다.—그런데 강물이 넘쳤다는데요 하고 오바댜가 다시 문을 열어젖히며 말했습니다.

그때까지만 해도, 아버지는 상송[13]의 지도와 역마차 가도를 표시한 책자를 펼쳐놓고, 컴퍼스 손잡이를 손에 쥐고, 한쪽 다리를 그가 마지막으로 삯을 지불한 역참인 느베르에 고정시키고—오바댜가 문을 닫는 대로 거기서부터 여행과 계산을 다시 시작하려던 참이었으나, 갑자기 문을 열고 온 나라를 물속에 잠기게 만든 오바댜의 두번째 공격에는 아버지도 어쩔 수가 없었습니다.—그는 컴퍼스를 내려놓았으며—아니 사실은 우연과 분노가 뒤섞인 손놀림으로 탁자 위에 내던져버렸으며, 처음 출발했을 때와 마찬가지로, (많은 사람들이 그랬던 것처럼) 다시 칼레로 돌아가는 수밖에 없었습니다.

형의 죽음을 알리는 편지가 거실에 도착했을 때, 아버지는 다시 여정에 올라 바로 그 느베르 구간까지는 컴퍼스로 한걸음 내에 도달해 있었습니다.—실례합니다, 상송 선생. 아버지는 컴퍼스 끝이 느베르를 뚫고 탁자에 꽂히도록 내리치면서, 편지 내용이 무엇인지 읽어보라고 토비 삼촌에게 고갯짓을 하며 소리쳤습니다—상송 선생, 영국 신사와 그의 아들이, 하룻저녁에 느베르같이 형편없는 도시에서 두 번씩이나 되돌아가야 한다니, 도저히 참을 수 없는 일이 아니겠습니까,—토비 동생, 자네 생각은 어떤가 하고 아버지가 활기 띤 목소리로 덧붙였습니다.

---

[13] 니콜라 상송(1600~1667)은 루이 14세의 지도 제작자였다.

―수비대가 주둔한 도시가 아니라면 그렇겠지요 하고 삼촌이 말했습니다.―만약 그랬다면―나는 평생 바보 소리를 들었을 것이네 하고 아버지는 미소를 지으며 대답했습니다. 그리고 두번째로 고개를 끄덕이며―한 손으로는 여전히 컴퍼스를 느베르에 고정시키고, 다른 손으로는 역마차 가도를 표시한 책자를 들고―삼촌이 편지를 흥얼거리며 읽는 동안, 반은 계산을 하고 반은 듣는 데 정신을 쏟으며, 탁자 위에 양쪽 팔꿈치를 받치고 몸을 앞으로 기울였습니다.

― ― ― ― ― ― ―
― ― ― ― ― ― ―
― ― ― ― ― ― ― 그 아이가 갔어요! 삼촌이 말했습니다.―어디로―누가? 하고 아버지가 소리쳤습니다.―내 조카가요. 삼촌이 말했습니다.―뭐라고―허락도 없이― 돈도 없이―가정 교사도 없이?[14] 아버지는 놀라 소리쳤습니다. 아닙니다.―그가 죽었다고요, 형님 하고 삼촌이 말했습니다.―앓지도 않았는데? 하고 아버지가 다시 소리쳤습니다.―그렇지 않은 것 같습니다. 토비 삼촌은 숨죽인 목소리로, 가슴속 깊은 곳에서부터 한숨을 토해내며 말했습니다. 그는 충분히 아팠던 모양입니다, 불쌍한 녀석!―죽었으니까요.

타키투스에 따르면, 아그리피나가 아들의 사망 소식을 들었을 때, 격정을 추스르지 못해 갑자기 하던 일을 멈추었다고 합니다.[15]―아버지도 컴퍼스를 느베르에 꽂아버렸는데, 그의 움직임이 훨씬 빨랐습니다.―그러나 두 사람은 상반된 입장이었지요! 아버지는 계산에 관한 것이

---

14 당시 유럽을 여행하는 젊은이들은 흔히 가정 교사를 동반했다.
15 로마의 역사가 타키투스에 따르면 아그리피나는 아들 니로가 독살시킨 의붓아들의 죽음을 슬퍼했다고 한다.

었고—아그리피나의 일은 분명히 전혀 달랐지만, 누가 감히 역사를 추론한다 하겠습니까?

아버지가 어떻게 했는지는, 한 장 전체를 할애하여 말씀드리겠습니다.—

제3장

―――― ――――한 장 전체를 차지할 뿐 아니라, 틀림없이 대단한 장이 될 테니―주의를 기울여주시기 바랍니다.

플라톤, 플루타크, 세네카, 크세노폰, 에픽테투스, 테오프라스투스, 루키아누스―혹은 그 후대의 사람으로서―카르다노, 부데우스, 페트라르카, 스텔라―혹은 성 오스틴, 성 키프리아누스, 성 바너드 같은 성직자나 교부들 가운데 누군가 말하기를, 친구나 자녀를 잃었을 때 눈물을 흘리는 것은 어찌할 수 없는 자연스런 현상이라고 했으며―세네카는 (그가 분명하다고 기억하는데) 어디에선가, 이런 큰 슬픔은 다름아닌 바로 그런 경로로 가장 신속하게 극복된다고 말했습니다.—마찬가지 이유로 다윗은 아들 압살롬을 위해―아드리아누스는 안티노우스를 위해―니오베는 자식들을 위해, 아폴로도로스와 크리토는 죽음을 앞둔 소크라테스를 위해, 각각 눈물을 흘렸습니다.[16]

그러나 아버지는 그들과는 다른 방법으로 고통을 극복했는데, 과거나 현재의 어떤 사람도 그런 방법을 택한 경우는 없었으며, 히브리인이나 로마인처럼 울지도 않았고―라플란드인처럼 잠으로 망각해버리지도 않았고— 영국인들처럼 술에 취하거나, 독일인들처럼 술독에 빠지지도 않았고—저주하지도, 욕하지도, 파면에 처하지도, 시를 짓지도, 릴리블레로를 부르지도 않았습니다.—

—그러나 아버지는 벗어났습니다.

이번 페이지와 다음 페이지 사이에 이야기를 하나 끼워 넣어도 각하님들께서는 양해해주시겠지요?

툴리(마르쿠스 툴리우스 키케로)가 사랑하는 딸 툴리아를 잃었을 때, 몹시 상심하여,—처음에는 본성의 소리에 귀를 기울이고, 자신의 목소리도 여기에 맞추었습니다.—오 나의 툴리아! 나의 딸! 나의 아이!—가만, 가만, 가만,—나의 툴리아가 분명해,—툴리아! 툴리아가 눈에 보이고, 툴리아의 목소리가 들리고, 툴리아와 얘기하고 있는 것만 같아.—그러나 그가 철학의 보고로 눈을 돌리고, 이번 일로 인해 할 수 있는 훌륭한 이야기가 얼마나 많은지 고려해보기 시작하면서—그 위대한 웅변가는, 자신이 얼마나 행복하고, 기쁨이 넘치게 되었는지 아무도 모를 것이라고 말했습니다.

아버지는, 마르쿠스 툴리우스 키케로가 자신의 생을 자랑스럽게 여긴 것과 마찬가지로 자신의 말솜씨를 자랑스럽게 여겼으며, 설사 내가 동의하지 않는다고 해도 그럴 만한 이유가 있기는 있었으며, 이것은 그의 장점인 동시에—약점이기도 했습니다.—그의 장점이라는 말은—아버지는 타고난 달변가였기 때문이며,—그의 약점이라는 말은,—결과

---

16 다윗은 모반을 일으켰던 아들 압살롬의 죽음을 슬퍼했다고 한다(『구약성서』「사무엘 하」 18장 3절~19장 4절). 로마 황제 아드리아누스(76~138)는 총애하던 안티노우스의 자살을 애도했다. 그리스 신화에서 니오베는 아폴로와 아르테미스에게 죽임을 당한 자녀들을 생각하며 제우스가 그녀를 돌로 만들어버린 후에도 눈물을 흘렸다고 한다. 플라톤은 『파이돈 Phaedo』에서 소크라테스가 독배를 들이켠 직후 소크라테스와 그의 두 친구를 만났던 이야기를 전한다.

적으로 끊임없이 곤경에 빠졌기 때문인데, 살아가면서 그의 재능을 드러낼 기회가 오거나, 현명하고 재치 있고, 영리한 말을 요하는 일이 생길 때—(계획적인 불행의 경우는 제외하고)—아무런 부족함이 없었습니다.—따라서 아버지의 혀를 묶어놓는 축복과, 유연하게 풀어주는 불행은, 차이가 거의 없었으며, 사실, 때로는 불행이 더 나은 경우도 있었는데, 예를 들어, 연설의 즐거움을 열이라 하고, 불행의 고통을 *다섯*이라 한다면—아버지는 그 절반은 챙긴 셈이니, 결과적으로 아무런 일도 없었던 것이나 마찬가지가 됩니다.

이것은 다소 모순되게 비쳐질 수도 있는 집안일에 대한 아버지의 반응을 해명하는 실마리 역할을 했는데, 다름아니라, 하인들의 태만이나 실수, 혹은 그 외 가정 내에서 불가피하게 일어나는 재난들로 야기되는 노여움, 아니 좀더 정확히 말하자면 그 노여움이 지속되는 정도가, 사람들의 예상을 끊임없이 빗나갔던 것입니다.

아버지에게는 애지중지하는 암말이 한 필 있었는데, 아름다운 아라비아말과 교미시켜 그가 직접 타고 다닐 말을 얻을 작정이었습니다. 아버지는 어떤 일이든 항상 성공을 의심치 않았기 때문에, 그 말이 이미 성장하여, 길이 들고,—말 굴레를 씌우고 안장을 얹어 탈 준비를 갖춘 것처럼 절대적인 확신에 차서 매일 그 말 이야기를 했습니다. 그런데 *오바댜*의 부주의 내지는 그 외 알 수 없는 어떤 원인으로 인해, 아버지의 기대는 세상에서 가장 볼품없는 노새 한 마리로 응답되었습니다.

어머니와 *토비* 삼촌은, *오바댜*가 아버지 손에 죽어날 것이며—이번 재난은 끝이 없을 것이라고 생각했습니다.—이놈! 이 악당 같은 놈! 아버지가 노새를 가리키며 소리쳤습니다. 무슨 짓을 한 거냐!—저는 아무 짓도 안 했습니다 하고 *오바댜*가 대답했습니다.—그걸 어떻게 알아! 아버지가 소리쳤습니다.

이런 재치 있는 대화 한 토막으로 아버지의 눈 속에는 승리감이 헤엄쳤고—우아한 *아테네식 기지*[17]가 그의 눈에 물을 더해주었으며—오*바댜*는 그 일에 관해서는 더 이상 아무 말도 듣지 않았습니다.

자 이제 형의 죽음으로 돌아가겠습니다.

어떤 일이 되었든 각각 적당한 철학적 격언이 있게 마련입니다.—죽음에 관해서는 한 꾸러미나 있지만, 불행히도 모든 것이 한꺼번에 아버지 머릿속으로 밀려들어와, 서로 연결짓기가 힘들었기 때문에, 일관성을 찾을 수가 없었습니다.—아버지는 그저 들어오는 대로 받아들일 수밖에 없었던 것이지요.[18]

"이봐 동생, 어쩔 수 없는 운명이라네—*마그나 카르타*의 첫번째 법령이자—의회의 영구한 결의로서,—모든 *사람은 죽게 마련이라네*.

그러니 내 아들이 죽지 않는다면, 정말 경이로운 일이 아니겠나,—그렇다고 그 아이가 죽었기 때문에 하는 말은 아니네만."

"황제나 군주도 우리들과 마찬가지지요."

"—*죽음이란*, 우리가 자연에 진 빚이자 마땅히 바쳐야 할 공물이라네. 인간에 대한 기억을 영속시키기 위해 세워진 무덤과 묘비도 그 빚을 갚아야 하는 것은 마찬가지이며, 부와 기술로 세워진 영광스런 피라미드도, 그 정점은 사라진 채 윗동도 없이 여행객들의 눈 앞에 서 있지 않은가." (마음이 느긋해지는 것을 느낀 아버지는 얘기를 계속했습니다) —"국가와 지방, 마을이나 도시도 저마다 주기가 있게 마련이며, 애초에 이들을 불러모아 결속시킨 이념과 세력도 일련의 전개 과정을 거친 후에는, 쇠퇴하게 마련 아닌가."—샌디 형님. 토비 삼촌은 전개 과정이

---

17 우아하고 세련된 기지.
18 스턴은 로버트 버튼(1577~1640)의 『우울증의 분석 *The Anatomy of Melancholy*』을 거의 그대로 인용하고 있다.

라는 말에 담뱃대를 내려놓으며 말했습니다.[19]—아니, 순환이란 말이네 하고 아버지가 황급히 덧붙였습니다.—정말이야! 순환이라고, 동생— 전개라니 터무니없는 말이지.—터무니없는 말이 아닌데요.—하고 삼촌 이 말했습니다.—그래도 이런 상황에서 이야기의 흐름을 끊어놓는 것 은 터무니없는 일이 아닌가? 하고 아버지가 소리쳤습니다.—제발—이 보게 동생 하고 말하며 아버지는 삼촌의 손을 잡고, 제발,—제발, 부탁 이네만, 이런 중대 국면에서 나를 방해하지 말게나.—삼촌은 담뱃대를 입에 물었습니다.

"트로이와 미케네, 테베와 델로스, 페르세폴리스와 아그리겐툼이 어디 있는가"—아버지는 내려놓았던 역마차 가도 책자를 다시 집어들 며 얘기를 계속했습니다.—"토비 동생, 니네베와 바빌론, 키지쿰과 미 틸레네는 어떻게 되었는가? 이 세상에서 가장 아름답다던 도시들은 모 두 사라져버리고 결국 이름만 남았으며, 그나마도 (대부분 철자가 잘못 되어) 점차로 사라져가고 있으니, 결국 망각되어, 영원히 어둠 속에 묻 혀버리고 말 것이네. 그리고 이 세상도, 토비 동생, 결국—결국 종말을 맞게 되겠지."

"아시아를 떠나, 에기나에서 메가라로 항해하며," (삼촌은, 형님이 언제 그랬나? 하고 생각했습니다) "주변 국가들을 둘러보았지. 후방에 는 에기나, 전방에는 메가라, 우측에는 피레우스, 좌측에는 코린트가 보 이더군.—그 번창하던 도시들이 지금 땅 위에 엎어져 있다니! 아, 아! 이렇게 많은 것들이 비참하게 매장되어 있는 마당에, 한갓 자식의 죽음 으로 스스로의 영혼을 괴롭히다니, 하고 내가 말했지—그리고 기억하 라—너는 인간임을 기억하라, 하고 재차 덧붙였지."—

---

[19] 토비는 전개라는 말에 군사 작전을 연상하며 월터의 말에 끼어들었다.

토비 삼촌은 이 마지막 대목이 *세르비우스 술피키우스*[20]가 툴리에게 보낸 위로의 편지를 인용한 것이라는 사실을 몰랐습니다.—존경하는 삼촌은, 이 부분뿐 아니라, 고대 세계 전체에 대해 아는 바가 전혀 없었습니다.—아버지는 *터키* 무역에 관여하였고, *레반트* 지역을 몇 번 방문한 적이 있었으며, 한 번은 *잔트*[21]에서 일 년 반이나 머물렀기 때문에, 삼촌은 아버지가 그때 *에게* 해를 지나 *아시*아로 여행했다고 생각했으며, 후방에는 *에기나*, 전방에는 *메가라*, 우측에는 *피레우스*가 있다는 등의 항해 이야기는 당시의 여행과 그 감상을 그대로 옮긴 것이라는 결론을 내렸습니다. 아버지의 태도가 확실히 그랬으며, 수많은 비평가들이 이보다 못한 토대 위에 두 층은 더 높이 쌓곤 합니다.—그런데, 형님. 삼촌은 담뱃대 끝으로 아버지의 손을 살짝 건드리며 이렇게 말했으며—이야기가 끝나기를 기다려—그게 서기 몇 년이었지요? 하고 물었습니다.—서기가 아니라네. 아버지가 대답했습니다.—설마요 하고 삼촌이 외쳤습니다. 바보같이!—그리스도가 태어나기 40년 전의 일이라네. 아버지가 대답했습니다.

토비 삼촌은 두 가지 추측밖에 할 수 없었으며,—형님이 그 방랑의 유대인[22]이 아니라면, 온갖 불행들로 인해 그의 머리가 돌아버렸다고 생각했습니다.—"하늘과 땅의 하나님께서 형님을 보호하시고 온전케 해주시기를 기도합니다" 하고 삼촌은 눈물을 글썽이며 아버지를 위해 소리 없이 기도했습니다.

—아버지는 삼촌의 눈물을 나름대로 적당히 해석하며, 활기찬 연

---

20 세르비우스 술피키우스 루푸스(기원전 105~43). 로마의 정치가.
21 그리스와 이탈리아 사이의 바다인 이오니아 해에 있는 섬. 당시에는 베니스에 속해 있었으며 동방 무역의 거점이었다.
22 전설에 따르면, 그는 형장으로 끌려가는 그리스도를 조롱했다는 이유로 영원한 방랑의 저주를 받았다고 한다.

설을 계속했습니다.

"토비 동생, 선과 악은 사람들이 생각하는 것처럼, 그렇게 큰 차이가 있는 것이 아니라네."―(그러나 이런 말로 삼촌의 의심이 풀어질 리는 없었습니다).―"고난과 비애, 재난, 질병, 궁핍, 고생은 인생에 맛을 더해 준다네."―보탬이 되었으면 좋으련만 하고 삼촌이 중얼거렸습니다.―

"내 아들이 죽었어!―그러나 잘된 일이야,―이런 폭풍우 속에서 닻이 하나밖에 없다는 사실이 안타깝기는 하지만 말이야."

"그는 우리 곁을 영원히 떠났어!―그러나 할 수 없는 일이지. 머리를 다 깎기도 전에 이발사의 손을 벗어났으며―배를 채우기도 전에 잔치에서 물러났고―술이 오르기도 전에 연회를 떠났지."

"트라키아인들은 아이가 태어나면 눈물을 흘렸고,"―(우리도 그런 셈이지요 하고 삼촌이 말했습니다)―"누군가 세상을 떠나면 잔치를 열고 기뻐했다는데, 그럴 만한 이유가 있었지.―죽음은 앞으로는 명성의 문을 열고, 뒤로는 시기의 문을 닫으며,―죄수들의 쇠사슬을 끊고, 노예의 소임을 다른 사람에게 넘겨준다네."

"인생이 무엇인지 알면서도 죽음을 두려워하는 사람이 있다면 한 번 보여주게나, 그러면 나는 자유를 두려워하는 죄수를 보여주겠네."

그리고 토비 동생, 이러는 편이 더 낫지 않겠나, (말하자면―우리의 식욕도 질병인 셈이니)―먹는 것보다, 배고파하지 않는 편이 더 낫지 않겠나?―그리고 갈증을 해소하기보다는, 목말라하지 않는 편이 더 낫지 않을까?

근심과 분쟁, 사랑과 우울함, 그리고 그 외 인생의 뜨겁고 차가운 모든 감정에서 자유로워진다면, 지쳐서 여관으로 들어가는 고통스런 나그네처럼 여행을 계속해야 하는 것보다 낫지 않겠나?

토비 동생, 죽음 자체에 대한 두려움이 아니라―신음 소리와 경련

―그리고 죽어가는 사람의 방에서 커튼 자락으로 코를 풀고 눈물을 훔치는 것에 대한 두려움이라네.―그것 말고는 무엇이 있겠나.―그렇다면 침대보다 전쟁터가 낫겠는걸요 하고 삼촌이 말했습니다.―말, 대곡꾼, 곡성,―깃털,²³ 인갑, 그리고 그 외 온갖 장비들을 제한다면―무엇이 남겠나?―전쟁터가 낫고말고! 형 *바비*의 일을 완전히 잊어버린 아버지는, 미소를 지으며 얘기를 계속했습니다.―어떤 경우도 죽음은 두려운 것이 아니라네―동생, 생각해보게,―우리가 살아 있다면―죽지 않은 것이고,―죽었다면―살아 있지 않은 것이네. 삼촌은 그 논제를 고찰해보기 위해 담뱃대를 내려놓았으나, 아버지의 연설은 누군가를 위해 정지하기에는 너무나 속도가 빨랐기 때문에―그대로 내달렸으며,―삼촌의 생각도 서둘러 뒤따랐습니다.―

바로 그 때문이라네 하고 아버지는 얘기를 계속했습니다. 바로 그 때문에, 위대한 사람들은 죽음에 임박해서도 동요하는 법이 거의 없다는 사실을 상기해볼 가치가 있다네.―*베스파시아누스*는 뚜껑이 닫힌 요강 위에 앉아 익살을 떨며 죽었소!―*갈바*는 명언을 남기고―*셉티미우스 세베루스*는 급한 업무를 처리하며―*티베리우스*는 시치미를 떼며, 그리고 *카이사르 아우구스투스*는 경의를 표하며 죽었지.²⁴―진심이었기를 바랄 뿐입니다.―하고 삼촌이 말했습니다.

―그의 아내에게 표한 것이었다네.―하고 아버지가 말했습니다.

---

23 장례식에서 영구차를 끄는 말은 검은 깃털로 장식했다.
24 이들은 모두 로마의 황제였다. 베스파시아누스(9~79)는 임종 시 요강 위에 앉아, "나는 신이 되려고 한다"라고 말했으며, 갈바(기원전 3년경~69)는 암살자들에게, "로마 백성들을 위한 것이라면 칼을 내리쳐라"고 말했다고 한다. 셉티미우스 세베루스(146~211)는 신하들에게 아직 처리할 일이 남아 있다면 서두르라고 하며 죽었다. 티베리우스(기원전 42~기원후 37)는 죽어가면서도 건강한 척했으며, 아우구스투스 카이사르(기원전 63~기원후 14)는 아내 리비아에게 행복했던 결혼 생활을 기억하라고 말하며 죽었다고 한다.

제4장

　—그리고 마지막으로—이 문제에 관해 역사가 우리에게 들려주는 정선된 기담들 가운데—건축물을 덮고 있는 황금빛 돔처럼—모든 것을 덮어씌우는 일화가 있다네 하고 아버지가 얘기를 계속했습니다.—
　집정관이었던 코르넬리우스 갈루스에 관한 일화인데—토비 동생, 자네도 읽어보았으리라고 확신하네만.—확실히 말씀드리는데 읽지 않았습니다 하고 삼촌이 말했습니다. 그는 * * * * * * * * * 를 하다가 죽었지 하고 아버지가 말했습니다.—만약 그걸 아내와 했다면 잘못이 없겠지요 하고 삼촌이 말했습니다.—거기까지는 나도 모르겠네.—아버지가 대답했습니다.

제5장

　토비 삼촌이 *아내*라는 말을 언급했을 때, 어머니는 거실로 통하는 복도를 어둠 속에서 조심스럽게 걸어가고 있었습니다.—그 말은 그 자체만으로도 날카롭고 예리했으며, *오바댜*가 문을 조금 열어두는 바람에, 어머니는 자신이 그 대화의 주제라는 생각을 갖게 될 만큼, 분명하게 엿들을 수 있었으며, 손가락을 옆으로 세워 입술에 대고—숨을 죽이며, 목을 비틀어 고개를 약간 수그리고—(그러나 고개를 문으로 향하지 않고, 문에서 떨어지게 해, 귀를 문틈 가까이 대고)—사력을 다해 귀를 기울였으며,—침묵의 여신이 등 뒤에 서 있는, 경청하는 노예보다[25] 훌륭한 모델이 되었을 것입니다.

어머니를 이런 자세로 5분 정도 더 서 있게 하고, 부엌에서 벌어진 일을 (라팽[26]이 교회사를 다루었을 때처럼) 현시점까지 끌어오도록 하겠습니다.

제6장

우리 가족은, 어떻게 보면, 바퀴가 몇 개 달린 간단한 기계 같았지만, 이 바퀴들은 항상 아주 다양한 원동력에 의해 움직였을 뿐 아니라, 온갖 기묘한 논리와 충동에 의해, 상호적으로 작동했기 때문에,—간단한 기계이긴 했지만, 복잡한 기계가 갖는 명성과 이점을 비롯해,—네덜란드식 비단 방적 기계 내부에서나 볼 수 있는 기이한 동작들을 모두 갖추고 있었습니다.

이런 동작들 가운데, 지금 이 자리에서 언급하고자 하는 것은, 다른 동작들과 비교해, 특별히 주목할 만한 것이라고는 할 수 없습니다. 다름 아니라, 거실에서 일어나는 모든 움직임과 논쟁, 연설, 대화, 기획, 논

---

25 플로렌스의 우피지 미술관에 있는 유명한 고전 입상 Arrotino('칼 가는 사람')를 가리킨다.
26 프랑스 역사가 폴 라팽 토이라(1661~1725)는 『영국사 *L'Histoire d'Angleterre*』를 저술하며 각 권의 마지막 부분에서 교회사를 독립적으로 다루었다.

설 등은 어떤 것이 되었든, 그와 동시에 동일한 주제로 부엌에서도 대등한 일이 진행되곤 했다는 것입니다.

이것을 가능하게 하기 위해서는, 특별한 전갈이나 편지가 거실에 전달되거나,—하인이 자리를 뜰 때까지 이야기가 중단되거나,—혹은 아버지나 어머니의 이마에 불만을 표하는 주름이 잡히는 경우—또는 간단히 말하자면, 논의 중에 있는 사항이 알 만하고 들을 만한 가치가 있다고 사료되는 경우에는,—바로 지금처럼—문을 꼭 닫지 않고, 조금 열어두곤 했으며,—고장난 문쩌귀를 핑계로, (바로 이런 이유 때문에 영영 고치지 않았는지도 모를 일이지만) 어렵지 않게 실행에 옮길 수 있었는데, 결과적으로, 다르다넬스 해협만큼 넓지는 않았지만, 아버지가 집 안을 관리하는 수고를 덜 정도로, 그 내용을 바람에 실어 옮기기에는 충분히 넓은 틈이었으며,—바로 지금 어머니가 그 덕을 보며 서 있었습니다.—*오바댜*는 형의 죽음을 전하는 편지를 탁자 위에 놓자마자 바로 그런 조처를 취했으며, 아버지가 충격에서 완전히 벗어나 장광설에 들어가기도 전에,—트림은 그 일에 대한 자신의 소견을 밝히기 위해 자리를 잡았습니다.

인간 본성에 관해 호기심이 많은 관찰자로서, 욥에 버금가는 재산가라면—그러나, 말이 났으니 말이지만, 호기심 많은 관찰자들은 대부분 *빈털터리이게 마련이지만*—트림 상병과 아버지처럼 성향과 교육의 정도가 대조적인 두 사람의 웅변가가, 관 하나를 사이에 두고 장광설을 펼치는 것을 들을 수 있다면, 그 재산의 절반이라도 내어놓았을 것입니다.

아버지는 지식이 많고—기억력이 좋았으며—카토와 세네카, 에픽테투스에 정통했습니다.—

상병이—기억해야 하는 것이라고는—근무 당번표보다 심원한 내용은 없었으며—그 목차에 있는 것보다 훌륭한 이름에 정통할 필요도 없었습니다.

한 사람은, 암시와 비유로, 시대에서 시대로 옮겨가며, (기지와 상상력이 돋보이는 사람들이 그렇듯이) 생생한 묘사와 상징을 통해 재미와 즐거움으로 상상력을 자극했습니다.

다른 사람은, 기지나 대조, 논지, 혹은 어떤 종류의 반전도 없이, 생생한 묘사는 이쪽에, 상징은 저쪽에 남겨두고, 본성이 인도하는 대로 곧바로 핵심을 향해 돌진했습니다. 오 트림! 자네가 보다 너그러운 역사가를 만났더라면!―정말이지!―그 역사가가 분수를 알았더라면 좋았을 것을!―아, 비평가들이여! 당신들의 마음을 누그러뜨릴 만한 것이 전혀 없단 말입니까?

제7장

――런던에 있는 도련님이 돌아가셨대! 하고 오바댜가 소리쳤습니다.―

―수잔나는 오바댜의 외침 소리를 듣고, 세탁을 두 번 한 어머니의 초록빛 공단 잠옷이 가장 먼저 머릿속에 떠올랐습니다.―로크가 언어의 불완전성을 주제로 글을 썼다면 좋았으런만.[27]―우리 모두 상복을 입어야 해요 하고 수잔나가 말했습니다―그러나 이번에도 마찬가지였습니다. 상복이라는 말이, 수잔나의 입에서 나왔음에도 불구하고―그

---

27 로크는 『인간 오성론』(Ⅲ.9)에서 이 주제를 다루고 있다.

역할을 제대로 수행하지 못했으며, 회색이나 검은색을 띤 것은 아무것도 머릿속에 떠오르지 않았고,―온통 초록빛이었을 뿐입니다.―그 초록빛 공단 잠옷이 아직도 그대로 걸려 있었던 것입니다.

―아! 마님이 얼마나 괴로워하실까 하고 수잔나가 소리쳤습니다.―어머니의 의상이 모두 줄을 지어 뒤를 따랐습니다.―붉은 다마스커스 비단,―적황색 비단,―흰색과 노란색 비단,―갈색 호박단,―고래수염으로 빳빳하게 만든 레이스 모자, 잠옷, 편안한 속옷용 페티코트 등, 얼마나 멋진 행렬이었는지!―누더기 하나까지 모두 따라나왔습니다.―"아니야,―마님은 절대 회복하지 못하실 거야." 수잔나가 말했습니다.

우리집에는 뚱뚱하고 바보 같은 부엌데기가 있었는데―아버지는 그녀의 순박함을 보고 데리고 있었던 모양이며,―그녀는 가을 내내 수종증(水腫症)으로 고생했습니다.―도련님이 돌아가셨어! 하고 오바댜가 말했습니다.―정말 돌아가셨지!―나는 아직 살아 있고 하고 그 바보 같은 부엌데기가 말했습니다.

―정말 슬픈 소식이 있어요, *트림!* 수잔나가 눈물을 닦으며, 부엌으로 들어서는 트림에게 울부짖었습니다.― *바비* 도련님이 돌아가셔서, 장례를 지냈다는군요.―장례 부분은 수잔나가 덧붙인 것이었으며, 우리 모두 상복을 입어야 해요 하고 수잔나가 말했습니다.

그게 아니었으면 좋겠어 하고 트림이 말했습니다.―아니었으면 좋겠다고! 수잔나가 정색을 하며 소리쳤습니다.― 수잔나야 어떻든, 트림의 머릿속에는 상복이라는 말이 들어오지 않았습니다.―내 말은 하고 트림이 설명을 덧붙였습니다. 정말이지 그 소식이 사실이 아니었으면 좋겠다는 말이야. 편지 읽는 소리를 내가 똑똑히 들었는걸 하고 오바댜가 말했습니다. 게다가 우리는 옥스무어에 박혀 있는 그루터기들을 뽑아내느라고 지독한 고생을 하겠지.—아! 도련님이 죽었다고 하잖아요. 수잔나가 말했습니다.—내가 살아 있는 것이나 매한가지로 확실한 일이지 하고 그 부엌데기가 말했습니다.

마음과 영혼을 다해 도련님을 애도합시다. 트림이 한숨을 쉬며 말했습니다.—불쌍해라!—가엾은 도련님! 가엾은 분!

—지난 성령 강림절에도 살아 계셨는데 하고 마부가 말했습니다. —성령 강림절이라고! 안타깝게도! 트림은 즉각 오른팔을 뻗으며, 설교를 낭독했을 때와 동일한 자세를 취하고 소리쳤습니다.—조너선, (마부의 이름이 조너선이었으니) 성령 강림절이든 3일 간의 참회일이든, 어떤 절기든 지난 일이 무슨 상관이란 말인가? 이 순간 우리는 여기 있지만. (건강과 안정을 상기시켜주려는 듯, 지팡이 끝을 수직으로 마룻바닥을 두드리며) 상병이 얘기를 계속했습니다.—다음 순간—(모자를 땅에 떨어뜨리며) 사라지고 마는 것을!—정말 충격적이었지요! 수잔나는 울음을 터뜨렸습니다.—우리는 물건이나 목석이 아닙니다.—조너선과 오바댜, 요리사 등, 모두 마음이 누그러지기 시작했습니다.—무릎을 꿇고 생선 냄비를 씻고 있던 멍청한 뚱보 부엌데기도 자극을 받았습니다.—부엌 전체가 상병 주위에 모여들었습니다.

이 자리에서 분명히 말씀드릴 수 있는 것은, 교회와 국가에서 우리 헌법의 보존과,—어쩌면 전세계의 보존까지도—혹은 그 재산과 세력의 분배와 균형도, 상병의 말을 제대로 이해하는 데 전적으로 좌우되기 때문에—주의를 기울여주시기 바라며,—각하님들과 성직자님들께서는 이 작품의 다른 부분에서, 열 페이지 정도 선택해, 언제든 잠을 청해주시기 바랍니다.

위에서 "우리는 물건이나 목석이 아니라고," 말씀드렸는데—이것은 옳은 말입니다. 그리고 우리는 천사도 아니라고 덧붙여야 하며, 천사가 되고 싶지만,—육체로 에워싸인 인간으로서, 상상력의 지배를 받을 뿐 아니라,—이 상상력과 일곱 가지 감각[28] 사이에 벌어지는 흥청거림에 대해서는, 솔직히 말해, 때때로 고백하기 부끄럽다는 사실을 인정합니다. 그런데 그 감각들 가운데 눈이, (대부분의 학자들이 생각하는 것과 달리, 촉각은 절대 아니며) 영혼과 가장 원활한 교통이 있다고 확신하며,—눈은 말로 전달할 수 있는 것보다 훨씬 분명한 획을 그어, 형언할 수 없는 무엇인가를 심상에 남기거나—때로는 제거하기도 합니다.

—위에서 잠깐 언급한 바에 따르면—아니, 건강을 생각해—마음속으로 트림의 모자가 죽음을 당하는 대목까지만 거슬러 올라가도록 하겠습니다.—"이 순간 우리는 여기 있지만,—다음 순간 사라지고 마는 것을!"—이 문장은 다름아니라—우리가 매일 들을 수 있는 자명한 진리일 뿐이며, 트림이 머리보다 모자를 믿지 않았더라면—아무런 성과도 얻지 못했을 것입니다.

——"우리는 지금 여기 있지만," —상병이 계속했습니다. "다음 순간"—(모자를 바닥에 그대로 떨어뜨리며—말을 잇기 전에 잠시 쉬었다가)—"사라지고 마는 것을!" 모자의 하강은 마치 무거운 찰흙 덩어리를 그 위에 개어놓은 것 같았습니다.—죽음에 대한 상징이자 전조로서, 그 감상을 이렇게 훌륭하게 표현할 수 있는 것은 세상에 아무것도 없었으며,—그의 손은 모자 밑에서 사라지는 듯했고,—모자는 그대로 죽어버렸으며,—상병의 눈은 시체라도 바라보듯, 그 위에 고정되었고, —*수잔나*는 울음을 터뜨렸습니다.

사실—모자를 땅바닥에, 아무런 효과 없이, 떨어뜨릴 수 있는 방법은, (세상에는 무한한 종류의 물질과 운동 방식이 있기 때문에) 만에다

---

[28] 다섯 가지 감각에 '말'과 '이해'를 덧붙였다.

만을 곱하고 또 만을 곱한 것만큼 많습니다.—그가 어떤 방향으로든, 모자를 내팽개쳤거나, 내던졌거나, 던져올렸거나, 미끄러지듯 던졌거나, 위로 솟구치듯 던졌거나, 미끄러져 떨어지게 했거나,—혹은 가능한 한 최선의 방법으로,—거위—강아지—나귀를 떨어뜨리듯 떨어뜨렸더라도—그렇게 하면서, 혹은 그렇게 한 후에, 그가 바보나,—얼간이—멍청이같이 보였더라면—모든 것은 실패로 돌아가, 사람들의 마음에 아무런 영향도 끼치지 못했겠지요.

그대 이 엄청난 세상과 그 엄청난 일상사들을 수사법의 병기로 다스리는 이여,—덥히고, 식히고, 녹이고, 누그러뜨리고,—다시 필요에 따라 굳히는 이여—

인간의 열정을 바로 그 거대한 권양기(卷揚機)로 감았다가 풀어,—그 열정의 임자들을, 적당한 곳으로 인도하는 이여—

그리고 마지막으로, 당신이 몰고 가는—아니, 시장으로 내몰리는 칠면조떼처럼, 막대기와 붉은 헝겊 조각으로 내몰리기도 하는 이여—묵상하십시오—간청하노니, 트림의 모자에 대해 묵상하십시오.

제8장

잠깐—트림이 연설을 계속하기 전에 독자와 청산하고 넘어가야 할 조그만 문제가 있습니다.—2분이면 충분합니다.

내가 지고 있는 모든 외상 매입금은, 때가 되면 갚을 계획이지만,—단 두 가지 항목에 대해서만은 세상에 채무자로 남을 수밖에 없음을 고백하는데,―다름아니라, *하녀와 단춧구멍*에 관한 장으로서, 앞에서 이미 밝힌 대로, 올해 안에 모두 청산할 계획이었지요. 그러나 이 두 가지 주제를, 이렇게 연이어 놓는다면, 사람들의 도덕성을 위험에 빠뜨릴 수 있다는, 여러 각하님들과 성직자님들의 말씀에 따라,―하녀와 단춧구멍에 관한 장은 탕감해주시기를 바라며,―대신 여러분께서도 아시다시피, *하녀, 초록빛 잠옷, 낡은 모자*[29]를 다루었던 앞 장을 받아주시기 바랍니다.

트림은 모자를 집어들어,―머리에 썼으며,―다음과 같은 몸가짐과 자세로, 죽음에 대한 연설을 시작했습니다.

제9장

―조녀선, 우리처럼 가난과 걱정을 모르고―이렇게 훌륭한 두 주인을 섬기며 살아가는 사람들에게는―(물론 내가 아일랜드와 플랑드르에서 시중드는 광영을 입었던, 윌리엄 3세 폐하는 제외해야겠지만)―성령 강림절에서 성탄절 3주 전까지가,―그렇게 긴 시간으로 느껴지지 않고―눈 깜짝할 사이 같겠지,―그러나 조녀선, 죽음이 무엇인지, 또한 인간이 미처 피할 틈도 없이, 죽음이 어떤 피해와 혼란을 가져다주는지 아는 사람에게는―한 시대나 다름없다네.―아, 조녀선! 상병은

---

[29] '초록빛 잠옷을 준다'는 말은 '여자를 잔디에 뒹굴게 한다'는 외설적인 의미가 있었다. 낡은 모자는 '자주 더듬는다'는 뜻에서 '여성의 음부'를 의미하기도 했다.

애기를 계속했습니다. (꼿꼿하게 서서) 그때 이후로 얼마나 많은 용감하고 정직한 사람들이 땅속에 묻혔는지 생각해본다면, 마음 여린 사람들의 가슴을 찢어놓고 말겠지!―내 말을 들어봐요, 수지. 상병은 눈에 눈물이 그렁그렁한 *수잔나*를 돌아보며 말했습니다.―성령 강림절이 다시 돌아오기 전에,―수많은 빛나는 눈동자들이 희미해지겠지. *수잔나*는 *트림*의 오른편을 쳐다보며―울고 있었지만―예의를 차렸습니다.―우리는 말이오. 트림은 눈길을 여전히 *수잔나*에게 향한 채 애기를 계속했습니다. 우리는 들판의 꽃과 같아요.―굴욕의 눈물 두 방울마다 자부심의 눈물 한 방울이 끼어들었다고밖에는―*수잔나*의 고통을 설명할 길이 없었습니다.―인간의 육신은 풀과 같지 않습니까?―흙,―흙먼지가 아닙니까.―모두들 부엌데기 여자를 빤히 쳐다보았는데,―그녀는 생선 냄비를 닦고 있었습니다.―공평한 일이 아니었지요.―

―세상에서 가장 아름다운 모습이란 어떤 것일까!―그때 *수잔나*가, 나는 트림의 이야기라면 언제까지라도 들을 수 있어요 하고 외쳤습니다.―그게 무엇일까요! (*수잔나*는 *트림*의 어깨 위에 손을 얹었고)―바로 썩어질 것이 아닙니까?[30]―*수잔나*가 손을 내렸습니다.

―바로 이런 점 때문에 내가 그대들을 사랑하는 것이며―다름아니라, 여성을 여성답게 만드는 감칠맛 나는 내적인 뒤섞임을 말하는데―이런 것 때문에 그대들을 싫어하는 사람이 있다면――이 자리에서 그에게 하고 싶은 말이 있습니다.―그의 머리가 호박이 아니라면[31]―심장이 피핀 사과이며,―언젠가 그를 해부해보면 알 수 있을 것입니다.

---

30 『신약성서』 「고린도전서」 15장 42절: "죽은 사람들의 부활도 이와 같습니다. 썩을 것으로 심는데, 썩지 않을 것으로 살아납니다."
31 사랑을 느끼지 못하는 사람은 "사람이 아니라 목석이며 [……] 머리가 호리병박이 아니라면, 심장이 피핀 사과든지……" 로버트 버튼의 『우울함의 분석』에서 인용.

제10장

수잔나가, (연정을 외면당하자) 상병의 어깨에서 갑자기 손을 내리는 바람에,―그의 생각의 흐름이 잠시 끊어졌기 때문인지―

혹은 너무 의사 같은 소리를 하고 있다는 생각이 들기 시작하여, 점잔을 빼며, 목사 같은 태도로 얘기하기 시작한 것인지―

혹은 ― ― ― ― ― ― ― ― ― ― ― ―
혹은―사실 이 같은 경우에 창의성 있고 재능 있는 사람이라면 온갖 추측들로 서너 페이지는 채울 수 있겠지만―그 이유가 무엇인지는, 호기심 많은 생리학자나 호기심 많은 누군가가 찾아내도록 내버려두기로 하며―다만 분명한 것은, 상병이 연설을 계속했다는 사실입니다.

나는, 야외에서는, 죽음에 아무런 가치를 두지 않는다고 공언할 수 있습니다.―전쟁터에서는…… 하고 상병은 손가락으로 딱 소리를 내며 말했는데,―그의 태도는 아무도 흉내낼 수 없는 특별한 감상을 담고 있었습니다.―전쟁터에서는, 죽음을 이 정도로 가치 있게 여기는 일은 없으며[32]…… 그렇다고 가엾은 조 기빈스처럼, 총을 닦다가 비겁하게 불려가서는 안 되겠지요.―죽음이란 무엇입니까? 방아쇠를 한 번 당기고―총검을 1인치 이쪽이나 저쪽으로 찌르는 것으로―결단이 나지 않습니까.―전선을―오른쪽으로 돌아보니―아! 잭이 쓰러져 있군요!―그러나 죽음 앞에서는 1연대의 기병대도 그와 다를 바가 없습니다.―

---

32 몽테뉴의 『수상록』 참조: "철학은 죽기를 배우기 위해 공부하는 것이다." "나는 전장에서는 집에서만큼 〔……〕 죽음의 이미지가 두렵게 느껴지지 않는 이유가 무엇인지 생각해보곤 했다."

아니 — 딕이었군요. 그렇다고 잭이 나을 것도 없습니다.—누가 되었든, —그냥 지나가기로 하며,—맹렬한 추격 중에는 죽음을 가져오는 상처의 고통도 느끼지 못하게 마련이니,—가장 좋은 방법은 용감히 맞서는 것이며,—사지로 들어가는 사람보다, 도망가는 사람이 열 배나 더 위험합니다.—나는 그를 보았지요 하고 상병이 말했습니다. 그와 수없이 마주쳤으며,—그가 누군지도 알지요.—그는 전장에서는 아무것도 아니네, *오바댜*.—그러나 집 안에서는 정말 무섭지 하고 *오바댜*가 말했습니다.—나는 절대 걱정하지 않아 하고 *조너선*이 마부석에 앉아 말했습니다.—나는 침대에서 그렇게 되는 편이 가장 자연스럽다고 생각해요 하고 *수잔나*가 말했습니다.—세상에서 가장 형편없는 송아지 가죽 주머니 속으로 기어들어가 죽음을 피할 수만 있다면, 그렇게라도 하고 말고—하고 트림이 말했습니다—그러나 자연의 법칙인 것을 어떡하겠는가.

　　—자연의 법칙은 자연의 법칙이지 하고 *조너선*이 말했습니다.—바로 그 때문에, 마님이 가엾다는 거예요. *수잔나*가 울부짖었습니다.—마님은 절대 이겨내지 못하실 거예요.—나는 가족들 가운데 대위님이 가장 가엾다는 생각인걸 하고 트림이 말했습니다.—마님은 눈물로 마음을 풀 것이고,—주인 마님은 말로 하겠지만,—나리께서는 그걸 모두 조용히 마음속에 담아두어야 하니 말이야.—르 *페베* 중위가 죽었을 때 그랬던 것처럼, 나리는 한 달은 족히 침대에서 한숨을 쉴 것이 분명해. 나는 나리의 곁에 누우며, 그렇게 애처롭게 한숨을 쉬지 말라고 간청하곤 했지. 내가 그렇게 말하면, 할 수 없네, 트림,—너무나 슬픈 일이기 때문에—잊을 수가 없네 하고 말씀하셨지.—나리는 죽음을 두려워하지 않는 분이야.—트림, 나는 부정한 일 외에는 어떤 것도 두려워하지 않았으면 좋겠네.—어찌 되었든, 무슨 일이 있어도 르 *페베*의 아들은

내가 돌봐주어야 해 하고 말씀하셨지.―그러고는 그 말이, 마음에 평온을 주는 숨결이라도 되는 듯, 나리는 잠드셨지.

나는 트림이 대위님 얘기를 하는 것이 너무나 듣기 좋아요 하고 수잔나가 말했습니다.―그분은 세상에서 가장 인정 많은 신사야 하고 오바댜가 말했습니다.―폐하의 군대에 나리보다 뛰어난 장교는 없었으니,―불을 붙인 성냥이 점화구 가까이에 보이는데도, 포문을 향해 돌진하는가 하면,―다른 사람에게는 어린아이처럼 부드러운 분이었으니, 아마 하늘나라에도 나리처럼 훌륭한 분은 없을 거야.―병아리 한 마리도 다치게 하지 않는 분이지.―그런 분이라면 일 년에 7파운드만 받고 태우고 다녀도―다른 사람에게 8파운드를 받는 것보다 낫겠어 하고 조너선이 말했습니다.―고맙네, 조너선! 그 20실링이 내 주머니에 든 것이나 마찬가지네.―상병은 조너선의 손을 잡아 흔들며 이렇게 말했습니다.―나는 그분을 내가 죽는 날까지 충심으로 섬길 것이네. 그는 내 친구이자 형제며,―가엾은 내 동생 톰의 죽음이 확실해지고,―내가 2만 파운드를 받게 된다면 이렇게 하겠어.―상병은 손수건을 꺼내며 얘기를 계속했습니다.―한 푼도 빠짐없이 모두 대위님께 드리겠단 말이네.―주인을 향한 애정을 유언적으로 증명해 보이던 트림은 눈물을 참을 수가 없었습니다.―부엌 전체가 감동에 휩싸였습니다.―가엾은 그 중위 이야기를 더 해봐요. 수잔나가 말했습니다.―기꺼이 그렇게 하고말고 하고 상병이 대답했습니다.

수잔나와 요리사, 조너선, 오바댜, 트림 상병은 불가에 둥그렇게 모여 앉았으며, 그 부엌데기가 부엌문을 닫자마자,―상병이 이야기를 시작했습니다.

제11장

창조의 여신이 나를 회반죽을 발라 어머니도 없이 *나일* 강가에 벌거벗은 채 놓아둔 것이나 다름없이[33] 어머니를 잊고 있었다니, 내가 야만인이 아니라면 무엇이겠습니까.——부인——당신이 저를 위해 이렇게 애를 쓰셨으니,——보답이 있기를 바라는 마음이지만,——내 등에 깨진 틈을 남겨두어,——여기 내 발등에 큰 덩어리가 떨어졌으니,——이런 발로 무엇을 할 수 있겠습니까?——이대로는 결코 영국에 도달하지 못할 것입니다.

나는 어떤 일에든 놀라는 법이 없으며,——지금까지 살아오면서 내 판단이 틀린 적이 너무나 많았기 때문에, 항상 옳고 그름을 따져보고, 최소한 별일 아닌 일로 흥분하는 법은 없습니다. 따라서, 나는 진리를 어느 누구 못지않게 소중하게 생각하며, 우리가 그것을 놓쳐버렸을 때, 누구든 내 손을 잡고, 조용히 가서, 우리 둘 다 꼭 없어서는 안 될 것을 잃어버린 것처럼, 진리를 찾아준다면,——나는 그와 함께 이 세상 끝까지라도 가겠습니다.——그러나 나는 논쟁을 싫어하며——(종교적이고, 사회적인 문제는 제외하고) 처음부터 내 목을 조이는 경우가 아니라면, 논쟁에 말려들기보다는, 무엇에든 동조해버리는 편이지만——숨막히는 일은 질색인 데다,——악취는 더욱 견디기 힘이 듭니다.——따라서 나는 순교자 부대를 증강한다거나,——새로운 부대를 증설한다고 해도,——어떤 식으로든, 전혀 관여하고 싶은 생각이 없습니다.

---

[33] 스턴은 나일 강의 진흙에서 생명체가 발생한다는 오랜 구전을 인용하였다.

제12장

─이제 어머니께 돌아갑시다.

부인, "로마 집정관, 코르넬리우스 갈루스가 아내와 잠자리를 함께 한 것은 잘못이 아니다"라는 삼촌의 말이,─혹은 그 말 가운데 아내라는 소리가,─(어머니는 그 소리만 들었으니) 여성의 약점을 건드려 어머니를 자극했습니다.─오해하지 마십시오,─나는 호기심을 뜻하는 것뿐이며,─어머니는 당장 이야기의 주제가 자신이라고 결론지었으며, 머릿속에 이런 선입관을 품고 있었으니, 어느 누가 되었든 아버지가 하는 말은 한마디도 빠짐없이, 그녀 자신이나, 그녀의 가족에 관한 일이라고 생각했을 것입니다.

─부인, 그런 생각을 하지 않았을 것이라는 그 여자 분은, 어디 사는 누굽니까?

아버지는 코르넬리우스의 기묘한 죽음에서부터 소크라테스의 죽음으로 이행했으며, 재판관들 앞에서 행한 그의 변론을 토비 삼촌에게 요약해주었는데,─정말 압도적인 것이었습니다.─소크라테스의 변론이 그랬다는 것이 아니라,─아버지가 받은 유혹 말입니다.─아버지는 사업을 그만두기 한 해 전에 소크라테스의 생애를 직접 저술하기 시작했는데,* 서둘러 사업을 그만둔 것도 이 때문이었다는 생각이 들며,─아버지는 이번 일을 계기로, 어떤 사람도 흉내내지 못할 정도로, 돛을

---

* 이 책은 필사본으로서, 가족들에 관한 이야기도 포함되어 있으며, 때가 되면 모두, 혹은 대부분 출판되겠지만, 아버지는 절대 출판에 동의하지 않을 것입니다.

한껏 올리고, 넘실대는 영웅적인 고결함의 파도 속으로 출범했습니다. 소크라테스의 변론에는, 트랜스마이그레이션이나 어나이얼레이션보다 짧은 단어로 끝나는 마침표는 없었으며,—그 내용도 살 것이냐—죽을 것이냐에 버금가는 것이었는데,—죽음이란,—새로운 미지의 세계 혹은 꿈도 동요도 없는, 길고, 평화로운 숙면으로 들어가는 것으로서,—우리와 우리 자녀들은 죽을 운명을 타고났으나,—노예가 될 운명을 타고 나지는 않았다는 것입니다.—잠깐—내가 실수를 했군요. 이것은 요세푸스(de Bell. Judaic.)[34]가 엘리에이저의 연설에서 인용한 것으로서—엘리에이저는 인도의 철인(哲人)으로부터 옮긴 것임을 인정했는데, 십중팔구 알렉산더 대왕이 페르시아를 정복하고, 인도를 침략했을 때 훔쳐온 온갖 물건들 가운데,—그 말도 포함되어 있었을 것이며, 말하자면, 그가 직접 하지는 않았다 하더라도, (모두들 아는 대로 그는 바빌론에서 죽었으니) 최소한 그의 약탈자들이, 그리스에 전했으며,—그리스에서 로마로,—로마에서 프랑스로,—그리고 프랑스에서 영국으로 전달된 것입니다.—모든 것은 돌고돌게 마련이니까요.[35]—

육로로 가는 다른 길은 모르겠습니다.—

그 소견은 해상으로는 갠지스 강을 따라 하강하여 *Sinus Gangeticus* 혹은 벵골 만으로 들어가, 계속해서 인도양으로 내려가, 통상 항로를 따라, (인도에서 희망봉을 거쳐오는 길은 아직 알려지지 않았기 때문에) 여러 가지 약제와 향신료도 함께 싣고 홍해를 거슬러 올라가 메카의 항구인 조다, 혹은 수에즈 만의 끄트머리에 있는 토르나 수에즈에 도달하여, 거기서부터 캐러밴으로 콥토스로 가서, 나일 강을 따라 사

---

34 요세푸스(37~95년경). 『유대인들의 전쟁』.
35 스턴은 서양 문명이 중동 지방에서 시작되어 그리스를 거쳐 유럽에 도달했다는 견해를 비웃고 있다.

홀 동안 여행하여, 바로 알렉산드리아로 내려가, 그 소견은 알렉산드리아 도서관의 웅장한 계단 바로 밑에 도착했으며,―그 보고(寶庫)에서 꺼내볼 수 있게 된 것입니다.――저런! 당시의 학자들은 대단한 교역을 하고 있었군요!

제13장

――아버지에게는, 어떻게 보면, 욥과 비슷한 일면이 있었는데 (그런 사람이 정말 있었다면 하는 말이지―없었다면, 그 얘기는 여기서 끝내야겠지요.―

그런데, 말이 났으니 말이지만, 학자들이 이렇게 훌륭한 인물을, 단지 그가 살았던 시대를 정확하게 결정짓기 힘들다는 이유로,―즉, 예를 들어, 족장 시대 이전이라든가 이후라든가―그가 실존 인물이 아니라고 하는 것은, 불공평하다는 생각이며,―설사 사실이 그렇다 하더라도,―바람직한 처사가 아니겠지요)―말하자면, 아버지는 어떤 일이든 극단적으로 잘못되는 경우, 특히 노여움이 폭발하는 초기에,―자신이 왜 세상에 태어났는지 고민하며,―죽었으면 좋겠다고 말하곤 했으며,―때로는 더 심한 경우도 있었습니다.―그리고 화가 하늘을 찔러, 비통함이 아버지의 입술을 놀랄 만한 힘으로 자극하는 경우에는,―선생님, 소크라테스와 아버지를 거의 구분하기 힘들 정도였습니다.―한마디 한마디에 삶을 경멸하는 영혼의 정서가 묻어나고, 모든 인생사에 무관심하게 되어버려, 어머니는 그다지 학식이 없는 여성이었음에도 불구하고, 아버지가 토비 삼촌에게 들려주는 소크라테스의 변론의 개요가 아주 생소하지는 않았습니다.—어머니는 차분한 태도로 귀를 기울였으며, 그 위대한 철학자가 친구들과 친척들, 자녀들을 생각하면서도, 재판관들의 감정에 호소하여 안전을 보장받기를 거부하는 부분으로 빠져들지만 않았어도 (사실 꼭 그래야 할 필요도 없었으며), 이야기가 끝날 때까지 경청했을 것입니다.—"나에게는 친구들과—친척들,—그리고 가엾은 아이들이 셋이나 있소."—하고 소크라테스가 말했지.—

—뭐라구요 하고 어머니가 문을 열며 소리쳤습니다.—그렇다면 샌디 씨, 당신에게 내가 모르는 아이가 하나 더 있단 말입니까.

맙소사! 그게 아니라 하나가 줄었단 말이오.—아버지는 이렇게 말하며, 일어나서 방을 걸어나갔습니다.

제14장

—그 아이들은 소크라테스의 자녀들입니다 하고 삼촌이 말했습니다. 그는 백 년 전에 죽지 않았습니까. 어머니가 말했습니다.

연대학(年代學)에 대해서는 문외한이었던 토비 삼촌은—좀더 안전한 지역으로 다가갈 생각은 하지 않고, 담뱃대를 탁자 위에 조심스럽게 내려놓고, 일어서서, 친절함이 넘치는 태도로 어머니의 손을 이끌고, 가타부타 아무런 말도 없이, 아버지가 직접 해명할 수 있도록, 그의 뒤를 따라 어머니를 안내했습니다.

제15장

　이 작품이 익살극이었다면,[36] 그러나 사실 나를 포함한 우리 모두의 삶과 견해를 익살로 본다면 모르겠으나 그렇게 할 수는 없는 노릇이며—만약 그렇다면 선생, 앞 장에서 1막을 끝내고, 이번 장은 이런 식으로 시작해야겠지요.

　피…이…이…잉—팅—탕—윙—퉁—이런 망할 놈의 깽깽이 같으니.—혹시 이 바이올린이 제대로 조율이 되었는지 아시겠습니까?—퉁…윙…—5도 음정이어야 하는데.—줄이 엉터리로 감겼는걸—티…아.에.이.오.우.—탕.—기러기발이 십리는 올라가 있고, 공명판은 형편없이 내려앉았지만,—그것 말고는—퉁… 윙—들어보세요! 소리가 그리 나쁘지는 않습니다.—깽 깽, 깽 깽, 깽 깽. 훌륭한 재판관님들 앞에서 연주할 것까지는 없지만,—저기 있는 저 사람—아니—겨드랑이에 보따리를 끼고 있는 사람 말고—검은색 옷을 입은 엄숙해 보이는 사람 말입니다.—아이고! 칼을 차고 있는 사람을 가리키는 것이 아닙니다.—차라리 칼리오페에게 *카프리치오*를 들려주는 편이, 그 사람 앞에서 바이올린을 켜는 것보다 낫겠고, 지극히 심한 음악적 불균형이라고 할 수 있지만 내 *크레모나산* 바이올린을 *유대인의 나팔*에 걸고[37] 말씀드리는 바, 바로 이 순간 내 바이올린을 맞는 음에서 350리그 정도 떨어뜨려놓는다고 해도 그의 신경 섬유를 한 가닥도 건드리지 않을 자신이 있습니

---

[36] 라블레는 유언으로, "커튼을 내려요, 익살극은 끝났으니"라는 말을 남겼다고 전해진다.

다.―낑 깽, 낑 깽,―낑 깽,―낑 깽,―낑 깽,―윙―퉁―팅―탕―
퉁.―선생은 고통스럽겠지만,―보시는 바와 같이 그에게는 아무런 변
화가 없고,―아폴론이 바이올린을 들고 나와 함께 한다 해도, 그는 더
나아지지 않을 것입니다.

깽 깽, 깽 깽, 깽 깽―윙―딩―덩.

――존경하는 각하님들과 성직자님들께서도 음악을 좋아하시고―
하나님께서 음악을 아는 귀를 내려주셔서―나름대로 훌륭하게 연주를
하는 분도 계시지 않습니까――퉁-윙,―윙-퉁.

아! 바로 저기―하루 종일 앉아서 들어도 싫증나지 않고,―연주를
느끼도록 만드는 재능을 가진 저분은,―기쁨과 희망으로 나에게 영감
을 주며, 내 마음 속 깊은 곳에 숨어 있는 샘을 솟아나게 합니다.―선
생께서 내게 5기니를 빌릴 생각이라면,―내가 가진 여유 돈보다 10기
니나 많은 액수이고―약제사나 재봉사 나리께서 외상값을 받겠다고 해
도,―시간 낭비라고 할 수밖에요.

제16장

가족들이 어느 정도 진정되고, 수잔나가 어머니의 초록빛 잠옷을 챙

---

37 칼리오페는 뮤즈의 아홉 여신 중 하나로 웅변과 서사시를 관장하는 여신. 스턴은
경쾌하고 빠른 음악 형식인 카프리치오(광상곡)를 그중 위엄 있는 뮤즈와 대비하
고 있으며, 크레모나(이탈리아 롬바르디아에 있는 도시로서 명기로 알려진 스트라
디바리 바이올린이 만들어진 곳)와 유대인의 나팔의 대비도 마찬가지 표현이다.

긴 후, 아버지의 머릿속에 가장 먼저 떠오른 생각은,—크세노폰[38]처럼 차분하게 앉아, 나를 위해 **트리스트라-페디아**, 혹은 교육론을 쓰자는 것이었으며, 이것을 위해 아버지는 흩어진 생각과 계획, 관념 등을 정리하여, 나의 유년기와 청소년기 관리를 위한 원칙을 세우고자 했습니다. 나는 아버지의 마지막 밑천이었으며—형 *바비*를 완전히 잃었고,—그의 계산에 따르면, 나도 4분의 3은 잃은 셈이었으니—처음 세 가지 중요한 운이 따라주지 않았기 때문인데—이것은 내가 태어난 경로와 코, 그리고 이름을 말하는 것으로서,—이제 교육 한 가지만 남은 셈이었으니, 아버지는 발사물의 원리에 관한 *토비* 삼촌의 집착 못지않게 이 일에 자신을 모두 바쳤습니다.—이들 두 사람의 차이는, 삼촌은 발사물에 대한 모든 지식을 *니콜라스 타르타글리아*[39]에게서 얻은 반면—아버지는 자신의 머릿속에서 한가닥 한가닥 짜내거나,—다른 방적공이나 실 잣는 여인들이 앞서 뽑아놓은 것까지 함께 엮어 감고 꼬았기 때문에 마찬가지 고통을 겪었습니다.

약 3년, 혹은 그 남짓한 기간 내에, 아버지는 작업의 중반부에 도달했습니다.—그도 다른 작가들과 마찬가지로 낙담에 빠지곤 했지요.—아버지는 말하고 싶은 것을 모두, 최대한으로 좁은 지면에 넣어, 작품이 완성되어 제본을 거친 후에는, 돌돌 말아 어머니의 바느질 주머니에 넣을 수 있게 하겠다고 생각했습니다.—그러나 물질은 우리 손에서 자라게 마련입니다.—그러니, "자—내가 *12절판 책*을 쓰겠소."—하고 말해서는 안 됩니다.

아버지는 피나는 노력을 기울이며, 각 행마다 한걸음 한걸음씩 진

---

[38] 고대 그리스의 철학자이자 역사가였던 크세노폰(기원전 428~기원전 354년경)은 『사이로페디아Cyropaedia』에 자신의 교육 이론을 피력했다.
[39] 2권 3장 주 10 참조.

행하며 자신을 바쳤는데, (이런 종교적인 원리에 대해 내가 감히 언급할 자격은 없지만)『갈라테오』를 저술했던 *베네벤토의 대주교, 존 드 라 카사*[40] 각하에 버금가는 조심성과 신중함으로 임했으며, 베네벤토의 대주교 각하는 그의 생의 40년에 가까운 시간을 바쳤으나, 책이 완성되었을 때 그 크기와 두께는『*라이더 연감*』[41]의 절반도 되지 않았습니다. —그 성직자가 수염을 다듬거나 신부와 *프리메*로 놀이를 하는 데 시간을 낭비하지 않았다면, 어떻게 이런 일이 가능했는지,—그 내막을 모르는 사람이라면 당황스러울 것이기 때문에,—생업을 위해서가 아니라—명성을 위해 글을 쓰는 소수를 격려하는 의미에서라도 세상에 밝히는 것이 마땅하다는 생각입니다.

내가 깊이 존경해 마지않는 (『갈라테오』때문만은 아니며), *베네벤토의 대주교, 존 드 라 카사* 각하가,—선생 그가 깡마르고—둔하고—굼뜬—우유부단한 머리의 성직자였다면,—그와 그의『갈라테오』는 므두셀라[42]의 시대로 사라졌을 것이고,—그 일은 언급할 가치도 없겠지요.—

그러나 사실은 그 반대였습니다. 존 드 라 카사는 재능이 뛰어나고 생각이 깊은 천재였으나, 그가『갈라테오』를 쓰는 데 도움이 되었어야 할 이 모든 천부적인 자질에도 불구하고, 그는 한여름에도 하루 종일 써야 한 줄 반을 넘기지 못하는 무능함을 보였습니다. 대주교 각하의 무능함은 그가 가지고 있던 한 가지 지론 때문이었는데,—그것은,—다름아

---

40 베네벤토의 대주교였던 지오바니 델라 카사(1503~1556)는 유명한 르네상스 교양서인『갈라테오』(1558)를 집필했다.

41 보통 20페이지 정도의 얇은 책자이며,『갈라테오』는 네다섯 배 두꺼운 책이다. 실제로 두께가 그 정도인 것이 아니라 무거운 주제를 다룬 쓸데없이 두꺼운 책에 대한 스턴의 비난이다.

42 므두셀라는『구약성서』에 나오는 인물로 969년을 살아 성서에 나오는 인물 중 최고령이다.「창세기」5:21~27

니라, 기독교인이 책을 쓸 때, 그 참된 의도와 목적이(개인적인 즐거움을 위한 것이 아니라), 인쇄하여 세상에 내놓는 것이라면, 그의 머릿속에 가장 먼저 떠오르는 생각은 항상 사탄의 유혹이라는 것입니다.—그러나 이것은 평범한 작가들의 경우에 한해서이며, 교회와 국가에서 높은 지위에 있어 존경받는 사람이 작가인 경우에는,—그가 펜을 손에 쥐는 바로 그 순간—지옥의 악마들이 모두 굴속에서 뛰쳐나와 그를 현혹한다는 것입니다.—그놈들에게는 이때가 법정 개정 기간이며,—처음부터 끝까지 비방하는 생각밖에 떠오르지 않고,—아무리 그럴듯하고 좋은 말도,—모두 마찬가지이며,—어떤 형식과 표현으로 상상력이 자극받는다 해도,—그를 겨냥한 갖가지 공격에 불과하기 때문에, 반드시 막아내야 한다는 것입니다.—그러니 작가의 삶이란, 아무리 아니라고 우긴다 해도, 작문을 하는 상태라기보다는, *교전* 상태라고 하는 편이 옳을 것이며, 그의 삶은, 이 세상 여느 호전적인 사람과 전혀 다를 바 없어,—양자 모두, 각자의 기지보다는—*저항의 힘*에 의지한다는 말입니다.

아버지는 *베네벤토의 대주교, 존 드 라 카사*의 이론을 아주 흡족하게 여겼기 때문에, (아버지의 교리와 다소 마찰을 일으키지만 않았어도) 그가 그 이론을 처음으로 생각해낸 사람이 될 수만 있다면, *샌디* 영지의 가장 좋은 땅 10에이커는 내어놓았을 것입니다.—아버지가 실제로 사탄의 존재를 얼마나 믿었는가에 대해서는, 이 작품이 진행되는 가운데, 그의 종교에 관해 언급하는 부분에서 말씀드리겠습니다. 다만 이 자리에서 확실히 말씀드릴 수 있는 것은, 그 원리를 사실 그대로 받아들일 수는 없었기 때문에—대신 비유적으로 수용했으며,—펜이 유난히 더디게 나갈 때면, *존 드 라 카사*의 이론에도,—시적인 작품이나, 신비한 고대의 기록에서 발견되는, 뜻 깊은 의미와 진실, 지식이 숨어 있다고 말하곤 했습니다.—아버지는 그 *사탄*이 바로 교육에 의한 편견이라고 생각했으며,—우리가 어머니의 젖을 통해 빨아들이는 수많은 편견들도—*사탄이기는 마찬가지*라는 것이었습니다.—토비 동생, 우리가 무엇인가 연구하고 조사할 때마다 이런 것들에 시달리게 마련이니, 그때마다 바보같이 그 힘에 굴복한다면,—그의 작품은 어떻게 되겠는가? 아무것도 안 되겠지.—하고 아버지는 펜을 획 던져버리며 덧붙였습니다.—이 나라에는 유모들의 재잘거림과 노인들의 (남녀 불문하고) 허튼소리 같은 잡동사니만 남을 것이네.

아버지가 집필하고 있던 *트리스트라-페디아*가 별다른 진전을 보지 못한 것에 대해서는 이 정도만 얘기하기로 하겠으며, (이미 말씀드렸지만) 3년 이상, 쉴새없이 매달렸으나, 결국, 아버지의 계산에 따르면, 절반도 끝내지 못했습니다. 게다가, 불행하게도, 그 동안 나는 어머니에게 방치되어 완전히 잊혀진 상태로 있었으며, 더욱 심각한 것은, 그와 같은 지연으로 인해, 아버지가 특히 정성을 기울였던 첫 부분이 전혀 쓸모없게 되고 말았을 뿐 아니라,—매일 한두 페이지가 헛수고로 돌아갔습니다.—

—우리 가운데 누구보다 현명한 사람이, 이렇게 우리를 앞질러가며 지나치게 연구에 몰두한 나머지, 그 연구의 목적을 끊임없이 선행한다는 사실은, 인간의 지식욕에 대한 저주가 분명합니다.

말하자면, 아버지는 지나치게 오랫동안 저항한 나머지,—다시 말해,—일이 너무나 느리게 진행되었을 뿐 아니라, 내가 빠른 속도로 자라기 시작했기 때문에, 만약 그 일이 아니었더라면,—그런데 그 일이란, 때가 되어 예의에 벗어남이 없이 말씀드릴 수 있다면, 한시도 독자께 숨길 생각은 없는데—아버지에게 해시계를 그려 땅에 묻으라고 하는 꼴이 되고 말았을 것입니다.

제17장

―사실 별일도 아니었고,―나는 한 방울의 피도 흘리지 않았으며 ―사람들은 내가 사고로 당한 것을 일부러 자초하는 마당이니―외과 의사가 옆집에 살았다고 해도, 그를 청할 일은 없었겠지요.―사실 닥 터 슬롭은 그 일로, 기대 이상의 이득을 보았습니다.―어떤 사람은 침 소봉대(針小棒大)하여 출세를 하기도 하지만,―나는 오늘날까지도 (1761년 8월 10일) 그 사람의 명성에 대한 값의 일부를 지불하고 있습 니다.―아! 세상일이 어떻게 돌아가는지 안다면, 한갓 돌멩이도 분을 냈을 것입니다!―하녀가 깜박하고 * * * * * * * * *을 침대 밑 에 준비해두지 않았군요.―도련님, 어떻게 안 되겠어요? 수잔나가 한 손으로 내리닫이 창을 올리며, 다른 손으로는 내가 창틀 위로 올라갈 수 있도록 부축하며 말했습니다.―도련님, 이번 한 번만 * * * * * * * * * * * * * * * * *하면 안 되겠어요?

나는 다섯 살이었습니다.―수잔나는 우리 집안에 제대로 매달려 있는 것이라고는 아무것도 없다는 사실을 미처 깨닫지 못하고 있었으 며,―내리닫이 창이 번개처럼 우리 위에 떨어지자 이렇게 소리쳤습니 다.―아무것도 없어,―아무것도 없다고―이제 나를 붙잡는 것은 아무 것도 없어.―

토비 삼촌의 집이 훨씬 안전한 피난처였기 때문에, 수잔나는 그리 로 피신했습니다.

제18장

창문 사건을 전해들은 상병은,—(그녀의 말에 의하면)—내가 *살해당할* 수도 있었던 상황이었음을 알고,—얼굴이 하얗게 질렸으며,—살인 방조자들도 주범으로 간주하게 마련이니,[43]—양심적으로 자신도 *수잔나*만큼 책임이 있다고 생각했으며,—그 원리가 사실이라면 토비 삼촌에게도, 두 사람과 마찬가지로, 그 참사에 대한 책임이 어느 정도 있었기 때문에,—이성이든 본능이든, 양자 모두든 그 중 하나든, 수잔나의 발걸음을 이보다 더 적절한 은신처로 인도하지는 못했을 것입니다. 이 일을 독자의 상상력에 맡긴다는 것은 무리한 일이겠지요.—위의 주장을 그럴듯하게 설명할 만한 가설을 생각해내자면, 독자는 머리를 짓무를 정도로 짜야 할 것이며,—만약 그런 가설이 없다면,—독자는 전대미문의 훌륭한 머리를 소유하고 있어야겠지요.—그러니 무엇 때문에 그를 이런 시련과 고통에 시달리게 하겠습니까? 내 일이니만큼, 직접 설명해드리도록 하겠습니다.

---

[43] 영국 법에 의하면 대역죄에는 적용되지만 살인죄에는 적용되지 않는다.

제19장

안타까운 일이야, 트림. 토비 삼촌은 상병의 어깨 위에 손을 얹고 나란히 서서, 두 사람의 작품을 바라보며 말했습니다.—새로 만든 요새의 능보 뒷문에다 배치할 야포가 없다니,—그렇게만 된다면 그쪽의 보루들은 난공불락이 될 뿐 아니라, 완벽한 공격을 감행할 수 있을 텐데 말이야.—거푸집이 한두 개 있어야겠네, 트림.

내일 아침까지 준비하겠습니다 하고 트림이 대답했습니다.

삼촌이 군사 작전에 필요한 물건을 무엇이든 생각나는 대로 요구할 때마다, 트림은 기쁜 마음으로 공급했으며,—상상력이 넘쳤던 그의 머리는 공급할 방편이 없어 고심하는 법은 없었고, 마지막 남은 은전 한 닢을 두드려 펴서 포를 만드는 한이 있더라도 주인의 소원을 끝까지 들어주었을 것입니다. 상병은 이미,—삼촌 집의 홈통 주둥이 끝을 잘라버렸을 뿐 아니라—납으로 된 홈통 가장자리를 깎아내고 도려내고,—백랍 세면기를 녹이고,—결국은 루이 14세처럼, 교회 꼭대기에서 군수품을 구하기까지 했으며[44]—트림은 이번 작전을 위해 여덟 문이 넘는 파성용(破城用) 대포 외에도, 세 문의 소형 컬버린 포를 현장에 배치했으며, 삼촌이 요새에 배치하기 위해 새로 주문한 야포를 만들기 위해 상병은 다시 작업에 임했는데, 쓸 만한 재료를 찾을 수가 없자, 아이 방 창문에서 납분동 두 개를 떼어냈던 것입니다. 내리닫이 창문의 도르래는, 분동이 없어지자 쓸모없게 되었으며, 그는 그 도르래도 포차 바퀴를 만

---

[44] 교회 종을 녹이면 무기로 만들 수 있었기 때문에 당시 중요한 전리품으로 꼽았다.

들기 위해 가져가버렸습니다.

그는 이미 오래 전에 삼촌 집의 모든 내리닫이 창문을 이런 식으로 해체시켜버렸으며,—항상 동일한 순서를 따르지는 않았는데, 분동보다 도르래가 필요할 때면,—도르래부터 시작했으며,—도르래를 분리하고 나면, 분동도 무용지물이 되어,—못 쓰게 되어버렸습니다.

—여기서 훌륭한 교훈을 한 가지 이끌어낼 수도 있지만, 시간에 쫓기다 보니 한 가지만 말씀드리고 넘어가겠는데,—해체가 어디서부터 시작되었든, 내리닫이 창문에 치명적이기는 마찬가지였다는 사실입니다.

제20장

상병은 이번 일과 관련해 포술에 대한 책임은 제대로 감당했으며, 그 일의 내막은 혼자만 알고 있었기 때문에, 웬만하면, *수잔나*가 그 사태의 모든 짐을 짊어지게 할 수도 있었겠지만,—진정으로 용기 있는 사람이라면 그런 결과에 호응하지 않는 법입니다.—상병이 병참대의 대장이었든 감독관이었든,—상관없이,—그가 그렇게 하지 않았다면, 그 불행한 사태가,—적어도 수잔나의 손에는,—결코 발생하지 않았을 것이라고 생각했습니다.—각하들께서는 어떻게 하시겠습니까?—그는 수잔나 뒤에 숨지 않고,—당장 모든 것을 밝히기로 마음먹었으며, 이런 생각을 가지고, 삼촌 앞에 모든 *전략*을 털어놓기 위해 거실로 씩씩하게 걸어 들어갔습니다.

마침 토비 삼촌은 요릭 목사에게 스틴커크 전투에 관해 이야기하며, 솜즈 백작[45]이 보병을 정지시키고, 작전 수행이 불가능한 상황에 있던 기병을 전진하도록 명령했던 불가사의한 행동을 설명해주고 있었는데, 이런 그의 행동은 국왕의 명령에 정면으로 위배되는 것이었으며, 결과적으로 그날의 전투는 실패로 돌아갔습니다.

때때로 어떤 집안에서는, 한 가지 사건이 뒤따르는 다른 사건과 너무나 적절하게 잘 어울려,―극작가의 창작에 버금갈 정도인데,―다만 고대 작가들의 경우를 말하는 것입니다.――

트림은 집게손가락을 탁자 위에 납작하게 누르고, 그 위에 손바닥을 세워 직각으로 가로질러놓으며, 수도사들과 수녀들도 귀를 기울였을 만한 이야기를 할 준비를 했으며,―이야기가 시작되어,―대화는 이렇게 이어졌습니다.

제21장

―차라리 죽도록 말뚝박기를 당하겠습니다. 상병은 수잔나의 이야기를 끝맺으며 이렇게 말했습니다. 나리, 그녀에게 피해가 가게 하기보다는 차라리 그러는 편이 나을 것이니,―그건 내 잘못이었지,―그녀

---

[45] 하인리히 마스트리히트 솜즈 백작 Heinrich Maastricht, Count Solms(1636~1693)은 연합군의 주력 부대를 지휘했는데, 그는 공격의 총지휘를 맡았던 비르템버그 공 Prince of Wirtemberg를 시기하여 병력을 진군시키지 않았으며, 결과적으로 연합군의 패배를 가져왔다.

의 잘못이 아니었기 때문입니다.

트림 상병.—삼촌은 탁자 위에 놓여 있던 모자를 머리에 쓰며 말했습니다.—그 일은 불가피했고, 굳이 잘못을 따지자면,—책임은 분명 나에게 있는 것이네,—자네는 내 명령에 따른 것일 뿐이니까.

트림, 솜즈 백작이 스틴커크 전투에서 만약 자네처럼 처신했더라면 말이네. 요릭 목사는 당시 후퇴 중에 기병에게 깔렸던 상병을 두고 약간 장난스럽게 말했습니다.—자네는 무사했을 텐데.—무사했다고요! 트림은 요릭의 말에 끼어들어 그의 말을 마음대로 이어가며 소리쳤습니다.—목사님, 5개 대대의 영혼들이 모두 무사했을 것입니다.—커츠의 대대와,—상병은 오른쪽 집게손가락을 왼쪽 엄지손가락에 갖다 대고, 손가락을 차례로 세어가며 얘기를 계속했습니다.—커츠의 대대와,—매케이,—앵거스—그레이엄—레븐의 대대가 모두 박살이 났고,—우측에 있던 몇몇 연대들이 그들을 구하기 위해, 적군의 포화를 정면으로 받으며, 총 한 방 쏘아보지 못하고 용감하게 전진하지 않았더라면, 영국군의 근위병들도 동일한 운명을 맞았을 것이며,—그것만으로도 그들은 분명 천국에 갔을 것입니다.—하고 트림이 덧붙였습니다.—옳은 말이야, 트림. 토비 삼촌은 요릭 목사를 향해 고개를 끄덕여 보이며 말했습니다.—옳고말고. 그런데 그렇게 협소한 곳으로 기병을 진격시킨 의도가 도대체 무엇이었는지 모르겠습니다 하고 상병이 얘기를 계속했습니다. 프랑스는 관목과 잡목, 도랑, 그리고 쓰러진 나무들이 여기저기 뒤덮고 있는 땅이니, (항상 그랬듯이)—솜즈 백작은 당연히 보병을 보냈어야 했으며,—그랬다면 우리는 그들과 총구에 총구를 맞대고 목숨을 걸고 싸웠겠지요.—기병은 아무것도 할 수 없었습니다.—그는, 애석하게도, 바로 다음에 있었던 랑덴 전투[46]에서 총에 맞아 발이 떨어져나가고 말았습니다.—가엾게도 트림도 거기서 상처를 입었지 하고 삼촌이 말했습니다.—나리, 그건 순전히 솜즈 백작 탓이었으며,—우리가 스틴커크에서 그들을 박살냈더라면, 랑덴에서 싸울 일도 없었겠지요.—그럴듯한 생각이야,—트림 하고 삼촌이 말했습니다.—프랑스인들에게 숲에서 싸우는 이점이나, 참호를 파고 들어앉을 기회를 허락하면, 그들은 끊임없이 들락거리며 우리를 괴롭힐 것이네.—그러니 우리는 침착하게 진격하여,—그들의 공격을 받으면, 맞부딪혀 싸우는 수밖에 없다네, 뒤범벅이 되어.—격렬하게요. 트림이 덧붙였습니다.—기병과 보병으로. 삼촌이 외쳤습니다.—마구 달려들며. 트림이 맞장구쳤습니다.—닥치는 대로 하고 삼촌이 소리쳤습니다.—피 흘리고 부르짖으며. 하는 상병의 마지막 외침과 함께,—전투가 시작되자,—요릭 목사는 안전을 위해 의자를 한쪽으로 끌어당겼으며 잠시 후 삼촌은 목소리를 약간 낮추며,—얘기를 계속했습니다.

제22장

윌리엄 왕은 솜즈 백작이 명령에 따르지 않은 것에 대해 심히 노여워했지요 하고 삼촌은 요릭 목사를 쳐다보며 말했습니다. 그 결과 그는 몇 달 동안 왕을 알현하지 못했습니다.—내 생각에는, 왕이 백작에게 그랬던 것처럼, 그 신사 분[47]도 상병에게 화를 낼 것 같은데요 하고 요릭

---

46 트림은 1693년 7월에 있었던 이 전투에서 상처를 입었는데, 2만 명의 사상자를 낸 치열한 전투였다. 솜즈 백작의 상처는 치명적이었다.
47 월터 섄디.

이 말했습니다.―그러나 이런 경우에 그가 그렇게 한다면 좀 심한 일이겠지요 하고 요릭이 얘기를 계속했습니다. 숌즈 백작과 정반대의 행동을 보인 트림 상병이, 동일한 불명예를 짊어진다는 것은 참기 어려운 일이지만,―세상에는 그런 일이 흔히 있지요.―나는 진지를 폭파시켜버리겠어 하고 삼촌이 일어나며 소리쳤습니다.―그리고 집과 함께, 요새도 폭파시키고, 우리는 그 폐허 밑에 깔려버리는 편이, 그런 일을 방관하고 보고만 있는 것보다 나을 거야.―트림은 살짝,―주인에게 사의를 표하며 고개를 숙여 보였으며,―이것으로 이번 장을 끝내겠습니다.

제23장

―그렇다면 요릭 목사 하고 토비 삼촌이 말했습니다. 우리가 나란히 앞장을 서기로 하고,―상병, 자네는 몇 걸음 떨어져 따라오게나.―나리, 수잔나는 제 뒤에 서도록 하겠습니다.―이런 완벽한 대열하에,―그 순서 그대로, 북소리나 깃발도 없이, 그들은 삼촌의 집을 출발해 샌디홀을 향해 천천히 걸어갔습니다.

―그렇게 했더라면 좋았을 텐데. 대문에 들어서며 트림이 말했습니다.―내리닫이창의 추가 아니라, 예전에 하려고 했던 것처럼, 교회의 홈통을 잘랐더라면 말입니다.―홈통은 제발 그만 자르게 하고 요릭 목사가 말했습니다.―

제24장

    지금까지 아버지를 아무리 다양한 분위기와 태도로 묘사했다 하더라도,—어떤 것 하나도, 아니 그 모두를 합쳐놓아도, 그의 삶에 새로운 일이나 사건이 닥칠 때, 그가 어떻게 생각하고, 말하고, 행동할지 독자들이 예측하는 데 전혀 도움이 되지 못할 것입니다.—그의 괴벽은 끝이 없었으며,—어떤 일이든 그런 식으로 처리할 가능성이 항상 있었기 때문에,—모든 예상을 뒤엎기 일쑤였지요.—실제로, 그가 가는 길은, 사람들이 흔히 여행하는 곳에서 한쪽으로 지나치게 치우쳤기 때문에,—그의 눈에 비치는 대상의 표면과 단면은, 동일한 대상이 다른 사람의 눈에 비치는 평면과 높이와 전혀 달랐습니다.—말하자면, 완전히 다른 대상으로 비쳤을 뿐 아니라,—결과적으로 전혀 다른 것으로 인식되었습니다.

    바로 이런 이유 때문에, 사랑스런 *제니*와 나, 그리고 나머지 모든 세상 사람들이, 하찮은 일로 끊임없이 입씨름을 벌이는 것입니다.—그녀는 겉모습을 보고,—나는 속을 보니—우리가 어떻게 의견의 일치를 보겠습니까?

제25장

이미 결론지은 문제이긴 하지만,—여기서 다시 한 번 언급하는 이유는, 단순한 이야기를 하면서도 혼란에 빠지기 일쑤인 *공자 선생님**을 위한 것인데—이야기의 줄거리를 그대로 유지하는 한,—앞뒤로 얼마든지 왔다 갔다 할 수 있고,—그렇게 해도 본론에서 벗어나지는 않습니다.

나는 이러한 논리를 전제로, 뒤로 되돌아가는 행동의 특권을 행사하고자 합니다.

제26장

5만 개의 옹구를 가득 채운, 꼬리가 엉덩이까지 바싹 잘린 악마들도—(*베네벤토의 대주교의 악마들이 아니라,—라블레의 악마들*을 가리키는 것이며[48]) 내가 그 사고를 당했을 때처럼—그렇게 무지막지한 소리를 지르지는 않았을 것입니다. 어머니는 그 소리를 듣고 당장 아이

---

* *샌디* 씨는 ＊＊＊＊＊의 회원인, ＊＊＊＊＊ ＊＊＊ ＊＊＊님을 말하는 것이지, ──그 중국의 입법가를 가리키는 것이 아니다.

[48] 5권 16장 베네벤토의 대주교 존 드 라 카사의 이야기 참조. 라블레『가르강튀아/팡타그뤼엘』 2권 「저자 서문」: "십만 개의 옹구를 가득 채운 악마들에게 스스로를 온전히 내어준다 해도."

방으로 달려갔으며,―수잔나는, 어머니가 앞 계단을 올라오는 동안, 뒷 계단으로 겨우 빠져나갈 수 있었습니다.

당시 나는 스스로 자초지종을 얘기할 수 있을 정도로는 나이를 먹었고,―악의 없이 할 수 있을 정도로 어렸지만, 수잔나는 부엌을 지나가며 요리사에게 대충 그 이야기를 전했고―요리사는 살을 붙여 조녀선에게, 조녀선은 다시 오바댜에게, 그리고 아버지가 위층이 소란한 이유를 물어보기 위해 종을 수차례 울리자,―오바댜는 그 일을 있는 그대로 그에게 상세히 보고했습니다.―내 그럴 줄 알았어. 아버지는 이렇게 말하며, 잠옷을 걷어붙이고,―계단을 올라갔습니다.

사람들은 이렇게 생각하겠지요―(사실 나는 의문스럽다는 입장이지만)―즉 아버지가 이미, 트리스트라-페디아에서 가장 독창적이고 흥미진진하다고 평가되는 그 장을 완성했다고 말입니다―그 장이란 내리닫이창에 관한 것으로서, 하녀들의 건망증에 대한 신랄한 연설로 끝을 맺고 있습니다.―그러나 내가 이 점을 의문스럽게 생각하는 데는 두 가지 이유가 있습니다.

먼저, 사고가 나기 전에 아버지가 그 상황을 미리 파악하고 있었다면, 내리닫이창에 못을 박아 고정시켰을 것이 분명하니,―그가 책을 쓰는 데 드는 공을 따져보면,―내리닫이창에 관한 장을 쓰는 데 들이는 노력의 10분의 1이면 충분하기 때문입니다. 그리고 동일한 논리에 의해, 아버지가 사고 후에 그 장을 썼다는 결론에 도달할 수 있겠지만, 두번째 이유가 그 결론을 무색하게 만들어버리는데, 이것은 아버지가 내리닫이 창문과 요강에 관한 장을 그때 쓰지 않았다는 나의 주장을 뒷받침하는 것으로, 지금 세상에 밝히려는 그 두번째 이유는,―바로 이렇습니다.

―즉 트리스트라-페디아를 완성하기 위해,―내가 직접 그 장을 썼다는 것입니다.

제27장

아버지는 안경을 쓰고―쳐다보다가,―안경을 벗어서,―안경집에 넣기를―법정 시간 1분 내에 했으며, 아무 말 없이, 돌아서서, 서둘러 계단을 내려갔으며, 어머니는 아버지가 붕대와 연고를 가지러 갔다고 생각했으나, 아버지가 책 두세 권을 겨드랑이에 끼고, 커다란 독서대를 든 오바댜를 대동하고 돌아오자, 약초를 처방하려는 것이라고 단정짓고는, 침대 옆으로 의자를 하나 끌어당겨, 좀더 편안하게 증세를 파악할 수 있도록 배려했습니다.

―제대로 하기만 하면 된다고.―아버지는 이렇게 말하며 Section ―de sede vel subjecto circumcisionis[49]를 펼쳤는데,―그는 나를 살피고 진단하기 위해 Spencer de Legibus Hebræorum Ritualibus[50]와―마이모니데스[51]의 저서를 가지고 올라왔던 것입니다.―

―제대로 하기만 하면 된다고 하고 아버지가 말했습니다.―어떤 약초를 써야 하는지 말씀만 하세요 하고 어머니가 소리쳤습니다.―그거라면 닥터 슬롭을 불러야지 하고 아버지가 대답했습니다.

어머니는 아래층으로 내려가고, 아버지는 펼친 부분을 읽어 내려갔습니다.

  *   *   *   *   *   *   *   *   *   *   *   *   *

---

49 할례의 근거.
50 존 스펜서 John Spencer(1630~1693)의 『유대인의 관습 De Ligibus Hebræorum Ritualibus』(1685).
51 모세스 벤 마이몬 Moses ben Maimon(1135~1204): 중세를 대표하는 유대인 학자.

* * * * * * * * * * * * *
* * * * * ─맞아,─하고 아버지가 말했습니다,
* * * * * * * * * *
* * * * *─아니, 이렇게 편리한 것이라니─아버지는 유대인이 이집트인에게 배운 것인지, 혹은 이집트인이 유대인에게 배운 것인지, 따져보지도 않고,─자리에서 일어나며, 재난이 생각보다 우리를 가볍게 밟고 지나갔을 때 염려의 흔적을 지워버리듯, 손바닥으로 이마를 두세 번 훔치고는,─책을 덮고 계단을 내려갔습니다.─아니야 하고 그는 여러 강대국들의 이름을 한걸음에 하나씩 되뇌며 말했습니다.─이집트,─시리아,─페니키아,─아라비아,─카파도키아,─콜키스,─트로글로다이트인들⁵²도 그랬고─솔론과 피타고라스까지 인정했다는데,─트리스트럼이 대체 뭐라고?─내가 그 문제로 일순간이라도 고민하고 분을 낼 이유가 어디 있단 말인가?

제28장

이보게 요릭, 아버지는 미소를 지으며 말했습니다. (삼촌과 나란히 걸어오고 있던 요릭 목사는, 좁은 입구를 통과하기 위해 대열을 흩뜨리

---

52 카파도키아Capadocia와 콜키스Colchis는 소아시아 지방의 특정 지역들을 가리키는 것이며, 트로글로다이트Troglodytes인들은 고대 여러 부족들을 일컫는 명칭이었다.

며 먼저 거실로 들어섰습니다.)―우리 트리스트럼은 종교적인 관례를 아주 힘겹게 통과하는 것 같구먼.―이 세상의 어떤 유대인이나 *기독교인*, *터키인*, 혹은 무신론자도 이렇게 어긋나고 칠칠치 못한 방식으로 종교에 입문하지는 않았을 거요.―그렇다고 그들보다 더 심한 것도 아니지요 하고 요릭이 말했습니다.―그 아이가 잉태될 때, 황도(黃道)의 어딘가에 무슨 심상치 않은 기운이 있었던 것이 분명해 하고 아버지가 덧붙였습니다.―그 방면이라면 저보다 잘 아시겠군요 하고 요릭이 말했습니다.―그야 우리보다 점성가들이 훨씬 낫겠지.―3분의 1 대좌와 100만의 6제곱의 1 대좌의 이동이 잘못되었든지,―혹은 동출점(東出點)의 역점이 제대로 적중하지 않았든지,―혹은 수좌성이 (그들의 말에 따르면) 숨바꼭질을 하고 있었든지,―혹은 하늘에서, 또는 우리가 있는 땅에서 뭔가 잘못되었던 것이 분명하네.

　가능한 일이지요 하고 요릭이 대답했습니다.―조카의 상태가 안 좋답니까? 토비 삼촌이 소리쳤습니다.―트로글로다이트인들의 소견에 따르면 괜찮다는구먼 하고 아버지가 대답했습니다.―그리고 자네가 좋아하는 신학자들에 따르면, 요릭.―신학자들이라고요? 요릭이 말했습니다.―약제사*들?―정치가**들?―혹은 빨래하는 사람들*****53**의 말이 아니고요?

　――그건 잘 모르겠는걸 하고 아버지가 대답했습니다. 하여튼 그들이 말하는 바로는, 토비 동생, 오히려 잘된 일이라고 하는군.――그가 이

---

53 할례의 이점을 나열한 그리스어 주석은 요릭의 연상과 각각 대응된다. "Χαλεπῆς νόσου, καὶ δυσιάτου ἀπαλλαγὴ, ἣν ἄνθρακα καλοῦσιν*(탄저병이라는 치유하기 힘든 무서운 질병에서 해방될 수 있다)"는 약제사를, "Τὰ τεμνόμενα τῶν ἐθνῶν πολυγονώτατα, καὶ πολυανθρωπότατα εἶναι**(할례를 받은 국가들은 다산이며 인구도 많다)"는 정치가를, 세번째로, "Καθαριότητος εἴνεκεν***(청결을 위해)"는 빨래하는 여자를 연상시킨다.

집트로 간다면 그렇겠지요. 요릭이 말했습니다.―그 점에 관해서야 하고 아버지가 얘기를 계속했습니다. 그가 *피라미드*를 볼 수 있다면 도움이 되겠지.―

나는 도대체 무슨 소린지 알 수가 없군요 하고 토비 삼촌이 말했습니다.―세상 사람들이 모두 그랬으면 좋겠습니다 하고 요릭이 말했습니다.

―일루스*⁵⁴는 어느 날 아침 자기 부대의 군인들 모두에게 할례를 베풀었지. 아버지가 말했습니다.―군법 회의도 없이요? 하고 삼촌이 소리쳤습니다.―아버지는 삼촌의 말에는 아랑곳하지 않고 요릭을 쳐다보며 얘기를 계속했습니다.―학자들 사이에서는 일루스라는 인물에 대해 아직도 의견이 분분하여,―그가 *사투르누스*였다는 사람도 있고,―어떤 이들은 그가 신이라고도 하며,―또는 *파라오-네코*⁵⁵의 휘하에서 준장을 지낸 인물이라고도 하지.―그런데 그가 누구였든, 도대체 어떤 법령에 근거하여 그런 일을 정당화할 수 있는지 알 수가 없습니다 하고 삼촌이 말했습니다.

논쟁자들은 스물두 가지 상이한 이유를 들고 있지 하고 아버지가 대답했습니다.―사실 반대쪽에서 펜을 든 사람들은, 그런 이유들이 대부분 쓸모없음을 증명해 보여주었지만 말이야.―그러나 우리 가운데 그중 훌륭한 논증주의 신학자들의 말에 따르면―이 나라에 논증주의

---

* "Ὁ Ἶλος, τά ἀιδοῖα περιτέμνεται, ταυτὸ ποτόαι καὶ τοὺς ἀμ᾽ αὐτῶ συμμάχους καταναγκάσας"

54 "일루스는 스스로 할례를 받고 동맹국에도 할례를 강요했다."

55 파라오-네코 Pharaoh-neco(기원전 610~기원전 594 통치)의 역사는 『구약성서』의 「열왕기 하」 23장 29절, 24장 1~7절에 기록되어 있다. 그는 기원전 604년 바빌론 왕 네브차드네자르에 패하였으며, 그후 이집트로 후퇴하여 여생을 마쳤다. 일루스가 실제 인물이라면 기원전 14세기 혹은 13세기경에 살았기 때문에 네코의 군대에 참여했을 가능성은 없다.

신학자들이 하나도 없었으면 좋겠습니다 하고 요릭이 말했습니다.—1 온스의 실용주의 신학이—그 양반들이 지난 50년 간 수입해 들인 화려한 배 한 척 분의 적재량만한 가치가 있으니까요.—부탁입니다만, 요릭 선생, 토비 삼촌이 말했습니다.—도대체 논증주의 신학이 무엇입니까?—샌디 대위님, 내가 아는 바로는, 지금 내 주머니에 들어 있는 *짐나스트*와 *트리펫* 대위 사이의 일 대 일 전투 이야기를 기록한 책에 이 문제에 대한 훌륭한 설명이 들어 있습니다 하고 요릭이 대답했습니다.—그 이야기를 좀 들어봤으면 하는데요. 삼촌이 진지하게 말했습니다.—그렇게 하지요 하고 요릭이 대답했습니다.—그나저나 상병이 문 앞에서 기다리고 있는데,—그 친구는 전쟁 이야기라면 먹는 것보다 더 좋아하니,—부탁입니다만, 형님, 들어오라고 하면 안 될까요.—환영이네 하고 아버지가 말했습니다.—트림은 황제 같은 당당함으로 행복감에 젖어, 안으로 들어와 문을 닫았으며, 요릭은 오른쪽 외투 호주머니에서, 책을 꺼내 다음과 같이 읽었거나, 혹은 읽는 체했습니다.

제29장

—"그곳에 있던 모든 군인들이 그의 말을 듣고, 마음속으로 겁에 질려, 몸을 움츠리며 공격자에게 자리를 내주었다. *짐나스트*는 이 모든 것을 자세히 관찰하며 눈여겨보고 있다가, 말에서 내리기라도 할 것처럼, 말에 오를 때와 동일한 자세를 취했다가, 민첩하게 (넓적다리에는 단검을 차고) 등자에서 발을 움직여, 등자 가죽 묘기를 부렸는데, 몸을

아래쪽으로 웅크렸다가 펴며, 공중으로 높이 날았다가, 안장 위에 양쪽 발을 버티고, 똑바로 서서, 등을 말 머리 쪽으로 돌리고는,—자 (그가 말했습니다) 자, 잘 보라고 하고는 갑자기 그 자세 그대로, 한쪽 발로 살짝 뛰며, 왼쪽으로 돌았는데, 그의 몸도, 그대로, 전혀 흐트러짐 없이, 완벽하게 함께 돌았다.—하! 하고 *트리펫*이 소리쳤다. 나는 그렇게 할 수 없어,—그럴 만한 이유도 있고. 그렇다면 하고 *짐나스트*가 말했다. 나의 실패로 돌리고,—이번 동작은 원상태로 되돌리겠어 하고 말하고는 놀라운 힘과 민첩함으로, 오른쪽으로 돌며, 다시 한 번 살짝 뛰었으며, 그리고 나서는, 오른쪽 엄지손가락을 말 안장의 앞 테에 대고, 몸을 들어올려, 공중으로 뛰어올랐으며, 몸 전체를 그 엄지손가락의 근육과 신경으로 받쳐들고, 그렇게 세 번 몸을 돌렸다. 그리고 네번째에는, 몸을 거꾸로 돌려, 앞을 뒤로 하고, *아무것도 의지하지 않은 채*, 말의 양쪽 귀 사이에 내렸다가, 몸을 재빨리 휙 돌려, 껑거리띠 위에 앉았다—"

(이건 전투라고 할 수 없는걸 하고 토비 삼촌이 말했습니다.—상병도 머리를 저었습니다.—기다려봐요 하고 요릭이 말했습니다.)

"그러자 (트리펫은) 오른쪽 다리를 안장 너머로 가로질러, 말 엉덩이 위에 앉았다.—그는 안장 위에 앉는 편이 나을 것 같은데 하고 말하며, 앞에 있는 껑거리띠 위에 양쪽 엄지손가락을 대고, 몸을 구부려 온 몸을 지탱하고, 즉시 재주넘기를 하여, 안장의 앞 테 사이에서 대충 자리를 잡았다가, 다시 튀어올라 공중제비를 넘으며, 풍차같이 몸을 돌려, 여러 번 뛰고, 돌고, 도약을 거듭했다."—맙소사! 트럼이 더 이상 참지 못하겠다는 듯 소리쳤습니다.—총검으로 급소를 한번 찌르는 편이 낫겠습니다. —나도 동감이네 하고 요릭이 대답했습니다.—

—나는 반대야 하고 아버지가 말했습니다.

제30장

　―아니,―아무런 진전도 보지 못했지. 아버지는 요릭의 질문에 답하며 말했습니다.― 유클리드의 명제처럼 아주 확실한 부분만 제외하고는, *트리스트라-페디아*는 아무런 진전도 보지 못했네.―트림, 책상 위에 있는 저 책 좀 가져다 주게.―요릭, 자네와 토비 동생에게 읽어주려고 항상 마음은 먹고 있었는데, 지금까지 그렇게 하지 못해 미안하게 생각하고 있던 참이네.―그러니 지금 짧은 것으로 한두 장 읽고,―앞으로 시간이 되는 대로 한두 장 더 읽는 식으로 해서, 전부 다 끝낸다면 어떻겠나? 토비 삼촌과 요릭은 정중하게 경의를 표했으며, 상병은 아버지의 인사말의 대상은 아니었지만, 손을 가슴에 얹고, 고개 숙여 절을 했습니다.―모두들 미소를 지었습니다. 트림 하고 아버지가 말했습니다. 자네는 이야기에 끼어들지 않고 참고 있느라고 톡톡히 값을 치른 셈이네.―트림은 그 이야기를 그리 *재미있어하지 않던걸요* 하고 요릭이 말했습니다.―목사님, 공중제비를 수없이 넘으며 진격하다니, 트리펫 대위와 그 장교 사이의 전투는 어리석기 짝이 없어 보이고,―프랑스인들도 때때로 그렇게 까불거리며 덤벼들곤 하지만,―그 정도까지는 아니었습니다.

　토비 삼촌은 바로 그 순간, 상병과 자신의 심경의 일치를 통해, 다른 어떤 때보다 스스로의 존재를 더없이 만족스럽게 자각했으며,―그는 담뱃대에 불을 붙이고,―요릭은 탁자 가까이로 의자를 끌어당겼으며,―트림은 촛불을 살리고,―아버지는 벽난로 불을 돋구고―기침을 두어 번 하고는,―책을 들고 읽기 시작했습니다.

제31장

아버지는 책장을 넘기며 말했습니다. 처음 서른 페이지는,―다소 지루한 편이고, 주제와 동떨어진 내용을 담고 있으니,―지금은 그냥 지나가기로 하겠네. 그는 얘기를 계속했습니다. 그저 정치 혹은 정부에 관한, 서론적인 입문, 혹은 서론적인 서문에 (어떻게 불러야 할지 결정하지 못했기 때문에) 불과하고, 남성과 여성의 종족 보존을 위한 결합에 의해 그 기초가 놓였다는 내용인데―나도 모르게 그쪽으로 이끌렸다네.―당연한 일이지요 하고 요릭이 말했습니다.

나는 사회의 전형은 부부에 있다는, 폴리티안의 말에 공감하는 바이네. 아버지가 얘기를 계속했습니다. 즉 남자와 여자의 결합일 뿐이며, ―여기에, (헤시오도스에 따르면) 그 철학자는 하인을 덧붙였지.―그러나 태초에는 남자 하인이 아직 태어나지 않았다는 가정하에―그는 사회의 근원을, 남자,―여자―그리고 황소에 두었지.―수소라고 알고 있는데요. 요릭이 다음 구절을 인용하며 말했습니다(οἶκον μὲν πρώτιστα, γυναῖκά τε, βοῦν τ' ἀροτῆρα).―황소라면 그 가치보다 성가시게 하는 일이 더 많았을 것입니다.―그러나 좀더 중요한 이유가 있지 하고 아버지가 말했습니다. (그는 펜을 잉크병에 넣으며) 수소는 동물들 가운데 가장 부지런하며, 땅을 경작하는 데도 매우 유용하기 때문에,―새로 결합한 부부를 위한, 창조와 연관된 가장 잘 어울리는 도구이자 상징이라고 할 수 있지.―그들이 수소를 선택해야 하는 보다 확실한 이유가 있습니다 하고 삼촌이 덧붙였습니다.―아버지는 삼촌이 말하는 이유를 다 듣기 전까지는 잉크병에서 펜을 꺼낼 수가 없었습니다.―땅을 경작하고 든든한 울타리를 친 후에는, 벽과 해자를 둘러 안전을 기했으니, 이것이 요새 축성의 기원이었지요 하고 삼촌이 말했습니다.―옳다마다, 동생. 아버지는 이렇게 소리치며, 황소를 지워버리고, 대신 수소라고 써넣었습니다.

아버지는 트럼에게, 촛불을 좀더 살리라고 고개를 끄덕여 보인 후, 얘기를 계속했습니다.

―내가 이런 이야기를 하는 까닭을 말해주겠네. 아버지는 책을 반쯤 덮으며, 무심한 척 말을 이었습니다.―다름아니라, 아버지와 자식이라는 원천적인 관계의 근원을 보여주기 위한 것이며, 다음과 같은 몇 가지 방법을 통해 아버지는 그 권리와 권한을 부여받게 되는 것이지―

첫째, 결혼.

둘째, 입양.

셋째, 적자 인정.

그리고 네번째로는, 출산에 의한 것으로서, 이 순서대로 검토해보았네.

나는 그 가운데 하나를 좀 강조하고 싶은데요 하고 요릭이 말했습니다.―마지막 조항은 아이에게 아무런 의무가 없는 것과 마찬가지로, 아버지에게도 아무런 권리가 없는 것이 아닙니까.―자네가 잘못 알고 있네.―하고 아버지가 재빨리 덧붙였습니다. 그 이유는 이렇게 간단하지 * * * * * * * * * *
* * * * * * * * * * *
* * * * * * * * *.―이 이론에 의하면, 자식은 어머니의 권리와 권한 아래 있지 않다는 것이네 하고 아버지가 말했습니다.―그러나 마찬가지 이유로 그녀에게도 권리가 있는 것이 아닙니까 하고 요릭이 말했습니다.―어머니로 말하자면 그녀 자

신이 다른 사람의 권위 아래 있는 것이네 하고 아버지가 말했습니다.—아버지는 고개를 끄덕이며 손가락으로 코를 문지르고 계속해서 그 이유를 말했습니다.—그녀가 주된 행위자가 아니기 때문이네, 요릭.—뭘 하는데 말입니까? 삼촌이 담뱃대를 빨다 말고 물었습니다.—물론 이것만은 명심해야겠지. (삼촌의 말은 아랑곳하지 않고) 아버지가 말했습니다. "아들은 어머니를 공경해야 한다," 유스티아누스의 원론, 1권 11장 10절에 상세히 기록되어 있는 것처럼 말이야, 요릭.—교리문답집에도 있지요 하고 요릭이 대답했습니다.

제32장

트림은 그걸 한마디도 빼놓지 않고 다 외울 수 있어요 하고 토비 삼촌이 말했습니다.—아버지는 트림의 교리문답으로 방해받고 싶지 않다는 듯, 체! 하고 말했습니다. 정말 잘할 수 있습니다 하고 삼촌이 말했습니다.—요릭 씨, 어떤 것이든 트림에게 한번 물어보세요.—

—제5계명은, 트림.—요릭은 수줍은 예비 신자에게 하듯, 점잖게 고개를 끄덕이며, 부드러운 목소리로 물었습니다. 상병은 조용히 서 있었습니다.—질문을 제대로 해야지요 하고 삼촌은 목소리를 높여, 구령을 붙이듯 재빨리,—제5계명—하고 소리쳤습니다.—나리, 저는 첫 번째부터 시작해야 하는걸요 하고 상병이 말했습니다.—

—요릭은 미소를 짓지 않을 수 없었습니다.—나리들께서는 이 점을 모르고 계십니다 하고 상병은 지팡이를 머스킷 총처럼 어깨 위에 메

고, 자신의 입장을 설명하기 위해, 방 한가운데로 걸어나갔습니다.—말씀드리자면 진지에서 훈련을 받는 것이나 마찬가지입니다.—

"받들어 총." 상병은 이렇게 소리치며, 구령을 붙이고는, 그 동작을 취했습니다.—

"세워 총." 상병은 여전히 부관과 병사의 역할을 모두 수행하며 소리쳤습니다.—

"내려 총."—나리들께서도 보시다시피, 한 가지 동작이 다른 동작으로 이어집니다.—나리께서 *첫번째*부터 시작하신다면—

첫째—삼촌은 차려 자세를 취하며 소리쳤습니다— * * * * * * * * * * *

둘째—삼촌은 연대의 선두에서 칼을 휘두르듯, 담뱃대를 흔들며 소리쳤습니다.—상병은 *교리 입문서*를 모두 정확하게 낭독하고, *아버지와 어머니께 공경을 표하고*는, 공손히 절을 하며, 거실 한쪽 구석으로 물러갔습니다.

이 세상 모든 것은 익살로 가득 차 있네 하고 아버지가 말했습니다.—그리고 그 속에는 기지와 교훈이 담겨 있지,—우리가 찾을 수만 있다면 말이지.

—여기 교훈의 골조물이 있다고 치세, 그러나 그 뒤에 건물이 없다면, 얼마나 어리석은 일이겠는가.—

—여기 현학자들과 교사들, 가정 교사들, 교도관들, 라틴어 선생들, 여행에 수행하는 가정 교사들을 그 모습 그대로 비춰줄 거울이 있네.—

아! 요력, 학식과 함께, 껍질과 외피도 자라지만, 그걸 내동댕이칠 만한 능력이 없네!

—지식은 외워서 익힐 수 있지만, 지혜는 그럴 수 없도다.

요릭은 아버지가 영감을 받았다고 생각했습니다.―혹시라도 상병이 지금까지 외운 것에 덧붙일 단 한 가지 유한 개념이라도[56] 있다면, 나는 이 자리에서 *디나* 고모의 유산을, 자선 사업에 바치기로 (사실, 아버지는 이런 일을 그리 호의적으로 여기지 않았으나) 약속하겠네 하고 아버지가 말했습니다.―부탁이네 트림. 그를 쳐다보며 아버지가 말했습니다.―"*너희 아버지와 어머니를 공경하라*"는 말이 의미하는 바가 무엇인가?

부모님이 연로하셨을 때, 내 봉급에서 매일 반 페니 동전을 세 닢씩 드리는 것이지요, 나리.―그래, 자네는 그렇게 했는가, 트림? 하고 요릭이 물었습니다.―물론이지요 하고 삼촌이 대답했습니다.―그렇다면, 트림 상병. 요릭이 의자에서 튕겨 일어나며 상병의 손을 잡고 말했습니다. 자네는 십계명의 바로 그 항목에 관한 한 최고가는 주석가가 분명하네, 그리고 자네가 『탈무드』를 쓰는 데 한몫했다고 해도 그 이상 명예스럽지는 않을 것이네.

제33장

오 건강이여! 아버지는 책장을 넘겨 다음 장으로 가며, 감탄조로 소리쳤습니다.―그대는 금은보화보다 귀하고 영혼을 살찌우며,―진력을 다하여 교훈을 받아들이고 선행을 즐거워하게 하는구나.―그대를

---

56 로크는 『인간 오성론』의 서문 격인 「독자에게 보내는 편지」에서 '유한 개념'을 이렇게 정의하고 있다. "개개의 분명한 사물이나 개념과 뚜렷하게 결부된 말."

소유한 자는 더 이상 바랄 것이 없으며,—그대가 없어 비참한 자는,—그대를 비롯해 모든 것을 상실했구나.

나는 이 중대한 주제에 대해 가능한 모든 진술을, 아주 좁은 공간에 밀어넣었기 때문에, 이번 장을 끝까지 읽을 수 있을 것이라고 생각하네 하고 아버지가 말했습니다.

아버지는 읽기 시작했습니다.

"건강의 비결은 원초적 열기와 원초적 습기[57] 사이에 마땅히 치러야 하는 지배권 투쟁에 달려 있으며."—그 점에 관해서는 이미 입증하신 것으로 알고 있는데요 하고 요릭이 말했습니다. 물론 그랬지 하고 아버지가 대답했습니다.

아버지는 이렇게 말하며 책을 덮었으나,—집게손가락을 여전히 그 장에 끼워넣고 있었으니, 읽기를 그만두려는 것은 아니었으며—책을 천천히 덮은 것으로 보아—기분이 언짢은 것 같지도 않았고, 결과적으로 엄지손가락은 책의 앞장을, 나머지 세 개의 손가락은 책의 뒷장을 받치고 있었으며, 압축적인 힘이라고는 전혀 가하지 않았습니다.—

내가 앞 장에서 그 문제의 핵심을 충분히 설명한 셈이네 하고 아버지는 요릭에게 머리를 끄덕여 보이며 말했습니다.

만약, 지구에 사는 어떤 사람이 모든 건강의 비결은 *원초적 열기와 원초적 습기* 사이의 불가피한 지배권 투쟁에 달려 있다는 것을 입증하는 글을 썼고—그 논점을 지극히 훌륭하게 전달했을 뿐 아니라, 그 장 전체에서, 원초적 열기와 원초적 습기에 관한 말은 젖었든 말랐든 단 한 마디도 찾을 수 없으며,—이들 두 세력이 육체의 유기적인 조직에서 벌이는 어떠한 투쟁에 관해서도, *찬성*이든 *반대*든, 직접적으로든 간접적

---

57 2권 3장 주 12, 4권 19장 주 34 참조.

으로든, 한 음절도 없다는 사실을, 달나라에 사는 사람이 들었다면—
 "오 그대 모든 것을 끊임없이 창조하는 이여!"—하고 그는 오른손으로 가슴을 치며 (혹시 손이 있다면) 소리쳤을 것이네,—"그대의 힘과 미덕은 인간의 능력을 완벽함의 경지에까지 이르도록 하였는데—우리 달나라 사람들은 도대체 무엇을 이루었는가?"

제34장

아버지는 한 번은 *히포크라테스*에게, 그리고 또 한 번은 *베룰럼 경*에게 일격을 가하는 것으로 목적을 달성했습니다.
 먼저, 그 의사들의 우두머리에게 가한 일격은 다름아니라, *Ars longa,—Vita brevis*라는 그의 서글픈 넋두리에 대한 가벼운 공격에 불과했습니다.—인생이 짧다고, 하고 아버지가 외쳤습니다.—의술은 길다고! 전자와 후자 모두, 바로 그 의사들의 무지함 덕분이 아닌가 말이야,—무대[58] 하나 가득 유미죽 같은 엉터리 비방약을 가지고, 덜거덕거리고 행상을 하며, 시대를 막론하고 사람들을 홀렸다가 결국 속여먹는 그들이 아닌가.
 —오 나의 *베룰럼 경*! 아버지는 히포크라테스로부터 얼굴을 돌려, 엉터리 약장사의 대부로서, 그들의 훌륭한 본이 되고 있는 *베룰럼 경*[59]

---

[58] 돌팔이 의사나 약장수들이 약을 쌓아놓는 무대.
[59] 베룰럼 경은 영국의 철학자 프랜시스 베이컨(1569~1626)을 말한다.

에게, 두번째 일격을 가하며 소리쳤습니다.─당신께 무슨 말을 하겠습니까, 존경하는 *베룰럼 경*? 당신이 말하는 내적인 기운과,─아편,─초석,─미끈거리는 연고,─날마다 하는 하제,─밤마다 하는 관장, 그리고 그 외 온갖 대용약에 대해 무슨 말을 하겠습니까?

─아버지는 어느 누구에게든, 어떤 주제로든 할말을 잃은 적이 없었고, 누가 하는 말이든 서론부터 기가 죽는 법이 없었습니다. *베룰럼 경의 이론*에 대한 아버지의 반응에 관해서는,─앞으로 말씀드리겠지만,─언제가 될지는─나도 모르겠으며,─먼저 그분의 이론이 무엇인지 알아보도록 하겠습니다.

제35장

*베룰럼 경*은 이렇게 주장했습니다. 인간의 수명을 단축시키기 위해 음모를 꾸미는 두 가지 요인이 있는데, 그 첫번째는─

"내적 기운으로서, 잔잔한 불꽃처럼, 육체를 죽음에까지 타들어가게 하며,─두번째는, 외적인 공기로서, 육체를 재가 될 때까지 바싹 말려버린다.─이 두 가지 적들은 우리 몸을 양쪽에서 한꺼번에 공격하며, 결국 우리 몸의 기관들을 파괴하여, 더 이상 생명을 이어갈 수 없게 만든다."

*베룰럼 경*의 주장에 따르면, 이러한 상황에서 장수의 비결은, 다른 데 있지 않고, 내적인 기운에 의해 야기된 소모를 회복하는 데 있으며, 이것을 위해서는 그 물질을 좀더 진한 농축 상태로 만들어야 하는데, 정기적으로 아편제를 처방하고, 매일 아침 일어나기 전에 초석을 세 알 반

씩 복용하여 열기를 식혀야 한다는 것입니다.—

그리고 바깥 공기의 무자비한 공격에 노출된 우리 몸에는,—기름기 있는 연고를 발라, 피부의 털구멍으로 스며들게 하여, 침상체(針狀體) 하나도 들어가지도,—나가지도 못하게 해야 한다는 것입니다.— 이렇게 해서 갖가지 추잡한 병을 동반하는, 의식적, 무의식적 발한 작용을 모두 멈추게 하고—관장을 통하여 남아도는 체액을 몸 밖으로 밀어내어,—몸을 온전하게 만들어야 한다는 것입니다.

베룰럼 경의 아편제와 초석, 연고, 관장에 대한 아버지의 견해는, 곧 밝힐 예정이지만,—오늘이나—내일은 안 되겠습니다. 시간도 없고,—독자들도 마음이 급한 듯하니—앞으로 전진할 뿐이지요.—*트리스트라-페디아*가 출판되는 대로 한가하게, (원하신다면) 읽을 수 있을 것입니다.—

다만 지금 말씀드릴 수 있는 것은, 아버지는 그 가설을 철저하게 무너뜨렸으며, 그렇게 함으로써, 자신의 가설을 세워 확립했다는 사실을 학자들이 알고 있다는 것입니다.—

제36장

아버지가 다시 이야기를 시작했습니다. 건강의 비밀은, 우리 몸 속의 원초적 열기와 원초적 습기의 적당한 대립에 있다고 확신하며,—(유명한 약제사인 반 헬몬트[60]가 증명해 보인 바와 같이) 학자들이 원초적 수분을 동물성 수지와 지방질로 오인하여, 일을 혼란스럽게 만들지만 않았어도, 최소한의 노력으로 건강을 유지할 수 있었겠지.

원초적 수분은 동물성 수지나 지방질이 아니라, 기름기 있는 방향성(芳香性) 물질이며, 수지와 지방질은 점액성이나 수분이 함유된 물질과 같이 차가운 반면, 기름기 있는 방향성 물질은 생명이 넘치는 열기와 원기에서 나온 것이며, 아리스토텔레스의 관찰대로, "Quod omne animal post coitum est triste"[61]이지.

그리고 원초적 열기는 원초적 수분 속에 거하는 것이 확실하지만, 설사 그 반대라고 해도, 하나가 쇠하면 다른 것도 쇠하게 마련이며, 결과적으로 비정상적인 열기를 발생시켜 비정상적인 건조성을 유발시키거나—비정상적인 수분으로 인해 수종증이 생기게 마련이지.—따라서 아이가 자라면서 그를 망치는 결과를 가져올 수도 있는, 불 속이나 물 속으로 뛰어드는 일만 막을 수 있다면,—더 이상 아무것도 바랄 것이 없겠지.—

제37장

앞 장의 내용은, 여리고 성 공략 이야기보다 삼촌을 더 열중시켰으며,—그의 눈은 처음부터 끝까지 아버지의 얼굴에 고정되어 있었는데,

---

[60] 이 이야기는 뉴캐슬 공작 부인이 저술한 『윌리엄 캐번디시의 삶』(1667)을 인용한 것이다. 장-밥티스트 반 헬몬트 Jean-Baptiste van Helmont(1577~1644)는 플랑드르 출신 의사이자 화학자이며, 공작 부인은 그의 말을 대폭 인용하고 있다.
[61] "모든 동물은 성교 후에 기운이 없게 마련이다." 아리스토텔레스의 말로 알려져 있으며, 흔히 '여자는 제외하고,' 혹은 '신부는 제외하고' 라는 외설적인 표현으로 쓰였다.

―삼촌은 원초적 열기나 원초적 수분에 관해서는 한마디도 없이, 담뱃대를 입에서 떼고, 고개를 흔들었으며, 그 장이 끝나자마자, 상병을 가까이 오라고 손짓한 뒤 이렇게 물었습니다.―은밀하게.―* * * * * * * * * * *. 나리, 그건 *리머릭* 공략 때였지요 하고 상병은 절을 하며 말했습니다.

가엾은 저 친구와 나는 겨우 텐트 밖으로 기어나올 수 있었습니다 하고 삼촌은 아버지를 쳐다보며 말했습니다. 형님께서 말씀하신 바로 그것 때문에, *리머릭* 시의 포위를 풀 수밖에 없었다는 말입니다.―토비 동생, 자네의 그 대단한 머릿속에 이번에는 또 뭐가 들어갔단 말인가? 하고 아버지는 마음속으로 외쳤습니다.―맙소사! 아버지는 여전히 속으로 중얼거렸습니다. 오이디푸스도 그 뜻을 알아내지 못할 거야.―

나리, 제 생각은 이렇습니다 하고 상병이 말했습니다. 우리가 저녁마다 불태웠던 그 많은 브랜디와, 제가 나리께 그토록 애타게 권했던 포도주와 계피가 아니었다면,―그리고 그 네덜란드 술도 큰 도움이 되었지 하고 삼촌이 덧붙였습니다.―상병은 계속해서, 그게 아니었다면, 나리, 우리는 그 참호 속에서 생을 마감하고, 분명히 거기 그대로 묻혔겠지요, 하고 말했습니다.―정말 영광스런 무덤이 아니겠나, 상병! 삼촌은 눈을 반짝이며 외쳤습니다. 병사에게는 가장 영광스런 무덤이지.―그래도 비참한 죽음이지요, 나리 하고 상병이 말했습니다.

그러나 삼촌이 콜키스인들과 트로글로다이트인들의 관습을 이해할 수 없었던 것처럼, 아버지에게도 이 모든 것이 생소했기 때문에, 울어야 할지 웃어야 할지 알 수 없었습니다.―

토비 삼촌은 요릭을 돌아보며, *리머릭* 이야기를 다시 시작했는데, 처음보다 훨씬 알아듣기 쉽게 했기 때문에,―이번에는 아버지도 단번에 이해할 수 있었습니다.

제38장

정말 다행스런 일이었지요 하고 삼촌이 말했습니다. 상병과 내가 진지에서, 스무닷새나 이질에 걸려 있는 동안, 심한 열에다, 타는 듯한 갈증이 동반되었던 것은 정말 다행스런 일이었으며, 그렇지 않았더라면 형님께서 원초적 수분이라고 불렀던 바로 그것 때문에, 우리는 죽고 말았겠지요.――아버지는 숨을 한껏 들이마신 후, 천장을 쳐다보며, 가능한 천천히, 다시 숨을 내쉬었습니다.――

――하늘이 도우셨지요. 토비 삼촌이 얘기를 계속했습니다. 상병의 머릿속에 원초적 열기와 원초적 습기의 적당한 균형을 유지하려는 생각이 들게 하여, 바로 그가 한 것처럼, 불을 계속 지펴, 뜨거운 술과 매운 양념으로 열을 보강하여, 원초적 열기를 처음부터 끝까지 유지했기 때문에, 극심한 습기에 대항할 수 있었습니다.――맹세코 말씀드립니다만, *샌디* 형님 하고 삼촌이 덧붙였습니다. 우리 몸 속에서 일어나고 있던 다툼은 20투아즈[62] 밖에서도 들렸을 것입니다.――발포를 하지 않았다면 말이지요 하고 요릭이 말했습니다.

그래.――아버지는 이렇게 말하며, 숨을 한 번 크게 들이쉬고 잠시 말을 끊었다가 계속했습니다.――내가 재판관이고, 내가 섬기는 나라의 법이 허용한다면, 그리고 성직자들이 문제삼지만 않는다면 몇몇 극악무도한 범죄자들을, ·

· · · 요릭은 아버지의 말이 무자비하게 끝날 가능성이 많다는 판단하

---

62 toise: 길이를 재는 프랑스의 옛 단위(1,949m)

에, 그의 가슴에 손을 대고, 상병에게 질문을 하나만 할 수 있도록, 잠시만 기다려달라고 부탁했습니다.—그런데, 트림. 요릭은 아버지의 허락을 기다리지도 않고 말했습니다.—솔직히 말해보게나—원초적 열기와 원초적 수분에 대한 자네 의견은 무엇인가?

먼저 나리의 고견에 대해 경의를 표한 후에 말씀드리도록 하겠습니다. 상병은 삼촌을 향해 고개를 숙여 보였습니다.—주저하지 말고 말해보게, 상병. 삼촌이 말했습니다.—저 친구는 내 하인이지,—노예가 아닙니다.—하고 삼촌은 아버지를 돌아보며 덧붙였습니다.—

상병은 모자를 왼쪽 옆구리에 낀 채, 술장식으로 매듭을 장식한 가죽끈에 매단 지팡이를 손목에 걸고, 교리문답을 암송했던 자리로 걸어가, 입을 열기 전에 오른손으로 턱을 한 번 만지고는,—자신의 견해를 이렇게 피력했습니다.

제39장

상병이 헛기침을 하며 막 얘기를 시작하려던 참에—닥터 슬롭이 비척비척 걸어 들어왔습니다.—그러나 상관없는 일이며—상병은 누가 들어오든, 다음 장에서 이야기를 계속할 것입니다.—

아, 우리 의사 나리. 아버지는 지나치다 싶을 정도로 갑작스런 감정의 변화를 보이며, 그에게 장난스럽게 소리쳤습니다.—그래 그놈은 좀 어떻습니까?—

아버지가 잘려나간 강아지 꼬리에 대해 물었다 해도—이보다 무관심한 태도로 보이지는 않았을 것입니다. 그 사고를 치료하기 위해 닥터 슬롭이 사용한 방법에는 이런 식의 질문이 전혀 적합하지 않았습니다.—그는 그대로 자리에 앉았습니다.

그런데, 선생님. 삼촌은 대답을 아니 할 수 없는 태도로 물었습니다.—조카는 좀 어떻습니까?—포피가 수축된 채 남겠지요 하고 닥터 슬롭이 대답했습니다.

삼촌은 담뱃대를 다시 입에 물고, 나는 여전히 무슨 소린지 모르겠군 하고 중얼거렸습니다.—그렇다면 상병에게 의학 강연이나 계속하게 하세나 하고 아버지가 말했습니다.—상병은 오랜 동료인 닥터 슬롭에게 절을 하고는, 원초적 열기와 원초적 수분에 대한 자신의 견해를, 다음과 같이 피력했습니다.

제40장

리머릭 시는, 제가 군에 입대한 다음 해에, 국왕 폐하 *윌리엄 왕*의 지휘하에 포위되었는데—그 도시는 지독하게 습한, 늪지 한가운데 위치해 있었습니다.—*새넌* 강이 거의 둘러싸다시피 하고 있었고, 지리적으로, *아일랜드*에서 그중 견고한 요새였지요 하고 삼촌이 덧붙였습니다.—

의학 강연을 이런 식으로 시작하는 것이 최신의 유행인가 보군. 닥터 슬롭이 말했습니다.—모두 사실인걸요 하고 트림이 대답했습니다.—그렇다면 의사들도 그 방식을 그대로 따른다면 좋겠군 하고 요릭이 말했습니다.—목사님, 온통 습지와 방수로투성이에다, 공략이 계속되는 동안 비가 쉴새없이 내렸기 때문에, 그 일대는 웅덩이나 다름없었으며,—이질이 퍼져 나리와 제가 죽을 뻔했고, 그곳에서는, 처음 열흘이 지나기 전에 텐트 주위에 도랑을 파 물을 빼지 않고는, 병사들이 마른자리에 눕기는 불가능했으며,—그것으로도 부족하여, 나리처럼 여유가 있는 사람들은, 매일 밤 백랍 접시에 브랜디를 가득 채워 불에 태우는 것으로 습기를 제거하여, 텐트 속을 난로처럼 따뜻하게 했지요.—

그때 아버지가 외쳤습니다. 그래, 트림 상병, 지금까지 밝힌 서론에서 얻은 결론이 무엇이란 말인가?

제가 추론하는 바는 이렇습니다, 나리 하고 트림이 대답했습니다. 즉 원초적 습기는 다름아니라 도랑물이며—원초적 열기는, 여유가 있는 사람들에게는, 불에 태운 브랜디이고—일개 병사에게는 원초적 열기와 습기는 도랑물과—술 한 잔이니—담배 한 대를 덧붙여, 충분히 배급하여, 기운을 북돋워주고, 우울증을 없애준다면—죽음도 두렵지 않을 것입니다.

샌디 대위, 나는 도대체 무슨 소린지 모르겠소 하고 닥터 슬롭이 말했습니다. 당신 하인의 전문 분야가 생리학인지, 신학인지 말이오.—슬롭은 설교에 대한 트림의 논평을 잊지 않고 있었습니다.[63]—

겨우 한 시간 전이었지요 하고 요릭이 말했습니다. 상병이 후자에 대한 심사를 받고, 훌륭하게 통과하지 않았습니까.—

이때 닥터 슬롭이 아버지를 돌아보며 말했습니다. 원초적 열기와 습기는 생명의 근원이자 원천이며,—나무 뿌리처럼 식물의 발원지이자 원동력입니다.—이것은 모든 동물의 종자에 본질적으로 내재하는 요소이며, 다양한 방법으로 보존될 수 있지만, 특히 동질 물질, 관통 물질, 차단 물질이 효과적이라고 할 수 있지요. 닥터 슬롭은 상병을 가리키며

---

[63] 2권 17장 참조.

덧붙였습니다.—불행한 일이지만, 저 친구는, 이 까다로운 문제에 대해, 피상적이고 경험적인 이야기만 들은 모양입니다.—그랬겠지요.—하고 아버지가 말했습니다.—아마 그럴 겁니다. 삼촌이 말했습니다.—확실합니다.—요릭이 덧붙였습니다.—

제41장

닥터 슬롭이 자신이 직접 처방한 찜질의 경과를 살피기 위해 거실을 나가자, 아버지는 트리스트라-페디아를 한 장 더 진행할 수 있었습니다.—자! 여보게들, 기운을 내세, 곧 육지를 보여주겠네——우리가 이번 장을 헤쳐나가면, 앞으로 열두 달 동안은 이 책을 다시 열지 않을 것이네.—만세!—

제42장

—5년 간은 턱받이를 가슴에 달고,
4년 간은 알파벳에서 「말라기서」⁶⁴까지 달려가고,

---

64 『구약성서』의 마지막 편.

이름을 쓰는 데 1년 반,

7년 넘게 그리스어와 라틴어 때문에 τύπτω-하고,[65]

4년 간의 *시험과 반론으로도*—조각물은 여전히 대리석 안에 감추어져 있으며,[66]—조각물을 새기는 데 필요한 연장을 갈았을 뿐이니!—얼마나 오랜 지연인가!—위대한 *줄리우스 스칼리게르*도 자칫하면 연장도 준비하지 못할 뻔하지 않았는가?——그는 마흔네 살이 될 때까지 그리스어만 공부했고,—*오스티아의 주교, 페트루스 다미아누스*는 알려진 바대로, 성년이 될 때까지 글을 깨치지 못했지.—그리고 *발두스*[67]도, 후에 훌륭한 사람이 되긴 했지만, 너무 늦은 나이에 법에 입문하여, 저 세상에 가서 변호사를 하려느냐는 소리를 듣지 않았는가. 그리고 아르키다마스의 아들 유다미다스는, 크세노크라테스가 일흔다섯의 나이에 지혜에 관해 논쟁하는 것을 보고,—노인이 되어서도 여전히 지혜에 관해 논쟁을 벌이고 탐구해야 한다면,—자신이 지혜를 활용할 시간이 얼마나 되겠느냐고 진지하게 물었다고 하지 않는가.[68]

요릭은 아버지의 얘기에 열심히 귀를 기울였으며, 그의 종잡을 수 없는 생각에는 지혜가 묘하게 혼합되어 맛을 냈고, 가장 어두운 순간에, 마치 보상이라도 하려는 듯, 빛을 환하게 비추었습니다.—그러니, 선

---

65 고생하고.
66 진부한 표현으로서 아리스토텔레스에게 거슬러 올라가기도 하지만, 대리석 덩어리 안에 감추어진 조각물을 조각가가 찾아낸다는 미켈란젤로의 말이다.
67 줄리우스 카이사르 스칼리게르 Julius Caesar Scaliger(1484~1558): 이탈리아 출신으로서 작가이자 철학자; 성 피에트로 다미아니 St. Pietro Damiani, (1007~1072): 베네딕트회 수도승; 발두스 Baldus(1327~1400): 이탈리아의 법률학자.
68 이 이야기의 출처는 플루타르코스 Plutarch(46~120)의 *Moralia*('스파르타의 금언'). 유다미다스(스파르타 왕, 기원전 330년경 활약)는 아르키다마스(스파르타 왕, 기원전 361~338년경)의 아들. 크세노크라테스(기원전 396~314)는 플라톤이 아테네에 설립한 학교인 아카데미를 이끌었다.

생, 아버지를 흉내내는 것은 쉬운 일이 아니었지요.

아버지는 반은 읽으며 반은 얘기하며 말을 이었습니다. 요릭 목사, 세상에는 지식 세계로 통하는 북서 해로[69]가 있어, 인간의 영혼은 생각보다 짧은 지름길을 통하여, 지식과 교훈을 얻을 수 있다고 생각하네. ─그러나 요릭! 안타깝게도! 강이나 샘이 흐르는 평원은 어디에도 보이지 않고,─부모도 아이에게 그것을 알려줄 수 없다네.

─그리고 아버지는 작은 소리로 이렇게 덧붙였습니다. 요릭 선생, 모든 것은 *조동사*에 달려 있단 말이오.[70]

요릭이 베르길리우스의 뱀을 밟았다 해도,[71] 이보다 놀란 표정을 짓지는 않았을 것입니다.─아버지는 그를 보며, 나도 놀라긴 마찬가지였소 하고 소리쳤습니다.─우리 학계를 강타한 그중 심각한 재앙이었다고 생각하는데, 우리 자녀들의 교육을 위임받고, 어려서부터 그들의 마음을 열고, 지식으로 가득 채워 상상의 나래를 펼쳐주어야 할 책임이 있는 사람들이, 조동사를 활용하지 않다니 말이오─다만 *레이몬드 룰리우스*나, *펠레그리니*[72]는 제외해야 하는데, 후자는 논제를 다루며 조동사를 너무나 완벽하게 활용하여, 몇 번의 교습만으로도 학생들이 어떤 주제가 되었든, 장단점을 가려, 말하고 기록할 것은 빠짐없이 말하고 기록하고, 명확하고 그럴듯한 논쟁을 벌일 수 있게 하여, 사람들의 감탄의 대상이 되었지.─무슨 얘기인지 알아들을 수 있게 된다면 정말 좋겠는

---

69 북아메리카 연안을 따라 있는 해로로서, 대서양에서 태평양으로 배가 지나다닐 수 있는 해협이 있다고 생각했다.
70 조동사설은 교수법의 지나친 강조를 비꼰 것이다.
71 고대 로마의 시인 베르길리우스(기원전 70~19)의 『아이네이스 Aineis』 2권 참조. 그리스 용사 안드로게오스가 원수들에 에워싸였을 때 그의 반응을 묘사한 부분.
72 룰리우스(레이몬드 럴, 1232~1315년경)는 스페인 출신 신학자이며 기계적인 학습 방법에 대해 저술했다. 펠레그리니(마태오 펠레니, 1595~1652)는 르네상스 시대 이탈리아의 인문주의자.

걸요 하고 요릭이 아버지의 말을 방해하며 말했습니다. 물론 알아들을 수 있게 될 거요 하고 아버지가 말했습니다.

낱말 하나가 달성할 수 있는 최상의 진보는, 훌륭한 비유에 있으며, ─개인적으로는 그 결과 개념이 나아지기보다는 악화된다고 생각하지만,─어찌 되었든,─일단 이 과정을 거친 후에는─결론이 난 것이나 다름없으며,─새로운 개념이 들어갈 때까지,─우리의 정신과 그 개념은 휴식에 들어간다는,─그런 얘기지.

조동사의 사용은, 어떤 소재가 떠오르자마자 정신이 활동에 들어가게 하며, 정신이라는 훌륭한 기관의 융통성으로 말미암아, 새로운 탐구의 장이 열리고, 생각에 생각이 꼬리를 물고 일어나게 되는 것이지.

정말 흥미로운걸요 하고 요릭이 말했습니다.

나는 이미 포기했습니다, 라고 삼촌이 말했습니다.─나리, 리머릭 공략에서 우리 왼편에 자리잡고 있었던 덴마크인들이 모두 보조를 위한 원군[73]이 아니었습니까 하고 상병이 말했습니다.─훌륭한 부대였지. 토비, 하고 삼촌이 대답했습니다.─그리고 나리께서도, 대위들은 대위들끼리, 그들과 잘 어울리셨지요.─하고 상병이 말했습니다.─그러나 우리 형님이 말씀하시는 보조는 말이야.─전혀 다른 의미인 것 같은데.─

─정말 그렇게 생각하나? 아버지는 자리에서 일어나며 말했습니다.

---

[73] 조동사(auxiliaries)라는 말을 들은 트림이 지원군(auxiliaries)을 연상한다.

제43장

아버지는 방을 한 번 가로질러 걸어갔다가, 다시 자리에 앉아 그 장을 끝냈습니다.

우리가 지금 논하고 있는 조동사로는, *am, was, have, had, do, did, make, made, suffer, shall, should, will, would, can, could, owe, ought, used, is wont*가 있지 하고 아버지가 얘기를 계속했습니다.—그리고 이 동사들을 동사 *see*와 함께 현재, 과거, 미래로 변화시킬 수도 있고,—혹은 이렇게 물음표를 달면,—*Is it? Was it? Will it be? Would it be? May it be? Might it be?*가 되고, 다시 부정형으로 바꾸면, *Is it not? Was it not? Ought it not?*이 되며—긍정형으로는,—*It is, It was, It ought to be*가 된다네. 연대기적으로는,—*Has it been always? Lately? How long ago?*이며—가설적으로는,—*If it was, If it was not?*이 되는 것이며, 예를 들자면 어떤 것이 있을까—만약 프랑스가 영국을 이긴다면? 태양이 황도대(黃道帶)를 벗어난다면?[74]

자, 이제 이것을 제대로 사용하고 적용하여, 어린아이의 기억력을 훈련시켜야 하는데, 아무리 아이의 머리가 비어 있다 해도 어떤 개념이든 머릿속으로 집어넣을 수는 없으며, 모든 개념과 결론은 거기서 이끌어내야 한다네 하고 아버지가 말했습니다.—흰곰을 본 적이 있는가? 아버지는 의자 뒤에 서 있던 트림을 돌아보며 소리쳤습니다.—못 봤는데요, 나리 하고 상병이 대답했습니다.—그렇지만, 트림, 꼭 해야 한다

---

[74] If the *French* should beat the *English?* If the *Sun* go out of the *Zodiac?*

면 흰곰에 관한 이야기를 할 수 있지 않겠나? 하고 아버지가 물었습니다.―그러자 토비 삼촌이 말했습니다. 상병이 흰곰을 본 적이 없다는데 어떻게 그게 가능하겠습니까?―나는 객관적인 사실을 알고 싶을 뿐이라고 하고 아버지가 대답했습니다.―그리고 그 가능성은 다음과 같다네.

흰곰이라! 그래. 내가 그걸 본 적이 있냐고? 내가 그걸 보았을까? 앞으로 언제고 볼 수 있을까? 꼭 보아야 하는가? 정말 볼 수 있을까?

내가 흰곰을 보았을까? (아니라면 어떻게 상상을 했을까?)

내가 흰곰을 본다면 뭐라고 할 것인가? 내가 흰곰을 영영 못 본다면 어떻게 하겠는가?

내가 살아 있는 흰곰을 지금까지 본 적이 없다면, 앞으로는 볼 수 있을까, 보아야 하는가, 볼 수도 있을까, 혹은 내가 그 가죽이라도 보았는가? 그림이라도 보았는가?―말로 설명한 것은? 꿈에서라도 보았는가?

아버지, 어머니, 숙부, 숙모, 형, 누이도 흰곰을 본 적이 있을까? 본다면 무엇을 주겠는가? 어떻게 행동할 것인가? 흰곰은 어떻게 행동할까? 그 곰은 길들여지지 않았을까? 길이 들었을까? 끔찍할까? 난폭할까? 온순할까?

―흰곰은 볼 만한 가치가 있을까?―

―본다고 죄가 되는 것은 아닐까?―

검은곰보다 나을까?

젠틀맨 트리스트럼 샌디의 삶과 견해

제6권

내 말이 너무 솔직하고, 경솔하게 들려도, 이 정도의 자유는 너그럽게 허락하시리라 생각합니다.

트집 잡기 좋아하는 사람들은, 이런 어리석은 이야기는 엄숙한 성직자에게는 너무 저속하고, 온화한 기독교인에게는 지나치게 풍자적이라며 화를 낼 것이 분명합니다.

THE
LIFE
AND
OPINIONS
OF
TRISTRAM SHANDY,
GENTLEMAN.

Dixero si quid forte jocosius, hoc mihi juris
Cum venia dabis.   HOR.
―― *Si quis calumnietur levius esse quam decet*
theologum, aut mordacius quam deceat Chris-
tianum――non Ego, sed Democritus dixit.――
                         ERASMUS.

VOL. VI.

LONDON:
Printed for T. BECKET and P. A. DEHONDT,
in the Strand, MDCCLXII.

제1장

―선생, 한걸음도 지체하고 싶은 생각은 없지만,―다섯 권을 마무리한 마당이니, (아, 물론 한 질 깔고 앉으셔도 괜찮다마다요―그거라도 깔고 앉는 게 낫겠지요) 지금까지 우리가 지나온 길을 더듬어보도록 하지요.――

―정말 대단한 황무지였습니다! 길을 잃거나, 맹수들에게 잡혀 먹히지 않은 것만 해도 천만다행이지요.

이 세상에 수탕나귀들[1]이 그렇게 많다는 사실을 선생은 알고 계셨습니까?―그 협곡 바닥을 흐르는 개울을 건널 때, 그놈들이 우리를 얼마나 노려보고 재어보고 하던지!―그리고 우리가 언덕을 넘어 막 그놈들의 시야에서 벗어나려 할 때―맙소사! 얼마나 요란하게 한꺼번에 울부짖던지!

―그런데, 양치기 양반! 그 많은 수탕나귀들을 도대체 누가 돌본단 말이오?***

―하나님 맙소사―아니! 아무도 돌보지 않는단 말입니까?―겨울에도 내버려둔다고요?―울어라 울어―계속 울어,―세상은 너희들에게 큰 빚을 졌으니,―아무런 상관 말고,―더 크게 울어라―너희

---

1 졸렬한 비평가들을 수탕나귀로 표현한 것은 스턴이 처음은 아니다. 『돈 키호테』(II.III.25)와 조너선 스위프트의 『터무니없는 이야기 A Tale of a Tub』에서도 찾아볼 수 있다.

들은 지금까지 학대받아왔구나.―내가 수탕나귀였다면, 아침부터 저녁까지 날카로운 목소리로 울부짖을 것임을 엄숙히 선언하노라.

제2장

대여섯 페이지에 걸쳐 흰곰을 이리저리 춤추게 만들었던 아버지는, 마지막으로 책을 덮고,―다분히 승리감에 젖어, 트림의 손에 책을 건네주며, 책상 위에 다시 갖다 놓으라며 고개를 끄덕여 보였습니다.―트리스트럼은 말이네 하고 아버지가 말했습니다. 사전에 있는 모든 단어를, 앞으로든 뒤로든 똑같이 동사 변화시킬 수 있게 될 것이며,―요릭, 모든 단어는, 이런 과정을 통하여 논제나 가설로 전환되고,―모든 논제와 가설은 명제를 낳게 마련이니,―이런 명제들은 각각 독특한 귀결과 결론을 이끌어내어, 우리의 정신을 새로운 탐구와 호기심의 장으로 인도한다네.―그리고 이 기관은 놀라운 힘을 가지고 어린아이의 머리를 열어젖힌다네 하고 아버지가 말했습니다.―그렇다면 샌디 형님, 아이의 머리를 수천 조각으로 찢어놓지 않겠습니까.―

내 생각에는 바로 이런 이유 때문에 그렇게 말씀하신 것 같은데요.―하고 요릭이 미소를 지으며 말했습니다.―(논리주의자들이 무엇이라고 하든, 열 가지 범주[2]만으로 충분한 설명을 기대할 수는 없는 노릇

---

2 아리스토텔레스의 열 가지 범주는 모든 지식을 열 가지로 분류하여 설명한다: 내용 substanece, 분량quantity, 질quality, 관계relation, 행동action, 열정passion, 시간time, 장소place, 상황situation, 기질habit.

이니)―그 유명한 *빈센트 키리노*가 유년 시절에 발휘했던 온갖 기이한 능력에 관해서는 *벰보* 추기경이 자세한 기록으로 남긴 바 있지만, 무엇보다 그는 *로마*의 학교에서, 여덟 살의 나이에, 그중 난해한 신학 분야의 그중 난해한 주제에 관한 4,560가지 이상의 이론을 세웠으며,―이 이론들을 변론하고 방어하는 그를 보고 논적들은 놀라 아연하지 않을 수 없었습니다.―그래도 알폰수스 토스타투스[3]의 이야기에 비한다면 아무것도 아니지 하고 아버지가 소리쳤습니다. 그 양반으로 말하자면 유모의 손을 갓 벗어났을 무렵, 아무런 가르침도 없이 인문과학의 모든 분야를 섭렵했다네.―또 *피레스키우스*[4]도 빼놓을 수 없지 않겠나.―일전에 제가 말씀드린 바로 그 사람이 아닙니까, *샌디* 형님 하고 삼촌이 소리쳤습니다. 그분으로 말하자면 *파리*에서 *셰블링*까지 왕복 5백 마일을 걸어, 스테비누스의 돛마차를 구경가지 않았습니까.―정말 훌륭한 사람이었지요. (스테비누스를 가리켜) 삼촌이 덧붙였습니다.―훌륭하고말고. (피레스키우스를 가리켜) 아버지가 말했습니다.―그의 사상은 빠른 속도로 발전했고, 지식은 놀라울 정도로 쌓여, 이 일화가 믿을 만하다고 한다면, 사실 세상 모든 일화들의 신빙성을 흔들어놓지 않고는 믿지 않을 수도 없지만―그가 일곱 살 되던 해에 그의 부친은 다섯 살 난 동생의 교육을 그에게 전임했으며,―동생에 관한 모든 책임을 전가했지.―아버지가 아들만큼 현명했나요? 하고 삼촌이 물었습니다.―

---

3 빈센초 키리노 Vincenzo Quirino, 피에트로 벰보 Pietro Bembo 추기경, 알폰소 토스타도 Alfonso Tostado 등은 15세기와 16세기 초기 유럽 르네상스 시대의 지식인들이다. 스턴은 신동들에 관한 이야기를 오바댜 워커 Obadiah Walker의 『교육론 *Of Education*』과 아드리앵 바예의 『유명한 아이들 *Des enfans célèbres*』에서 인용하였다. 스턴은 라틴어로 이름을 표기하기도 하는데, 유식한 체하는 지식인들의 태도를 비꼬는 것으로 보인다. 예) Alfonso Tostado → Alphonsus Tostatus
4 2권 14장 참조.

그렇지 않았다는 생각이 드는걸요 하고 요릭이 말했습니다.—그러나 이 사람들에 비한다면 하고 아버지가 얘기를 계속했습니다.—(새로운 열정을 보이며)—이 사람들에 비한다면, 즉 그로티우스, 스키오퍼우스, 헤인시우스, 폴리티안, 파스칼, 조셉 스칼리거, 페르디난드 드 코르두에를 비롯한 신동들에 비한다면 아무것도 아닌 것이—이들 가운데는 아홉 살, 혹은 그 이전의 나이에 본질적 형상[5]을 마무리했거나, 그런 도움 없이 논리적 사고를 펴나간 인물도 있으며,—일곱 살에 고전을 떼고,—여덟 살에 비극 작품을 쓰고,—페르디난드 드 코르두에의 경우에는 아홉 살의 나이에 얼마나 영리했던지,—악마가 씌었다는 소리를 들었으며,—그는 *베니스*에서 자신의 지식과 부덕함을 너무나 훌륭하게 입증하여, 수도사들은 그가 *적그리스도*[6]임이 분명하다고 하지 않았겠나.—그리고 열 살 무렵에 열네 가지 언어를,—또한 수사학과 운문, 논리학, 윤리학을 열한 살에 통달했으며,—*세르비우스와 마르티아누스 카펠라*[7]에 대한 논평을 열두 살에 발표하고,—열세 살에는 철학, 법, 신학 학위를 받았지.—그런데 위대한 *립시우스*[8]를 잊으셨군요 하고 요릭이 말했습니다. 그는 태어나던 날에 작품*을 쓰지 않았습니까.—그

---

5 '본질적 형상'은 '열 가지 범주'와 함께 지식을 분류하려는 아리스토텔레스의 또 다른 시도였으며, 17세기에 로크를 비롯한 지식인들로부터 심한 공격을 받았다.

6 그리스도의 강한 적수로서 말세에 출현한다고 하는 인물. 『신약성서』 「요한 1서」 2장 18절.

7 스턴은 워커와 바예를 인용하고 있다. 네덜란드 출신 법학자 그로티우스 Grotius(1583~1645)는 5세기 작가 마르티아누스 카펠라에 대해, 그리고 이탈리아의 고전학자 필리페 베로알디 Philippe Beroaldi(1453~1505)는 마리우스 세르비우스 오노라투스(400년경 활동)에 대한 글을 썼다.

8 스턴의 각주는 플랑드르 출신 언어학자이자 비평가였던, 유스투스 립시우스 Justus Lipsius(1547~1606)에 관한 바예의 글을 인용한 것이다. 다음의 저자 주에 따르면, 바예는 립시우스가 '태어난 날에' 작품을 썼다는 이야기는, (니키우스 에리스레우스의 말대로) 비유적으로 해석해야 하며, 그가 논리적 사고를 시작한 첫날인, 아홉 살 때 최초로 시를 지은 것을 가리킨다고 했다.

런 건 없애버려야 합니다. 토비 삼촌은 이렇게 말하고는 더 이상의 언급을 피했습니다.

제3장

습포가 준비되어, 닥터 슬롭이 상처에 붙일 수 있도록 촛불을 들고 있던 *수잔나*의 마음속에, 갑자기 일말의 *예의*를 지켜야 한다는 생각이 들었으며, 닥터 슬롭은 *수잔나*의 불안한 마음을 이해하지 못했기 때문에,—그들 사이에 말다툼이 벌어졌습니다.
—오호!—닥터 슬롭은 도저히 못 하겠다고 말하는 *수잔나*에게, 지나치게 격의 없는 눈길을 주며 말했습니다.—알겠어요, 아가씨— 나를 안다고요!⁹ *수잔나*가 결백하다는 듯 소리쳤으며, 경멸스러움의 표시로 고개를 홱 돌렸는데, 의사로서 그의 직업에 대한 것이 아니라, 인간으로서 그를 향한 것이었습니다.—나를 안다고요! *수잔나*가 다시 소리쳤습니다.—순간 닥터 슬롭은 손가락으로 자기 코를 툭 쳤으며,— *수잔나*는 분통이 터져 어쩔 줄을 몰라하며,—거짓말이에요 하고 소리

---

* Nous aurions quelque interêt 하고 *바예*가 말했다. de montrer qu'il n'a rien de ridicule s'il étoit véritable, au moins dans le sens énigmatique que *Nicius Erythræus* a tâché de lui donner. Cet auteur dit que pour comprendre comme *Lipse*, a pû composer un ouvrage le premier jour de sa vie, il faut s'imaginer, que ce premier jour n'est pas celui de sa naissance charnelle, mais celui au quel il a commencé d'user de la raison; il veut que ç'ait été à l'age de *neuf* ans; et il nous veut persuader que ce fut en cet âge, que *Lipse* fit un poème.—Le tour est ingenieux, &c. &c.

9 '안다 know' 는 말에는 성관계를 갖는다는 의미가 내포되어 있다.

쳤습니다.—자, 자, 얌전이 아가씨. 그는 마지막 공격이 성공을 거두자 적잖이 득의만면해하며 말했습니다.—촛불을 들고 쳐다보고 있을 수가 없다면—불만 들고 눈은 감아도 좋아요.—가톨릭 교도다운 변통이시군요 하고 수잔나가 소리쳤습니다.—닥터 슬롭은 고개를 끄덕이며 이렇게 말했습니다. 대책이 없는 것보다야 낫지 않겠나, 아가씨.—저는 선생님이 정말 싫어요. 수잔나는 소매를 팔꿈치 아래로 내리며 고함쳤습니다.

이런 비우호적인 분위기 속에서 두 사람이 합심하여 외과적인 치료를 하기는 거의 불가능한 일이었습니다.

슬롭은 습포를 집어들었고,—수잔나는 촛불을 집어들었으며,—조금 이쪽으로 하고 슬롭이 말했습니다. 시선은 이쪽으로 두고, 손은 저쪽으로 움직이고 있던 수잔나는, 그만 슬롭의 가발에 불을 붙이고 말았으며, 숱이 많고 기름기가 있었던 그의 가발은 불이 제대로 붙기도 전에 모두 타버리고 말았습니다.—뻔뻔스런 갈보 같으니라구! 슬롭은 습포를 손에 쥐고 허리를 펴며 소리쳤습니다.—나는 어느 누구의 코도 망가뜨린 적이 없다고요[10] 하고 수잔나가 말했습니다.—더 이상 무슨 말을 하겠습니까.—정말이야? 슬롭은 습포를 그녀의 얼굴에다 던지며 소리쳤습니다.—정말이란 말이에요. 수잔나는 냄비에 남아 있던 습포를 마주 던졌습니다.—

---

[10] 성병 치료를 위해 처방했던 수은 때문에 코와 입의 점막이 손상되는 것을 빗대어 하는 말.

제4장

닥터 슬롭과 수잔나는 거실에서 서로 맞고소를 계속했으며, 결과적으로 습포는 모두 쓸모없게 되어버려, 그들은 부엌으로 돌아가 나를 위해 찜질 준비를 했으며,—그동안 아버지는, 다음과 같은 결론을 내렸습니다.

제5장

이제 때가 된 것 같군. 아버지는 토비 삼촌과 요릭, 그 두 사람을 향해 말했습니다. 그 어린것을 여자들의 손에서 빼앗아, 가정 교사에게 맡겨야 할 때가 되었단 말이네. 마르쿠스 안토나이누스는 아들 콤모두스[11]의 교육을 감독하기 위해 한꺼번에 열네 명의 가정 교사를 고용했다가,—6주 만에 다섯 명을 해고했는데,—한 가지 분명한 것은, 콤모두스의 어머니가 그를 수태할 당시, 검투사와 사랑에 빠졌었기 때문에, 후에 그가 황제가 되어 보여준 잔인성은 충분히 설명된 셈이지.—그러나, 안토나이누스가 해고한 다섯 명이, 그 짧은 기간 동안 콤모두스의 성격에 미

---

[11] 로마 제국의 17대 황제였던 콤모두스 Commodus(161~192)는 스토아 철학을 바탕으로 정치를 폈던 그의 부친 마르쿠스 아우렐리우스 안토니우스 Marcus Aurelius Antoninus의 노력에도 불구하고 광포한 황제가 되었다.

친 영향이, 나머지 아홉 명이 평생 동안 바로잡을 수 있었던 것보다 더 큰 상처를 남겼다는 생각이네.

내 아들이 아침부터 저녁까지 스스로를 비쳐보며, 몸가짐과 태도, 그리고 마음속 깊은 곳의 정서까지 바로잡을 수 있는, 거울이 될 만한 사람으로서,―기왕이면, 요럭, 내 아이가 모범으로 삼을 만한, 모든 면에 우수한 사람이었으면 좋겠네.―훌륭한 생각이야 하고 삼촌이 혼잣말로 중얼거렸습니다.

――사람이 말하고 행동할 때 보여주는 몸가짐과 태도는, 그의 내부 깊숙한 곳을 내비치게 마련이기 때문에, *나지안줌의 그레고리*는 경솔하고 완고한 줄리앙의 태도를 보고, 그가 결국 배교자가 될 것을 예언했다는 사실은 그리 놀라운 일이 아니며,―성 앰브로스는 그의 비서가 머리를 도리깨 모양 앞뒤로 점잖지 못하게 흔들어댄다는 이유로 그를 내쫓아버렸으며,―데모크리투스는 프로타고라스가 나뭇단을 만들며, 잔가지를 안쪽으로 꺾어넣는 것을 보고, 그가 학자라는 것을 알아보았다네.―다시 말하자면 하고 아버지가 말을 이었습니다. 예리한 사람에게는 인간의 영혼을 단번에 엿볼 수 있는 은밀한 경로가 수없이 많다는 얘기며, 나는 이렇게 생각하네 하고 아버지가 덧붙였습니다. 사리분별이 있는 사람이라면 방에 들어오자마자 모자를 벗어놓거나,―방을 나갈 때 모자를 집어들지 않으며, 무엇 때문에든 잊어버리게 마련이고, 그것으로서 그의 속내가 드러나는 법이라네.

바로 이 때문에 하고 아버지가 얘기를 계속했습니다. 이 때문에 내가 선택하는 가정 교사는 혀짤배기 소리를 해서도, 사팔눈이어도 안 되며, 눈을 깜박거리거나 말소리가 크거나, 사납게 보이거나 바보 같아 보여도 안 되고,―입술을 깨물거나 이빨을 갈아도, 콧소리를 내서도, 손가락으로 코를 풀어서도 안 된다네.―

그는 걸음이 빨라도,—느려도 안 되고, 팔짱을 끼는 것도,—게으름을 나타내는 것이니만큼 삼가해야 하며,—팔을 늘어뜨려,—바보같이 보여도, 주머니에 손을 넣어 어리석게 보여도 안 된다네.—

때려도, 꼬집어도, 간질여도 안 되며,—물거나, 손톱을 물어뜯어도, 소문을 퍼뜨려도, 침을 뱉어도, 콧방귀를 뀌어도, 사람들 앞에서 발이나 손가락으로 소리를 내어도 안 되며,—(에라스무스에 의하면) 소변을 보는 중에 누구에게든 말을 걸어도 안 되고,—썩은 고기나 배설물을 손가락으로 가리켜도 안 된다네.—정말 엉터리 같은 일이군 하고 토비 삼촌이 중얼거렸습니다.—

그는 명랑하고, 해학이 넘치고, 쾌활해야 할 뿐 아니라 하고 아버지가 얘기를 계속했습니다. 동시에 사려 깊고, 일처리를 잘 하고, 부지런하고, 예민하며, 빈틈없고, 창의력이 풍부하며, 의문점이나 사변적인 질문에 제대로 답해줄 수 있어야 하고,—현명하고 지혜로우며, 학문에 정통해야 한다네.—게다가 겸손하고 온화하며, 예의바르고 선량하다면 더욱 좋겠지요? 하고 요릭이 말했습니다.—그리고 자주적이고, 너그럽고, 관대하며, 용기 있는 사람이라면 어떨까요? 하고 삼촌이 소리쳤습니다.—물론이지. 아버지는 자리에서 일어나 그의 손을 잡아 흔들며 말했습니다.—그렇다면 *샌디* 형님. 삼촌도 의자에서 일어나, 담뱃대를 내려놓고 아버지의 다른 손을 잡으며 이렇게 말했습니다.—저는 형님께 가엾은 르 페베의 아들을 정중하게 추천하는 바입니다.—삼촌의 눈에는 기쁨의 눈물 한 방울이 빛났으며,—그것과 쌍을 이루는 또 한 방울의 눈물이, 삼촌이 그 제안을 하는 순간, 상병의 눈에 맺혔으니,—르 *페베*의 사연을 듣고 나면 그 이유를 알게 될 것입니다.—바보같이! 상병이 그 이야기를 자진해서 하려고 했을 때 무엇 때문에 못 하게 했는지 기억조차 할 수 없으니,—그러나 기회는 이미 지나가버렸고,—그 이야기는 내가 하는 수밖에 없군요.

제6장

르 페베의 이야기

때는 연합군이 덴더몬드[12]를 함락시켰던 해 여름이었으며,—아버지가 낙향하기 7년 전이었고,—토비 삼촌과 트림이 유럽에서 그중 견고한 도시에 포위 공격을 감행하기 위해, 런던의 아버지 집을 은밀하게 떠난 후 7년의 시간이 흐른 뒤였으며—어느 날 저녁 삼촌은, 그의 등 뒤로 나지막한 찬장 위에 앉아 있던 트림의 시중을 받으며 저녁 식사를 하고 있었는데,—앉아 있었다는 말은—다리가 불편했던 상병을 생각하여 (때때로 심한 고통을 느꼈기 때문에)—삼촌은 혼자 저녁을 들거나 식사를 할 때면, 상병이 서 있지 않도록 배려했는데, 주인을 향한 그의 존경심이 너무나 지극했기 때문에, 삼촌이 그를 설득하는 것보다는, 화력만 충분하다면, 덴더몬드를 혼자 힘으로 함락시키는 편이 더 수월했을 정도였으며, 상병이 다리를 쉬고 있다고 생각하며 삼촌이 몇 번이고 뒤를 돌아볼 때마다, 그는 삼촌 뒤에서 정중한 태도로 서 있었습니다. 이 논란은, 지난 25년 간 이들 두 사람 사이에 벌어졌던 다른 모든 논란들을 합쳐놓은 것보다 더 많은 입씨름을 불러일으켰습니다.—그러나

---

[12] 1706년 9월 말버러 장군(말버러 공작, 1650~1722)에 의해 함락되었다.

그 일이야 어찌 되었든 상관없는 일인데—왜 지금 그 이야기를 하고 있는 것일까요?—내 펜에게 물어보십시오,—펜이 나를 지배하지,—내가 펜을 지배하는 것은 아니니까요.

어느 날 저녁 이렇게 저녁 식사를 하고 있을 때, 마을에 있는 여관 주인이 빈 병을 하나 가지고 거실로 들어와, 백포도주 한 잔과 얇은 토스트 한 쪽을 얻을 수 없겠냐고 물었습니다. 불쌍한 신사 한 분을 위한 것인데,—그는 군인인 모양입니다 하고 그 여관 주인이 말했습니다. 그는 나흘 전에 우리 집에서 몸져누웠는데, 지금까지 머리도 제대로 가누지 못하고, 아무것도 입에 대지 않고 있다가, 방금 전에 백포도주 한 잔과 얇은 토스트 한 쪽을 청했습니다.—그는 이마에서 손을 떼며 이렇게 말했지요. "그렇게 해주신다면 제게 큰 위안이 될 것입니다" 하고 말입니다.—

—제가 그분이 청한 것을 구걸하지도, 빌리지도, 사지도 못한다면.—하고 여관 주인이 덧붙였습니다.—병마에 시달리는 그 신사를 위해, 훔치기라도 하겠습니다.—저는 그가 꼭 회복됐으면 합니다.—우리 모두 그를 위해 걱정하고 있지요.

정말 훌륭하십니다, 원하시는 대로 해드리지요 하고 삼촌이 말했습니다. 당신도 그 가엾은 신사의 건강을 위해 백포도주를 한 잔 들고,—내 안부와 함께 술을 한두 병 가지고 가서, 충분히 마신 후 필요하다면 열댓 병 더 드릴 수도 있다고 전해주시오.

그는 정말 인정 많은 사람이군. 삼촌은 여관 주인이 문을 닫고 나가자 말했습니다.—그러나 트림—나는 그의 손님도 높이 평가하지 않을 수 없는 것이, 그렇게 짧은 시간에 여관 주인의 깊은 사랑을 얻었으니 하는 말이네.—모두들 그를 걱정하고 있다는 걸 보니, 그의 가족들의 사랑도 마찬가지 아니겠습니까 하고 상병이 덧붙였습니다.—트림 그를 쫓아가게,―부탁이네 트림,―가서 그 신사의 이름이 무엇인지 물어보고 오게나 하고 삼촌이 말했습니다.

―사실, 생각이 나질 않습니다. 여관 주인은 이렇게 말하며 상병과 함께 다시 거실로 들어왔습니다.―그의 아들에게 물어보지요.―그렇다면 그의 아들이 함께 있단 말이오? 하고 토비 삼촌이 물었습니다. ―열두어 살 먹은 사내아이인데,―그 불쌍한 것이 제 아비와 한가지로 아무것도 입에 대지 않고, 하루 종일 슬피 울고 있습니다.―그의 침대 곁을 이틀 내내 떠나지 않고 있지요.

토비 삼촌은 여관 주인의 이야기를 듣고는, 나이프와 포크를 내려놓고, 접시를 앞으로 밀쳐놓았다. 트림은 아무런 지시가 없었음에도, 아무 말 없이 접시를 치웠으며, 잠시 후 담뱃대와 담배를 가져왔습니다.

―잠시 있다가 나가게나 하고 삼촌이 말했습니다.―

트림! ―삼촌은 담배에 불을 붙이고, 한참을 빨다가 말했습니다. ―트림은 주인 앞으로 다가가 절을 했으나,―삼촌은 담배만 피워댈 뿐 아무 말이 없었습니다.―상병! 하고 삼촌이 불렀습니다―그는 절을 했습니다.―그러나 삼촌은 더 이상 말을 잇지 않고 담배를 다 태웠습니다.

트림! 삼촌이 말했습니다. 내게 한 가지 계획이 있네만, 날씨가 험악한 밤이니 로클로[13]를 둘러 몸을 따뜻하게 하고, 그 가엾은 신사를 방문하는 것이 어떻겠나.―나리의 로클로라고요 하고 상병이 말했습니다. 나리께서 상처를 입기 전날 밤, 성 니콜라스 성문 앞의 참호 안에서 나리와 제가 보초를 설 때 마지막으로 입지 않았습니까,―게다가 이렇게 춥고 비 오는 밤에는, 로클로가 있든 없든, 날씨가 어떻든, 나리께서

---

13 roquelaure. 18세기에 남자들이 입던 무릎까지 덮는 망토.

는 지독한 감기에 걸려, 살에 심한 통증이 올 텐데요. 옳은 말이네 하고 삼촌이 대답했습니다. 그러나 트림, 여관 주인의 말을 들은 이상 나는 편히 쉴 수가 없네.—차라리 그 일을 몰랐더라면 좋았을 것을.—하고 그가 덧붙였습니다.—아니 더 자세히 알았더라면 좋았을 것을.—어떻게 한다지? 나리, 제게 맡겨두십시오 하고 상병이 말했습니다.—제가 모자를 쓰고 지팡이를 짚고 그 집에 가서 자세히 알아본 후, 적당한 조치를 취하겠으며, 한 시간 안에 돌아와 나리께 모두 보고드리겠습니다.—그렇다면 가보게, 트림 하고 삼촌이 말했습니다. 여기 1실링이 있으니 그의 하인과 함께 술이나 한잔하게.—제가 모든 것을 알아오겠습니다. 상병은 이렇게 말하고 문을 닫았습니다.

삼촌은 담뱃대를 두번째로 채웠으며, 간혹 요점을 벗어나, 요새의 외보(外堡)의 벽을 곡선으로 하지 않고 직선으로 해도 무관하지 않을까, 하는 생각에만 빠져들지 않았어도,—담뱃대를 빠는 내내 르 페베와 그의 아들 생각만 했다고 해도 과언이 아니었습니다.

제7장

르 페베의 이야기 계속

토비 삼촌이 담뱃대의 재를 세번째로 떨어냈을 무렵, 트림 상병이 여관에서 돌아와, 다음과 같은 이야기를 전했습니다.

처음에는 하고 상병이 말했습니다. 나리께 그 가엾은 병든 중위의 이야기를 전하기가 절망스러웠는데—그렇다면 그가 군인이란 말인가? 하고 삼촌이 물었습니다.—그렇습니다 하고 상병이 대답했습니다—어느 연대 소속이지?—나리, 모든 것을 들은 대로 빠짐없이 말씀드리겠습니다.—그렇다면, 트림, 담뱃대만 채우고, 자네가 이야기를 끝낼 때까지 방해하지 않겠네 하고 삼촌이 말했습니다. 그러니 창가에 있는 자리에 편히 앉아, 이야기를 다시 시작해보게나. 상병은 평소와 다름없이 고개 숙여 절을 했으며, 그의 절은 항상—*나리는 좋으신 분이다*—라고 분명하게 말하는 듯했습니다. 절을 하고 난 후, 그는 자리에 앉아, 지시를 받은 대로,—위에서 했던 것과 거의 똑같은 말로 이야기를 하기 시작했습니다.

처음에는 하고 상병이 말했습니다. 나리께 그 가엾은 병든 중위와 그의 아들의 이야기를 전하기가 절망스러웠는데, 다름아니라, 그의 하인이라면 내가 물어보아야 할 것을 모두 알고 있겠다는 생각에, 하인이 어디 있냐고 물었지요.—아주 잘했네, 트림 하고 삼촌이 말했습니다.—그런데, 나리, 그에게는 하인이 없다는 대답을 들었으며,—그가 말을 빌리기 위해 여관에 들렀다가, 여행을 계속할 수 없다는 것을 알고는 (아마도 연대로 복귀하기 위해), 도착한 다음날 아침 하인을 해고했다는 것입니다.—그는 아들에게 지갑을 내어주며 하인에게 급료를 지불하라고 하고는, 애야, 내가 완쾌되면 이 돈에서 말을 빌리면 된다 하고 말했다고 합니다.—그러나 슬프게도! 그 가엾은 신사는 거기서 한걸음도 떠나지 못할 것이라고, 여관 여주인이 제게 말하더군요.—밤새도록 살짝수염벌레[14]가 울었다면서요.—그리고 그가 죽는다면, 이미 절망에 빠진 그의 아들, 즉 그 소년도 함께 죽고 말 거라고 하더군요.

---

14 이 벌레의 나무 먹는 소리가 죽음의 전조라고 생각했다.

제가 이 이야기를 듣고 있을 때 하고 상병이 얘기를 계속했습니다. 그 소년이, 여관 주인이 말했던 얇은 토스트를 주문하기 위해 부엌으로 들어왔습니다.──아버지를 위해 제가 만들겠습니다 하고 소년이 말했습니다.──부탁이다만 애야, 토스트를 내가 만들게 해주지 않겠니. 저는 소년에게 토스트를 만드는 동안 불가의 내 자리에 앉아 있으라고 말하고는, 포크를 집어들었습니다.──제 생각에는, 하고 소년이 매우 조심스럽게 말했습니다. 제가 아버지의 입맛을 더 잘 맞출 수 있을 것 같은데요.──그렇지만 이 나이 든 병사가 만든 토스트도 나리께서는 싫어하지 않으실 듯하구나 하고 제가 말했습니다.──그러자 소년은 제 손을 잡고 갑자기 눈물을 터뜨렸습니다.──불쌍하게도 하고 삼촌이 말했습니다.──트림, 그 소년은 갓난아기 때부터 군대에서 자랐을 테니, 그의 귀에는 병사의 이름이 친구 이름이나 다름없었겠지,──그가 지금 이 자리에 있었으면 좋으련만.

──아무리 오랜 행군 뒤의 식사도, 그와 함께 흘린 눈물만큼 감동적이지는 못했습니다.──왜 그랬을까요, 나리? 당연한 일이지, 트림. 삼촌이 코를 풀며 말했습니다.──자네는 선량한 사람이기 때문이네.

소년에게 토스트를 갖다 주며, 저는 *샌디* 대위님의 하인이고, 나리께서 (모르는 사람이긴 하지만) 그의 아버지를 심히 걱정하고 계신다고 말해주어야 한다는 생각이 들었지요 하고 상병이 얘기를 계속했습니다. 그리고 나리의 집이나 지하 저장고에 있는 것은 무엇이든──(내 지갑도 덧붙일 것을 그랬네 하고 삼촌이 말했습니다)──사용해도 좋다고 했습니다.──소년은 공손히 절을 하기만 했을 뿐, (물론 나리를 향한 것이었지요) 아무 말 없이,──가슴 벅차하며──토스트를 가지고 위층으로 올라갔으며,──저는 부엌문을 열고, 네 아버지는 곧 회복되실 거야 하고 말했습니다.──때마침 요릭 씨의 부목사가 부엌 난로 가에서 담뱃대를 빨고 있었으나,—소년에게는 이렇다 할 한마디 위로도 건네지 않더군요.—그러면 안 된다는 생각이 들었지요 하고 상병이 덧붙였습니다.—나도 동감이네 하고 삼촌이 말했습니다.

백포도주와 토스트를 드시고 난 중위님이, 약간 기운을 차려, 10분 후에 위층으로 올라와주었으면 한다는 기별을 주방으로 보냈습니다.—기도를 하려는 모양이군요 하고 주인이 말했습니다.—그분의 침대 옆 의자 위에는 성경책이 놓여 있었고, 제가 문을 닫으며 보니, 아들이 쿠션을 집어들더군요.—

트림 씨, 나는 군인들은 기도를 하지 않는 줄 알았는데요 하고 부목사가 말했습니다.—어젯밤 그 가엾은 신사가 기도하는 소리를 들었는걸요 하고 여주인이 말했습니다. 그의 열성적인 기도 소리를 내 귀로 똑똑히 듣지 않았다면, 나도 믿지 않았겠지요.—정말이오? 하고 부목사가 물었습니다.—목사님, 군인들도 성직자들이나 마찬가지로 (자발적으로) 열심히 기도합니다 하고 제가 말했습니다.—국왕을 위해, 자기 목숨을 위해, 명예를 위해 싸울 때면, 세상 어느 누구보다 하나님께 열심히 기도를 해야 하지 않겠습니까.—자네 정말 말 잘했네, 트림 하고 삼촌이 말했습니다.—목사님 하고 제가 또 말했지요. 병사는 참호 속에서 차가운 물 속에 무릎까지 잠긴 채, 열두 시간씩 서 있거나,—몇 달간의 지루하고 위험한 행군을 하며,—오늘은 뒤에서 공격을 받고,—내일은 반대편을 공격하고,—이쪽으로 파견되고,—저쪽으로 소환되고,—하루 밤은 팔을 베개 삼아 잠을 청하고,—다음 날은 셔츠 바람으로 매를 맞아,—관절이 곱아지고,—텐트 안에는 무릎을 댈 만한 밀짚조차 없어,—형편이 닿는 대로 기도를 하지요.—저는 군대의 명성이 달려 있는 만큼 화가 났기 때문에,—이렇게 말했습니다.—제 생각에는, 목사님, 병사가 기도할 시간이 날 때는,—목사님들보다 더 열심히 할 뿐 아니라,─법석을 떨거나 위선을 떨지도 않습니다.─그 말은 하지 말 걸 그랬네, 트림 하고 삼촌이 말했습니다.─누가 위선자인지는 하나님만이 아실 테니까.─상병, 마지막 심판날에, 그분이 우리 모두를 대대적으로 심문하실 때, (그날이 오면)─누가 이 세상에서 본분을 다했는지,─혹은 다하지 못했는지 밝혀질 것이며, 그 결과에 따라 상이 주어진다네.─우리가 상을 받았으면 좋겠는걸요 하고 트림이 말했습니다. ─성경에 씌어 있으니, 내일 보여주기로 하지 하고 삼촌이 말했습니다.─그러나 트림, 그때가 올 때까지 우리에게 큰 위로가 되는 것이 있다면, 전능하신 하나님은 지극히 선하고 공정하게 세상을 다스리는 분이시니, 우리가 본분을 다하기만 한다면, 빨간 외투를 입고 했든, 검은 외투를 입고 했든, 문제삼지 않으신다는 것이네.─그렇기를 바랍니다 하고 상병이 말했습니다.─그건 그렇고 어서 자네 이야기를 계속해보게나, 하고 삼촌이 말했습니다.

제가 위층에 있는 그 중위님의 방으로 올라갔을 때 하고 상병은 얘기를 계속했습니다. 그의 말대로 10분이 지난 후에 올라갔습니다만,─그는 손으로 머리를 받치고, 팔꿈치는 베개 위에 대고, 깨끗한 흰색 아마포 손수건을 옆에 놓고, 침대에 누워 있었습니다.─소년은 무릎을 꿇었던 방석을 집으려고 막 허리를 구부리던 참이었으며,─성경책은 침대 위에 펼쳐져 있었고,─소년은 한 손으로 방석을 집어들고 허리를 펴며, 동시에 다른 손으로는 성경책을 치우려고 했습니다.─애야, 거기 그냥 두거라 하고 중위님이 말했습니다.

그는 제가 침대 가까이 갈 때까지 아무 말도 하지 않았습니다.─자네가 *샌디* 대위님의 하인이라면 하고 그가 입을 열었습니다. 자네 주인께 내게 베풀어주신 친절에 대한, 내 아이와 나의 감사를 꼭 전해주고, ─레븐의 연대에 계셨다면.─하고 그 중위님이 말했으며─제가 그렇다고 대답했지요.―그렇다면, 플랑드르에서 세 번에 걸쳐 함께 출정했고, 나는 그분이 기억나네만,―그분을 직접 대면하는 행운은 없었으니, 나를 전혀 모르실 것이 분명하네.―그러니 그분의 훌륭한 성품에 빚을 진 이 사람의 이름은, 앵거스의 연대에 속했던, 르 페베 중위라고 말씀드려주게―그러나 그분은 나를 모르실 것이네.―그는 생각에 잠긴 듯, 이렇게 반복해서 말하고는,―혹시 나에 관한 이야기는 들으셨을지 모르겠네만.―하고 덧붙였습니다―텐트 속에서 남편의 팔에 안겨 누워 있던 아내가 불행히도 머스킷 총에 맞아 죽은, 그 *브레다*의 기수가 바로 나라고 대위님께 전해주게나.―그 이야기라면 저도 잘 알고 있습니다 하고 제가 말했습니다.―그래? 하고 그분은 손수건으로 눈물을 훔치며 말했습니다.―그렇다면 실례하겠네.―그분은 이렇게 말하며, 검은색 띠로 목에 매달아놓았던 반지를 품속에서 꺼내, 두 번 입을 맞추고는―자, 빌리 하고 말했습니다.―소년은 방을 가로질러 침대 곁으로 재빨리 다가갔으며,―무릎을 꿇고, 반지를 손에 쥐고, 입을 맞추고는,―아버지에게도 입을 맞추고, 침대 위에 앉아 눈물을 흘렸습니다.

정말이지. 삼촌은 길게 한숨을 쉬며 말했습니다.―정말이지, 트림, 내가 차라리 잠을 자고 있었더라면 좋았을 뻔했네.

나리께서는 너무 걱정이 많으십니다 하고 상병이 말했습니다.―담뱃대와 함께 백포도주를 한 잔 따라드릴까요?―부탁이네, 트림 하고 삼촌이 말했습니다.

기억나고말고. 삼촌은 다시 한 번 한숨을 쉬며 말했습니다. 그 기수와 그의 아내 이야기라면, 정숙한 그의 성품이 빠뜨린 자초지종까지도,―그리고 특히, 그와 그의 아내가, 무슨 이유 때문이었는지, (기억은 나지 않지만) 연대 전체의 동정을 샀었지,―그건 그렇고, 하던 이야기나 마저 끝내게.―벌써 끝났습니다 하고 상병이 대답했습니다.―더 이상 거기

머물 수가 없어서,—중위님께 인사를 하고 방을 나왔으며, 그분의 아들 르 페베 군이 침대에서 일어나, 층계 아래까지 배웅해주어, 계단을 내려가며 들은 얘기로는, 두 사람은 *아일랜드*에서 왔으며, 플랑드르에 주둔한 연대로 향하던 중이었다고 하더군요.—그러나 슬프게도!라고 상병이 외쳤습니다.—중위님의 마지막 행군날이 지나고 말았습니다.—그러니 불쌍한 그의 아들은 어떻게 되겠나? 하고 토비 삼촌이 외쳤습니다.

제8장

르 페베의 *이야기 계속*

나는 이 이야기를, 자연법과 실정법[15] 사이에 꼼짝없이 갇혀, 어느 쪽으로 가야 할지 모르는 사람들을 위해 하는 것이며—당시 삼촌은 연합군과 나란히 덴더몬드 공략에 열중하고 있었는데, 연합군이 맹렬하게 공격을 감행하는 통에 저녁 먹을 여유도 없었으며,—이미 외벽 위에 거점을 마련한 상태였음에도 불구하고, 그가 그 도시를 기꺼이 포기하고—여관에서 일어난 사적인 재난에 모든 정신을 집중시키기 위해, 정원 문에 빗장을 지르고 잠그라는 명령을 내려 덴더몬드 공략을 봉쇄로 전환시킨 채,—그 도시를 그대로 방치하여,—프랑스 왕이 탈환하든 말든, 하고 싶은 대로 내버려두고, 가엾은 중위와 그의 아들을 구할 방

---

15 자연법은 인간의 이성에 의해 만들어지고, 실정법은 신의 현시에 의한 것이다.

도를 강구했다는 사실은,―토비 삼촌이 영원히 칭송받아 마땅한 일이었습니다.

――친구가 없는 사람들에게 친구가 되어주시는 인정 많은 신께서, 당신에게 보답해주시겠지요.

자네가 일을 제대로 처리하지 못했구먼 하고 삼촌은 잠자리를 살펴주던 상병에게 말했습니다.―무슨 소리인지 설명해주겠네, 트림.― 먼저, 자네가 르 페베 씨에게 내 도움을 제공했을 때,―질병과 여행은 두 가지 모두 돈이 많이 들고, 자네도 알다시피 그는 가난한 중위이고, 그의 급료로 자신은 물론 아들까지 돌봐야 하는데,―자네는 그에게 내 돈지갑을 내어놓겠다는 말을 하지 않았으니, 자네도 알다시피, 내가 기꺼이 그렇게 했을 텐데 말이네.―나리께서도 아시다시피 그런 지시는 내리지 않으셨습니다 하고 상병이 말했습니다.―옳은 말이네, 트림,―자네는 군인으로서는 나무랄 데 없는 행동을 했으나,―인간으로서는 분명히 잘못을 범했네.

그리고 두번째로는, 물론 자네는 처음과 동일한 변명을 할 수 있겠지만,―자네가 우리집에 있는 것을 모두 제공했다면,―내 집도 제공했어야 하지 않겠나.―병든 동료 장교라면 좋은 곳에 머물러야 하고, 그가 우리와 함께 지낸다면,―그를 간호하고 보살필 수 있지 않겠나. ―게다가 트림, 자네는 훌륭한 간호사이니 하는 말이네만―그 중위가, 자네와 여관 여주인, 그리고 그의 아들의 간호를 받는다면, 단번에 건강을 회복하여, 일어날 수 있을지 또 알겠는가.――

――이삼 주 안에 말이야 하고 삼촌이 미소를 지으며 덧붙였습니다. ―그가 다시 행군을 할 수 있을지도 모르는 일이지.―나리, 그는 이 세상에서는 절대 행군을 못 할 것입니다 하고 상병이 말했습니다.―꼭 할 수 있을 거야, 삼촌이 침대 가에서 일어나며, 신발은 한 짝만 신은

채 말했습니다.―나리. 상병이 말했습니다. 그는 행군이라고는 무덤으로밖에 할 수 없습니다.―글쎄 꼭 할 수 있다는데. 삼촌은 신발이 신긴 발을 앞으로는 한걸음도 떼지 않고, 제자리에서 구르며 소리쳤습니다.―그는 연대가 있는 곳까지 행군할 수 있어.―견디지 못할 것입니다 하고 상병이 대답했습니다.―부축을 받으면 되지 하고 삼촌이 말했습니다.―결국 쓰러지고 말 텐데요, 그러면 그의 아들은 어떻게 되겠습니까? 하고 상병이 말했습니다.―그는 쓰러지지 않아. 삼촌이 단호하게 소리쳤습니다.―아이구,―우리가 그를 위해 무슨 일을 하든 소용없습니다. 트림은 여전히 자기 주장을 굽히지 않으며 말했습니다.―그 가엾은 분은 죽고 말 것입니다.―제기랄, 그는 절대 죽지 않는다니까 하고 삼촌이 소리쳤습니다.

―고발하는 영(靈)이 그 욕설을 가지고, 천국의 법정으로 올라가, 그것을 제출하며 얼굴을 붉혔고,―기록하는 천사는 그 욕설을 써 넣으며, 눈물을 한 방울 떨어뜨려 그 말을 영원히 지워버렸습니다.[16]

제9장

―토비 삼촌은 책상으로 다가가,―지갑을 바지 호주머니에 넣으며, 상병에게 내일 아침 일찍 의사를 불러오라고 이르고는,―잠자리에

---

[16] 『신약성서』「요한계시록」 20장 12절: "또 내가 보니 죽은 자들이 무론 대소하고 그 보좌 앞에 섰는데 책들이 펴 있고 또 다른 책이 펴졌으니 곧 생명책이라 죽은 자들이 자기 행위를 따라 책들에 기록된 대로 심판을 받으니."

들어, 잠이 들었습니다.

제10장

르 페베의 이야기 종결편

다음날 아침 햇살은, 르 페베와 슬픔에 빠진 그의 아들을 제외한, 마을 사람 모두의 눈에 밝게 비쳤으며, 죽음의 손이 르 페베의 눈까풀을 무겁게 내리누르고 있었는데,—우물 위의 도르래가 한 바퀴도 채 돌기 전에,[17]—평소보다 한 시간이나 일찍 일어난 토비 삼촌은, 자신을 소개하거나 양해를 구하지도 않고, 중위의 방으로 들어가, 침대 옆에 있는 의자에 앉아, 모든 관습과 관례를 무시한 채, 오랜 친구이자 동료 장교에게 하듯, 커튼을 들치고, 좀 어떠냐고,—지난밤에 잘 쉬었냐고,—불편한 점은 없는지,—어디가 아픈지,—도와줄 것이 없는지 물었습니다. —그리고 그의 대답은 기다리지도 않고, 전날 밤 상병과 함께 의논한 계획을 말했습니다.—

—르 페베 중위, 지금 당장 우리집으로 갑시다 하고 삼촌이 말했습니다. 우리집으로 말이오.—그리고 의사를 불러 진료를 받고,—약제사도 부르고,—상병은 간호를 하고,—나는 시중을 들겠소.

토비 삼촌은 솔직한 분이었으며,—그의 이런 솔직함은 친밀함의

---

[17] 『구약성서』「전도서」 12장 6절: "은 줄이 풀리고 금 그릇이 깨어지고 항아리가 샘 곁에서 깨어지고 바퀴가 우물 위에서 깨어지고."

결과라기보다는 ―그 *원인이* 되었으며,―단번에 그의 영혼을 열어젖히고, 그의 선량함을 보여주었으며, 여기다 표정, 목소리, 태도에 무엇인가가 보태져, 불행한 사람들에게 그에게서 피난처를 구하라고 끊임없이 손짓하여, 삼촌이 중위에게 전하고 있던 관대한 제안을 절반도 채 끝내기 전에, 중위의 아들이 아무도 모르게 삼촌의 무릎 가까이 다가가, 외투 앞자락을 자기 쪽으로 잡아당기는 것이었습니다.―몸 속에서 천천히 차갑게 굳어가며, 마지막 요새인 심장으로 후퇴하고 있던, 르 *페베*의 피와 영혼이,―다시 한 번 기운을 차리고,―흐릿했던 눈이 잠시 맑아졌으며,―무엇인가 열망하는 눈빛으로 삼촌의 얼굴을 한 번 쳐다보고는,―다시 그 눈길을 아들에게 돌렸으며,―그 연결 끈은 비록 가늘긴 했지만,―결코 끊어지지 않았습니다.―

그러나 그의 기력은 금방 쇠하여,―눈빛이 희미해지고,―심장이 펄떡이다가―멈추었다가―다시 뛰다가―고동치다가―다시 멈추었다가―움직이다가―멈추었다가―계속할까요?―아닙니다.

제11장

나는 내 이야기로 돌아가고 싶은 마음이 너무도 간절하여, 아직 다하지 못한 르 *페베*의 아들 이야기, 즉 그의 운명이 바뀐 순간부터, 토비 삼촌이 그를 나의 가정교사로 추천하기까지의 사연은 다음 장에서 몇 마디로 간단히 말씀드리겠습니다.―이번 장에서 꼭 말씀드려야 할 것은 다음과 같습니다.―

삼촌은 어린 르 페베 군의 손을 잡고, 상주로서, 가엾은 중위를 무덤까지 동행했습니다.

　덴더몬드의 지사는 군장으로 그의 장례를 치러주었으며,—요릭 목사도 원조를 아끼지 않았고,—성직자로서 최선을 다했으며,—교회의 설교단 옆에 그를 매장했습니다.—그리고 요릭 목사가 장례식 설교를 했던 것으로 생각되는데—여기서 *생각된다*는 말은,—그는 평소, 사실 다른 목사들도 마찬가지겠지만, 자신이 집필하는 모든 설교의 첫번째 페이지에, 시간과 장소, 그리고 그 설교를 하게 된 계기를 기록하는 습관이 있었으며, 여기다 설교에 대한 간단한 논평이나 비평도 덧붙였는데, 칭찬하는 내용은 거의 찾아볼 수 없었습니다.—예를 들자면 이런 내용입니다. 유대교 율법에 대한 이 설교는—*정말 마음에 들지 않지만,—워터랜드식*[18] *지식이 넘친다는 것은 인정하며,—모두 진부하기 짝이 없고, 진부하게 씌어졌다.—이렇게 보잘것없는 원고를 쓰다니, 도대체 이 글을 쓸 때 무슨 생각을 하고 있었단 말인가?*

　—*N. B.*[19] *이 성구의 장점은 어떤 설교와도 잘 어울린다는 점이고,—이 설교는,—어떤 성구와도 잘 어울린다.*—

　—*이 설교로 말하자면 나는 천벌을 받아 마땅하니,—대부분 표절한 것이기 때문이다. 페다구네스 박사에게 들켜버렸지.* ☞ *도둑을 시켜 도둑을 잡는단 말이지.*[20]—

　그의 설교 가운데 대여섯 편은 뒷장에, '그저 그렇다'—그리고

---

18 스턴이 만들어낸 말로서, 요크 성당의 고문관이었던 대니얼 워터랜드 Daniel Waterland(1683~1740)를 빗댄 말이다.
19 nota bene(=note well): '주의하라.'
20 스턴 본인의 설교도 당대의 다른 설교자들을 표절하고 있다. 18세기에는 교인들을 잘못 인도하거나 졸게 하느니, 차라리 성공적인 설교가들의 글을 빌려 쓰는 편이 낫다는 생각이 지배적이었다.

두세 편에는 'Moderato'[21]라고 씌어 있었는데, 이 말은 알티에리의 이탈리아어 사전[22]에 나와 있는 의미와,―무엇보다 초록색 채찍끈 가닥으로 미루어, 사실 요릭의 채찍끈의 행방을 해명하는 계기가 되기도 했지만, 그가 Moderato라고 표시한 두 편의 설교와 대여섯 편의 그저 그런 설교를 그 채찍끈으로 묶어 한 다발로 만들어놓은 것으로 보아서는,―거의 동일한 의미로 사용했다고 보아도 무방할 것입니다.

그러나 이러한 추측으로 야기되는 한 가지 문제점은, moderato는 그저 그렇다보다 최소한 다섯 배는 훌륭했으며,―인간 심성에 대한 지식을 열 배나 더 담고 있었고,―기지와 기개가 70배나 많았고,―(클라이맥스에 제대로 도달하자면)―천 배나 더한 재능이 돋보였으며,―마지막으로, 함께 묶여 있는 다른 설교보다 훨씬 재미있다는 사실인데,―바로 이 때문에, 요릭의 드라마틱한 설교들[23]을 세상에 발표하는 기회가 온다면, 그저 그런 설교에서는 단 한 편만을, 그러나 moderato는 두 편 모두 주저 없이 포함시키겠습니다.

요릭이 어떤 의미로 lentamente,―tenutè,―grave,―그리고 때로는 adagio를,―신학적인 글에 적용하여, 자신의 설교의 특성을 표했는지 추측하고 싶은 생각은 없습니다.―지금 나를 더욱 혼란스럽게 만드는 것은 a l'octava alta!라고 씌어 있는 설교와,―뒷장에 Con strepito라고 씌어 있는 것,―세번째는 Scicilliana,―네번째는 Alla capella,―그리고 여기는 Con l'arco,―저기는 Senza l'arco[24]라고 씌어 있는

---

21 '중간 정도 속도'를 의미하는 음악 용어.
22 페르디난도 알티에리 Ferdinando Altieri의 『영어-이탈리아어 사전』(1726)은 당시 널리 사용되었다.
23 스턴은 자신의 설교집 1, 2권을, 요릭 선생의 드라마틱한 설교The Dramatick Sermons of Mr. Yorick라고 광고했다.
24 음악 용어.

것을 발견했기 때문입니다.—내가 아는 것이라고는, 모두 음악 용어라는 사실과 나름대로 뜻이 있다는 것뿐이며,—요릭은 음악에 능한 사람이었으니, 이러한 상징들을 설교에 기묘하게 적용함으로써, 그의 머릿속에는 그 용어들 각각의 특성에 대한 독특한 인식이 새겨졌을 것이 분명하며,—다른 사람의 머릿속이야 어떻게 되었든 상관없는 일이지요.

이 설교들 가운에, 나도 모르게 이 여담으로 빠져들게 만든 특별한 작품이 있는데—바로 가엾은 르 페베의 장례식 설교로서, 급히 쓴 것을 다시 정서한 듯했습니다.—이 설교가 유난히 나의 주의를 끈 이유는, 그가 가장 아끼는 설교라는 생각이 들었기 때문입니다.—그 설교의 주제는 죽음이었고, 원고는 실을 가지고 가로 세로로 묶고, 돌돌 말아 더러운 남색 종이에 싸 놓았는데, 그 종이는 내다버린 대중 비평지[25]의 겉표지 같았으며, 오늘날까지도 말똥 냄새가 지독히 나는군요.—이런 수치스런 흔적이 의도적이었지,—다소 의심스럽기도 한 것이,—설교 끝에, (시작이 아니라)—다른 설교에 쓴 것과는 전혀 달리, 이렇게 씌어 있었기 때문입니다—

브라보!

—그렇다고 무례하지는 않았으며,—그 위치가 설교 끝줄에서부터 최소한 2인치 반 정도 떨어진 페이지 말단 오른쪽 구석 부분이었고, 대개 엄지손가락으로 가려 있게 마련이었으며, 게다가, 까마귀 깃펜을 사용하여 *이탤릭체* 소문자로 아주 희미하게 씌어 있었기 때문에, 엄지손가락이 가리고 있든 말든, 눈길을 그쪽으로 끄는 경우는 거의 없었으며,—결과적으로 절반은 용서받을 수 있었고, 묽게 희석시킨 아주 옅은

---

[25] 당시 스턴에 대한 비평을 실었던 *Critical Review*를 가리키는 것으로 생각되는데, 이 잡지의 표지가 남색이었다.

잉크로 쓴 까닭에,—*자만심*이라기보다는, 자만심의 그림자의 *자화상*이 었다고 할 수 있으며—세상을 향해 거칠게 내민 조악한 징표라기보다는, 저자의 마음속에 은밀하게 일어나는 덧없는 갈채에 대한 어렴풋한 염원을 닮은 것이었습니다.

이 모든 것을 참작해볼 때, 이 작품의 출판은 겸손한 요릭의 성격에 전혀 보탬이 되지 않겠지만,—사람들은 누구나 실수를 하게 마련이며, 게다가 그의 실수는 ~~악화되~~ 다 못해, 거의 지워지게 되었는데, 다름이 아니라, 그 낱말이 그후 언젠가 (다른 색 잉크로) 이렇게 가운데 줄이 그어졌기 때문이며, BRAVO —— 마치 그가 그 말을 철회했거나, 한때 품었던 생각을 부끄럽게 여기기라도 했다는 듯이 말입니다.

그의 설교에 대한 이런 간결한 특성 묘사는, 위의 경우만 제외하고는, 항상 표지 역할을 하는 첫 장에, 그리고 대개의 경우 본문을 마주하는 안쪽에 씌어 있었으며,—그는 설교가 끝나갈 무렵, 대여섯 페이지, 혹은 스무 페이지 정도까지 내용을 바로잡을 기회가 남아 있을 때도,—멀리 우회하여, 다분히 기개가 넘치는 태도로,—설교단의 엄격함이 허락하는 한도를 넘어, 악덕에 대해 몇 번 더 유쾌한 일격을 가할 기회를 잡았다고 생각하는 듯했습니다.—이러한 일격은 경기병처럼 천방지축 가벼운 접전을 하고 다니게 마련이지만, 그래도 덕(德)을 보조하는 원군이니—말씀해보세요, 마인히어 반데르 블로네데르돈데르구덴스트론케 씨,[26] 함께 출판하지 못할 이유가 어디 있단 말입니까?

---

26 '네덜란드 주석가'에 대한 패러디.

제12장

    토비 삼촌이 모든 것을 현금화하여, 연대에서 보낸 대리인과 르 페베 사이에, 그리고 르 페베와 이 세상 사이에 남아 있는 빚을 청산하고 나자,—삼촌의 손에는, 낡은 연대복 상의 한 벌과 검 한 자루가 남았을 뿐이었기 때문에, 그가 유산을 관리한다고 해도 반대할 사람은 아무도 없었습니다. 삼촌은 상병에게 연대복 상의를 주며,—자네가 입게, 트림 하고 말했습니다. 가엾은 중위를 생각하며 닳아 없어질 때까지 입게. —그리고 이것은,—삼촌은 이렇게 말하며 검을 손에 들고, 칼집에서 꺼내며—그리고 이것은, 르 페베 군, 자네를 위해 내가 간직하고 있겠네,—자네에게 남은 전재산이 아닌가. 삼촌은 검을 벽에 박힌 갈고리에 걸고, 손으로 가리키며 얘기를 계속했습니다.—르 페베 군, 이 검은 하나님께서 자네에게 남긴 전재산이지만, 이것을 가지고 세상을 헤쳐나갈 용기까지 내려주셨다면,—그리고 자네가 명예를 지키는 사람이 된다면,—더 이상 바랄 것이 없겠지.

    삼촌은 르 페베 군에게 학문의 기초를 다져준 뒤, 내접 정다각형을 그리는 방법을 가르쳐주고, 그를 기숙 학교에 입학시켰으며, 상병이 때맞춰 그를 데리러 가곤 했던, *성령 강림절*과 *성탄절*을 제외하고는,—열일곱 살이 되던 해 봄까지 르 페베 군은 그곳에 남아 있었는데, 왕이 *터키군과 싸우기*[27] 위해 헝가리로 군대를 파견한다는 소식을 들은 그는 가

---

27 사보이의 왕 프랑수아즈 유제니는 터키군과 싸우기 위해 발칸 반도로 출정한다 (1716~1718). 이 싸움은 근대 십자군 전쟁으로 평가되면서 많은 지원병들이 몰렸다.

슴속에 불꽃이 튀는 것을 느끼고, 무단으로 학교를 떠나, 삼촌 앞에 몸을 던지며 무릎을 꿇고, *유제니* 폐하의 휘하에서 운을 시험해볼 수 있도록, 자기 아버지의 검과 삼촌의 허락을 내려달라고 간청했습니다.—토비 삼촌은 자신의 상처도 망각한 채, 두 번이나, *르 페베!* 나도 자네와 함께 가겠네, 가서 자네와 나란히 싸우겠어 하고 소리쳤으며—두 번이나 샅에 손을 갖다 대며, 슬픔과 비탄에 젖어 고개를 떨구었습니다.—

삼촌은 중위가 죽은 이후로 아무도 손대지 않았던 검을 내려, 상병에게 윤이 나게 닦으라는 지시를 내렸으며,—레그혼까지 가는 통행권을 받고, 그에게 장비를 갖추어주기 위해 르 페베 군을 2주 간 지체시킨 후,—그의 손에 검을 쥐어주며,—르 페베 군, 자네가 용기 있는 사람이라면, 이 검이 자네를 저버리지 않을 것이네 하고 말했습니다.—그러나 운명의 여신은, (잠시 생각에 잠겼다가)—운명의 여신은 자네를 저버릴 수 있으니—혹시 그렇게 된다면.—하고 삼촌은, 그를 품에 안으며 덧붙였습니다. 나에게 다시 돌아오게, 우리가 자네를 위해 다른 길을 찾아볼 수 있도록.

아무리 큰 상처도, 토비 삼촌의 아버지 같은 애정만큼 르 페베의 가슴을 내리누르지는 못했을 것이며,—그는 효성이 지극한 아들이, 부정이 지극한 아버지를 떠날 때와 마찬가지로 삼촌에게 작별을 고했는데—두 사람은 눈물을 흘렸으며—삼촌은 그에게 마지막 입맞춤을 하고, 르 페베의 어머니의 반지가 든 중위의 낡은 지갑에 60기니를 넣어 그의 손에 건네주고는,—하나님의 축복을 빌었습니다.

제13장

르 페베는 제국의 군대가 벨그라드에서 *터키군*을 제압할 무렵, 때맞춰 당도하여, 그의 검이 어떤 금속으로 만들어졌는지 시험해볼 정도의 기회는 있었습니다. 그러나 그때부터 불운한 재난들이 꼬리를 물고 그를 괴롭히기 시작하여, 4년 간이나 바싹 쫓아다녔습니다. 그는 이런 비운을 참을 때까지 참다가, *마르세유*에서 병마가 덮치자, 삼촌에게 편지를 써, 시간과 일, 건강을 잃었다고, 즉 검을 제외한 모든 것을 잃었으며,—삼촌에게 돌아가기 위해 다음 배편을 기다리는 중이라는 기별을 보냈습니다.

이 편지가 도착한 때는 수잔나의 사고가 있기 6주 전쯤이었으며, 르 페베가 곧 당도할 마당이었기 때문에, 아버지가 삼촌과 요릭에게 내 가정 교사의 자질을 의논했을 무렵, 삼촌의 생각은 르 페베의 일로 꽉 차 있었습니다. 처음에는 아버지가 요구하는 자격이 너무 비현실적으로 보였기 때문에, 르 페베의 이름을 언급하기를 삼갔으나,—요릭의 중재로, 성품이 온순하고, 인정 많고, 선한 사람이어야 한다는 뜻밖의 결론이 나자, 르 페베의 모습과, 그에 대한 삼촌의 관심이 너무나 강하게 작용하여, 갑자기 의자에서 일어나며, 아버지의 손을 잡기 위해, 담뱃대를 내려놓고는—부탁입니다, *샌디* 형님, 하고 말했습니다. 가엾은 르 페베의 아들을 추천하게 해주십시오.—그렇게 하십시오 하고 요릭이 덧붙였습니다.—그는 선량한 사람입니다. 삼촌이 말했습니다.—게다가 나리, 용기도 있지요. 상병이 말했습니다.

—선량한 사람은 그만큼 용기도 있게 마련이지 하고 삼촌이 덧붙

였습니다.―우리 연대에서도 겁쟁이들은 악당들이었으니까요.―쿰 브르 상사와, 그 기수도―

―그 이야기는 다음 기회에 하세 하고 아버지가 말했습니다.

제14장

각하님들, 이 세상에 빚, 걱정, 근심, 가난, 슬픔, 불만, 우울증, 과부 급여, 사기, 거짓말 등, 해결할 수 없는 미궁들이 없다면 얼마나 즐겁고 행복한 곳이 될까요!

아버지로부터, 후레―라는 소리를 들은, 닥터 슬롭은,―자신을 높이려다,―나를 형편없이 곤두박질시켰으며,―수잔나의 사고를 애초보다 오히려 수천 배 악화시켜, 일주일 남짓 지난 후에는, 뭇사람들의 입에 이런 소문이 오르내리기 시작했습니다. 가엾은 샌디 도련님은 * 완전히. ―그리고 모든 것을 배가시키기 좋아하는 소문의 여신은,―사흘이 지난 후에는, 그것을 확실히 보았다고 맹세하기에 이르렀으며,―항상 그렇듯이, 사람들은 그 증거를 액면 그대로 받아들여―"아이 방 창문에 * * * * * * * * * * * *,―되었을 뿐 아니라 *도 그렇게 되었다고 하기

129

에 이르렀습니다."

세상을 법인 단체처럼 소송할 수 있었다면,―아버지는 반드시 소송을 감행하여, 충분히 벌을 주었겠지만, 그 일로 개인들과 충돌하자니―사실 그 일을 입에 담는 사람들은 모두 연민의 정으로 넘쳤기 때문에,―절친한 친구들을 공격하는 것이나 마찬가지였습니다.―그러나 묵묵히 묵인하자니―최소한 절반에 가까운 사람들에게,―그 소문을 공개적으로 인정하는 것이 되고, 항변하며 법석을 떨자니,―다른 절반에게 그만큼 강하게 확언하는 꼴이 되었습니다.―

―불쌍하기 짝이 없는 시골 신사가 왜 이런 화를 당해야 한단 말인가! 하고 아버지가 외쳤습니다.

시장에 있는 십자가 앞에서 조카를 공개적으로 보여줍시다 하고 삼촌이 말했습니다.

―그래도 소용없을 것이네 하고 아버지가 말했습니다.

제15장

―그래도 나는 아이에게 반바지를 입히겠어[28] 하고 아버지가 말했습니다.―사람들이 무엇이라고 하든 상관없다고.

---

28 아이들은 성별에 관계없이, 보통 대여섯 살이 될 때까지 같은 복장을 했다. 월터 섄디는 아이에게 꼭 끼는 반바지를 입혀, 창문이 떨어지는 사고로 돌이킬 수 없는 상처를 입은 것은 아니라는 사실을 세상에 알리고 싶었다. 창문 사건은 5권 17, 18, 19장 참조.

제16장

선생, 교회와 국가, 그리고 부인, 보다 개인적인 일에 관한 수천 가지 결의가,—외관상으로는 성급하고, 경망스럽고, 무분별하게 이루어진 듯 보이지만, 그럼에도 불구하고, (우리가 각료 회의에 들어갈 기회가 있다거나, 커튼 뒤에 숨어 몰래 지켜볼 수 있다면, 이 말이 사실이라는 것을 알 수 있겠지만) 이것은 고찰하고, 저울질하고, 숙고하고—토론하고—점검하고—다각적인 관점에서 침착하게 검토하고 조사한 결과이기 때문에, 침착함의 여신도 (이 자리에서 그녀의 존재를 증명하고 싶은 생각은 없지만) 이보다 훌륭하게 해내지는 못했을 것이며, 아예 바라지도 않았을 것입니다.

나에게 반바지를 입히겠다는 아버지의 결의도 여기 포함되는 것으로서,—화가 나서, 갑작스럽게 결정한, 전인류에 대한 저항 같은 것이었지만, 그럼에도 불구하고, 이미 한 달 전에 아버지는 어머니와 함께 이 문제로, 여러 번에 걸친 침실 재판[29]에서, 찬반 양론을 따져보고, 비판적으로 논의했습니다. 이 침실 재판에 관해서는 다음 장에서 설명할 생각이며, 그리고 그 다음 장에서는, 부인, 저와 함께 커튼 뒤로 가서, 아버지와 어머니가, 이 반바지 사건에 대해 어떤 방식으로 논쟁을 벌이는지 들어보도록 하겠으며,—이것을 통해 두 분이 평소에 소소한 가정사들을 어떤 식으로 논의했는지도 알 수 있을 것입니다.

---

29 'beds of justice'는 프랑스어 'lit de justice'에서 따온 말로서, 프랑스의 왕이 고등법원에 출석할 때 앉던 옥좌를 가리킨다.

제17장

    고대 고트족과 *게르만족*들은, (학문이 깊은 클루베리우스[30]가 자신 있게 주장하기를) 처음에는 *비스툴라*와 *오데르* 사이의 지역을 차지하고 있다가, *헤르쿨리족*과 *부기아족*, 그리고 그외 몇몇 *반달족*들을 영입했으며, 이들에게는 국가의 모든 중대사를 두 번에 걸쳐 논하는 지혜로운 제도가 있었는데, 말하자면,—한 번은 술에 취해, 그리고 또 한 번은 맑은 정신으로 논했습니다.—술에 취해서는,—그들의 논의에 활력이 부족하지 않게 하기 위해,—그리고 맑은 정신으로는—판단력이 부족하지 않게 하기 위한 것이었습니다.

    그러나 아버지는 금주가였기 때문에,—그가 늘 해왔던 대로, 고대인들이 실천하고 말한 것을 그에게 도움이 되도록 적용하는 일이, 이번에는 용이하지 않았으며, 결국 결혼 후 7년이 지나, 수많은 실험과 계획이 실패로 돌아간 후에야, 그 목적에 걸맞은 적절한 방편을 생각해낼 수 있었으며,—다름아니라, 난해하고 중대한 가정 문제가 발생하여, 그 해결을 위해 맑은 정신과 활력을 요하는 경우,—아버지는 매달 첫번째 일요일 밤과, 그 전날 토요일 밤을 미리 정해놓고, 침실에서 어머니와 함께 논쟁에 들어갔던 것입니다. 선생께서 곰곰이 생각해보신다면, 이 장치로, * * * * * * * * * * * *
* * * * * * * * * * * * *

---

30 스턴은 독일 출신 지리학자이자 역사가인 필립 클뤼버Philip Cluwer(1580~1623)를 인용하고 있다.

* * * * * * * * * * * * * *
* * * * * * * * * * * *
* * * * * * * *.

아버지는 이 장치에, *침실 재판*이라는 해학적인 이름을 붙였는데, ─판이하게 다른 두 가지 성질이 낳은 두 가지 의견을 바탕으로, 수백 번 취했다가 깨어나기를 반복한 후에야 도달할 수 있는 현명함의 경지인, 중도적인 합의점을 찾아냈습니다.

이 방법이 군사적인 문제나 부부간의 문제뿐 아니라, 문학적인 논고에도 도움이 된다는 사실을 굳이 숨기려는 것은 아니지만, 모든 작가들이 고트족이나 *반달족*과 같은 실험을 할 수는 없는 노릇이며,─혹시 그렇게 할 수 있다 하더라도, 육체적인 건강에 해가 되지 않기를 바라며, 아버지의 본을 따르는 경우에는,─정신 건강에 해가 되지 않기를 바랄 뿐입니다.─

내가 제시하는 방법은 이렇습니다.──

난해하고 까다로운 논쟁에 부딪혀,─(사실, 이 책에 그런 논쟁들이 무수히 많지만)─각하들과 성직자님들을 언짢게 하지 않고는 한걸음도 앞으로 나아갈 수 없는 경우─나는 절반은 포만 상태에서,─그리고 나머지 절반은 *단식하며* 쓰거나,─혹은 전체를 포만 상태에서 쓰고,─*단식하며* 교정을 보거나,─혹은 쓰기는 단식하며 쓰고,─포만 상태에서 교정을 보는 방법을 사용하는데, 그 결과는 마찬가지입니다.─따라서 아버지와 고트족의 방법론적인 차이보다는, 나와 아버지의 방법론적인 차이가 더 적기 때문에─그의 첫번째 침실 재판과는 대등한 위치에 있다는 생각이며,─두번째와 비교해도 못할 것이 없습니다.─이와 같이 상이하고 모순적이기까지 한 결과들이, 지혜롭고 놀라운 신체적 메커니즘으로부터 끊임없이 흘러나오니,─그 영광은 마땅히,─

조물주에게 돌려야겠지요.――우리가 할 수 있는 일은, 인문학과 자연과학의 진보와 우수한 작품 생산을 위해 그 기계를 돌리고 작동시키는 것뿐입니다.――

　사실, 포만 상태에서 글을 쓸 때면,――나는 다시는 단식하며 글을 쓰는 일은 없을 것처럼,――즉 이 세상의 모든 근심과 공포에서 벗어난 듯 글을 씁니다.――상처 자국을 세지도 않고,――어두운 골목이나 구석진 곳으로 상상력을 몰고 가 칼에 찔리는 일을 자초하는 법도 없습니다. ――요컨대, 펜이 저절로 미끄러져나가, 복부의 풍만감뿐 아니라, 마음의 풍만감으로도 글을 쓴다는 말입니다.――

　그러나, 각하님들, 내가 단식하며 글을 쓸 때는, 전혀 얘기가 달라집니다.――모든 주의와 관심을 세상에 기울이고,――여느 훌륭한 분들과 마찬가지로, 신중함이라는 든든한 미덕의 큰 조각을 (여분이 있는 한) 얻게 되는 것이지요.――이렇게 이들 양자 사이에서, 공손하지만 젠체하지 않는, 익살스럽고, 유쾌하고, 꾸밈없는 *샌디적인* 작품을 써, 여러분의 마음을 비롯해――

　――여러분의 머리에도 흡족한 시간이 될 것입니다.――여러분이 이해할 수만 있다면 말이지요.

제18장

　한번 생각해봐야겠어. 아버지는 침대에서 어머니 쪽으로 몸을 반쯤 돌아누우며, 베개를 조금 끌어당기고, 논의를 시작하며 이렇게 말했습니다.―부인, 이제 아이에게 반바지를 입히는 문제를 생각해봐야겠단 말이오.―

그래야겠지요.―하고 어머니가 말했습니다.―우리가 그 일을 너무 미루고 있었소. 아버지가 말했습니다.―

옳은 말씀이에요.―어머니가 말했습니다.

―속옷과 튜닉[31]이 아이에게 아주 잘 어울리기는 하지 하고 아버지가 말했습니다.―

―잘 어울리긴 하지요.―어머니가 대답했습니다.―

―그러니 죄가 된다고 해도 할말이 없겠지 하고 아버지가 덧붙였습니다. 아이의 옷을 벗기는 것이 말이오.―

―그렇겠지요.―어머니가 대답했습니다.―그러나 키가 자꾸 크니 어떻게 하겠소.―하고 아버지가 말했습니다.

―나이에 비해 키가 큰 건 사실이죠.―어머니가 말했습니다.―

―도대체 (강조해서 말하며) 알 수 없단 말이야. 아버지가 말했습니다. 누굴 닮아서 그런지.―

나도 도무지 모르겠어요.―어머니가 말했습니다.―

홍!―하고 아버지는 콧방귀만 뀌었습니다.

(잠시 대화가 끊어졌습니다.)

―내 키는 작은데 말이야.―아버지가 심각하게 말했습니다.

당신이야 키가 아주 작지요.―어머니가 말했습니다.

홍! 하고 아버지가 두번째로 콧방귀를 뀌며, 동시에 베개를 어머니의 베개에서 약간 떨어지도록 잡아당겼으며,―다시 반대편으로 돌아눕는 바람에 3분 30초 동안 토론이 중단되었습니다.

---

31 무릎까지 내려오는 헐렁한 웃옷.

—반바지를 지어 입히면 정말 보기 흉할 게요. 아버지는 목소리를 한층 높여 말했습니다.

처음에는 어색하겠지요 하고 어머니가 대답했습니다.—

—거기서 그친다면 천만다행이지 하고 아버지가 덧붙였습니다.

다행이지요. 어머니가 말했습니다.

그렇겠지. 아버지는 이렇게 말하고,—잠시 이야기를 끊었다가 다시 말했습니다.—다른 사람들의 자식들과 똑같이 되겠지.—

똑같이요. 어머니가 말했습니다.—

—안타까운 일이야. 아버지는 이렇게 덧붙였으며, 논의는 또다시 중단되었습니다.

—가죽으로 만들어야겠어. 아버지가 다시 돌아누우며 말했습니다.—

오래가긴 하겠지요. 어머니가 말했습니다.

그래도 안감을 넣어서는 안 되오. 아버지가 말했습니다.—

안 되지요. 어머니가 말했습니다.

퍼스티언 천으로 하면 더 좋겠지. 아버지가 말했습니다.

제일 좋겠지요. 어머니가 덧붙였습니다.—

—디미티 천이 더 낫겠지.—하고 아버지가 대답했습니다.—최고지요.—어머니가 말했습니다.

—그래도 상복이 되어서는 안 되겠지.—아버지가 말했습니다.

안 되고말고요. 어머니가 대답했습니다.—그리고 대화는 다시 중단되었습니다.

그리고 한 가지 결심한 것이 있는데. 아버지가 네번째로 침묵을 깨며 말했습니다. 주머니[32]는 달지 않겠어.—

—그럴 일은 없을 거예요. 어머니가 말했습니다.—

내 말은 외투와 조끼에 말이오.―아버지가 소리쳤습니다.

―내 말이 그 말이에요.―어머니가 대답했습니다.

―그래도 혹시 낚싯바늘이나 팽이라도 생긴다면―녀석들! 아이들에게는 왕관과 홀이나 다름없으니,―어디 넣을 곳이 있어야 하지 않겠소.―

당신 좋을 대로 하세요. 어머니가 말했습니다.―

―그래도 무슨 소린지 모르겠소? 아버지는 어머니에게 큰 소리로 말했습니다.

알다마다요. 어머니가 말했습니다. 당신 좋을 대로 하시라고요.―

―맙소사! 아버지가 성질을 내며 소리쳤습니다.―나 좋을 대로 하라고! ―부인, 당신은 좋은 것과 편리한 것의 차이를 결코 구분하지 못할 것이며, 내가 그걸 가르쳐주지도 못할 거요.―때는 일요일 밤이었으며,―이번 장에서는 더 이상 아무 말도 않겠습니다.

제19장

아버지는 어머니와 반바지에 대한 토론을 마친 후,―알베르투스 루베니우스[33]에게 조언을 구했으나, 알베르투스 루베니우스는, 아버지

---

[32] 15~16세기에 남자들이 바지 앞 샅 부분에 차던 주머니.
[33] 알베르트 루벤스(1614~1657)는 유명한 화가 루벤스의 아들이며, 『고대인들의 의복, 특히 라투스 클라브스에 대하여 De Re Vestiaria Veterum, Præcipue de Lato Clavo』를 집필했다.

가 어머니에게 한 것보다 (가능한 일이었다면) 그를 열 배나 더 형편없이 취급했습니다. 루베니우스는 4절판으로 *De re Vestiaria Veterum*을 썼으니만큼,—아버지에게 뭔가 도움이 되었어야 했지요.—그러나 그는 루베니우스에게서 도움이 될 만한 말이라고는 한마디도 알아내지 못했으며,—차라리 긴 수염에서 일곱 가지 덕목을 이끌어내는 편이 수월하겠다고 생각했습니다.

다른 종류의 고대 의복에 대해서는 그가 자세히 설명하고 있기 때문에,—아버지가 충분히 이해할 수 있었습니다.

> 토가,[34] 혹은 헐렁한 겉옷
> 클레미스[35]
> 법의
> 짧은 상의 혹은 재킷
> 드레싱 가운
> 외투
> 두건 달린 망토
> 군용 외투
> 프레텍스타 토가[36]
> 사굼, 혹은 군인용 조끼
> 트라베아[37]: 수에토니우스[38]는 세 가지 종류를 들고 있다.—

---

34 고대 로마의 헐렁한 겉옷.
35 길고 낙낙한 군복으로서 다른 옷 위에 입었다.
36 고급 관료들이 입었던 자줏빛 테를 두른 토가.
37 토가보다는 약간 짧은 길이로 진홍빛과 흰색 줄무늬가 있었다.
38 2세기 로마의 전기 작가이자 역사가이며, 『의복의 종류 *De Genere Vestium*』를 집필하였다.

—그러나 반바지에 비한다면 이 모든 것은 아무것도 아니지 하고 아버지가 말했습니다.

루베니우스는 로마인들이 즐겨 신었던 온갖 종류의 신발을 아버지 앞에 던져놓았습니다.—

말하자면,

트인 신발.

막힌 신발.

덧신.

나무로 만든 신발.

슬리퍼.

반장화.

유베날리스가 언급한, 징 박힌 군용 신발.

그리고 나막신도 있었습니다.

파틴.**39**

실내화.

가죽 구두.

끈이 달린 샌달.

펠트 신발.

아마포 신발.

끈으로 묶는 신발.

꼬아 만든 신발.

자수를 넣은 칼케우스.**40**

끝이 위나 아래로 향한 칼케우스.

---

39 나무 신발.

루베니우스는 이 신발들을 어떻게 신어야 하는지,—금속 장식이나 가죽끈, 샌들끈, 구두끈, 리본 등으로—어떻게 묶어야 하는지도 자세히 설명해놓았습니다.——

——그러나 내가 알고 싶은 것은 반바지에 관한 것이란 말이네 하고 아버지가 외쳤습니다.

알베르투스 루베니우스는 로마인들이 다양한 종류의 옷감을 생산했으며,—그 중에는 무늬 없는 천,—줄무늬가 있는 천,—비단실과 금실로 마름모꼴 무늬를 짜넣은 모직물 등이 있었다는 것과——아마포는 로마 제국이 쇠잔해갈 무렵, 그들 가운데 정착하기 시작한 *이집트인들*이 유행시켰다는 사실을 알려주었습니다.

——높은 지위에 있는 부유한 사람들은 옷감의 품질과 그 희귀 정도로 신분을 구분했으며, 이들은 흰색을 가장 선호하여 (최고 관직에 있는 사람만이 입을 수 있었던 자줏빛을 제외하고) 생일이나 공적인 축하 행사 때 입었습니다.——이들이 재양치는 사람들에게 옷을 보내 자주 세탁하고 표백했다는 것을, 그 시대를 연구하는 역사가들을 통해 알 수 있으며,—가난한 사람들은, 그런 지출을 피하기 위해, 대개 갈색 계통의 거친 천을 사용했는데,—*아우구스투스* 시대 초기에 와서는 노예와 주인의 옷차림이 같아져, *Latus Clavus*[41]를 제외하고는, 거의 대부분의 복장 예식은 사라졌다는 것입니다.

그런데 *Latus Clavus*가 무엇입니까? 하고 아버지가 물었습니다.

루베니우스는 학자들이 아직도 그 문제에 대해 논쟁 중에 있다고

---

40 calceus: 고대 로마시대에 신던 발목까지 덮는 반구두. 가죽 줄을 발등에서 올려 묶었다.
41 로마 집정관들의 토가에 둘렸던 주홍빛 테.

말했습니다.―에그나티우스, 시고니우스, 보시우스, 티키넨시스, 바이피우스, 부데우스, 살마시우스, 립시우스, 라지우스, 아이삭 코사본, 조셉 스칼리거[42] 등이 모두 제각각 다른 의견을 가지고 있었으며,―루베니우스도 의견을 달리했습니다. 어떤 사람은 단추,―또는 외투,―혹은 색상을 가리킨다고 생각했습니다.―위대한 *바이피우스*[43]도, 『고대인들의 복장』 12장에서―그게 도대체 무엇인지,―장식핀인지,―장식못인지,―혹은 단추,―고리,―장식 버클,―조임쇠 또는 죔쇠인지 도무지 알 수 없다고 솔직히 인정했습니다.―

―그래도 *Latus Clavus*가 그런 것들이 아니라는 사실을 알게 된 아버지는―그건 후크 단추가 분명해 하고 말했습니다.―그리고 후크 단추를 달아 반바지를 만들도록 주문했습니다.

제20장

이제 우리는 새로운 사건의 장으로 들어가겠습니다.―

―그러니 반바지는 재단사의 손에 맡기고, 아버지는 지팡이를 든 채 그를 지켜보면서, *latus clavus*에 대해 잔소리를 늘어놓으며, 허리띠의 어느 부분에다 그것을 꿰매 달아야 할지, 그가 생각하는 바로 그곳을 가리키고 있도록 내버려두겠습니다.―

---

42 15, 16세기 르네상스 학자들이다.
43 라자르 드 바이프 Lazare de Baïf(약)(1496~1547): 프랑스 학자.

그리고—(전형적인 여성 Poco-curante⁴⁴로서!)—자신과 관련된 나머지 세상일과 마찬가지로, 이번 일에도 전혀 관심이 없는,—말하자면,—일이 잘 해결되는 한,—이렇든 저렇든 개의치 않는 어머니도 그대로 내버려두도록 하겠습니다.—

그리고 나의 모든 불명예를 슬롭 선생의 덕으로 돌리며 그도 버려두고 떠나겠습니다.—

가엾은 르 페베 군은 몸을 회복하여, 마르세유에서 집으로 무사히 돌아오기를 빕니다.—그리고 마지막으로,—가장 힘든 일은—

가능하다면 *나 자신*을 떠나는 것이겠지요.—그러나 이것은 불가능한 일이니,—나는 독자와 함께 이 작품 끝까지 가야 하기 때문입니다.

제21장

토비 삼촌이 수없이 즐거운 시간을 보내곤 했던, 삼촌의 집 채마밭 끄트머리에 있는 1루드 반의 땅에 대해 확실히 모르시는 독자가 있다면,—그건 내 탓이 아니고,—독자의 기억력에 문제가 있는 것입니다.—내가 미안한 생각이 들 정도로, 그 땅을 이미 자세히 묘사했으니까요.

어느 날 오후, 운명의 여신은 미래의 일을 살피다가,—애초에 이 작은 땅 덩어리를 어떤 목적으로 쓰이도록 운명지어 족쇄를 든든히 채웠었는지 기억을 되살렸으며,—그녀는 자연의 여신에게 고개를 끄덕여 보

---

44 무관심하고 냉담한.

였고—그 고갯짓만으로도 충분하여—자연의 여신은 그녀가 가진 최상급의 퇴비를 반 삽 떠서, 땅의 경사도와 굴곡의 형태가 제대로 유지되도록 *정확한 양의* 진흙을 섞어, 그 위에 뿌렸는데,—양이 아주 *적었기* 때문에, 삽에 들러붙지도 않았고, 삼촌의 멋진 작품을, 궂은 날씨에도 망가지지 않게 했습니다.

독자께서도 아시다시피, 토비 삼촌은 *이탈리아*와 플랑드르의 요새화된 도시 대부분의 평면도를 가지고 낙향했기 때문에 말버러 공이나 연합군이 진을 치는 도시가 어디가 되었든, 삼촌은 만반의 준비를 갖추고 있었습니다.

삼촌은 세상에서 가장 간단한 방식을 택했는데, 어떤 도시든 포위당하기가 무섭게—(설계를 알고 있는 경우에는 더욱 신속하게) 평면도를 구해, (어느 도시가 되었든) 잔디 볼링장과 똑같은 크기의 비율로 확대시켜, 땅에 작은 말뚝을 박아 모퉁이와 철각보를 빠짐없이 표시하고, 큰 노끈 뭉치를 이용하여, 종이에 있는 선을 땅 위에 그대로 옮겼으며, 보루를 포함한 그곳의 측면도를 떠서, 해자의 깊이와 경사,—성벽의 경사면, 사격용 발판, 흉벽 등의 정확한 높이를 측정하여—상병이 작업을 시작할 수 있도록 했으며—일은 순조롭게 진행되었습니다.—토양의 성격과,—그 일의 성격,—그리고 무엇보다도 아침부터 저녁까지 곁에 앉아, 지난 일에 대해 상병과 다정스럽게 한담하는 토비 삼촌의 온화한 성품 때문에,—노동은 그야말로 명색만 노동이었습니다.

이렇게 하여 요새가 완성되고, 방어 태세가 제대로 갖추어지면,—삼촌과 상병은 요새를 포위하고,—평행호[45]를 파는 데 착수했습니다.—먼저 부탁드리고 싶은 것은, *첫번째* 평행호는 요새로부터 최소한 3

---

45 전선을 따라 나란하게 구축된 참호.

백 트와즈는 떨어져 있어야 하는데,—내가 1인치도 남겨두지 않았다는 지적으로 이 이야기를 방해하지 말았으면 한다는 것입니다.—토비 삼촌은 잔디 볼링장의 요새를 넓히기 위해, 채마밭을 침입했기 때문에, 첫번째와 두번째 평행호는 대개 양배추와 꽃양배추 이랑들 사이로 나게 마련이었으며, 이에 따른 편리함과 불편함에 대해서는 삼촌과 상병의 군사 작전에 관한 대목에서 자세히 다룰 생각이며, 지금 쓰고 있는 것은 개략에 불과하여, 내 추측이 옳다면, 세 페이지 정도로 끝맺을 것입니다 (그러나 추측만으로는 안 되겠지요).—사실 그 군사 작전만으로도 이만한 양의 책은 쓸 수 있을 정도이니, 내가 애초에 의도했던 대로, 여기 포함시킨다는 것은, 육중한 무게의 사건을 빈약하기 짝이 없는 작품 속으로 밀어넣는 꼴이라는 생각을 버릴 수가 없기 때문에—따로 출판하는 것이 마땅하다고 보며,—그 일에 대해서는 차차 고려해보기로 하고—우선 두 사람의 군사 작전을 개략적으로 설명해드리겠습니다.

제22장

보루를 포함한 도시가 완성되고 나자, 토비 삼촌과 트림 상병은 첫번째 평행호를 파기 시작했는데—되는 대로, 아무렇게나 파는 것이 아니라—연합군이 그들의 평행호를 파기 시작한 똑같은 지점에서 똑같은 간격을 두고 출발했으며, 신문에서 얻은 정보에 따라, 접근과 공격을 조절했고,—공략이 감행되는 동안, 연합군과 일거수일투족을 같이했습니다.

말버러 공이 거점을 확보하면,—삼촌도 그렇게 했습니다.—요새의 전면이 폭격당하거나, 방어물이 무너지면,—상병이 곡괭이를 들고 가 똑같이 만들었으며,—계속해서,—전진을 거듭하며, 속속 보루를 점령하여 도시 전체를 손에 넣었습니다.

다른 사람의 행운을 함께 기뻐해줄 줄 아는 사람이—말버러 공이 요새의 중심부에 가공할 만한 돌파구를 마련하던 날, 우편 배달 시간에 벌어진 광경을 보았더라면,—즉 그가 자작나무 울타리 너머에 서서, 토비 삼촌과, 그의 뒤를 따르는 트림이,—전자는 『가제트』지[46]를 손에 쥐고,—후자는 어깨에 삽을 메고 신문의 내용을 그대로 실행에 옮기기 위해 신나게 질주하는 모습을 보았더라면, 세상에 이보다 멋진 광경은 없다고 생각했을 것입니다.—성벽을 향해 돌진하는 삼촌의 표정은 고결한 승리감으로 빛났습니다. 상병이 일을 하는 동안, 그가 1인치라도 지나치게 넓게 하거나,—1인치라도 좁게 하여 실수라도 할까 봐, 그 대목을 수없이 반복해서 읽어주고 있는 삼촌의 눈빛은 강렬한 희열로 가득했습니다.—항복의 북소리가 울리고, 상병이 깃발을 꽂기 위해, 삼촌을 도와 성벽 위로 올라갈 때는,—하늘!땅!바다!—그러나 돈호법이 무슨 소용이란 말입니까?—습하든 건조하든, 이 세상 어떤 성분을 가지고도, 이보다 사람을 취하게 만드는 술을 빚어내지는 못했을 것입니다.

이런 행복은, 아무런 방해 없이, 수년 동안 지속되었으며, 간혹 바람이 일주일 내지 열흘씩 서쪽으로만 불어, 플랑드르의 우편물을 지연시킬 때는, 두 사람은 내내 고통에 시달렸으나,—행복의 고통이었습니다.—토비 삼촌과 트림은 이렇게 몇 해를 보냈으며, 해마다, 아니 때로

---

[46] 1666년부터 일주일에 세 번씩 발행되었던 영국의 관보, *London Gazette*를 말한다.

는 달마다, 두 사람 가운데 한 사람의 발명으로, 기발한 착상과 새로운 발상을 더해 전략을 개선시켰으며, 그때마다 작전을 수행하는 그들에게는 새로운 기쁨의 샘이 솟아올랐습니다.

첫해의 작전은 이미 말씀드린 바와 같이, 처음부터 끝까지 평범하고 단순하게 진행되었습니다.

 리에주와 루몽드를 점령했던 두번째 해에, 삼촌은 멋진 가동교 네 개를 구입하려는 계획을 세웠으며, 그 중 두 개는 이 작품의 앞부분에서 이미 자세히 묘사해드린 바 있습니다.

그리고 그해가 끝나갈 무렵에는 내리닫이 창살 문이 달린 성문을 두어 개 덧붙였습니다.—이 창살 문은 후에, 보다 나은 형식인, 나무 창살에 로프를 달아 매다는 창으로 대체했으며, 그해 겨울에는, *성탄절* 때마다 새 옷을 한 벌씩 장만하던 것 대신, 삼촌은 보초막을 구입하여 잔디 볼링장 한쪽 구석에 세웠는데, 바로 여기서부터 해자 외벽까지 사이에는, 요새와 민가를 구분하는 약간의 공터가 있어, 삼촌과 상병은 이곳에서 토론도 하고 전략 회의도 열었습니다.

—보초막은 비가 올 때를 대비한 것이었지요.

이듬해 봄, 삼촌은 모든 것을 세 번씩 흰색으로 칠하여, 출정을 더욱 화려하게 장식했습니다.

아버지는 요릭 목사에게 종종 이렇게 말하곤 했지요. 세상 천지에 내 동생 토비가 아닌 다른 사람이 그런 일을 했다면, 사람들은 루이 14세가 전쟁 초기에, 아니 특히 출정하던 바로 그해에 보였던 과시적이고 위세 부리는 태도를 아주 세련되게 풍자한 것이라고 생각했을 거요.— 그러나 내 동생은 천성이 그렇질 못해. 착해 빠졌거든! 그리고 아버지는 이렇게 덧붙였습니다. 누구에게든 무례한 짓은 못 하는 사람이지.

—자 이야기를 계속하기로 하겠습니다.

제23장

작전을 개시한 첫해에, 도시라는 말을 자주 언급하긴 했지만,—당시에는 그 다각형 안에 아직 도시가 없었으며, 봄에 다리와 보초막을 칠했던 그해 여름에야 도시가 첨가되었는데, 때는 삼촌이 작전을 개시한 세번째 해였으며,—암베르크, 본, 라인버그, 위이, 림뷔르흐를 차례로 점령하고 나자, 상병의 머릿속에는, 이렇게 많은 도시를 점령했으면서도, 증거로 보여줄 만한 도시가 하나도 없다는 사실은—어처구니없는 일이라는 생각이 들었으며, 삼촌에게 그들만의 조그만 모형 도시를 세우자는,—전나무 판자로 연달아 지어, 칠을 하고, 다각형의 내부 안쪽에 둔다면 편리할 것이라는 제안을 했습니다.

삼촌은 그 제안이 마음에 들어, 즉각 동의했으며, 중요한 개선점을 두 가지 첨가하여, 마치 그가 그 일을 처음부터 생각해낸 것처럼 아주 자랑스럽게 여겼습니다.

두 가지 개선점 가운데 하나는 모델로 삼은 도시와 한 치의 오차도 없이 똑같은 양식으로 짓는 것이었습니다.—창문에는 쇠창살을 달고, 박공 구조로 지붕을 만들고, 집을 길가로 향하게 하는 등등—겐트와 브뤼헤를 비롯해, 브라반트와 플랑드르 지방의 여느 도시들을 그대로 따랐습니다.

두번째 개선점은, 상병이 제안한 대로 집을 연달아 짓는 것이 아니라, 집을 개별적으로 만들어, 달았다 뗐다 할 수 있게 하여, 어떤 도시가 되었든 설계에 맞아들어가게 하자는 것이었습니다. 작업은 바로 시작되었으며, 목수가 일을 하는 동안, 삼촌과 상병은 서로를 축하하는 눈빛을 교환했습니다.

— 다음 해 여름 결과는 놀라웠으며—그 도시는 프로테우스[47]나 다를 바 없이—랑덴이 되었다가 트라바흐, 샹플릿, 드루센, 하게나우가 되었다가,—다시 오스탕드, 메낭, 아트 혹은 덴더몬드로 변했습니다.—

— 소돔과 고모라 이후로, 삼촌의 도시만큼 다양한 역할을 했던 도시는 없을 것입니다.

4년째 되던 해에는, 교회가 없는 도시는 있을 수 없다는 생각에, 삼촌은 뾰족탑이 달린 멋진 교회를 더했습니다.—트림은 탑 속에 종을 달고 싶어했지만,—삼촌은 종을 만드는 데 필요한 쇠붙이로 대포를 만드는 편이 낫다고 생각했습니다.

이렇게 하여 다음 작전에서는 여섯 문의 놋쇠 야전 대포가,—삼촌의 보초막 양편에 세 문씩 배치되었는데, 얼마 가지 않아, 좀더 큰 것으로 대체되었으며,—그렇게 하다 보니—(목마와 관련된 일들이 항상 그렇듯이) 반 인치 구경 대포에서 시작하여, 결국 아버지의 장화까지 오게 되었던 것입니다.

그 이듬해에는, 라일이 포위되고, 연말에는 겐트와 브뤼헤가 우리 손에 함락되었으며,—삼촌은 제대로 된 무기가 없었기 때문에 풀이 죽어 작전에 임했는데,—여기서 제대로 된 무기라는 말은—그의 대포가 더 이상 화약을 사용할 수 없게 되었기 때문이며, 샌디 가로서는 잘 된 일이었으니—신문은 공략이 시작될 때부터 끝날 때까지, 포위군의 끊임없는 발포 기사로 가득했으며,—삼촌의 상상력은 그 이야기로 고

---

47 변화무쌍한 바다의 신. 모습이나 성질 등이 변하기 쉬운 사람이나 물건을 빗대어 하는 말.

조되어, 전재산을 다 쏟아 없애버렸을지도 모르기 때문입니다.

따라서 어떤 *대용품*이 필요했으며, 특히 공격이 발작적으로 맹렬하게 진행될 때면, 무엇인가 계속적인 발포를 연상시킬 만한 것이 필요했으며,— 발명에 남다른 재주가 있었던 상병은, 나름대로 전혀 새로운 성벽 파괴용 무기 체계를 도입하여, 이 무엇인가를 충족시켰는데,— 그렇지 않았더라면, 군사학자들이, 토비 삼촌의 과업에서 결여되는 부분으로서 이 세상 끝날까지, 이의를 제기했겠지요.

내가 자주 하는 대로, 주제에서 약간 벗어나 시작한다 해도, 성의 없는 이야기가 되지는 않을 것입니다.

제24장

트림 상병의 가엾은 동생 톰은, 유대인 과부와 혼인한다는 소식과 함께, 보잘것없지만 특별한 의미가 있는, 싸구려 장신구 몇 개와—

몬테로 모자 하나,⁴⁸ 그리고 *터키산* 담뱃대 두 개를 보내왔습니다.

몬테로 모자에 대해서는 차차 설명드리도록 하겠습니다.— 터키산 담뱃대는 그리 특별한 점은 없었으며, 평범하게 만들어 장식한 것으로서, 모로코 가죽과 금줄로 된 신축성 있는 관, 그리고 끝부분에는, 하나는 상아를,—또 하나는 검은 흑단을 박아, 은으로 마무리한 것이었습니다.

---

48 스페인 기수들이 쓰던 모자.

매사에 다른 사람들과 관점을 달리했던 아버지는, 이 두 가지 선물은 상병의 동생이 보내는 애정의 표시라기보다는, 그의 결벽성의 표시로 보아야 한다고 주장했습니다.—톰은 유대인의 모자를 쓰거나, 그들의 담뱃대를 빨지 않았네, 트림 하고 아버지가 말했습니다.—아이고 나리! 하고 상병이 말했습니다. (강한 반대 의사를 표하며)—그게 무슨 말씀이십니까?—

몬테로 모자는 주홍빛으로서, 빨간색 염료로 물들인 최상급 스페인산 옷감으로 만들었으며, 앞부분의 4인치 정도는, 담청색으로 테를 두르고, 수를 약간 놓았으며, 나머지 부분은 빙 둘러 모피를 달았는데,—포르투갈 기병 장교가 쓰던 모자로서, 그 명칭이 전하는 대로, 그는 보병이 아닌 기병이었겠지요.

상병은 물건을 보아서나, 준 사람을 생각해서나, 그 모자를 전혀 자랑스럽게 여기지 않았기 때문에, 축제날을 제외하고는 모자를 쓰는 일이 거의 없었지만, 지금까지 몬테로 모자가 이렇게 다양하게 사용된 적은 일찍이 없었다고 하겠는데, 다름아니라, 군사적이든, 혹은 요리에 관해서든, 논쟁의 여지가 있는 문제가 생길 때마다, 상병은 자신이 옳다는 확신이 있는 한, 그 모자에 대고—맹세를 하거나,—내기를 걸거나,—선물로 주겠다고 약속하곤 했습니다.

—이번 경우에는 선물이었습니다.

난 결심했어. 상병이 혼잣말로 중얼거렸습니다. 이번 일을 나리의 마음에 들도록 완수하지 못한다면, 가장 먼저 문을 두드리는 거지에게 이 몬테로 모자를 *주어버리겠어.*

그는 이튿날 아침까지 임무를 끝낼 예정이었으며, 그 임무란, 오른편으로는 성 앤드류 성문과 아래 골짜기 사이,—그리고 왼편으로는 성 맥덜린 성문과 강 사이의 해자 외벽을 공격하는 일이었습니다.

이 공격은 이번 전쟁에서 그중 중요한 전투였고,—양측 다 용감하고 집요하게 싸웠으며,—그날 아침 1,100명 이상의 연합군 병사들을 잃은, 그중 피비린내 나는 싸움이었기 때문에,—토비 삼촌은 평소보다 엄숙한 태도로 준비를 갖추었습니다.

삼촌은 전날 밤 잠자리에 들기 전, 상병에게, 침대 옆에 놓인 낡은 야전용 트렁크 구석에서, 오래 전에 안팎을 뒤집어 넣어두었던 라밀리 가발[49]을 꺼내, 내일 아침 쓸 수 있도록 트렁크 뚜껑 위에 놓아두라고 지시했으며,—삼촌은 아침에 일어나자마자 잠옷 바람으로, 머리털이 있는 쪽을 바깥으로 하여,—가발을 썼습니다.—그리고 나서는, 반바지를 입고, 허리띠 단추를 채우고, 검띠를 차고, 검을 반쯤 밀어넣었다가,—아직 면도를 하지 않았다는 사실을 깨닫고, 검을 차고 하기에는 너무 불편할 것이라는 생각에,—검을 다시 뽑았습니다.—그리고 연대복과 조끼를 입는 과정에서도 가발 때문에 동일한 난항에 부딪혔으며,—그래서 그것도 벗었습니다.—급히 서두르다 보면 항상 그렇듯이, 온갖 일들이 어긋나게 마련이어서,—삼촌은 평소보다 30분 늦게 출격했습니다.

제25장

삼촌이 텃밭과 잔디 볼링장을 분리하는 주목 울타리 모퉁이를 채

---

[49] 1706년 말버러 공의 라미예 Ramillies 함락을 기념하는, 뒤로 길게 딴 머리를 검은 리본으로 묶은 가발.

돌기도 전에, 그는 혼자 공격을 시도하고 있는 상병을 발견했습니다.——
　　이 자리에서 잠깐, 삼촌이 보초막으로 눈길을 돌렸을 때 한창 작전을 수행하며, 전투에 열중해 있던 트림의 모습과 그의 무기를 설명드릴까 하는데,——세상에 다시없는 광경이자,——조물주의 솜씨 가운데 그중 괴이하고 기묘한 것을 모두 결합한다 해도, 이런 것을 만들어내지는 못하리라고 확신합니다.
　　상병으로 말하자면——
　　——천재들이여, 그의 유골을 살며시 밟고 지나가소서,——그는 당신들의 동족이니.
　　선량한 이들이여, 그의 무덤의 잡초를 말끔히 뽑아주소서,——그는 당신들의 형제가 아니었습니까.——아, 상병! 내가 그대에게 식사를 대접하고 그대를 보호해줄 수 있는 지금,——그대가 이 자리에 있었더라면,——내가 그대를 얼마나 아꼈을까! 그대가 그 몬테로 모자를 하루 종일, 일주일 내내 쓰고 다녀, 다 낡아버린다면,——새로 한두 개 사주었으리라.——그러나 아! 아! 아! 이제 그렇게 할 수 있게 되었는데, 이 간절한 마음에도 불구하고,——그대는 가버렸으니,——기회는 사라졌고,——그대의 재능은 애초에 떠나온 그 별들에게로 다시 올라가버렸으며,——그대의 따뜻한 가슴은, 너그럽고 관대했던 혈관들과 함께, 골짜기의 흙덩이[50]로 굳어버리고 말았으니!
　　——그러나 이것도——이것도, 앞으로 올 그 두려운 장에 비한다면 아무것도 아니며,——이 세상 피조물들 가운데 그중——그중 으뜸가는——그대 주인의 군대 문장으로 장식된 벨벳관이 보이고,——충실한 하인인

---

50 『구약성서』「욥기」 21장 33절: "그는 골짜기의 흙덩이를 달게 여기고 그 앞선 자가 무수함과 같이 모든 사람이 그 뒤를 좇으리라."

그대! 그대는 떨리는 손으로 주인의 관을 가로질러 그의 칼과 칼집을 놓고, 얼굴이 창백하게 질려 문 쪽으로 걸어가, 애도하는 말의 고삐를, 주인이 인도하는 대로, 그의 장의 마차를 따르기 위해, 끌고 가는 모습이 보이며,—여기서—아버지의 모든 가설은 슬픔으로 무너져내리고, 그의 모든 철학에도 불구하고 관을 살피며, 코에 걸친 안경을 두 번이나 벗어, 그 위에 내린 이슬을 닦아내고—로즈메리를 던져 넣으며, 그는 절망에 빠져 이렇게 외치는 듯했습니다.—오 토비! 자네 같은 사람이 이 세상 어디에 또 있겠나?

—자비로운 천사들이여! 비탄에 잠긴 벙어리의 입을 열게 하고, 말더듬이가 말을 술술 하게 만든 이들이여—내가 그 두려운 순간에 도달할 때, 내게 자비를 베풀어주소서.

제26장

전날 밤 상병은, 공격이 절정에 도달하는 순간, 적진을 향해 무자비한 발포를 감행하겠다는 계획을 세웠는데,—보초막 양쪽에 놓인, 토비 삼촌의 여섯 문의 야포들 가운데 하나를 통해, 도시를 향해, 담배 연기를 내뿜는 방법 외에는 다른 묘안이 떠오르지 않았으며, 그 일이 계획대로 실행에 옮겨진다면, 모자를 내놓기로 했으나, 계획이 수포로 돌아갈 위험은 없다고 생각했습니다.

그러나 잠시 마음속에서 이리저리 궁리해본 결과 떠오른 생각은, 그가 가지고 있는 두 개의 *터키산 담뱃대*를, 각각 아래쪽 끝에, 부드러운 가죽으로 만든 작은 보조관을 세 개씩 달고, 동일한 수의 양철관으로 점화 구멍에 연결시킨 뒤, 진흙으로 대포에 붙이고, 각 삽입구를 밀랍을 먹인 비단으로 밀폐하듯이 하여 모로코 가죽관에 묶어놓으면,―여섯 문의 야포를, 하나를 쏠 때와 마찬가지로, 한꺼번에 발포할 수 있다는 계산이었습니다.[51]―

어떤 사람이든, 이런저런 것은 인류의 지식 증진에 보탬이 되지 않는다고 말해서는 안 됩니다. 그리고 아버지의 첫번째와 두번째 *침실 재판*을 읽은 사람이라면, 특정한 개체가 부딪치면 빛이 발산한다든가, 안 한다든가 하여, 인문학과 자연과학을 완수한다든가 하는 말을 해서도 안 됩니다.―하나님! 당신은 내가 그런 것을 얼마나 좋아하는지 아시며―내 마음 속의 비밀도 아시니, 이 자리에서 내 셔츠를 벗어―*샌디, 그대는 바보요* 하고 *유제니우스*가 말했습니다.―셔츠라고는 열두 벌밖에 없는데,―그렇게 된다면 짝이 모자라게 되지 않는가.―

설사 그렇게 된다 해도, 유제니우스, 쓸 만한 부싯돌을 한 번 쳐서 그 셔츠 자락에 얼마나 많은 불꽃을 튀게 할 수 있는지 알아내어, 열성적인 탐구자 한 사람을 만족시킬 수만 있다면, 당장 셔츠를 벗어 부싯깃으로 태워버려도 좋겠네.―그러나 이렇게 한다고 해서,―그가, 혹시라도, 뭔가 확실한 것을 얻을 수 있으리라고는 생각지 않겠지요?―

―그러나 그 일은 그렇고.

상병은 자신의 계획을 완성시키기 위해 잠을 이루지 못했으며, 대포를 담배로 꽉 채워 성능이 최대한으로 강화되었다는 생각이 들자,―만족스러워하며 잠자리에 들었습니다.

---

51 담뱃대를 들이마시면 연기가 대포 속으로 들어가도록 고안한 장치.

제27장

상병은 토비 삼촌이 나오기 전에 자신이 꾸며놓은 장치를 손보고, 적진을 향해 한두 번 발포해보기 위해, 삼촌보다 십 분 정도 일찍 잠자리를 빠져나왔습니다.

그는 여섯 문의 야포를, 삼촌의 보초막 앞으로 한꺼번에 끌고 와서는, 가운데 1야드 반의 거리를 두고, 오른쪽과 왼쪽에 각각 세 문씩 배치하여, 손쉽게 장전할 수 있도록 했으며,—포대가 두 개이니만큼 하나일 때보다 공훈도 배가하리라고 생각했습니다.

상병은 양측 포대 뒤에 서서, 측면 공격을 피하기 위해 보초막 문에 등을 바짝 붙이고, 조심스럽게 자리를 잡았습니다.—그는 오른쪽 포대에 연결된 상아 담뱃대는 오른손에 쥐고,—왼쪽 포대에 연결된, 끄트머리를 은으로 씌운 흑단 담뱃대는 왼손에 쥐고—소대의 선두에 있을 때처럼, 오른쪽 무릎을 바닥에 단단히 고정시키고, 몬테로 모자를 쓴 채, 그날 아침 공격의 대상인 해자 외벽에 면하여 있는 외루벽을 향해, 한꺼번에 십자 포화를 맹렬히 퍼부었습니다. 위에서 언급한 대로, 애초에 그의 의도는 한두 번 발사해보는 것이었으나,—발사의 쾌감과, 발사하는 행위가 주는 쾌감에 완전히 도취되어, 발사에서 발사로 이어지다 보니, 삼촌이 그와 합류했을 때는, 공격은 이미 절정에 달해 있었습니다.

이렇게 해서 토비 삼촌이 그날 하루를 풀이 죽어 지내게 된 것은, 아버지로서는 오히려 잘된 일이었습니다.

제28장

    토비 삼촌은 상아 담뱃대를 상병의 손에서 빼앗아,─30초 정도 들여다보다가, 그에게 돌려주었습니다.
    그러나 2분도 지나기 전에 삼촌은 다시 담뱃대를 빼앗아, 입으로 반쯤 가져갔다가─다시 급히 돌려주었습니다.
    상병이 공격을 강화하자,─삼촌은 미소를 지었으며,─다시 시무룩한 표정이 되었다가,─순간적으로 미소를 지었으나,─다시 한참을 심각한 표정으로 있다가,─트림, 그 상아 담뱃대를 이리 주게 하고 말했습니다.─삼촌은 담뱃대를 입에 물었다가,─즉시 입에서 떼며,─자작나무 울타리 너머를 슬쩍 훔쳐보았는데,─지금까지 그의 입이 이렇게 담뱃대를 탐한 적은 없었습니다.─토비 삼촌은 담뱃대를 손에 들고 보초막 안으로 들어갔습니다.─
    ─사랑하는 삼촌! 담뱃대를 들고 보초막으로 들어가면 안 됩니다,─그런 물건을 그런 구석진 곳으로 가지고 들어가는 것은 위험한 일입니다.

제29장

    이쯤 해서 삼촌의 대포를 무대 뒤로 치우고자 독자님께 도움을 청하는 바이며,―보초막을 비롯해, *가능하다면*, 각보와 외루, 그리고 나머지 모든 군사 장비도 방해가 되지 않도록 치우고, 무대를 비웠으면 하며,―그러고 나서, 이보게 *개릭*, 촛불을 밝게 돋우고,―무대 위를 새 빗자루로 깨끗이 쓸고,―막을 올린 뒤, 도대체 어떤 연기를 펼칠지 아무도 예상할 수 없는, 새로운 등장 인물로 의상을 갈아입은 *토비* 삼촌을 선보이도록 하세. 연민이 사랑에 가깝고,―용기도 다를 바가 없다면, 이 두 가지 열정 사이의 닮은 점을 (만약 있다면) 충분히 인식할 수 있을 만큼, 이런 열정들에 사로잡힌 삼촌의 모습을 마음껏 보셨으리라고 생각합니다.

학문의 덧없음이여! 그대는 이런 일에는 우리에게 아무런 도움을 주지 못하고―우리를 항상 혼란에 빠뜨릴 뿐이구나.

부인, 토비 삼촌은, 이런 성질의 일이 흔히 택하게 마련인 꾸불꾸불하고 좁은 길을 멀리 벗어나, 잘못된 곳으로 가버리고 마는 올곧은 심성을 가진 사람이었습니다, 부인―부인은 절대 이해하지 못할 것입니다. 게다가, 단순하고 소박한 사고방식에다, 겹겹으로 감추어진 여성의 마음을 의심할 줄 모르는 무지함의 소치로,―삼촌은 적나라한 모습으로 무방비 상태에 놓여 있었으니, (포위 공격에 심취해 있지 않을 때면) 꾸불꾸불한 길 어디에고 숨어 있다가, 하루에 열 번이라도 그의 간[52]을 관통해 충격을 가할 수도 있었을 것입니다. 부인, 하루 아홉 번으로는 부족하다면 말입니다.

부인, 그 외에―일전에 말씀드린 삼촌의 비길 데 없는 정숙함도, 말이 났으니 말이지만, 모든 것을 혼란에 빠뜨리기 일쑤였고, 그의 감정을 끊임없이 감시했기 때문에, 차라리―그나저나 내가 도대체 뭘 하

---

52 전통적으로 간에 사랑의 열정이 머문다고 생각했다.

고 있는 거지? 열 페이지나 일찍 밀려든 상념들 때문에, 사실을 밝히는
데 들였어야 할 시간을 낭비하고 있었으니 말이야.

제30장

아담의 적출들 가운데,—(여자를 싫어하는 사람은 모두 서자라는
가정하에)—사랑의 고통이 무엇인지 가슴으로 느껴보지 못한 몇 안 되
는 인물들은 대부분, 고대와 현대의 이야기에 등장하는 위대한 영웅들
인데, 단지 5분 간만이라도 그들을 위해, 두레우물 속에서 서재 열쇠를
꺼내, 그 이름을 말씀드릴 수 있으면 좋으련만,—기억이 나질 않으니
—지금 당장은, 대신 다른 이름으로 만족해주시기 바랍니다.——

위대한 왕 알드로반두스, 보스포루스, 카파도키우스, 다르다노스,
폰투스, 아시우스,—그리고 K ***** 백작 부인도 이해할 수 없
었던 잔인한 왕 찰스 12세는 말할 것도 없겠지요.—바빌로니쿠스, 메
디테라니우스, 폴릭세네스, 페르시쿠스, 프루시쿠스를 포함해, 이들 중
단 한 사람도 (카파도키우스와 폰투스는 약간 의심스러운 까닭에 제외
시키고) 여성에게 가슴을 사로잡힌 적이 없었습니다—사실, 그들은
모두 다른 일에 열중해 있었고—토비 삼촌도 마찬가지였으나—운명의
여신이—그래요, 운명의 여신, 삼촌의 이름이 알드로반두스를 비롯
한 나머지 이름들과 함께 후대에 전해지는 영광을 시샘하여,—비열하
게도 위트레흐트 평화 조약[53]을 체결시켰던 것입니다.

——선생, 이것은 그해 운명의 여신이 저지른 최악의 사건이었습니다.

제31장

위트레흐트 조약의 여러 해악들 가운데 한 가지는, 토비 삼촌이 포위 공격에 막 포만감을 느끼려던 참이었다는 것이며, 이후에 다시 욕구를 회복하긴 했으나, 칼레로 인해 메리의 가슴에 새겨진 상처도,[54] 위트레흐트로 인해 삼촌의 가슴에 새겨진 상처에 미치지 못했습니다. 삼촌은 평생 무슨 일로든 위트레흐트라는 말을 듣고 싶어하지 않았으며, 『위트레흐트 가제트』에서 발췌한 뉴스 기사조차도, 가슴이 찢어질 듯한 한숨 없이는 읽을 수가 없었습니다.

아버지는 원인 찾기의 명수였기 때문에, 그의 곁에서 웃거나 우는 것은, 위험한 일이었으며,—아버지는 상대방이 울든 웃든, 그가 그렇게 하는 이유를 본인보다 더 잘 파악했기 때문에—토비 삼촌의 경우, 그를 위로하는 아버지의 태도는, 목마를 잃어버리는 것만큼 삼촌을 슬프게 하는 일은 세상에 없다는 그의 판단을, 역력히 보여주었습니다.—실망하지 말게, 동생. 아버지는 이렇게 말했습니다.—얼마 가지 않아 또다시 전쟁이 터질 것이 분명하고, 그렇게 되어,—호전적인 강대국들이 단결할 필요가 생긴다면, 우리도 끼워주지 않을 수 없을 것이네.—그리고 동생 하고 아버지가 덧붙였습니다. 도시를 점령하지 않고 어떻게 나라를 점령하겠으며,—포위 공격이 없이 어떻게 도시를 손에 넣겠나.

---

53 1713년 네덜란드의 도시 위트레흐트에서 유럽 국가들이 체결한 평화 조약.
54 영국의 메리 여왕(1553~1558)은 프랑스 내 영국의 마지막 점령지였던 칼레를 잃었을 때, 그 상처가 가슴에 새겨져, 자신이 죽은 후에 확인할 수 있을 것이라고 말했다.

토비 삼촌은 이런 식으로 이어지는 목마에 대한 아버지의 반격을 결코 호의적으로 받아들일 수가 없었습니다.——그 공격 자체도 비열했지만, 말을 때리면서 말 탄 사람까지 쳤으니, 더욱 심하다고 할 수밖에 없었으며, 불명예스러운 부분에 일격을 받을 수도 있었기 때문에, 그럴 때면, 그는 방어를 위한 화력을 증강시키기 위해 항상 탁자 위에 담뱃대를 내려놓았습니다.

내가 2년 전 이맘때 토비 삼촌은 달변이 아니라고 말씀드리면서, 동시에 같은 페이지에서 그 반대되는 예를 들었었지요.——그때 말씀드린 것을 반복하고, 그와 반대되는 경우를 다시 한 번 예로 들겠습니다.——그는 달변이 아니었으며,——그에게는 장광설을 늘어놓는 것도 용이하지 않았고,——얼굴을 붉히는 일도 싫어했으나, 가끔 강물이 넘쳐흘러, 정해진 경로와 완전히 반대 방향으로 흐르는 것처럼, 때때로 털툴루스[55]와 대등한 경지에 도달하곤 했는데——나는 삼촌이 그 양반보다 훨씬 훌륭할 때도 있었다고 생각합니다.

어느 날 밤 아버지는, 토비 삼촌이 그와 요릭 목사 앞에서 했던, 그런 변론적인 연설들 가운데 한 편이 너무나 마음에 들어, 그 내용을 잠자리에 들기 전 기록으로 남겼습니다.

운이 좋았는지 나는 아버지의 서류 뭉치 속에서 그때 기록해놓은 것을 발견했으며, 여기저기 대괄호 안에, 이렇게 〔 〕, 아버지의 생각을 덧붙여놓은 것도 보였습니다.

전쟁이 이어지기를 희망하는 자신의 신조와
행동에 대한 내 동생 토비의 변명.

---

[55] 『신약성서』「사도행전」 24장 1~8절에 등장하는 웅변가.

내가 이 변론적인 삼촌의 연설을 족히 백 번은 읽었다고 해도 과언이 아닐 것이며, 모든 변명의 모범이 된다고 생각하는데,—용기 있고 선량한 그의 기질을 제대로 표현했기 때문에, 내가 발견한 그대로, 한마디도 빠짐없이, (행간에 써넣은 어구까지) 세상에 밝히는 바입니다.

제32장

토비 삼촌의 변명

샌디 형님, 직업이 군인인 사람이, 나처럼 전쟁을 원한다면,—세상에 해로운 영향을 끼치게 된다는 사실을 잘 알고 있으며,—그의 목적과 의도가 아무리 옳고 정의롭다고 해도,—다른 사람들의 판단에 대해 자신의 입장을 변명하기란 쉬운 일이 아닙니다.

따라서, 사려 깊은 군인이라면, 사실 그런 군인도 있게 마련이니, 정적 앞에서는 그런 자신의 바람을 절대로 내비쳐서는 안 된다는 생각이니, 그가 어떤 변명을 하든 믿지 않을 것이기 때문이며, 그렇다고 용기가 없어지는 것도 아니기 때문입니다.—친구에게도 조심스럽기는 마찬가지이니,—그의 존경심을 잃을 수도 있기 때문입니다.—그러나 그의 마음이 과적되어, 전쟁에 대한 비밀스런 욕망이 배출구를 필요로 할 때면, 그의 성품을 속속들이 알고 있을 뿐 아니라, 명예에 대한 그의 솔직한 생각과 주관, 신조까지도 잘 알고 있는, 형제의 귀에 의지해야 합니다. *샌디* 형님, 내가 이런 말을 할 자격이 없다는 것은 잘 알고 있습니다.—사실 나는 지금까지 형편없는 놈이었으며,—스스로 생각하는 것보다 더 형편없겠지요. 그러나 나의 이런 모습 그대로, 나와 함께 같은 젖을 빨고,—요람에서부터 같이 자라고,—소년 시절 함께 놀기 시작할 때부터, 오늘날까지, 내 삶의 모든 일과, 모든 생각을 아시는 *샌디* 형님께, 나는 아무것도 숨기지 않았으니—나의 이런 모습 그대로, 나이, 기질, 열정, 지식을 비롯해 어떤 것에 관해서든, 나의 모든 결점과, 모든 약점을, 형님께서 잘 알고 계시리라고 생각합니다.

그렇다면 형님, 제가 *위트레흐트* 평화 조약을 비난하고, 전쟁이 좀 더 활기 있게 지속되지 못한 점을 슬퍼한 것이, 비열한 의도가 있어서라든가, 전쟁을 희망함으로써, 사람들이 더 죽어가기를 바라고,—단순히 개인적인 즐거움을 위해, 사람들이 노예가 되고, 평화롭게 살던 곳에서 쫓겨나기를 바라기 때문이라고 생각하신다면, 그 이유를 말씀해보십시오.—형님, 나의 어떤 행실에 근거한 것입니까? [한 가지 행실을 알긴 알지, 토비, 그 망할 놈의 포위 공격 때문에 빚진 백 파운드를 갚는다면 말해주지.]

나의 소년 시절, 북소리를 들을 때마다, 가슴이 뛴 것이—내 잘못인가요?—내가 그런 성향을 키웠을까요?—내가 마음속에 경종을 울린 것입니까, 아니면 조물주의 탓인가요?

학창 시절, 워릭 백작인 *가이*, *파리스무스와 파리스메누스*, *발렌타인*, *오손*, *영국의 일곱 전사 이야기*[56] 등을 돌려 읽었을 때도,—모두 내 용돈으로 구입하지 않았습니까? 그것도 이기적인 일이었나요, 형님? 10년 8개월을 끌었던, 트로이 공략에 대해 읽었을 때,—우리가 나무르

---

56 중세 때부터 전해지는 영국의 옛날이야기의 주인공들.

에서 보유하고 있던 포대 정도라면, 일주일 안에 그 도시를 함락시켰겠지만—나도 다른 학생들과 똑같이 그리스인들과 트로이인들의 죽음을 슬퍼하지 않았습니까? 그 때문에 헬레나를 화냥년이라고 불렀다가, 오른손에 두 대, 왼손에 한 대, 도합 세 대를 맞지 않았습니까? 헥토르를 위해 나보다 슬피 울었던 사람이 있습니까? 프리아모스 왕이 그의 시신을 내어달라고 야영지를 찾아갔다가, 시신도 찾지 못하고 눈물을 흘리며 트로이로 돌아갔을 때,—형님도 아시다시피, 나는 밥도 먹지 못했습니다.—

—이것이 제가 잔인하다는 증거란 말입니까? 내 피가 야영지로 치닫고, 내 가슴이 전쟁을 갈망한다고 해서,—전쟁의 고통도 느끼지 못하는 증거가 된단 말입니까?

아 형님! 군인이 월계수 잎을 모으는 것과,—사이프러스 가지를 뿌리는 것은 별개의 일입니다.—〔토비 동생, 고대인들이 슬픈 일이 있을 때 사이프러스 가지를 썼다는 사실을 어떻게 알았지?〕

—샌디 형님, 군인들이 목숨을 내어놓고—난도질당할 것을 알면서도, 전선으로 뛰어들고——공공심과 명예를 갈구하는 마음으로, 앞장서서 성벽을 돌파하고,—전열의 선두에서, 깃발이 귓가에 나부끼는 가운데, 북소리와 나팔 소리에 맞추어 용감하게 전진하는 것과—형님, 이렇게 하는 것과—전쟁의 고통을 느끼고,—황폐해가는 나라를 보면서, 그 일을 수행하는 장본인으로서, 병사들이 감당해야 하는 (일당 6펜스에, 그나마도 받을 수 있다면) 참을 수 없는 노고와 역경은 별개의 것입니다.

요릭, 그대가 르 페베의 장례식에서 설교했듯이, 온화하고 유순하며, 인간으로서 사랑과 자비, 인자함을 타고난 사람은 이런 일에 적합하지 않다는 소리를 들어야 한단 말인가?—그러나 요릭, 왜 이렇게 덧붙이지 않았소,—본성이 그렇지 않다면—부득불 그렇게 될 수밖에 없다고 말이오.—전쟁이 무엇이오? 무엇이란 말이오, 요릭, 우리처럼, 자유를 신조로, 명예를 신조로 싸우는 입장이라면—온순하고 무해한 사람들이 함께 모여, 칼을 손에 들고, 야심에 찬 난폭한 사람들을 막는 것이 아닌가요? 그리고 *샌디* 형님, 하나님께 맹세코 말씀드립니다만, 내가 이런 일을 통해 즐거움을 얻고,—특히, 잔디 볼링장의 포위 공격에서 얻는 무한한 기쁨은, 물론 상병도 마찬가지라는 생각입니다만, 우리 두 사람이 이 일을 실행에 옮김으로써, 창조의 위대한 목적에 부응한다는 자각의 결과입니다.

제33장

내가 기독교 신자인 독자님께 부탁하기를—*기독교 신자*라 함은—그가 그렇기를 바라는 마음에서이며—그렇지 않다면, 유감스러울 뿐입니다만—이 문제에 대해 스스로 곰곰이 숙고해보고, 모든 책임을 이 책에 돌리지 말아달라는 것이며,—

선생, 내가 그에게 말하기를—나처럼 기묘한 방식으로 이야기를 하는 사람은, 독자의 머릿속에 모든 것을 일관성 있게 유지하기 위해, 끊임없이 앞뒤로 오가야 한다고 했는데—애초에 의도했던 것보다 충분히 주의를 기울이지 못했기 때문인지, 단절과 공백으로 가득한, 혼란스럽고 애매한 사태들이 밀려들어,—대낮의 해가 비추는 빛을 받으면서도 이 세상에서는 길을 잃게 마련이라, 이렇다 할 도움은 되지 못하겠

지만 어두운 통로 몇 곳에 별까지 달아놓았으나,──보십시오, 나는 길을 잃고 말았습니다!──

──그러나 그건 아버지의 잘못이었으며, 언젠가 내 머리를 해부하는 날이 오면, 안경을 끼지 않고도, 그가 굵고 울퉁불퉁한 선을 남겨두어, 불량 아마포 면포에서나 볼 수 있듯이, 옷감 전체에, 예기치 않게, 길이로 줄이 가 있어, 이런 것으로는 * * 나, (이 대목에서 등불을 한두 개 더 달고)──머리띠, 혹은 골무 하나도, 이 흉한 줄이 보이지 않고 느껴지지 않게는 만들 수 없는 것입니다.──

Quanto id diligentius in liberis procreandis cavendum[57]라고 카르다노가 말한 바 있습니다. 이 모든 것을 고려해볼 때, 내가 시작한 곳으로 다시 되돌아가기는 실제적으로 실현 불가능한 일이니──

이번 장을 새로 시작하겠습니다.

제34장

내가 기독교 신자인 독자에게, 토비 삼촌의 변론에 앞선 장의 서두에서 말씀드린 것은,──물론 지금과는 아주 다른 수사법을 사용하긴 했지만, *위트레흐트* 평화 조약이 여왕과 나머지 연합국들 사이를 소원하게 만들었던 것처럼, 하마터면 삼촌과 그의 목마 사이도 그렇게 만들 뻔했다는 것입니다.

---

57 아이 갖는 일에 더 이상 어떻게 신경을 쓰겠는가.

어떤 사람은, 내가 네 등에 다시 올라 1마일을 가느니, 평생 걸어가 겠다 하고 말하듯이 분개하며 말에서 내리는 경우도 있겠지요. 그러나 토비 삼촌이 이런 식으로 말에서 내렸다고는 할 수 없으며—오히려 말이 그를 내던져버린 격이었고—그것도 아주 *난폭하게* 했기 때문에, 삼촌에게는 몇 배나 몰인정하게 느껴졌습니다. 그러나 그 문제는 이 나라의 기수들에게 맡기도록 합시다.—말씀드리고 싶은 것은, 그저, 삼촌과 목마 사이를 소원하게 만들었다는 말입니다.—조약에 서명한 이듬해 여름, *3월*에서 *11월*까지 목마는 아무 데도 쓰이지 않았으며, 간간이 됭케르크의 요새와 항구가 약정에 준수하여 허물어지고 있는지 살피기 위해, 잠깐씩 타고 나갔을 뿐입니다.

프랑스인들은 그 일을 너무나 더디게 처리했으며, *튀게* 씨가 됭케르크의 관료들을 대표해, 여왕에게 여러 번에 걸쳐 감동적인 탄원서를 제출하여 간청하기를,—그녀의 노여움을 산 호전적인 건조물에만 여왕의 벼락이 떨어지도록 해주고,—방파제만은 구제해달라고,—지금 형편으로서는 동정의 대상일 뿐인, 방파제를 불쌍히 여겨 구제해달라고 했으며—(여성이었으니) 동정심이 많았던 여왕과,—그녀의 대신들도 여러 가지 개인적인 이유로 그 도시가 완전히 해체되는 것은 원하지 않았기 때문에, * * * * * * * * * * *
* * * * * * * * * * * *
* * * * * * *_____
* * * * * * * * * *
* * * * * * * * * *
* * * * * * *, 이 모든 것이 *토비* 삼촌에게는 가혹한 일이었으니, 상병과 함께 도시를 건설하고 파괴시킬 준비를 갖추었으나, 지휘관들과 병참감, 부관, 협상단, 감독관 등의 허가

가 날 때까지는 3개월이 넘게 걸렸기 때문입니다.――얼마나 치명적인 휴면 기간이었는지!

상병은 방벽이나, 그 도시의 성채 자체에 구멍을 뚫어, 파괴를 시작하자는 쪽이었으나,――안 돼,――절대 안 된다고, 상병 하고 삼촌이 말했습니다. 그런 식으로 진행하다가는, 영국군 수비대가 한시도 안전하지 못할 것이며, 프랑스인들이 반역을 하는 경우에는――그들은 악마처럼 반역적이지요, 나리 하고 상병이 말했습니다.――나는 그 말을 들을 때마다 걱정이 앞서네 하고 삼촌이 말했습니다.――그들은 개인적인 용기를 중히 여기지 않는 사람들이기 때문에, 성벽에 구멍이 생기는 경우, 그리로 들어가서, 그들 마음대로 차지해버릴지도 모른단 말이네.――들어가라지요 하고 상병이 부삽을 양손으로 들고, 전후좌우를 마구 후려치기라도 하려는 듯 말했습니다.――나리, 들어가라지요, 들어가기만 해보라지요.――이런 경우에는 상병 하고 토비 삼촌이 오른손을 지팡이 한 가운데까지 미끄러지게 한 뒤, 집게손가락은 편 채, 지팡이를 곤봉처럼 쥐고 말했습니다.――적군이 감히 어떤 짓을 할지,――혹은 어떤 짓을 안 할지는, 사령관도 알 수 없는 일이니, 그는 신중하게 행동해야 하네. 우리는 바다와 육지를 향하고 있는 외루들을, 특히 가장 멀리 있는, 루이 요새를 시작으로 허물어가야 하며,――나머지도 도시를 향해 철수해가며, 오른쪽 왼쪽을 번갈아, 하나씩 파괴시킨 뒤,――방파제를 허물고,――항구를 메운 뒤,――성채 안으로 퇴각하여 폭파시켜버린 다음, 상병, 영국으로 떠나는 것이네.――우리는 이미 거기 있는걸요. 상병은 마음을 진정시키며 말했습니다.――맞는 말이네.――삼촌은 교회를 바라보며 말했습니다.

제35장

토비 삼촌과 트림 사이에, 됭케르크 파괴에 대한, 이런 현혹적이고 감미로운 논의가 한두 번 오가다 보니,—그의 곁을 미끄러져 지나가고 있던 즐거움에 대한 기억들이 다시 밀려들었습니다.—여전히—여전히 모든 것이 삼촌에게는 가혹했으며—그런 유혹은 사람의 마음을 약하게 만들었고—정적이 침묵을 등에 엎고, 그 고독한 방으로 들어와, 삼촌의 머리 위에 엷은 가제 같은 덮개를 씌웠으며,—무기력함이, 그 특유의 태만함과 초점 없는 눈빛으로, 삼촌의 의자 곁에 조용히 앉았습니다.—더 이상, 한 해는 암베르크, 라인버그, 림뷔르흐, 위이, 본에 대한 생각으로—다음 해에는 랑덴, 트라바호, 드루센, 덴더몬드에 대한 생각으로,—흥분하지도 않았습니다.—또한 대호, 갱도, 엄폐물, 돌망태, 방책 등이, 인간의 수면을 방해하는 그 매력적인 적을 더 이상 막을 수가 없었습니다.—삼촌은 이제, 프랑스 전선을 뚫고, 야식으로 계란을 먹으며, 프랑스의 중심부로 들어가, 우아예를 지나, 피카르디 지방을 뒤로한 채, 파리 성문을 향해 행진하며, 명예심에 부풀어 잠드는 일은 없었습니다.—그가 바스티유 감옥 꼭대기에 국기를 꽂는 꿈을 꾸다가, 머릿속에서 펄럭이는 채로 깨어나는 일도 없었습니다.

　—보다 온건한 환상과 부드러운 설렘이,—삼촌의 잠을 달콤하게 방해했으며,— 그는 전쟁의 나팔을 손에서 떨어뜨리고,—대신 류트[58]를 집어들었으니, 그렇게 아름답고! 섬세하기 그지없고! 다루기 힘든

---

[58] 14~17세기에 쓰인 기타 비슷한 현악기.

악기를!—삼촌, 도대체 어떻게 만지려고 하십니까!

제36장

내가, 한두 번 경솔하게 언급한 바 있지만, 토비 삼촌과 과부 워드먼 부인의 연애 사건에 관한 회고록을 쓸 시간이 난다면, 사랑과 구애에 대한 입문적이고 실용적인, 세상에서 그중 완벽한 학설이 나올 것이라고 했으나,—내가 플로티누스처럼 곧바로 *사랑이란 무엇인가?* 하나님께 속한 것인가 악마에게 속한 것인가, 하는 설명에 들어가리라고 생각한다거나—

—또는 좀더 엄밀한 공식을 도입하여, 사랑을 전부 10이라고 볼 때—*피키누스*처럼, "얼마가—전자에 속하고,—얼마가 후자에 속하는지,"—혹은 플라톤의 말대로, 그 *자체가*, 머리끝에서 발끝까지, 가공할 악마인지 따져보리라고 생각해서도 안 될 일이지만, 플라톤의 견해에 대해서는 판단을 유보하겠습니다.—그런데 플라톤으로 말하자면, 이번 예로 볼 때, *베인야드* 박사와 비슷한 기질과 사고방식의 소유자라는 생각이 드는데, 그는 물집을 아주 해롭다고 여겨[59], 대여섯 개가 한꺼번에 생기면, 여섯 마리의 말이 끄는 영구 마차처럼 누구든 무덤으로 끌고 갈 것이라고 생각했으며,—바로 이 날뛰고 다니는 커다란 가

---

59 피부에 발라 물집이 생기게 하는 고약인 발포제의 남용을 비난. 가뢰류의 곤충에서 체취하는 칸타리딘이 주원료이다.

뢰 [60]가 악마가 분명하다는 경솔한 결론을 내렸다고 합니다.──

나는 논쟁 중에 이런 방종한 태도를 보이는 사람들에게는, 나지안젠이 필라그리우스에게 (반론을 하며) 소리친 것 외에는 아무런 할말이 없습니다.──

"*Ευγε!*" 좋습니다! 대단한 생각이군요, 선생, 대단합니다![61]──"ὅτι φιλοόφεῖς ἐν Πάθεσι."── 당신은 진실을 목표로, 기분과 열정에 따라, 훌륭한 철학적 사색을 하시는군요.

또한, 마찬가지 이유로, 사랑이 병인가 아닌가 따져보기 위해, 내가 지체할 것이라든가,── 혹은 라시스와 디오스코리데스와 함께 사랑의 소재지가 뇌인지 간인지 따질 것이라고 생각해서도 안 될 일이며,── 이렇게 한다면 나는 계속해서, 그런 환자를 치료하는 두 가지 아주 극단적인 방법을 검토하기 시작할 것이 분명한데,── 한 가지는 에이티우스의 방법으로서, 그는 항상 열을 식히기 위해 삼씨와 멍든 오이로 시작했으며,── 그 다음은, 묽은 수련화와 쇠비름액에다── 헤이니어[62]를 한 줌 더 하고,── 에이티우스가 그럴 용의가 있을 때는,── 그의 황수정 반지도 더 했습니다.

── 한편, 고르도니우스는 (*de Amore*, 15장에서) "*ad putorem usque,*"── 즉 진저리나게, 두들겨야 한다는 처방을 내렸습니다.

이런 방면에 해박한 지식이 있었던 아버지는, 삼촌의 연애 사건이 진행되는 동안, 이 같은 연구로 바쁘게 지냈습니다. 내가 아는 바로는, 아버지는 자신의 사랑 이론에서, (사실, 삼촌의 정사뿐 아니라, 자신의 정사까지도 억누르려는 계획이었으며)── 단 한 가지만을 실행에 옮길

---

60 가뢰류의 곤충에서 채취한 칸타리딘은 성욕을 일으키는 최음제 재료로 사용되었다.
61 *Ευγε!*: 훌륭해!; ὅτι φιλοόφεῖς ἐν Πάθεσι: 고통 속에서도 사색을 하다니.
62 헤이니어는 정욕을 억제하는 데 도움이 되는 식물로 생각했다.

수 있었는데,―어찌어찌 하여, 삼촌의 반바지를 짓고 있던 재봉사에게, 아마포 대신 장뇌(樟腦)를 넣은[63] 납포를 맡겨, 삼촌의 체면이 손상되지 않고도, 고르도니우스의 효과를 보게 했습니다.

이렇게 해서 생긴 변화에 관해서는, 때가 되면 말씀드리도록 하겠습니다. 다만 지금 이 일화에 더할 것이 있다면,―토비 삼촌에게 어떤 효과가 있었든,―우리 집안에 나쁜 영향을 끼쳤으며,―삼촌이 담배를 피워 없애지 않았더라면, 아버지에게도 해가 되었을 것입니다.

제37장

―모든 것은 차차 밝혀질 일입니다.―다만 내가 이 자리에서 말씀드리고 싶은 것은, 사랑의 정의를 내리고 시작해야 할 필요는 없다는 사실이며, 세상 사람들과 내가 공통적으로 알고 있는 것 외에, 다른 개념을 덧붙이지 않고, 그 단어 자체의 도움만으로 이야기를 명쾌하게 이끌어갈 수 있다면, 내가 의견을 달리할 필요가 어디 있겠습니까?―다만 온몸이 이 신비스런 미궁에 빠져,―더 이상 어떻게 할 수가 없을 때가 오면,―그때, 내 의견을 밝히고,―나는 구조받겠습니다.

지금으로서는, 토비 삼촌이 *사랑에 빠졌다는* 내 말을, 독자께서 충분히 이해하시기를 바랄 뿐입니다.

―이 표현이 내 마음에 꼭 드는 것은 아니며, 사람이 사랑에 *빠졌*

---

63 장뇌가 성욕을 억제한다고 생각했다.

다거나,―깊이 사랑한다거나,―혹은 완전히 빠져들었다거나,―때로는 옴짝달싹 못하게 되었다거나 하는 말은,―사랑이 인간을 비굴하게 만드는 느낌의 표현입니다.―그러고 보니 플라톤의 이론이 다시 생각나는데, 그의 신성한 권위에도 불구하고,―그 이론은 비난받아 마땅하고 이단적이며,―그러나 그 이야기는 그만두기로 하겠습니다.

결론적으로 말해 사랑이 무엇이 되었든,―토비 삼촌은 거기 빠졌습니다.

―그리고 고결하신 독자님도, 그런 유혹을 받았더라면―그렇게 되었을 것입니다. 과부 워드먼 부인은 지금까지 당신이 만난, 혹은 당신의 욕정이 탐한, 어떤 대상보다 탐욕스러웠기 때문입니다.

제38장

이 말을 제대로 이해하기 위해서는,―잉크와 펜이 필요하며,―여기 종이가 준비되어 있습니다.―그리고 선생, 조용히 앉아 그녀를 마음속에 그려보십시오.―가능한 선생의 애인을 닮도록―그리고 양심이 허락하는 한, 선생의 부인과는 가능한 닮지 않도록 하며―나야 아무래도 좋으니―마음대로 그려보십시오.

——세상에 이보다 어여쁜 것이 또 있을까요!—이렇게 아름다운 것이!

——그러니, 선생, 삼촌이 어떻게 참을 수가 있겠습니까?

참으로 복된 책이여! 그대 안에 최소한 한 페이지는, 악으로 더럽혀지지 않고, 무지로 오보되는 일이 없을 것이로다.

제39장

수잔나는 그 일이 있기 15일 전에, 브리지트로부터, 토비 삼촌이 워드먼 부인과 사랑에 빠졌다는 소식을 직접 전해들었으며,—다음날 그 내용을 어머니에게 알렸고,—덕분에 나는 삼촌의 정사가 있기 2주 전에, 그 이야기를 들었습니다.

여보, 한 가지 드릴 말씀이 있는데, 아마 크게 놀라실 거예요 하고 어머니가 말했습니다.——

그때 아버지는 두번째 침실 재판을 진행하던 중에 있었으며, 마침 결혼 생활의 고초에 대한 생각에 잠겨 있던 참에, 어머니가 침묵을 깼습니다.——

"——토비 도련님이 워드먼 부인과 결혼할 것 같아요." 어머니가 말했습니다.

——그렇다면 동생은 다시는 침대에 *대각선*으로 누워보지 못하겠구먼 하고 아버지가 말했습니다.

그는 때때로, 어머니가 모르는 것이 있어도 절대 물어보는 법이 없다고 짜증을 내며 애태우곤 했습니다.

─어머니가 학문에 관심이 없다는 사실이─큰 불행이긴 하지만─그래도 가끔 질문은 던질 수 있지 않겠냐는 것이었습니다.

그러나 어머니는 무엇이든 물어보는 법이 절대 없었습니다.─말하자면, 그녀는 지구가 돌아가는지 정지하고 있는지도 모른 채 세상을 떠난 것입니다.─아버지는 이 사실을 지겹도록 설명해주었지만,─어머니는 항상 잊어버렸습니다.

때문에 두 사람의 대화는 진술,─응답, 대꾸를 벗어나는 일이 거의 없었으며, 대꾸 뒤에 잠깐 한숨을 돌리고는, (반바지 문제 때와 마찬가지로) 다시 계속했습니다.

도련님이 결혼을 한다면, 우리에게는 좋을 것이 없지요.─하고 어머니가 말했습니다.

눈곱만큼도 없지. 아버지가 대답했습니다.─그러나 재산을 다른 데 낭비하느니, 그 일에 쓰는 것도 괜찮겠지.

─그건 그렇군요 하고 어머니가 말했습니다. 이것으로서 위에서 말한 진술,─응답,─대꾸는 끝이 났습니다.

동생한테는 대단한 흥밋거리가 될 거야.─아버지가 말했습니다.

물론이지요. 어머니가 대답했습니다. 자녀를 갖게 된다면 말이에요.─

─아이고 하나님.─하고 아버지가 중얼거렸습니다─

* * * * * * * * * * * * * *
* * * * * * * * * * * * * *
* * * * *

제40장

나는 이제 내 작품을 본격적으로 시작하려는 참인데, 채식과 차가운 씨앗 몇 알의 도움으로,[64] 토비 삼촌의 이야기와, 내 이야기를, 어느 정도 직선적으로 전달할 수 있으리라고 생각합니다. 자,

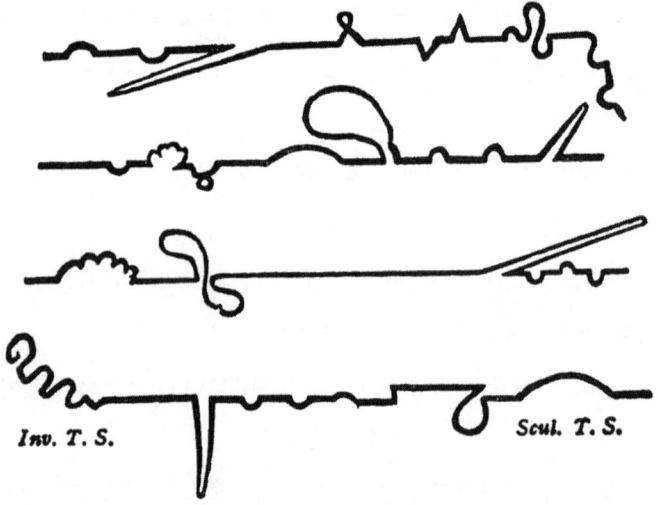

나는 1권, 2권, 3권, 4권을 위의 네 개의 선을 따라 진행시켰습니다.—5권은 아주 성공적이었으며,—정확하게 다음과 같은 선을 묘사했지요.

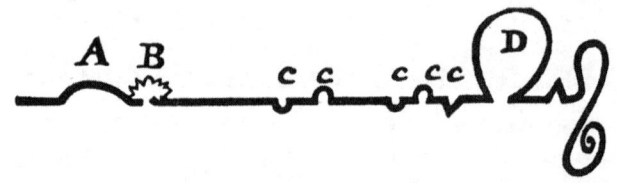

---

64 오이, 호리병박, 호박 등의 씨앗을 가리키며, 당시 심신을 치료하는 묘약으로 쓰였다.

위의 선을 보면, 내가 *나바르*로 여행을 떠났던, A라고 표시된 곡선과,—*보시에* 양과 그녀의 시종과 함께 잠깐 산책을 나갔을 때인, 톱니 자국이 있는 곡선 B를 제외하고는,—존 드 *라 카세*의 악마들이 D라고 표시한 고리를 따라 나를 끌고 다니기 전까지는, 본론에서 벗어나는 경우가 거의 없었으며—c c c c c는 괄호이거나, 국가의 유명한 대신들의 들고나는 일상들일 뿐이니,—보통 사람들이 이루어놓은 업적이나, 문자 A B D에서의 나의 일탈과 비교한다면—아무것도 아닙니다.

6권은 더 훌륭했다는 생각이며—르 페베의 이야기 마지막 부분부터, 토비 삼촌의 작전 개시 부분까지,—나는 내 길을 1야드도 벗어난 적이 없습니다.

이런 식으로 계속하고—*베네벤토* 대주교 각하의 악마들이 방해만 하지 않는다면—이 정도의 탁월한 수준에까지도 도달할 수 있으리라고 생각하는데,

---

이 선은, (이것을 그리기 위해 빌린) 습자 교사의 자로, 좌로나 우로나 치우침 없이, 최대한 똑바로 그었습니다.

이 *직선*을 두고,—성직자들은, 그리스도인이 걸어가야 할 길!이라고 말했으며—

—*키케로*는, 윤리적인 청렴의 상징!이라고 외쳤고—

—양배추를 심는 사람들은,[65] 최고가는 고랑!이라고 말했으며, 아르키메데스는, 두 점 사이에 가장 짧은 거리라고 말했습니다.

귀부인들께서도 국왕 탄신일에 입을 옷을 지을 때, 이 점을 유념하

---

65 스턴은 '심는다'는 말을 성교를, '양배추'는 여성의 음부를 뜻하는 외설적인 의미로 사용했다.

신다면 도움이 될 것입니다.

―정말 대단한 여정이었지요!

그나저나 내가 직선에 관한 장을 쓰기 시작하기 전에 화내지 마시고 한번 말씀해보십시오,―무슨 실수 때문인지―누가 그들에게 말했기에―혹은 어떤 이유로, 여러분들 가운데 그중 지적이고 비범한 사람들이 이 선과 **중력**의 선을 줄곧 혼동하게 되었는지 말입니다.

젠틀맨 트리스트럼 샌디의 삶과 견해

제7권

작가는 항상 주제를 벗어나서는 안 되지만, 주제와 연관된 여담은 용납된다.[1]

THE
LIFE
AND
OPINIONS
OF
TRISTRAM SHANDY,
GENTLEMAN.

Non enim excursus hic ejus, sed opus ipsum est.
PLIN. Lib. quintus Epistola sexta.

VOL. VII.

LONDON:
Printed for T. BECKET and P. A. DEHONT,
in the Strand. MDCCLXV.

제1장

아닙니다—내가 기억하는 바로는, 그때도 나를 괴롭혔고, 지금까지도 악마보다 나를 더 두렵게 만들고 있는, 이 지독한 기침만 낫는다면, 매년 두 권씩 쓰겠다고 했으며—또 다른 곳에서는—(어디였는지, 기억은 나지 않지만) 이 작품을 *기계*와 비교하며, 내 말에 신뢰성을 더하기 위해 펜과 자를 탁자 위에 열십자로 놓고,—생명의 샘이 건강한 육체와 정신을 내게 허락한다면 이런 식으로 40년 간 계속하겠다고 맹세했었지요.

내 정신이야, 그다지 문제될 것이 없겠지만—아니 조금도 없다고 해야 하며 (긴 막대기[2] 위에 나를 태우고, 스물네 시간 중 열아홉 시간을 스스로 광대짓을 하는 것이, 비난받을 일이라면 모르겠지만) 오히려 나는 감사할 것이—그래요, 감사할 것이 훨씬 많습니다. 그대는 내가 인생의 여정에서, 그 모든 짐을 (걱정거리만 제외하고) 등에 지고, 기쁘게 걸어갈 수 있게 했으며, 내 인생의 한 순간도, 그대가 나를 저버린 적은 없으며, 내 앞에 나타나는 물체들을, 검게, 혹은 창백하게 물들이는 일도 없었고, 내가 위험에 처했을 때는, 수평선을 희망으로 물들였으며, 결국 **죽음**이 내 방문을 두드렸을 때—그대는 다음에 다시 오라고

---

1 조카 플리니 Pliny the Younger의 『서한집』에서 인용: "여담이라기보다는 주제 자체이기 때문이다."

2 목마.

일렀으며, 아무렇지도 않은 듯 명랑한 목소리로 말했기 때문에, 죽음이 자신의 임무를 착각하도록 만들지 않았는가.—

"—분명히 뭔가 오해가 있어" 하고 죽음이 말했습니다.

나는 말하는 도중에 방해받는 것을 가장 싫어했으며—마침 유제니우스에게 아주 야한 이야기를 하나 해주고 있었는데, 자신이 조개라고 생각했던 수녀와, 홍합을 먹고 파문을 당한 수도승에 관한 이야기였으며, 그에게 그런 조치의 정당성과 근거를 설명해주고 있었지요—

"—그렇게 엄숙한 사람들이 어떻게 그런 상스러운 궁지에 빠질 수가 있단 말인가?" 하고 죽음이 말했습니다. 트리스트럼, 자네는 아슬아슬하게 모면했구먼. 이야기를 듣고 난 유제니우스가 내 손을 잡으며 말했습니다.

그러나 이런 상태로는 나는 *사*는 게 아니네, 유제니우스 하고 내가 대답했습니다. 그 매춘부의 자식 같은 놈이 내가 사는 곳을 알았으니 말이야.—

—자네가 그놈의 이름을 제대로 불렀네 하고 유제니우스가 말했습니다.—우리가 아는 대로, 죄를 통해 죽음이 세상에 왔으니[3] 말이야. —나는 그놈이 어디로 왔든 상관없네 하고 내가 말했습니다. 세상에서 나를 서둘러 데려가려고만 하지 않는다면 말이야—나는 앞으로 책을 40권이나 더 써야 하고, 말하고 해야 할 일이 사만 가지나 되며, 게다가 나 대신 말하고 써줄 사람이 자네 말고는 세상에 아무도 없는데, 지금 그놈이 내 목을 조이고 있으니 (내 목소리는 탁자 너머 유제니우스에게도 거의 들리지 않을 정도였으며) 그놈이 본격적으로 한판 치르자고 나

---

3 『신약성서』 「로마서」 5장 12절: "이러므로 한 사람으로 말미암아 죄가 세상에 들어오고 죄로 말미암아 사망이 왔나니, 이와 같이 모든 사람이 죄를 지었으므로 사망이 모든 사람에게 이르렀느니라."

온다면 나는 상대도 안 될 게 뻔하니, 차라리, 아직 제정신이 약간이나마 붙어 있고, 이 거미 다리가 (한쪽 다리를 들어 그에게 보여주며) 나를 떠받쳐주고 있을 때—차라리, 줄행랑을 치는 편이 낫지 않겠나, 유제니우스? 나도 동감이네 트리스트럼 하고 유제니우스가 말했습니다. —그렇다면 나는 그놈이 생각지도 못한 장단에 맞추어 춤을 추며—뒤도 돌아보지 않고, 바람처럼 달려, 가론 강가로 내달릴 것이며, 그가 덜거덕거리며 내 뒤를 따라오는 소리가 들리면—베수비오 산으로 냉큼 달려가면 될 것이고—거기서 다시 요파[4]로, 그리고 요파에서 이 세상 끝까지 갔는데도, 그놈이 나를 계속 따라온다면, 하나님께 그놈의 목이 부러지게 해달라고 기도하는 수밖에 없겠지.—

—거기서는 자네보다 그놈이 더 위험하겠군 하고 유제니우스가 말했습니다.

유제니우스의 기지와 애정이 몇 달 만에 내 얼굴에 혈색을 되돌려주었으며—여기서 작별을 고하기는 쉬운 일이 아니었으나, 그는 나를 마차까지 안내했으며—*Allons!*[5] 하고 내가 말하자, 마부는 채찍을 울렸고—나는 대포알처럼 튀어나가, 대여섯 번 힘차게 도약한 끝에 도버에 도착했습니다.

---

[4] 요파 Joppa는 고대 이스라엘의 항구 도시로서, 요나가 하나님의 명령을 피해 그곳에서 바다로 달아났다. 『구약성서』「요나서」 1장 3절.
[5] 갑시다!

제2장

잠깐! 하고 나는 프랑스 해안 쪽을 바라보며 말했습니다.―외국으로 나가기 전에 조국에 대해 뭔가 알고 있어야 하는데―여기까지 오는 길에 지나쳤던, 로체스터 교회도 들여다보지 못했고, 채텀의 부두도 돌아보지 못했으며, 캔터베리⁶의 성 토마스 교회도 방문하지 못했군요―

―그러나 내 형편이 급하다 보니―

나는 이 문제를 놓고, 토머스 오베케트뿐 아니라, 그 외 어느 누구하고도 논쟁을 벌이지 않고―그냥 배에 올라, 5분도 지나기 전에 돛을 올리고 바람처럼 질주했습니다.

선장 양반. 나는 선실로 내려가며 그에게 물었습니다. 지금까지 이 뱃길에서 죽어나간 사람은 없었습니까?

아, 어디 아플 짬이나 있겠습니까 하고 그가 대답했습니다.―형편없는 거짓말쟁이 같으니! 나는 벌써 멀미가 나서 죽을 지경인데―아이구 머리야!―아이구 어지러워!―아! 세포들이 모두 풀려나와 서로 섞여버려, 혈액, 임파액, 신경체액, 휘발성·불휘발성 가용 물질들이, 모두 하나로 뒤범벅이 되어―하나님 맙―! 온갖 것들이 소용돌이처럼 돌아가고 있으니―이렇게 해서 내가 글을 더 명쾌하게 쓸 수 있다고 누군가 말해준다면 1실링을 줄 텐데―

괴롭다! 괴롭다! 괴롭다! 괴롭다!―

---

6 런던과 도버 사이에 있는 세 도시.

—육지에는 언제나 닿겠소? 선장—무정한 사람들 같으니—아 정말 괴롭구나!—애야, 저걸 좀 갖다 다오—멀미는 정말 고통스러워—차라리 배 밑바닥에 있었더라면—부인! 부인은 좀 어떠십니까? 죽겠어요! 죽겠어! 죽—아! 죽겠다고요!—처음입니까?—아니오, 두 번째, 세번째, 여섯번째, 열번째인걸요—아이구—위에서는 또 얼마나 소란스러운지!—이봐! 급사! 도대체 무슨 일인가—

풍향이 갑자기 바뀌는 바람에! 정말 죽을 지경입니다!—그렇다면 죽음과 정면으로 마주치겠군.

아, 다행스럽게도!—풍향이 다시 바뀌었습니다, 나리—빌어먹을 바람 같으니—

선장님. 그녀가 말했습니다. 제발, 육지로 올라갑시다.

제3장

칼레에서 파리로 가는 길에는, 중요한 도로들이 세 개 있는데, 그 도로들을 따라 있는 도시에는 하나같이 자랑거리들이 많기 때문에, 어느 길로 갈지 선택하는 데 최소한 반나절은 낭비하게 마련이어서, 갈 길이 급한 사람에게는 번거롭기 짝이 없습니다.

먼저, 라일과 아라스로 이어지는 길이 가장 가깝고—흥미롭고, 교훈적입니다.

두번째로는 아미앵으로 나 있는 길인데, 샹티이를 보고 싶다면 그쪽으로 가야겠지요—

그리고 보베로 가는 길은, 원하신다면 가십시오.
많은 사람들이 그런 이유로 보베를 선택하니까요.

제4장

"자 칼레를 떠나기 전에 할 일이 있습니다"라고 기행 작가가 말했습니다. "이 도시에 대해 설명을 드리는 것이 좋겠지요."—그러나 나는 좋지 않다고 생각하며—어느 도시에서든, 아무도 붙잡는 사람이 없는데도, 가만히 내버려두고 조용히 통과하지 못하고, 이리저리 다니며 보는 것마다 글로 써대며, 그것도 단지 쓰는 것 자체를 위해 쓰는 것이니, 지금까지 이런 식으로, 쓰고 달리고 했던—아니 달리고 쓰고 했던, 사실 이 두 가지는 다른 것이며, 또는 이들보다 한층 민첩하다고 할 수 있는 *달리며-썼던*, 나 같은 사람의 글이나—위대한 애디슨[7]처럼 가방 한 가득 교과서를 넣고 ……에 매달아, 한 번 흔들릴 때마다 껑거리띠를 스쳐 말등을 벗겨지게 했던 사람들을 비롯해—이렇게 달리는 사람들은 모두, 자기 땅에서 (혹시 땅이 있는 경우에) 조용히 거닐며, 신발을 적시지 않고서도, 써야 할 것을 모두 썼을 것입니다.

내 입장을 밝히자면, 나의 심판관이자, 나의 마지막 호소의 대상인 하늘에 맹세코—칼레에 관한 나의 지식은, (이발사가 면도칼을 갈며

---

[7] 『이탈리아 지방에 대한 감상 *Remarks on Several Parts of Italy*』(1705) 서문에서 애디슨은 미리 읽은 고전을 비교하며 여행했다고 밝히고 있다.

얘기해준 것 말고는) 지금 내가 *카이로*에 대해 알고 있는 정도일 뿐이며, 어스레한 저녁나절 이곳에 도착하여, 다음날 아침 캄캄할 때 길을 떠났으니, 그저 뭐가 뭔지 분간이나 하고, 도시의 이쪽에서는 이런 것을 이렇게 묘사하고, 저쪽에서는 이것저것 짜맞추어 저렇게 설명을 붙이는 것만으로도—여행을 통해 얻을 수 있는 모든 것을 얻어, 바로 지금 칼레에 대해 내 팔 길이만큼 긴 장을 쓸 수 있으며, 그 도시에서 나그네의 관심을 끌 만한 모든 것을, 아주 상세하고 만족스럽게 그려낼 수 있을 정도이니—내가 그 동네 서기라도 되는 줄 아시겠지만—뭘 그리 놀라십니까? 나보다 열 배나 잘 웃었던 데모크리토스는—*아브데라의 읍사무소 서기*가 아니었습니까? 그리고 (이름은 잊어버렸지만) 우리 두 사람보다 훨씬 신중했던 그 사람은, 에페수스[8]의 서기가 아니었습니까?—그리고, 선생, 해박한 지식과 뛰어난 감각, 진실성과 정확성이 돋보이는 글이 될 것이며—

—아닙니다—내 말이 믿어지지 않으신다면, 그 장을 직접 읽어보시기 바랍니다.

제5장

칼레, 칼라티움, 칼루시움, 칼레시움.

---

8 트라키아의 아브데라 출신, 고대 그리스 철학자 데모크리토스 Democritus (기원전 460년경~357년경)는 '웃는 철학자'라고 불렸던 반면, '에페수스의 읍사무소 서기'였다는 헤라클레이토스(기원전 540년경~480년경)는 '눈물의 철학자'라고 불렸다.

우리가 이 도시의 옛 기록들을 믿는다면, 사실 믿지 못할 이유도 없겠지만—한때 이곳은 초대 기네 백작의 소유로 되어 있던 조그만 마을에 지나지 않았으나, 오늘날에는 *basse ville*[9] 혹은 시내 외곽에 거주하는 420가구의 명문가 말고도, 만 4천 이상의 인구를 자랑하고 있으니—꾸준한 성장을 거듭하여, 오늘날의 규모에 이르렀다고 할 수 있습니다.

수도원은 네 곳이 있었으나, 마을 전체에 교회라고는 한 곳밖에 없었으며, 그 크기를 정확히 재어볼 기회는 없었지만, 대충 짐작해보는 일은 어렵지 않았는데—도시 전체의 인구가 만 4천 명이니, 교회가 이들 모두를 수용하자면, 꽤 커야 했을 것이고—그렇지 않다면—교회가 하나밖에 없다는 사실은 안타까운 일이며—십자가 모양으로 지어, 성모 마리아에게 헌납한 이 교회의 중앙에는, 첨탑이 달린 뾰족한 지붕이 있었고, 우아하고 날렵한, 그러나 동시에 육중해 보이는, 네 개의 기둥이 떠받치고 있었으며—아름답다기보다는 훌륭하다고 해야 할, 열한 개의 제단으로 장식되어 있었습니다. 중앙 제단은 걸작 중의 걸작이었는데, 재질은 흰 대리석으로서, 내가 전해들은 바로는 높이가 60피트에 이르러—좀더 높았더라면, 갈보리 산에 버금갈 정도였으니—의심의 여지 없이 높긴 높았던 모양입니다.

그러나 무엇보다 감탄할 만한 것은 *대광장*이었으며, 포장이 잘되었다거나 훌륭하게 지은 것은 아니었지만, 도시의 중심에 있었을 뿐 아니라, 대부분의 도로, 특히 그 근방의 도로들이 모두 대광장으로 이어졌기 때문에, 칼레에 분수가 있었다면, 사실 그렇게 큰 장식물을 설치할 수는 없겠지만, 주민들은 분수를 그 광장 한가운데 놓기 원했을 것이 분명하

---

[9] 'Lower town' 혹은 시내 외곽을 의미.

고,―광장은 정확한 정사각형이 아니었기 때문에,―북쪽 끝에서 남쪽 끝까지의 거리보다, 동쪽 끝에서 서쪽 끝까지의 거리가 40피트 정도 길었으며, 정사각형이 아닌 만큼, 스퀘어라고 부르지 않고 플라세라고 부르는 프랑스인들의 표현이 더 정확하다고 생각합니다.

시청은 전혀 손질을 하지 않은, 낡은 건물이었는데, 그렇지 않았더라면 이곳의 둘째가는 명물이 되었겠지만, 그럼에도 불구하고 그 본래 목적에 부응하는 쓸모 있는 건물이었으며, 가끔 그곳에서 소집되곤 했던 행정관들을 맞아들이는 역할을 제대로 수행했으니, 정의가 정기적으로 분배되었으리라고 추측할 수 있겠지요.

그리고 쿠르갱에 대해서는 많은 이야기를 듣긴 했지만, 그리 흥미로울 것도 없고, 그저 선원들과 어부들이 거주하는 특정한 지역일 뿐이며, 벽돌로 깔끔하게 포장된 여러 개의 좁은 골목으로 이루어져 있었고, 인구 밀도가 아주 높지만, 그것은 그들의 생활로 미루어 설명 가능한 일이니,[10]―그 점에 관해서도 이상할 것은 없습니다.―여행객이라면 흥밋거리로 한 번쯤 가볼 만한 곳이며―그러나 무슨 일이 있어도 *라 투어 드 게트*[11]를 빼놓아서는 안 될 일인데, 그런 이름이 붙여지게 된 동기는 그 특수한 목적 때문이었으며, 전시(戰時)에 땅이나 바다로 접근하는 적군을 발견하여 경고를 보내는 곳으로서,―무엇보다도 그 엄청난 높이 때문에, 그러기 싫어도, 눈길을 주지 않을 수가 없습니다.

한 가지 크게 실망스러운 점은, 그곳의 성채를 자세히 돌아볼 수 있는 허가를 얻지 못했다는 것이며, 그 성채는 세상에서 가장 든든한 곳으로 알려져 있었고, 처음부터 끝까지, 즉 볼로냐 백작 필립 6세가 처음

---

10 가난한 어부들이 거주하던 지역이며, 일반적으로 해산물이 정력에 좋다는 믿음이 있었다.
11 La Tour de Guet: 망루.

짓기 시작했을 때부터 오늘날에 이르기까지, 많은 보수를 거쳤으며, (가스코뉴에서 만난 공학자에게 들은 바로는)—모두 100리브르[12] 이상의 비용이 들었다고 합니다. 괄목할 만한 사실은, 이들이 *테트 드 그라블리느*[13]와 도시에서 지리적으로 가장 약한 부분에 돈을 가장 많이 들였다는 것이며, 외루를 벌판 쪽으로 멀리 뻗어나가게 만들었기 때문에, 넓은 땅을 차지했습니다.—그러나 결론적으로 인정하고 넘어가야 할 것은, 칼레는 그 자체로서보다는 항상 지리적인 위치 때문에 주목받았으며, 우리 조상들이 프랑스로 쉽게 진입할 수 있는 입구 역할을 했습니다. 그러나 불리한 점도 없지 않았으며, 오늘날 됭케르크를 예로 볼 수 있듯이, 당시 영국에도 적잖은 골칫거리였기 때문에, 양국에서는 당연히 요지로 생각했고, 이곳을 차지하려는 분쟁이 끊임없이 벌어졌습니다. 그 중에서도 칼레 공략, 혹은 그 봉쇄가 (육로와 해로가 모두 폐쇄당했으니) 가장 주목할 만한 것이었으며, 에드워드 3세의 공격을 일 년간이나 견디어냈으나, 결국 기근과 극심한 궁핍에 쓰러지고 말았는데, 동료 시민들을 위해 자신을 바친, 용감한 *외스타슈 드 생 피에르*의 이름이 영웅으로 기록되었습니다. 50페이지도 안 되는, 그 아름다운 이야기와 공략 이야기를, 라팽이 기록한 그대로,[14] 독자님께 옮기지 않는다면, 불공평한 일이겠지요.

---

[12] 옛 프랑스의 화폐 단위.
[13] Tête de Gravelenes: 프랑스 도시 그라블린 Gravelines의 저지대 지역의 요새. 철자가 다른 이유는 스턴이 종종 고의적으로 틀린 철자를 쓰기도 했기 때문이다.
[14] 폴 라팽 토이라의 『영국사 *L'Histoire d'Angleterre*』.

제6장

　―그러나 안심하십시오! 관대한 독자님!―그럴 생각은 없습니다―당신을 내 마음대로 할 수 있는 것만으로 충분하며―내 펜이 운 좋게 획득한 이 기회를 당신께 이용한다면, 너무 심한 일이겠지요―안 됩니다―! 몽상적인 뇌를 자극하고, 영혼을 밝혀 속세를 초월한 세계로 인도하는 강력한 불꽃에 맹세코! 무력한 피조물에게 이런 고통을 강요하고, 내가 팔 권리도 없는 이 50페이지에 대한 대가를, 가엾게도 당신께 치르게 하다니!―차라리 헐벗은 채, 산 위에 올라 이리저리 둘러보며, 북풍(北風)이 집도 양식도 가져다 주지 않았음에 미소짓겠습니다.

　―그러니 용감한 그대여! 힘을 내어 어서 볼로냐로 갑시다.

제7장

　―볼로냐!―하!―그래 우리가 모두 모였군요―신 앞에 빚진 자들과 죄인들, 대단한 패거리가 아닙니까―그러나 여기서 당신들과 술을 들이켜고 있을 수는 없는 노릇이며―나도 수많은 악마들에게 쫓기는 형편이니, 말도 바꿔 타기 전에 붙잡힐 지경입니다.―제발, 서둘러요―대역죄가 분명해. 키가 아주 작은 사내가, 옆에 서 있던 키가

훌쩍 큰 사내에게 작은 소리로 속삭였습니다.──그게 아니라면 살인죄가 분명해 하고 키 큰 사내가 말했습니다.──잘도 알아맞히는군! 하고 내가 말했습니다. 아니야 하고 세번째 남자가 말했습니다. 저 양반이 저지른 일은── ──.

  Ah! ma chere fille![15] 아침 예배를 마치고, 사뿐사뿐 걸어가는 그녀에게 내가 말했습니다.──당신은 아침 햇살처럼 아름다운 장밋빛이군요. (마침 해가 뜨던 참이라, 그 찬사는 더욱 운치 있게 들렸습니다)──아니오, 그렇지 않을 거요. 네번째 사내가 말했습니다.──(그녀는 내게 인사를 했으며─나는 그녀에게 키스를 보냈습니다) 빚을 진 것이 분명해. 그가 말했습니다. 그래, 빚이 맞아. 다섯번째 사내가 말했습니다. 나는 저 사람의 빚을 갚아줄 수가 없소, 천 파운드를 준다고 해도 하고 에이스를 가진 사내가 말했습니다. 나도 마찬가지야, 그 여섯 배를 준다고 해도 말이오 하고 육을 가진 사내가 말했습니다.──정말 잘도 아는군! 내가 말했습니다.──그러나 나는 아무에게도 빚진 것이 없으며, 빚이라고는 창조의 여신께 진 것밖에[16] 없고, 다만 그녀에게 좀더 참아달라고 간청한 것뿐이며, 마지막 한 푼까지 모두 갚을 작정입니다.──부인, 어쩌면 그렇게 무심하신지요. 다른 사람들에게 아무런 해도 끼치지 않고, 합법적인 일로 길을 가는 가엾은 여행자를 지체시키다니요. 죽음의 얼굴을 하고, 내 뒤를 쫓아오며, 빠른 걸음걸이로 죄인들을 위협하고 다니는, 저 악한이나 막아주십시오.──당신이 아니었다면 그가 내 뒤를 쫓지도 않았을 테니─내가 앞서가도록, 한 구간이나 두 구간 정도 그렇게 할 수 있다면, 부탁입니다, 부인── ──제발, 부인──.

---

15 아! 아름다운 아가씨!
16 조물주를 여성형으로 표현하고 있다. 여기서 주인공이 진 빚이란 죽음을 말한다.

―그나저나, 안됐습니다 하고 아일랜드 출신의 여관 주인이 말했습니다. 그렇게 열심히 구애를 했는데, 모두 허사가 되었으니, 그 젊은 처자는 벌써 말소리가 들리지 않는 곳까지 갔으니 말이오―.

―얼간이 같으니! 하고 내가 말했습니다.

―그래 볼로냐에는 다른 구경거리가 없단 말이오?

―아이고! 인문학 연구에 최고가는 신학교가 있지 않습니까―.

―그보다 훌륭한 곳은 없지요 하고 내가 말했습니다.

제8장

인간의 소망이 갖는 조급함 때문에, 그의 생각이 그가 사용하는 매체보다 90배나 빨리 달릴 때는―진실에 화 있을진저! 그의 영혼이 내뿜는 실망감의 대상인 그 매체와 도구에 (어떤 재료로 만든 것이든) 화 있을진저!

나는 화가 난 상태에서 사람이나 물건의 일반적인 성격을 결론짓고 싶지 않았기 때문에, 처음 그런 일이 있었을 때는 *"가장 서두르는 사람이, 가장 느린 법이라네,"* 하고 반응했을 뿐이며,―두번, 세번, 네번, 다섯번째도, 각기 그때마다, 두번, 세번, 네번, 다섯번째 우편 집배원에 한해서만 원망했을 뿐이며, 더 이상 내 불만을 확대하지 않았으나, 동일한 사건이 계속해서 다섯번, 여섯번, 일곱번, 여덟번, 아홉번, 열번째까지 예외 없이 지속적으로 일어나자, 다음과 같은 국가적인 고민에 빠지게 되었습니다.

프랑스의 역마차는 출발부터 항상 뭔가 잘못되게 마련이다.

혹은 이런 진술도 가능하겠지요.

프랑스 역마차의 선두 왼쪽 말 기수는[17]는 마을에서 3백 야드를 벗어나기 전에 항상 말에서 내린다.

이번엔 무슨 일이야?―Diable![18]―밧줄이 끊어졌다고!―매듭이 풀렸다고!―못이 빠졌다고!―볼트를 조여야 한다고!―짐표, 보따리, 짐, 끈, 조임쇠 혹은 죔쇠의 핀을 손보아야 한다고.―

그러나 이 모든 것이 사실이라 해도, 내게 역마차나 마부를 파문할 권리는 없으며――그들에게 하―님의 이름으로 저주를 퍼부을 생각도 없고, 차라리 걸어가는 편이 몇천 배나 낫다고――다시는 마차에 오르는 빌어먹을 짓은 하지 않겠다고 생각하다가도――당면한 일을 냉정하게 따져보니, 짐표, 옷보따리, 짐, 볼트, 조임쇠 혹은 죔쇠의 핀은, 내가 어디를 여행하든, 항상 문제가 생겨, 손을 보아야 하게 마련이기 때문에――나는 더 이상 망설임 없이, 좋은 것이든 나쁜 것이든 부딪치는 대로, 여행을 계속하기로 결심했습니다.――어서 가세 하고 내가 말했습니다. 그는 벌써 5분이나 허비하며, 점심으로 흑빵을 사기 위해 마차에서 내렸다가 빵을 마차 주머니에 밀어넣고, 다시 올라타서는 그 맛을 음미하며 한가롭게 가고 있었습니다.――빨리 좀 가세. 내가 서두르며 말했습니다.―그리고는 매우 설득력 있는 목소리로, 동전 스물네 개를 흔들며, 그가 뒤를 돌아보자, 동전의 평평한 면을 창문 쪽으로 들어 그에게 잘 보이도록 했습니다. 그는 알겠다는 듯이 입을 있는 대로 벌리고

---

[17] postilion. 당시 프랑스 역마차에는 마부석이 따로 없었기 때문에 왼쪽 말에(4두, 6두 마차에서는 제1열 왼쪽 말) 안장을 얹어 기수가 타고 마차를 몰았다. 우편배달은 역마차의 중요한 임무였기 때문에 역마차 기수는 파발꾼의 역할도 했다.
[18] 사탄, 악마 같은 놈.

웃었으며, 거무스름한 입술 뒤로 보이는 진주 같은 치열은, *여왕마마께서* 보석을 대신 저당 잡힐 정도로 돋보였습니다.—

맙소사! { 얼마나 잘 씹힐까!—
얼마나 빵이 맛있을까!—

그가 마지막 한 입을 씹는 사이에, 우리는 몽트뢰유 시로 들어갔습니다.

제9장

나는 프랑스에서 **몽트뢰유**만큼, 지도상으로, 멋진 곳은 없다고 생각했는데,—역마차 가도(街道) 책자에서는 그리 훌륭하게 보이지 않았으며, 실제로 가서 보니—정말 비참하기 짝이 없었습니다.

그러나 단 한 가지 볼 만한 것이 남아 있다면, 바로 여인숙 주인의 딸이었습니다. 그녀는 아미앵에서 18개월, 그리고 파리에서 6개월 간 교육을 받았기 때문에, 뜨개질, 바느질, 춤, 그리고 온갖 교태에 능했습니다.—

—귀여운 것! 5분 간 그녀를 지켜보며 감상하고 있는 동안, 그녀는 흰색 무명실 양말의 코를 열두 개가 넘게 줄였습니다.—그래, 그래— 알겠다, 요 깜찍한 것!—길이가 길고, 차츰 좁아지게 만들어—무릎에 핀으로 고정시킬 필요도 없게 만든 것을 보니—네 것이 분명하구나— 너한테 꼭 맞겠다.—

—조물주께서 그녀에게 *조각물의 엄지손가락*[19]에 대해 가르쳐주

셨다니!—

—그러나 이런 모델은 그들의 엄지손가락 모두만큼의 가치가 있으며—게다가 필요하다면 그녀의 엄지손가락과 나머지 손가락의 도움을 받을 수도 있고,—*자나톤*은 (그녀의 이름이지요) 그림 그리기에 안성맞춤이었으니,—내가 그녀를 균형이 제대로 잡히고, 흠뻑 젖은 천에 싼 것처럼, 단호한 화풍으로 그리지 못한다면,—다시는 그림을 그리지 않을 것이며, 아니 짐말처럼, 평생 힘으로 끌기만 하겠습니다.[20]—

—각하들께서는 제가 그 멋진 교회의 길이와 넓이, 높이를 알려드리거나, 혹은 생 오스트레베르테의 수도원 모습을 그려 보여드리기를 바라시겠지만—모든 것은 석공들과 목수들이 해놓은 그대로이며,—기독교 신앙이 계속 이어진다면, 50년 후에도 그대로일 것이니—각하들과 성직자들께서는 한가하실 때, 직접 측정해보시기 바라며—그러나, 자나톤, 그대를 측정하는 사람은 지금 하지 않으면 안 되는 것이—그대의 육체는 변화의 원리를 따르게 마련이고, 덧없는 인생을 감안할 때, 나는 그대를 한순간도 책임질 수 없으며, 두 해가 지나기 전에, 그대는 호박처럼 옆으로 퍼져, 몸매가 망가지거나—혹은, 꽃처럼 시들어, 미모를 잃거나—아니, 닳아빠진 여자가 되어—스스로를 망쳐버릴 수도 있기 때문이오.—디나 고모도, 그녀가 지금 살아 있다면 책임질 수 없고—설사, 그림이라 해도—레이놀즈가 그린 것이 아니라면 역시 책임질 수 없습니다.—

—내가 그 아폴로의 아들 이름[21]을 언급한 후에도, 계속 그림에 대

---

19 엄지손가락과 코의 길이가 같아야 한다는 이상적인 신체 조건.
20 누드 모델들이 품위를 지키기 위해 젖은 천을 몸에 감싸고 포즈를 취했다. 그린다는 의미의 'draw'는 (짐수레 등을) 끈다는 의미도 있다.
21 바로 위에서 언급한 화가 레이놀즈를, 시, 음악 등을 주관했던 아폴론 신의 아들로 표현.

해 얘기한다면, 총에 맞아 죽을 일이니 ——

실물로 만족해주시기 바라며, 날씨가 맑은 저녁나절 몽트뢰유를 지나갈 기회가 있다면, 말을 교체하는 동안, 역마차 문을 통해 그녀를 볼 수 있을 것입니다. 그리고 나처럼 급히 서둘러야 할 이유가 없다면— 그곳에 머물면 좋겠지요.—그녀에게는 약간의 *경건함*[22]이있긴 하지만, 당신에게 도움이 되지는 않을 듯합니다.——

—아—이럴수가! 나는 1점도 낼 수가 없으니, 악마에게 잃고, 또 잃어, 영패(零敗)를 당했습니다.

제10장

여러 가지 정황을 고려해본 결과, 그리고 죽음이 생각보다 훨씬 가까이 있을지도 모르는 일이라—차라리 아브빌로 가서, 직공들이 양털을 빗겨 실을 잣는 모습을 구경하는 편이 낫겠다는 생각에—우리는 떠났습니다.

de Montreuil à Nampont-poste et demi

de Nampont à Bernay---poste

de Bernay à Nouvion---poste

*de Nouvion à ABBEVILLE poste**

---

[22] 요릭은 『감상적인 여행 *A Sentimental Journey*』에서 프랑스 여성의 삶을, 요부, 이신론자, 경건한 신앙인, 이렇게 세 단계로 분류하고 있다. 마지막은 종교에 심취하는 시기를 말한다.

──그러나 빗질하는 사람들과 방적공들은 이미 잠자리에 든 후였습니다.

제11장

여행은 우리에게 얼마나 이로운가! 다만 사람을 흥분시키는 것이 문제인데, 그 치료법은 다음 장에서 말씀드리겠습니다.

제12장

내가 지금 약제사와 의논하고 있는 것처럼, 죽음과 함께 언제 어디서 그의 관장제를 마셔야 할지 의논할 수 있다면──나의 벗들 앞에서 그에게 굴복하고 싶은 생각은 없다는 점을 분명히 했을 것이며, 그 재난 자체만큼이나 내 생각을 지배하고 나를 괴롭혔던 이 엄청난 재난의 방법과 양식을 놓고, 결코 심각하게 빠져드는 법은 없었지만, 다만 모든 일을 처리하시는 그분께, 이렇게 소원하는 것으로서 매번 이야기를 끝맺곤 했는데, 다름아니라 내 집이 아닌──어디 적당한 여관에서 그 일

---

* 프랑스 역마 도로 안내서, 1762년판, p. 36 참조.

을 맞게 해달라는 것이었으며——집에서는, 아시다시피,——친구들의 근심 어린 표정과, 애정으로 떨리는 창백한 손이 내 이마를 훔치고 베개를 매만지는, 나를 위한 마지막 봉사가, 내 영혼을 너무도 괴롭혀, 의사도 알아차리지 못할 병으로 죽을 것이기 때문입니다. 그러나 여관에서는, 대여섯 기니를 주고, 임종 시 필요한 몇 가지 처방을, 평온하고, 시기 적절하게 받을 수 있으며,——다만 유의할 점이 한 가지 있습니다. 다름아니라 아브빌에 있는 여관은 이런 여관으로 적합하지 않지만——세상에 다른 여관이 없다면, 그 여관을 치외 법권 설정 각서에서 삭제하겠습니다. 그러니

정확하게 새벽 4시에——그래요, 4시요, 선생,——그때가 아니면 성 주느비에브[23]에 맹세코! 온 집안에 소란을 떨어, 죽음이 잠을 깰 것입니다.

제13장

"*그들을 굴러가는 바퀴같이 되게 하소서*"[24]라는 말은 지식인이라면 누구든 알고 있겠지만, *대륙 순회 여행*과, 거기 동참하는 불안한 영혼들에 대한 신랄한 야유로서, 다윗이 훗날 인간의 자손들이 이것으로 인해 괴로움을 당하리라고 예언적으로 내다본 결과이며, 존경하는 홀 주교님이 말씀하시기를, 다윗이 하나님을 적대하는 자들에게 보낸 가장 가혹

---

23 성 주느비에브(422~500년경)는 파리의 수호 성인.
24 『구약성서』「시편」83편 13절에서 다윗은 원수들을 굴러가는 검불이 되게 해달라고 기도한다.

한 저주로서—"그들이 평생 여기저기 떠돌아다니기를 바란다"라는 말이나 마찬가지라며 설명을 덧붙이기를,—그만한 움직임은, (그는 아주 비만이었기 때문에)—그만한 동요를 의미하며, 동일한 유추에 의해, 그만한 안정은, 천국과 같다는 것입니다.

그러나 나는 (아주 말랐기 때문에) 그의 의견에 이의를 제기하는 바이며, 그만한 움직임은, 그만한 활력과, 그만한 즐거움을 의미하며 —정지해 있는 것이나, 천천히 움직이는 것은, 죽음과 사탄이나 다름없으니—

이봐! 어이!—세상이 전부 잠든 모양이네!—말을 끌어오고— 마차 바퀴에 기름을 치고——우편물을 매달고——몰딩에 못을 박고—— 한시도 지체할 수 없으니—

위에서 언급한, 다윗이 원수들을 그 속에다 대고 저주했던 바퀴는 (그 속이 아니라 위에다 한다면 익시온[25]의 수레바퀴가 될 것이니) 주교의 체격으로 미루어, 당시 팔레스타인에서 만들어진 것이든 아니든, 역마차 바퀴가 분명하며,——반면 내 바퀴는, 그 반대 이유로, 한 시대에 한 바퀴씩 신음하며 돌아가는 수레바퀴가 분명하니, 내가 주석가였다면, 그 험한 지역에서 아주 쓸모 있는 물건이었을 것이라고, 주저 없이 단언했을 것입니다.

나는 피타고라스의 학설을 따르는 사람들을 아주 좋아하는데 (사랑스런 제니에게 용기를 내어 고백한 것보다 훨씬 더), 그 이유는 그들의 "χωρισμὸν ἀπὸ τοῦ Σώματος, εἰς τὸ Καλῶς Φιλοσοφεῖν"——즉 [그들의] "올바른 사고를 위해, 육체를 벗어난다"라는 말 때문입니다. 육

---

25 그리스 신화에서 제우스신의 노여움을 산 익시온은 영원히 돌아가는 불타는 바퀴에 묶인다.

체에 갇혀 있는 상태에서는 아무도 올바른 사고를 할 수 없으며, 각자의 성미대로 기분에 따라 눈이 멀 수밖에 없고, 홀 주교와 내가 그렇듯이, 신경 섬유의 지나친 이완 혹은 수축으로 인해, 서로 다른 쪽으로 끌려가게 마련이며——이성의 절반은 감각이며, 천국의 척도는 현재 우리의 욕구와 의도의 기준일 뿐입니다.——

——그런데 이번 경우에, 두 사람 가운데 누가 더 틀렸다고 생각하십니까?

물론, 당신이지요 하고 그녀가 말했습니다. 이른 아침부터 식구들을 모두 깨웠으니까요.

제14장

——그러나 그녀는 내가 파리에 도착할 때까지 수염을 깎지 않겠다고 맹세한 사실을 몰랐으며,——무엇이든 비밀로 하고 싶은 생각은 없었으나,——이것은 *레시우스*로 하여금[26] 다음과 같은 계산을 하게 만든 (*lib*.13. *de moribus divinis, cap.* 24.) 냉철함과 신중함 같은 것으로서, 그는 네덜란드식 마일 수로[27] 1마일을 세제곱하면, 8천억 명이 충분히 들어가고도 남을 만한 공간이 만들어지며, 이 숫자는 (아담의 타락 이후부터 계산하여) 세상 끝날까지 저주받아 지옥에 떨어질 영혼들을 가

---

26 레오나르두스 레시우스 Leonardus Lessius(1554~1623): 예수회 신학자.
27 영국식으로 4.4마일 정도.

리키는 것이라고 했습니다.

그런데 그 두번째 숫자는—하나님의 어버이 같은 은총이 아니었다면,—그가 어떻게 알 수 있었는지 모르겠으며—나를 더욱 놀라게 만든 것은 프란시스코 리베라[28]가 도대체 무슨 생각으로, 이탈리아식 마일 수로[29] 2백 마일을 제곱한 넓이는 되어야 그 영혼들이 모두 들어갈 수 있다고 했는지—그는 자신이 읽은, 고대 로마인들의 이론에 의거한 것이 분명한데, 천 8백 년이 지나는 동안, 점차적이고 쇠락적인 감소로, 그 수가 필연적으로 줄어들어, 그가 집필할 무렵에는, 거의 한 사람도 남지 않게 되었다는 사실을 염두에 두지 않았던 모양입니다.

좀더 냉철한 인물이라고 생각되는, 레시우스의 시대에는, 가능한 최소한의 숫자였으며—

—*지금은 더 줄었습니다.*—

다음 겨울에는 더 줄어들고, 줄어든 데서 또 줄어들어, 아무도 남지 않게 될 테니, 이런 식이라면, 반세기가 지난 후에는, 한 영혼도 남지 않을 것이라고, 자신 있게 확신하는 바이며, 그때가 되면 기독교 신앙도 사라지고 말아, 양자 모두 동시에 닳아 없어지는 것이 한 가지 다행한 일이라고 하겠지요.—

복된 주피터여! 그리고 그 외 모든 이방신과 여신들에게도 축복이 있으라! 이제 다시 그대들의 세상이 되어, 프리아푸스[30]를 대동하고— 얼마나 즐거운 시간을 보낼 것인가!—그나저나 내가 도대체 어디 있는 거지? 어떤 달콤한 소동 속으로 돌진하고 있는 것인가? 나는—생의 한복판에서 숨이 끊어져, 상상에 의존하지 않고는 더 이상 삶을 맛볼

---

28 프란시스코 리베라 Francisco Ribera(1537~1591): 예수회 신학자.
29 영국식으로 1마일에 미치지 못한다.
30 거대한 남근으로 상징되는 그리스 신으로서, 남성의 생식력을 주관.

수 없게 될 텐데——평안하시오, 그대 관대한 어릿광대여! 나는 그만 떠나겠으니.

제15장

——"그래서, 말 그대로, *아무것도 비밀로 하고 싶지 않은 까닭에*"——디딤돌에서 발을 떼자마자, 나는 마부에게 모든 것을 털어놓았으며, 그는 경의를 표하는 의미에서 채찍을 철썩 때렸으며, 끌채 말[31]은 속보로 달리고, 다른 말은 올라갔다 내려갔다. 우리는 춤추듯이 달렸으며, 아름다운 차임으로 명성을 날렸던 *아이 오 클로셰*로 향했는데, 음악 없이 그곳을 통과하게 된 것은——차임이 형편없이 고장났기 때문이었습니다——(사실 프랑스 전역이 마찬가지 사정이었지요).

그래서 전속력으로,

*아이 오 클로셰*에서, 익스쿠르로,

익스쿠르에서, 페키네로, 그리고

페키네에서, 아미앵으로 달렸으며,

이 도시에 관해서는, 이전에 언급한 내용 외에는, 달리 할 말이 없는데——다름이 아니라——자나톤이 그곳에서 학교를 다녔다는 것입니다.

---

31 마차와 가장 가까이 있는 말.

제16장

사람의 마음을 흔들어놓은 괴로움의 목록 가운데, 그중 성가시고 귀찮은 것을 지금 말씀드리려고 하는데——(물론 이것을 방지하기 위해 흔히 하는 것처럼, 선발자(先發者)를 두고 여행을 한다면 모르겠으나)——여기에 도움이 될 만한 것이라고는 전혀 없습니다. 그 괴로움은 바로 이런 것이지요.

즉 잠을 청할 만한 쾌적한 환경을 만드는 일이 불가능하다는 것인데——아무리 좋은 지역을——잘 닦은 길로,——세상에서 가장 편안한 마차를 타고 간다 해도——또한 50마일을, 눈 한 번 뜨지 않고 자면서 갈 자신이 있을 뿐 아니라——유클리드의 명제처럼, 어떤 일이 있어도 깨어 있을 수도 잘 수도 있다는 것을 논증적으로 만족시킬 수 있는 사람이라 해도——아니 이보다 더 확실하다 해도——역참(驛站)에 닿을 때마다 말삯을 지불하기 위해,——매번 주머니에 손을 넣어, 3리브르 15수우를 (한닢 한닢) 세어주어야 했으니, 그렇게 하기란 불가능했으며, 한 번에 6마일도 잠을 청할 수가 없었고 (역참 하나 반이라고 해야, 9마일에 불과하니)——영혼을 파멸에서 구원하는 일이었다 해도 마찬가지였을 것입니다.

——더 이상 못 참겠어 하고 내가 말했습니다. 정확한 액수의 돈을 종이에 싸서, 계속 손에 쥐고 가면 되겠지. (나는 잠을 청하며) "이렇게 하면 될 거야" 하고 말했습니다. "아무 말 없이 돈을 마부의 모자에 넣기만 하면 될 테니까."——그러나 한잔한다고 2수우를 달라고 한다든가——또는 루이 14세 수우 동전 열두 개가 통용이 안 된다거나——혹은 지난 역참에서, 나리께서 잊어버리고, 미처 계산하지 않은 1리브르와 몇

리아드의 잔돈을 달라든가 하여, 이런 언쟁들 때문에 (자면서 말싸움을 제대로 하기란 불가능한 일이니) 깰 수밖에 없었습니다. 그래도 여전히 달콤한 잠을 청할 수도 있고, 육체가 영혼을 압박하게 하여,[32] 이 충격에서 벗어날 수도 있겠지만—아이구! 역참은 하나 반인데—내가 한 역참밖에 지불하지 않았다고, 그러니 역마 도로 안내서를 꺼내 보아야 하고, 게다가 그 글씨가 너무 작아, 원하든 원치 않든 눈을 뜰 수밖에 없는 것입니다. 그러고는 주임 사제가 코담배 한 줌을 권한다거나—가난한 군인이 다리를 보여준다거나—삭발 승려가 기부금 함을 들어 보인다거나—저수지의 여사제가 마차 바퀴에 물을 뿌리며—필요 없다는데도—그녀의 *사제직*에 맹세코 (물을 뒤로 퍼부으며) 반드시 그래야 한다는 것이었습니다.—게다가 논쟁도 하고, 마음속으로 생각해보아야 할 문제가 한두 가지가 아니며, 그러는 사이 이성적인 힘은 완전히 잠을 깨—재주껏 다시 잠재워야 할 수밖에 없게 됩니다.

이런 식의 불행이 아니었더라면, 나는 샹티이의 마구간[33]을 그대로 지나쳤겠지요.—

—그런데 마부가 수우 동전 두 닢에 낙인이 없다고 말하며, 내 얼굴에다 들이밀고 고집하는 바람에, 그걸 확인하느라고 눈을 떴는데—내 코가 보이듯 분명하게 낙인이 눈에 들어오자—나는 화가 나서 마차에서 뛰어내렸으며, 샹티이의 모든 것을 보게 되었습니다.—나는 역참 세 개 반을 이런 상태로 지나갔는데, 이것은 여행을 서두르는 데 가장 좋은 방법으로서, 이런 기분으로는 뭔가 구경할 마음도 생기지 않기 때

---

32 『신약성서』「갈라디아서」 5장 17절: "육체의 소욕은 성령을 거스르고 성령의 소욕은 육체를 거스르나니 이 둘이 서로 대적함으로 너희의 원하는 것을 하지 못하게 하려 함이다"

33 부르봉 공작이 지은 이 마구간은 천 마리의 말을 수용할 수 있었으며, 프랑스인들의 사치의 대명사가 되었다.

문에—발길을 잡는 것도 아무것도 없고, 내가 생 드니를 지나면서,[34] 얼굴을 옆으로 돌려 수도원을 쳐다보지 않은 것도 바로 그 때문이었습니다.—

—그들이 대단한 보물을 가지고 있다고요! 허튼소립니다!—보석을 빼고 나면, 사실 그것도 모두 가짜입니다만, 유다의 등잔 말고는, 쓸모 있는 것이라고는 하나도 없고—그나마 그 등잔도, 날이 어두워져 혹시 필요할지 몰라 하는 말입니다.

제17장

찰싹, 탁—찰싹, 찰싹—탁, 탁—그래 여기가 파리란 말이지![35] (계속 같은 기분으로) 내가 말했습니다.—파리라고!—쳇!—파리! 그 이름을 세번째로 반복하며 소리쳤습니다.—

멋지고 훌륭한 곳이라지만—

—거리는 불결하기 짝이 없고,

그래도 그 악취에 비한다면야, 좋아 보인다고 해야겠군.—찰싹, 탁—찰싹, 탁—무슨 법석인가!—창백한 얼굴에 검은 옷을 입은 사람, 붉은 칼라만코 천으로 단을 댄 황갈색 조끼를 입은 마부가 모는

---

34 생 드니의 베네딕트회 수도원에는 많은 보물이 소장되어 있었는데, 그 중에서도 유다가 예수를 배반하던 날 밤 사용했던 잔과 초롱이 유명했다. 신교도였던 스턴은 이런 유물을 터무니없는 것이라고 비꼬고 있다.
35 파리와 파리지앵들에 대한 스턴의 태도는 프랑스에 대한 영국인들의 편견으로 가득 차 있다.

마차를 타고, 밤 9시에 파리에 입성하는 영광을 입었다고, 뭇사람들에게 알릴 필요가 어디 있단 말인가―찰싹, 탁―찰싹, 탁―찰싹, 탁―자네 채찍이―

　　―아니네 아니야 그게 이 나라의 기백이니, 채찍을 울리게―계속 울려.

　　하!―아무도 벽 쪽을 양보하지 않는구먼!³⁶―그러나 세련미의 교육 현장 그 자체였다고 해도, 벽이 똥―더럽―니 어떻게 하겠는가?

　　그나저나 가로등은 언제 밝히는가? 뭐라고?―여름에는 절대 켜는 법이 없다고!―아! 샐러드를 먹을 시간이군.―아 훌륭해! 샐러드와 수프라―수프와 샐러드―샐러드와 수프, *encore*³⁷―

　　―죄인들에게는 너무 과분하군요.

　　정말 그의 야비함을 참을 수가 없으니, 저 파렴치한 마부는 말라비틀어진 말에게 어쩌면 저렇게 심한 욕지거리를 할 수 있단 말인가? 모르겠나, 이 친구야, 파리의 도로는 지독하게 좁아, 손수레 하나 비켜갈 자리도 없지 않은가. 세상에서 가장 화려하다는 이 도시가, 길이 조금만 넓었더라면 좋았을 것을, 아니 각 도로마다, 자기가 어느 쪽에서 걷고 있는지만 알 수 있어도, (단지 아는 만족감을 위해서라도) 좋았을 것이 아닌가.

　　하나―둘―셋―넷―다섯―여섯―일곱―여덟―아홉―열.―요릿집이 열 군데나 되다니! 이발소의 두 배나 되고, 모두 마차로 3분 거리 안에 있으니! 이 세상 모든 요리사들과 이발사들이 한자리에 모여서 의기투합하여 혹시 이렇게 결의한 것은 아닐까요―자, 우리 모두

---

36 길을 가다 마주 오는 사람에게 길가의 시궁창 쪽이 아닌 벽 쪽을 양보하는 친절.
37 한 번 더, 또.

파리에 가서 살기로 합시다. 프랑스인들은 먹기를 좋아하여—모두 미식가들이니—우리는 높은 지위를 얻을 것이 분명합니다. 배가 그들의 신이라면[38]—그들의 요리사는 귀족이 아니겠습니까. 그리고 *가발이 사람을 만들고,* 가발장이가 가발을 만드니만큼—결과적으로 우리는 더 높은 지위에 있어야 하며—어떤 사람보다 높이—최소한 Capitoul*은 되어야 하니—pardi![39] 우리 모두 칼을 차야 합니다, 라고 이발사들이 말하지 않았을까요.—

— 이렇게 해서, 오늘날까지 계속되었다고 (촛불에 걸고,—믿을 만하지는 못하지만) 맹세할 수도 있습니다.

제18장

프랑스인들은 오해받고 있는 것이 분명합니다.——그러나 이런 오해가, 자신들의 입장을 제대로 설명하지 못했거나, 혹은 우리가 분명히 따지고 들 텐데도 이렇게 중요한 문제에서 요구되는 엄밀한 한계성과 정밀성 없이 말을 한, 본인들의 잘못인지—또는 "그들이 무슨 말을 하는지" 상대방의 언어를 정확하게 알아듣지 못한 우리에게 그 책임이 있었던 것인지—결론지을 수는 없지만, 분명한 사실은, "*파리를 보면, 모든 것을 보았다*"라는 그들의 말은, 낮에 본 사람을 가리켜 한 말이 분

---

[38] 『신약성서』「빌립보서」 3장 19절: "저희의 마침은 멸망이요 저희의 신은 배요."
* 툴루즈 시의 최고 행정관, 등 등 등.
[39] 아무렴!

명합니다.

촛불 아래서는—불가능한 일이며—이미 말씀드렸듯이, 믿을 만한 것이 못 되는데—재차 말씀드리지만—밝고 어두운 정도가 심하기 때문이라든가—빛이 흐릿하다거나—아름답지도 오래가지도 않기 때문이라는 등등은 사실이 아니며—다만 다음과 같은 점에서 불안정한 빛이라는 말인데, 다름아니라 파리에서 내로라하는 5백 개의 대저택에 있는—최소한 (각 저택마다 한 가지씩만 해도), 5백 가지의 볼거리를, 촛불 아래서 가장 잘 보고, 느끼고, 듣고, 이해할 수 있지만 (릴리의 글[40]을 인용한 것이며)—그러나 빌어먹을! 우리 가운데 50명 중에 하나가, 겨우 그곳에 머리를 들이밀 수 있으니 하는 말입니다.

이것은 프랑스인들의 계산에 의한 것은 아닙니다만,

1716년에 실시된 마지막 조사에 따르면, 물론 그 이후로 적잖은 증가가 있었지만, 파리에는 9백 개의 거리가 있으며, (말하자면)

시*티*라고 부르는 지역에—50개의 거리가 있고.

도살장이 있는 생 *자메*에, 55개.

생 오포르틴에, 34개.

루브르 지역에, 25개.

왕궁 혹은 생 오노리우스 지역에, 49개.

몽마르트르에, 41개.

생 외스타슈에, 29개.

알에, 27개.

생 드니에, 55개

---

[40] 윌리엄 릴리와 존 콜레트가 출판한 『문법 입문 *A Short Introdution of Grammar*』(1549).

생 마르탱에, 54개.

생 폴, 혹은 모르텔레리에, 27개.

그레브에, 38개 거리.

생 아보이, 혹은 베레리에, 19개 거리.

모레, 혹은 탕폴 지역에, 52개 거리.

생 안토니에, 68개 거리.

플라스 모베르트에, 81개 거리.

생 베네에, 60개 거리.

생 앙드류 드 아크에, 51개 거리.

룩셈부르크 지역에, 62개 거리.

그리고 생 제르맹에, 55개 거리가 있으니, 그 모든 거리로 들어가, 그곳에 있는 것을, 밝은 대낮에 보고 나면─즉 문, 다리, 광장, 조각 등을 보고----교회들을 모두 돌아보고, 특히 생 로슈와 쉴플리체[41]를 지나친다면 안 될 말이며---무엇보다도, 네 곳의 궁전을 방문하고 나면, 조각과 그림은 보든 안 보든 자유지만─

─정말로 모든 것을 본 셈이며─

─이것을 굳이 당신께 얘기해줄 필요도 없으니, 루브르의 현관에 다음과 같이 씌어 있는 것을 직접 읽을 수 있기 때문입니다.

세상에 이런 민족은 없으리!─어떤 민족도 파리 같은 도시를
세운 적은 없도다!─기쁘다, 기쁘다, 노래하라.*

---

41 생 로슈와 쉴플리체는 프랑스 고전주의 건축 양식을 대표하는 18세기 중엽에 완성된 성당들이다.

* Non Orbis gentem, non urbem gens havet ullam————ulla parem.

프랑스인들은 모든 위대한 것을 *즐겁게* 다루는 경향이 있다는 사실 외에는, 더 이상 할말이 없습니다.

제19장

*즐겁게*라는 말을 할 때마다 (지난 장의 마지막 부분에서처럼) *불쾌함*이라는 단어가 떠오르는데 (물론 작가의 마음 속에 말입니다)—특히 불쾌함에 대해 할 말이 있는 경우에 그렇다는 말이며, 분석에 의한 것이라든가—이해관계나 계보에 의한 것도 아니며, 다만 이들 사이에는, 빛과 어두움, 혹은 세상에서 가장 비우호적인 반대 개념들보다 더한 관련성의 근거가 있으며—불가피하게 서로 나란히 놓아야 할 경우 얼마나 가까이 두어야 할지 가늠하기 힘든 일이니—말의 관계를 이해하는 것은, 정치가들이 사람들을 이해해야 하는 것과 유사한, 작가들의 비밀스런 기술로서—지금이 바로 그 지점이기 때문에, 내 마음 속에 정확하게 배치하기 위해, 여기 이렇게 써봅니다.—

불쾌함

샹티이를 떠나며, 나는 불쾌함이야말로 신속한 여행을 위한 최고의 원리라는 확신을 했으나, 사적인 의견에 불과했으며, 지금도 여전히 같은 생각이긴 하지만—당시에는 내가 경험이 부족하여 몰랐던 사실이 하나 있는데, 맹렬한 속도를 낼 수 있긴 하지만, 동시에 몸은 거북하기 짝이 없기 때문에, 나는 이것을 완전히, 영원히 포기하는 바이며, 기꺼이 다른 사람에게 넘기려고 합니다.―다름아니라 아무리 훌륭한 식사를 해도 소화시킬 수가 없으며, 심한 설사에 시달려, 처음 출발할 때의 원리로 되돌아갈 수밖에 없다는 것이며―이제 그 원리에 힘입어 가론 강 유역으로 달려가겠습니다―

―아니오,―이 지역 사람들의 성격을―즉, 그들의 특성―관습―법률―종교―정부―산업―상업―재정을 비롯해, 그들을 지탱시켜주는 모든 자원과 숨은 원천을 기술하기 위해 지체할 수는 없습니다. 그들과 함께 2박 3일을 보내며, 내내 이런 사항들에 대해 문의하고 숙고했으니, 그만한 자격은 있지만―

그러나―그러나 나는 떠나야 하며―길이 잘 닦여 있고―역간의 거리는 짧고―이제 겨우 정오일 뿐이라―해가 아직 많이 남았으니―국왕이 계시는 퐁텐블로[42]로 가겠습니다―

―그분도 거길 가십니까? 금시초문인걸요―

제20장

나는 어떤 사람이든, 특히 그가 여행자인 경우, 프랑스에서는 영국만큼 빨리 갈 수 없다고 불평하는 소리가 듣기 싫은데, 사실 *consideratis considerandis*,[43] 프랑스에서 더 빨리 가는 셈이며, 마차 앞뒤로 산더미

---

[42] 프랑스 북부, 파리 동남쪽에 있는 도시로 프랑스 역대 왕의 거주지가 있었다.

같이 짐을 싣고 가면서도—먹이도 제대로 얻어먹지 못하는, 형편없는 말을 생각하면—움직일 수 있는 것만 해도 놀라운 일입니다. 정말이지 그놈들은 기독교 정신에 어긋나는 고통을 당하고 있으며, 프랑스의 역마가, * * * * * 와 * * * * * *, 이 두 마디 말로 옥수수를 한 통 먹은 것이나 다름없는 힘을 얻지 못했다면, 속수무책이었을 것이 분명합니다. 이 두 마디 말은 공짜이기 때문에, 독자님께 밝히고 싶은 마음 간절하지만, 한 가지 문제가 있다면—그 두 마디 말을 똑똑히, 아주 명료한 발음으로 말하지 않으면, 목적을 달성할 수 없으며—그러나 그렇게 똑똑히 말한다면—성직자님들께서는 침실에서는 웃겠지만—거실에서는 비난할 것이 분명합니다. 따라서, 마음속으로 이리저리 굴리며, 어떤 좋은 방책이나 쓸모 있는 장치를 통해 억양을 조절하여, 독자가 내게 맡기고 있는 *한쪽 귀*를 만족시키는 동시에—독자 스스로에게 귀기울이고 있는 다른 쪽 귀를 언짢게 하지 않는 방법이 없을까 한동안 생각해보았으나, 소용없는 일이었습니다.

—한번 해보라고 잉크가 손가락을 재촉하지만—그렇게 하고 나면—좋지 않은 결과를 초래할 것이 뻔하며—(불행하게도) 내 종이만 태워버리게 되겠지요.

—아니오,—나는 그럴 용기가 없습니다—

그러나 앙뒤에[44]의 *수녀원장*과, 그 수녀원의 수련 수녀가 어떻게 그 어려움을 극복했는지 알고 싶다면 (일단 나 스스로 최고의 성공을 거두기를 기원하며)—아무런 주저 없이 털어놓겠습니다.

---

43 모든 것을 고려해볼 때.
44 불어로 앙뒤에는 소시지를 뜻하며, 남근을 연상시키는 외설스런 의미로 자주 등장한다.

제21장

    지금 파리에서 발행되고 있는 대형 지방 지도책을 보면, 앙뒤에는 사보이와 부르고뉴를 분리하는 고원 지대에 위치한다는 것을 알 수 있으며, 그곳의 수녀원장은 (오랜 아침 기도로 무릎 관절의 윤활유가 굳어져) 관절 강직 혹은 관절 경직에 걸릴 위험에 처해 온갖 치료를 시도했는데─처음에는 기도와 감사, 그리고는 하늘의 모든 성자들과─특히 그녀처럼 뻣뻣한 다리 때문에 고생한 성자들을 향한 무차별적인 탄원─그리고 수녀원의 모든 유물, 특히 젊었을 때부터 다리를 쓰지 못했던, 루스드라 사람[45]의 대퇴골에 무릎을 대고 있기도 했으며─잠자리에서는 무릎을 베일로 감싸고─그 위에 로사리오를 열십자로 놓았으며─세속적인 방법으로는, 기름과 뜨거운 동물성 지방을 바르고─피부를 부드럽게 하고 염증을 삭이는 찜질약과─양아욱, 당아욱, 보누스 헨리쿠스, 백합, 호로파 등으로 만든 습포제로 치료하고─스카풀라리오[46]를 무릎 위에 대고, 그 위에 나무를, 아니 그 연기를 쏘이고─야생 치커리, 논냉이, 파슬리, 미나리, 고추냉이 등을 달인 즙도 발랐지만─아무런 효과를 보지 못하자, 결국 부르봉의 온천을 방문하기로 결정했으며─수도회 총회장에게 병 치료를 위한 휴가를 허락받고─그녀는 여행 준비에 들어갔습니다. 그 수녀원에는 열일곱 살 먹은 한 수련 수녀가 있었는데, 그녀는 수녀원장의 찜질약에, 가운뎃손가락을

---

45 『신약성서』 「사도행전」 14장 8절에 나면서 앉은뱅이가 된 루스드라 사람의 이야기가 나온다.
46 로마 가톨릭 교회에서 수사가 어깨에 걸쳐 입는 겉옷.

계속해서 찔러넣다 보니, 그 손가락이 부어올라 고생을 하고 있었으며 —그녀가 이번 여행에 너무나 큰 관심을 보이는 바람에, 고령의 수녀 한 사람이 부르봉의 온천에서 완전히 치유될 수 있는, 좌골 신경통을 앓고 있었음에도 불구하고 그녀를 제치고, 그 어린 수련 수녀 마가리타가 여행의 동반자로 선택되었습니다.

원장 수녀 소유의, 초록빛 모직천을 씌운 낡은 사륜 포장마차가 바깥으로 끌려나왔고—노새 마부 노릇을 하기로 했던 수녀원의 정원사가, 늙은 노새 두 마리를, 엉덩이 쪽의 꼬리털을 잘라주기 위해 끌고 나왔으며, 평수녀 두 사람이, 한 사람은 포장을 꿰매느라, 그리고 다른 사람은 세월의 이빨이 풀어놓은, 포장의 가장자리를 휘갑친 노란색 끈이 찢겨나간 부분을 깁느라고 바삐 움직이고 있었고—정원사의 조수는 노새 마부의 모자를 뜨거운 술지게미로 문질러 닦고 있었으며—수녀원의 맞은편에 있는 헛간에서는, 재봉사가 음악적인 손놀림으로, 마구에 달아맬 네 다스의 방울을 구색을 갖추어, 방울에 대고 휘파람을 불어주며 가죽끈으로 하나씩 매달고 있었습니다.—

—앙뒤에의 목수와 대장장이는 바퀴를 책임졌는데, 다음날 아침 7시가 되기 전에, 모두 깔끔하게 손질되어, 수녀원 정문 앞에서 부르봉의 온천으로 향할 준비를 갖추고—불운한 바퀴들은 한 시간 전부터 두 줄로 늘어서서 기다리고 있었습니다.

앙뒤에의 수녀원장은, 수련 수녀 마가리타의 부축을 받아, 천천히 마차로 다가갔으며, 두 사람은 흰옷에, 검은 로사리오를 가슴에 늘어뜨리고 있었는데—

—옷과 로사리오는 순수한 엄숙함을 풍기며 대조를 이루었습니다. 원장 수녀와 수련 수녀가 마차로 들어가자, 아름다운 순결을 상징하는 똑같은 복장의 수녀들은, 각각 수녀원의 창문을 하나씩 차지하고, 수

녀원장과 마가리타가 쳐다보자ㅡ모두 (좌골 신경통으로 고생하는 그 수녀를 제외하고는)ㅡ모두 베일 끝을 나부끼며ㅡ백합 같은 손에 입을 맞추어 날려보냈습니다. 후덕한 원장 수녀와 마가리타는 양손을 성자처럼 가슴에 얹고ㅡ눈길을 하늘로 주었다가ㅡ다시 그들을 향해ㅡ'사랑하는 자매들에게, 하나님의 축복이 있으라' 하는 표정을 지었습니다.

나는 이 이야기가 아주 흥미롭게 느껴지는데, 내가 그곳에 있었더라면 좋았겠다는 생각이 드는군요.

정원사는, 지금부터 노새 마부라고 부르기로 하겠는데, 키가 작고 원기 왕성하며, 체격이 떡 벌어진, 천성이 착하고, 말이 많고, 재주가 좋은 사내였는데, 사는 요령이나 방법에 대해서는 전혀 관심이 없었으며, 그는 수녀원에서 받은 한 달 치 급료로 보라치오, 혹은 가죽통으로 한 통이나 되는 포도주를 사서, 햇빛이 쪼이지 않게, 황갈색 승마용 외투로 덮어놓았으며, 날씨가 무척 더웠고, 힘들게 일하기를 마다하지 않았던 그는, 마차를 탄 것보다 열 배나 더 걸었기 때문에ㅡ자주 마차 뒤로 가는 구실이 되었고, 너무 자주 왔다 갔다 하는 바람에, 여행이 절반도 채 끝나기 전에, 술통 입구를 통해 술이 모두 새어나오고 말았습니다.

인간은 습관을 벗어나지 못하게 마련입니다. 낮에는 찌는 듯이 더웠고ㅡ저녁나절은 상쾌했으며ㅡ포도주는 무르익어가고 있었고ㅡ포도가 자라는 부르고뉴의 언덕은 가팔랐으며ㅡ언덕 아래 시원스레 서 있는 오두막집 문 위에는, 담쟁이 가지로 만든 자그마하고 유혹적인 술집 간판이, 손짓하듯 흔들리며 매달려 있었고ㅡ그 잎사귀 사이로 바람이 스치며 지나갔습니다.ㅡ"이리로ㅡ이리로, 목마른 노새 마부님ㅡ이리로 들어오세요."

ㅡ노새 마부도 아담의 아들이었습니다. 더 이상 무슨 말을 하겠습

니까. 그는 노새 두 마리를 각각 채찍으로 세게 한 대씩 때리고, 원장 수녀와 마가리타의 얼굴을 살폈는데 (그렇게 하면서) — 마치, "저는 여기 있습니다" 하고 말하는 듯했으며 — 노새에게는 "어서 가라" 하고 말하려는 듯 — 두번째로 채찍질을 하고는 — 슬쩍 뒤로 빠져나가, 언덕 아래 있는 그 자그마한 술집으로 들어갔습니다.

노새 마부는, 이미 말씀드린 대로, 키가 작고, 명랑한, 말이 많은 사내였으며, 부르고뉴 포도주 한 잔과 이야깃거리만 있으면, 내일 일이나, 지난 일, 그리고 앞으로의 일에도 전혀 관심이 없었으며, 그가 어떻게 앙 뒤에의 수녀원 주임 정원사가 되었는가 하는 것 등등, 그리고 사보이에서 갇혀 지내다, 어떻게 원장 수녀와 아직 수련 수녀인 마가리타 양에 대한 우정으로, 그들과 함께 여기까지 오게 되었는가, 등 – – 등 – – 그리고 그녀가 신앙심 때문에 허옇게 부어오른 사연[47]과 — 그녀의 기분을 달래주기 위해 온갖 약초를 구해온 것 등등, 그리고 만약 부르봉의 온천수가 그 다리를 치유하지 못한다면 — 그녀는 양쪽 모두 불구가 될 것이라는 것 — 기타, 등등의 긴 담화에 들어갔으며 — 그는 이야기에 빠져 여주인공을 까맣게 잊어버렸을 뿐 아니라 — 그녀와 함께, 몸집이 작은 수련 수녀, 그리고 이들 두 사람보다 한층 잊어버리기 힘든 — 두 마리의 노새도 까맣게 잊어버렸는데, 이 짐승들은, 그 부모들이 그들을 이용했던 것처럼, 세상을 이용했으며 — (남자와 여자 그리고 다른 짐승들처럼) 내림으로 의무를 다할 수는 없었으니 — 옆으로, 길이로, 뒤로 했으며 — 오르막으로, 내리막으로, 가능한 모든 방향으로 했습니다.[48] — 철학자들이, 그들의 모든 도덕론을 동원해도, 이 문제를 해명할 수 없었으

---

47 붉은 기가 없이 부어오른 것을 의미하지만, 임신을 뜻하기도 한다.
48 암말과 수나귀 사이에서 태어나 생식력이 없는 잡종인 노새에 대한 외설적인 암시.

니―그 가엾은 노새 마부가, 술에 취한 채, 제대로 생각이나 할 수 있었겠습니까? 전혀 불가능한 일이었으니―이제 우리 차례입니다. 그는 포도주의 소용돌이 속에, 세상에서 가장 행복하고 생각 없는 사람으로 남겨두고―우리가 노새와 수녀원장 그리고 마가리타를 보살피도록 합시다.

노새 마부의 마지막 두 번의 채찍질로, 노새들은 조용히, 자기 양심에 따라 언덕을 올라갔으며, 언덕을 반쯤 올라갔을 때, 둘 가운데 나이를 더 먹은, 교활하고 간교한 놈이, 모퉁이를 돌아가다가 곁눈질을 하니, 노새 마부가 없는 것이었습니다.―

이런 제기랄. 노새는 욕을 하며 말했습니다. 나는 더 이상 못 가겠어.―내가 다시 간다면 하고 다른 놈이 말했습니다.―내 가죽으로 북을 만들어도 좋아.―

이렇게 합의를 본 노새 두 마리는 발길을 멈추었습니다.―

제22장

―어서 가자 하고 원장 수녀가 말했습니다.

―워----어―이.―마가리타가 소리쳤습니다.

―쉬---이―슈-우―슈--우―슈--우―하고 원장 수녀가 말했습니다.

―워―어―이―휴―우―우―. 마가리타는 입술을 오므리며 휘파람과 야유의 중간쯤 가는 소리를 냈습니다.

쿵—쿵—쿵—앙뒤에의 수녀원장은 꼭대기를 금으로 장식한 지팡이 끝으로 마차 바닥을 두드렸습니다.—
—늙은 노새가 욕을 했습니다.—

제23장

정말 큰일이야, 야단났어. 수녀원장이 마가리타에게 말했습니다.—밤새 이러고 있다가는—우리는 약탈당하고—겁탈당할 게 분명해.—
—겁탈당하겠지요. 마가리타가 말했습니다. 틀림없이 그렇게 될 거예요.
산타 마리아! 원장 수녀가 소리쳤습니다(오!를 붙이는 것도 잊어버리고).—내가 왜 이런 몹쓸 관절병에 걸렸을까? 왜 앙뒤에의 수녀원을 떠났을까? 하나님 당신의 종이 깨끗한 몸으로 무덤에 가는 것을 허락지 않으시는 겁니까?
아, 내 손가락! 내 손가락! 수련 수녀가 종이라는 말에 놀라며 말했습니다.—이 손가락을 이곳이나, 저곳이나 다른 곳에 넣지 않아서, 이런 협곡에 빠지게 되었을까요?
—협곡! 원장 수녀가 외쳤습니다.
협곡—수련 수녀도 이렇게 말했으며, 그들은 그 말의 의미 때문에 공포에 사로잡혔으나—전자는 자신이 무슨 말을 했는지 몰랐으며—후자는 뭐라고 대답했는지도 몰랐습니다.

오 나의 순결! 순결! 원장 수녀가 소리쳤습니다.

―결!―결! 수련 수녀가 흐느끼며 말했습니다.

제24장

원장 수녀님. 수련 수녀가 진정하며 말했습니다.―제가 알고 있는 바로는, 이 세상 어떤 말이나 나귀, 노새도, 원하든 원하지 않든 언덕을 올라가게 만들 수 있는 두 마디 말이 있는데, 지나치게 고집스럽다거나 악의를 품은 경우가 아니라면, 그 말을 듣는 순간, 복종한다고 합니다. 신기한 말이로다! 하고 원장 수녀가 놀라워하며 소리쳤습니다. 하지만 하고 마가리타가 조용히 말했습니다.―그건 죄스러운 말입니다.―도대체 무슨 말이기에 그러느냐? 원장 수녀가 그녀의 말을 방해하며 물었습니다. 아주 죄스러울 뿐 아니라 하고 마가리타가 얘기를 계속했습니다.―용서받을 수 없는 죄로서―우리가 겁탈당하고, 깨끗함을 입지 못하고 죽는다면, 필시.―그래도 나한테 한번 말해보거라. 앙뒤에의 수녀원장이 말했습니다―그럴 수 없습니다, 원장 수녀님. 수련 수녀가 말했습니다. 그 말은 입에 담을 수도 없으며, 피가 거꾸로 흘러 얼굴에 모이도록 할 것입니다.―그래도 귀엣말로 살짝 해보거라 하고 원장 수녀가 말했습니다.

맙소사! 언덕 아래 여관으로 보낼 수호 천사도 하나 없단 말인가? 누구든 인정 많고 친절하고 한가한 사람이나―또는 노새 마부의 심장으로 연결되는 동맥을 따라 전달되어, 그를 술자리에서 일어나게 할 힘이, 이 세상에 없단 말인가?—검은 로사리오를 걸친 원장 수녀와 마가리타를 그의 머릿속에 즉각 떠올릴 만한, 아름다운 노래도 없단 말인가!

　일어나라! 일어나라!—그러나 때는 이미 늦었으니—바로 그때 그 끔찍한 말이 입 밖에 나왔으며—

　—그 말을 어떻게 해야 할지—모든 존재하는 것을 오염되지 않은 입술로 언급할 수 있는 이여—가르쳐주소서—이끌어주소서—

제25장

　우리 수녀원의 고해 신부는, 모든 죄를, 용서받을 수 없는 죄와 용서받을 수 있는 죄로 구분하느니라. 원장 수녀는 당면한 고통 때문에 궤변가의 태도를 취하며 말했습니다. 더 이상 달리 구분할 수 있는 방법은 없지. 따라서 용서받을 수 있는 죄는 가장 가볍고 가장 미미한 죄로서, —둘로 나누어—절반만 취하고, 절반은 남겨두거나—혹은, 모두 취하여, 다른 사람과 함께, 반씩 사이좋게 나누어 가지면—결국 묽게 희석되어 죄는 하나도 남지 않게 되는 것이니라.

　그러니 부, 부, 부, 부, 부, 라고 백 번을 반복한다고 해도 죄가 되지는 않으며, *제르, 제르, 제르, 제르, 제르*,라는 음절을, 아침 기도 시간부터 저녁 기도 시간까지 읊조린다고 해서 상스러운 짓을 하는 것도 아니니라. 그러니, 사랑하는 딸아 하고 앞뒤에의 수녀원장이 얘기를 계속했습니다. 내가 부라고 할 테니, 그대가 *제르*라고 하고, 또한 부보다 후가 더 죄가 될 일도 없을 테니—그대가 후라고 하면—내가 그 말을 받아 (저녁 기도 시간에, 파, 솔, 라, 레, 미, 우트라고 하는 것처럼) 테르라고 하면 될 것 아닌가. 원장 수녀는 이렇게 말하며, 음정을 잡고, 다음과 같이 시작했습니다.[49]

  원장 수녀,　⎫　부--부--부--
  마가리타,　⎬　—제르,--제르,--제르

  마가리타,　⎫　후--후--후--
  원장 수녀,　⎬　—테르,--테르,--테르.

노새들은 서로 꼬리를 세게 치며 그 선율을 알아듣겠다는 표시를 하기는 했으나, 움직이려고 하지는 않았습니다.—곧 효과가 있을 것입니다 하고 수련 수녀가 말했습니다.

  원장 수녀,　⎫　부-부- 부-부-부-부-
  마가리타,　⎬　—제르, 제르, 제르, 제르, 제르, 제르.

더 빨리요. 마가리타가 소리쳤습니다.

후, 후, 후, 후, 후, 후, 후, 후.

더 빨리요. 마가리타가 소리쳤습니다.

---

49 성교를 뜻하는 foutre와 움직인다는 의미의 bouger를 활용한 스턴의 장난.

부, 부, 부, 부, 부, 부, 부, 부.

더 빨리.—하나님 도와주소서! 원장 수녀가 말했습니다.—그놈들이 알아듣지를 못하는 것 같은데요. 마가리타가 소리쳤습니다—그러나 사탄은 알아듣겠지. 원장 수녀가 말했습니다.

제26장

얼마나 넓은 지역을 헤매고 다녔는지!—부인께서 이 이야기를 읽고, 숙고하고 계시는 동안, 수많은 아름답고 훌륭한 도시들을 구경했고, 따뜻한 햇살이 있는 곳으로 훨씬 더 가까워졌군요! 퐁텐블로, 상스, 즈와니, 오세르, 부르고뉴의 수도인 디종, 그리고 샬롱, 마코네즈의 수도인 마콩, 그리고 리용으로 가는 길에 있는 스무 곳이 넘는 도시들—지금 이렇게 되새기다 보니—이 도시들에 대해 한마디하는 것보다, 차라리 달나라에 있는 도시들에 대해 얘기하는 편이 낫겠다는 생각이 드는군요. 내가 어떻게 하든, 최소한 이번 장은, 아니 이번 장과 다음 장 모두 쓸모없게 되어버릴 테니까요—

—정말 이상한 말씀을 하시는군요! 트리스트럼 씨.

——아! 부인, 십자가에 관한 우울한 설교였다거나—온순함의 평온함, 혹은 단념의 만족감에 관한 것이었다면—이렇게 힘들지는 않았을 것입니다. 또한 영혼에 관한 순수하고 추상적인 개념, 혹은 인간의 영혼을 (육체와 분리했을 경우) 영원히 부양해야 하는,

지혜의 양식, 신성함 그리고 명상에 대해 쓰려고 했다면—당신의 구미를 좀더 당길 수 있었을 텐데—

—내가 차라리 그걸 쓰지 않았더라면 좋았을 것입니다. 그러나 나는 무엇이든 지우고 싶은 생각은 없기 때문에—이것을 우리 머리에서 바로 끄집어낼 수 있는 방법을 찾아봅시다.

—내 어릿광대 모자를 좀 주시지 않겠습니까—죄송합니다만, 부인께서 깔고 앉으신 모양인데—그 쿠션 밑에 있지 않습니까— 제가 그걸 쓰겠으니—

저런! 당신은 지난 30분 간 그걸 쓰고 있었는걸요.—그렇다면 그대로 쓰고 있기로 하지요.

파-라 디들 디
파-리 디들 디
하이-덤—다이-덤
피들---덤-씨.

자 부인, 이제 계속해도 되겠지요.

제27장

—퐁텐블로에 대해 할말이라고는 (누가 묻는 경우에), 파리에서 40마일 정도 (남쪽 어딘가로) 떨어진, 큰 숲 속에 있다는 것뿐이며—

한 가지 주목할 만한 사실이 있다면——국왕이, 이삼 년에 한 번씩, 모든 조정 신하들과 함께 사냥을 하기 위해, 그곳을 방문하며——사냥 대회가 진행되는 동안, 상류 사회 영국 신사라면 (당신을 빼놓으면 안 되겠지요) 누구든 사냥에 참가하도록, 조랑말 한두 마리를 받게 되는데, 그때 왕을 앞지르지 않도록 조심해야 하며——

이 이야기를 떠들고 다녀서는 안 되는 두 가지 이유가 있습니다.

첫째는, 위에서 말한 조랑말을 얻기가 더 힘들어지며,

두번째로는, 그 이야기는 전혀 사실이 아니기 때문입니다.——
Allons!

상스는——한마디로 말해——"대주교 관구입니다."

——즈와니에 대해서는——말을 아낄수록 좋다는 생각입니다.

그러나 오세르에 관해서라면——끝없이 계속할 수도 있으며, 내가 유럽을 순회 여행할 때, 아버지는 (다른 사람을 믿지 못하여) 나를 따라 나섰을 뿐 아니라, 토비 삼촌, 트림, 오바댜를 비롯해, 어머니를 제외한 가족들 대부분이 동행했는데, 어머니는 그때 아버지를 위해 커다란 털실 반바지를 짜고 있었으며——(흔히 있는 일이었지만)——그 일을 방해받고 싶지 않았기 때문에, 샌디홀에 남아, 우리가 여행하는 동안 집안일을 돌보기로 했으며, 아버지는 여행 중에 우리를 오세르에서 이틀 동안 지체하게 만들었는데, 그의 탐구심은, 사막에서도 과일을 찾을 수 있을 정도였기 때문에——오세르에 대해 할말이 많게 되었습니다. 사실, 아버지는 어디를 가든——하지만, 프랑스와 이탈리아를 돌아보는 이번 여행에서는, 그의 생애 어느 때보다, 특히 심했는데——그는 항상 과거의 여행객들이 지나간 길에서 한쪽으로 심하게 치우쳤으며——군주들과 왕실, 궁중 고문들에 대해 아주 특이한 관점을 가지고 있었고——우리가 여행한 나라들의 특성과 예절, 풍습에 대한 그의 논평과 추론은, 다른 사람들의, 특히 토비 삼촌과 트림의 논평과 추론과는—(나는 차치하고라도)—완전히 달랐으며—무엇보다도 그의 생각과 주장 때문에 끊임없이 부딪치고 빠지곤 했던 사건과 곤경들은—너무나 기묘하고, 혼란스럽고, 희비극적인 내용이어서—모두 종합해보면, 지금까지 실행되었던 어떤 유럽 여행과 비교해도 전혀 다른 색조와 빛깔을 띠었으며—여행자들이나 기행문 독서가들에 의해, 아무도 여행을 하지 않게 될 때까지,—혹은 똑같은 얘기지만—지구가 더 이상 돌지 않으려고 할 때까지, 이 글이 읽히지 않는다면—그 책임은 전적으로 내게 있다는 것을—감히 단언하는 바입니다.—

—그러나 이 풍요로운 가마니를 지금 열어보일 수는 없으며, 다만 몇 가닥만 풀어, 아버지의 오세르 방문에 대한 수수께끼를 풀어보도록 하겠습니다.

—이미 말씀드린 바와 같이—그냥 매달아두기에는 너무 보잘것없고, 짜넣으면 그걸로 그만인 것입니다.

한번 가보세나, 토비 동생 하고 아버지가 말했습니다. 저녁 식사가 준비되는 동안, 생 제르맹 수도원에 가보세,—세쿼에 씨의 말대로, 그 양반들의 몸밖에는 볼 것이 없다 해도 말이야.—누구든 만나보지요 하고 삼촌이 말했습니다. 그는 여행을 하는 동안 무엇에든 반대하는 법이 없었습니다.—아이구! 하고 아버지가 소리쳤습니다.—그 양반들이란 모두 미라를 가리키는 것이네.—그렇다면 면도를 하지 않아도 되겠군요. 삼촌이 말했습니다.—면도라고! 물론이지—아버지가 소리쳤습니다.—오히려 수염을 기르고 가야 할 일이지.—이렇게 하여, 상병이 삼촌을 부축하여 후위를 맡으며, 우리는 생 제르맹 수도원으로 향했습니다.

모든 것이 훌륭하고, 화려하며, 멋지고, 장엄하군요. 아버지는 베네딕트 수도회 수도사인, 성물 관리인에게 말했습니다. ─그는 인사를 했으며, 이럴 때 쓰기 위해 항상 제복실에 준비해두었던 횃불에 불을 붙여, 성 해리볼드의 납골실로 안내했습니다. ─성물 관리인은 묘 위에 손을 얹으며 말했습니다. 이분은 그 유명한 바이에른 가(家)의 왕자였는데, 카를 대제, 순한 왕 루이, 대머리 왕 샤를의 궁정에서 요직에 있었으며, 모든 것을 바로잡고 규율을 정하는 데 큰 역할을 했습니다.─

그렇다면 그는 내각에서뿐 아니라, 전장에서도 대단한 분이었군요 하고 삼촌이 말했습니다.─용감한 병사였다고 할 수 있지요.─그는 수도사였으니까요.─하고 성물 관리인이 말했습니다.

토비 삼촌과 트림은 서로의 얼굴을 쳐다보며 위로를 구했으나─소득이 없었습니다. 아버지는 뭔가 크게 만족스러운 일이 있을 때마다 하는 버릇대로, 샅주머니를 양손으로 가볍게 쳤는데, 그는 수도사라면, 지옥의 악마들을 모두 모아놓은 것보다, 그 냄새조차 싫어했으나─삼촌과 트림이 아버지보다 한층 심하게 공격당하자, 승리한 것이나 다름없다는 생각을 했으며, 기분이 아주 좋아졌습니다. 그런데 이분은 누구십니까? 아버지가 장난기 어린 목소리로 물었습니다. 이 묘는 하고 그 젊은 베네딕트회 수도사가, 눈길을 아래로 향하며 말했습니다. 이 묘는 성 막시마의 유골을 담고 있는데, 그녀는 라벤나에서─

─성 **막시무스**[50]의 유골을 만져보기 위해 오지 않았습니까 하고 아버지가 그 성자를 들여다보며 말했습니다.─그들은 순교사상 그중 훌륭한 성자들로 꼽히는 분들이지요 하고 아버지가 덧붙였습니다.─실례합니다만 하고 성물 관리인이 말했습니다.─그게 아니고, 그녀는 이 수도원을 설립한 성 제르맹의 유골을 만지기 위해 왔습니다.─그

---

50 막시무스Maximus는 막시마Maxima의 남성형.

렇게 해서 그녀는 뭘 얻었습니까? 하고 삼촌이 물었습니다.——여자들이 그렇게 해서 뭘 얻겠나 하고 아버지가 말했습니다.——순교입니다. 젊은 베네딕트회 수도사는 이렇게 대답하며, 머리가 땅에 닿도록 절을 했는데, 비길 데 없이 겸손한, 그러나 확고한 어조를 띠었기 때문에, 아버지의 태도가 한순간 누그러졌습니다. 알려진 바에 따르면 하고 그 수도사가 말했습니다. 성 막시마는 이 무덤 속에 4백 년 간 누워 있었으며, 2백 년이 지난 후에 성인품에 올랐습니다.——성자들 사이에서는 아주 늦게 오른 셈이지, 토비 동생 하고 아버지가 말했습니다.——정말 늦다마다요, 나리. 트림이 말했습니다. 하나 살 수 있다면 또 모를까.——모두 팔아치우는 편이 낫지 않을까요 하고 삼촌이 말했습니다.——나도 자네와 동감이네, 동생 하고 아버지가 말했습니다.

——가엾은 성 막시마! 우리가 그녀의 무덤에서 돌아설 때, 토비 삼촌이 낮은 소리로 말했습니다. 그녀는 프랑스와 이탈리아에서 그중 매력적이고 아름다운 여인이었지요 하고 성물 관리인이 얘기했습니다.——그런데 그녀 옆에 누워 있는 저 작자는 도대체 누구요? 하고 아버지가, 걸어가다 말고, 지팡이로 커다란 묘 하나를 가리키며 물었습니다.——성 오프타트입니다 하고 성물 관리인이 말했습니다.——성 오프타트는 자리를 잘 잡으셨구먼, 그런데 성 오프타트는 누구요? 아버지가 물었습니다. 그분은 주교를 지내셨지요 하고 성물 관리인이 말하자——

——아! 그럴 줄 알았어요 하고 아버지는 그의 말을 방해하며 소리쳤습니다.——성 오프타트!——성 오프타트가 실패로 돌아갈 리는 없겠지. 그리고 아버지는 다급하게 수첩을 꺼내, 그 젊은 수사가 횃불을 비쳐주는 가운데, 그의 이름 체계의 새로운 버팀목으로서, 그 이름을 써넣었으며, 진리를 탐구하느라고 아무런 사욕이 없었던 아버지는, 설사 성 오프타트의 무덤에서 보물을 발견했다 해도, 이렇게 부유하게 느끼지는

못했을 것이라고, 나는 자신 있게 말할 수 있습니다. 죽은 사람에 대한 이 짧은 방문은 아주 성공적이었으며, 아버지는 그곳에서 일어난 모든 일을 아주 흡족하게 생각했기 때문에,—하루 더 오세르에 머물기로 결정했습니다.

—내일 나머지 분들을 모두 만나보아야겠어. 광장을 지나가며 아버지가 말했습니다.—형님이 그렇게 하시는 동안—상병과 저는 성벽에 올라가보겠습니다 하고 토비 삼촌이 말했습니다.

제28장

—바로 이 지점이 실타래가 가장 복잡하게 얽힌 부분으로서—지난 장에서 오세르를 여행하는 동안, 나는 펜을 한 번 놀려, 두 가지 별도의 여행을 한꺼번에 진행시켰는데, 내가 지금 쓰고 있는 이 여행에서는 오세르를 완전히 통과했으나, 앞으로 쓸 여행에서는 오세르를 반밖에 통과하지 않기 때문입니다.—모든 일에는 각각 일정한 정도의 완벽성이 있게 마련인데, 나는 그 이상의 무엇인가를 추구함으로써, 지금까지 어떤 여행자도 경험하지 못한 상황에 처하게 되었는데, 현재 나는 아버지와 삼촌과 함께, 저녁 식사를 위해 돌아가는 길에, 오세르의 시장을 통과하고 있으며—동시에 엉망진창이 된 역마차를 타고 리용으로 들어가는 길이며—또한 슬리그낙 씨에게 빌린, 가론 강가에 있는 프링겔로*의 멋진 누각에 앉아, 이 모든 이야기를 하고 있는 것입니다.

—이제 마음을 가라앉히고, 여행을 계속하겠습니다.

제29장

정말 잘됐어. 나는 리용으로 걸어 들어오는 길에, 마음속으로 셈을 해보며 중얼거렸습니다.―마차는 엉망진창이 되어 수레에 실은 짐을 끌고, 천천히 내 앞에서 가고 있었으며―나는, 마차가 산산조각이 나서 정말 잘됐어 하고 말했습니다. 배를 타고 직접 아비뇽까지 갈 수 있게 되었으니, 내 여정의 220마일을 통과한 셈이 되겠고, 비용은 7리브르도 들지 않을 테니 얼마나 좋겠는가 하고 나는 기분좋게 말했습니다. 그리고 거기서부터는 하고 나는 얘기를 계속했습니다. 남은 돈을 이월하여, 노새,―혹은, 괜찮다면, 당나귀 두 마리를 세내어 (아는 사람도 아무도 없을 테니) 랑그도크의 평원을, 돈을 거의 들이지 않고 건널 수 있을 것이니―이 불행한 사태로 인해 400리브르를 지갑 속에 챙기고, 거기서 얻는 기쁨이란!―그 돈의 배나 되겠지. 나는 두 손을 마주치며 계속 말했습니다. 그리고 물살이 빠른 론 강을, 오른편에는 비바레를, 왼편에는 도피니를 끼고 미끄러지듯 내려오며, 비엔, 발랑스, 비비에르 등의 고대 도시들은 제대로 구경할 새도 없겠지. 에르미타주와 코트 로티 기슭을 지나며 불그레한 포도송이를 보고, 내 눈에 불이 붙겠지! 다가왔다 멀어지는 강가에는, 일찍이 예의바른 기사가 고통에 빠진 사람들을 구해주었던, 이야기 속의 성들이 보이고―바위, 산, 폭포, 그리고 자연의 여신이 그 위대한 작업을 서둘러 진행하는 것을 보고, 나는

---

* 나의 사촌 안토니가 그의 이름으로 헌정한 작품인 『크레이지 테일』의 주석에 자랑스럽게 언급한, 스페인의 유명한 건축가, 돈 프링겔로와 동일 인물이다. 문고판 p. 129 참조.

현기증을 느끼며 피가 새롭게 솟구치겠지!―

이런 생각을 하는 가운데, 처음에는 꽤 든든해 보였던 부서진 마차가, 나도 모르는 사이 점점 작아져 보였으며, 선명했던 페인트도 바래지고―금박 광택도 사라졌으며―내 눈에는 모든 것이 너무나 보잘것없고―초라하고!―쓸모없는! 한마디로, 앙뒤에의 수녀원장보다 훨씬 열악한 상태로 보여―막 악마에게 주어버리려던 참에―유들유들한 마차 수선장이 한 사람이, 길을 재빨리 건너 다가오더니, 마차를 수리할 의향이 없냐고 물어왔습니다.―나는 고개를 가로저으며, 아니, 아니오 하고 말했습니다.―그렇다면 마차를 팔 생각은 없냐고 그가 물었습니다.―물론 있지요 하고 내가 대답했습니다.―철제 부분만 해도 40리브르의 가치는 있고―유리가 40리브르에―가죽은 깔고 자도 괜찮을 거요.

―이 마차 덕분에 내가 얼마나 돈을 많이 벌었는지 모릅니다 하고 나는 돈을 세어주고 있는 그에게 말했습니다. 나는 재난이 닥칠 때면 바로 이런 식으로 최소한의 셈을 맞추었는데―즉 매번 그런 일이 있을 때마다 한 푼이라도 벌었습니다.―

―그래, 나 대신 한번 말해봐요, 제니, 남자로서, 남성다움을 자랑스럽게 생각했던 나에게 닥칠 수 있는, 가장 가혹한 일을 당하면서 내가 어떻게 처신했는지 말이오.―

그대는, 됐어요 하고 말하며, 내가 양말 대님을 손에 들고 일어나지 않은 일이 무엇인지 생각해보며 서 있는 쪽으로 가까이 다가오며 말했지.―됐어요, 트림, 저는 만족했어요 하고 그대는 내 귀에다 이렇게 속삭였지, * * * *   * *   * * * *   * * *   * * * * * *, ― * * * *
* *   * * * *―다른 사람 같았으면 그대로 주저앉았겠지요―

―무엇이든 다 쓸 데가 있는 법이야 하고 내가 말했습니다.

―웨일즈에 가서 6주 동안 염소 유장[51]을 마셔야겠어―그리고 그

사건 덕분에 내 생명은 최소한 7년 정도 연장되었겠지요. 바로 이런 이유 때문에, 내가 운명의 여신에게, 고약한 공작 부인처럼 나를 평생 동안 괴롭혔다고, 온갖 잡다한 욕을 퍼부었던 것은, 용서받을 수 없는 일이라고 생각합니다. 사실 그녀에게 화낼 일이라고는, 내게 좀더 심한 것을 내려주지 않았다는 것뿐이며—지독하고, 무지막지한 것 하나면, 연금이나 마찬가지 가치가 있기 때문입니다.

—일 년에 백 파운드짜리 정도면 충분하며—그 이상이 되어 토지세를 내느라 시달리고 싶은 생각은 없습니다.

제30장

화가 무엇인지 알고 그것을 화라고 부르는 사람들에게, 이보다 더 화나는 일은 없다고 생각되는데, 다름아니라 프랑스에서 가장 부유하고 번화하며, 고대의 흔적으로 풍부한 도시인 리용에서 한나절을 보내고도—구경을 하지 못했다는 사실입니다. 무슨 일로든 제지를 받는다는 것은 화나는 일이지만, 화로 인해 제지를 받는다면—철학자들의

VEXATION

upon

VEXATION[52]

---

51 치즈를 만들 때 우유가 응고한 뒤 분리되는 수용액으로서, 당시 정력에 좋은 것으로 알려져 있었다.

이라는 표현이 정확하다고 생각합니다.

　나는 밀크 커피를 두 컵 마셨고 (커피는 폐결핵에 탁월한 효과가 있으며, 반드시 우유와 커피를 함께 끓여야 하는데—그렇게 하지 않는다면 커피와 우유일 뿐입니다)—아직 아침 8시밖에 되지 않았기 때문에, 배가 떠나는 정오까지는, 내 친구들의 인내심을 충분히 시험할 만큼, 리용을 돌아볼 시간이 있었습니다. 나는 목록을 들여다보며, 먼저, 대성당까지 산책을 나가, 바질 출신 리피우스가 만든 커다란 시계를 보아야겠어 하고 말했으나—

　사실, 나는 세상 어떤 것보다, 기계에 대해서는 전혀 아는 바가 없고—재능도, 취미도, 관심도 없으며—나의 두뇌는 이런 방면으로는 서투르기 짝이 없어, 다람쥐 우리나 칼 가는 사람의 회전 숫돌을, 정신을 집중하고—내 인생의 많은 시간을 전자를 관찰하는 데 보냈고—기독교도로서 최대한의 인내심을 발휘하며 후자를 지켜보았으나, 그 작동 원리를 도무지 이해할 수가 없었습니다.—

　제일 먼저, 그 시계의 놀라운 동작을 봐야지 하고 내가 말했습니다. 그런 다음 그 유명한 예수회 도서관을 방문하여, 가능하다면, (타르타르어가 아닌) 중국어로 되고, 중국 글자로 씌어진, 30권짜리 중국 역사서를 열람할 수 있는지 알아봐야겠어.

　나는 중국어라면, 리피우스가 만든 시계의 구조만큼이나 아는 것이 없는데, 어떻게 이 두 가지 사항이 내 목록의 제일 처음 항목으로 등장하게 되었는가 하는 문제는—호기심 많은 사람들에게 인간 본성의 문제로 남겨두기로 하겠습니다. 한 가지 분명한 사실은, 그 두 가지 항목

---

52 화에 대한 화.

은 귀부인의 에두른 말과 같아서, 나는 그녀에게 구애 중인 사람들이, 그녀의 기분을 알아내려 하는 것과 똑같은 입장이라고 생각합니다.

이런 재미있는 물건들을 구경하고 나서는 성 이레네우스 성당으로 가서, 그리스도가 묶였던 기둥을 봐야겠어 하고 나는 내 뒤에 서 있던, *valet de place*[53]를 흘깃 보며 말했습니다.—그 다음에는, 본디오 빌라도가 살았던 집을 구경하는 것도 좋겠지.—그 집은 이웃 도시인—비엔에 있습니다 하고 *valet de place*가 말했습니다. 잘됐군. 나는 의자에서 급히 일어나, 평소보다 두 배나 큰 보폭으로 방을 가로질러 걸어갔습니다.—"그만큼 연인들의 무덤에 빨리 도달할 수 있을 테니까요."

이와 같은 움직임의 원인이 무엇이었는지, 또한 내가 이 말을 하면서 보폭을 넓게 한 이유가 어디 있는가 하는 것도—호기심 많은 사람들에게 맡겨둘 수 있겠지만, 시계 장치의 원리와는 아무런 상관이 없는 일이니—내가 직접 설명하는 것이 독자에게 보탬이 되리라고 생각합니다.

제31장

아! 인간의 삶에도 애절한 순간이 있게 마련이니, (뇌는 부드러운 섬유질인 데다, 빵죽에 가장 가깝다고 할 수 있기 때문에)—그때는 바로 두 사람의 아름다운 연인들이, 잔인한 부모에 의해, 그리고 더욱 잔

---

53 관광 안내원.

인한 운명에 의해 갈라지게 된 이야기를 들을 때로서——

　　　　아만두스——그와
　　　　아만다[54]——그녀는——

　　서로 어디로 가는지도 모른 채,

　　　　그는—— 동쪽으로
　　　　그녀는—— 서쪽으로

　　아만두스는 터키인들에게 포로가 되어, 모로코 왕의 궁정으로 끌려가, 모로코 왕녀가 그에게 사랑을 고백했으나, 아만다에 대한 사랑 때문에, 20년 간 감옥에 갇히고——
　　그녀는—(아만다) 그동안 맨발로, 머리는 헝클어진 채, 바위와 산을 넘어 헤매고 다니며,——아만두스! 아만두스! 하고—언덕과 골짜기마다 그의 이름을 메아리치게 했으며——

　　　　　　아만두스! 아만두스!

　　마을과 도시마다 입구에 홀로 앉아——아만두스가!—나의 아만두스가 이리로 왔습니까? 하고 아만두스를 찾다가——결국,—세상을 돌고, 돌고, 돌아—예기치 못한 우연에 의해 같은 날 밤 같은 시간에, 서로 다른 길이었으나, 그들의 고향인 리용의 성문으로 이끌려와, 서로 귀

---

54 '사랑받아야 하는 사람' 이라는 뜻의 라틴어 남성형(Amandus)과 여성형(Amanda).

에 익은 목소리로 외치기를,

> 아만두스가
> 나의 아만다가 } 아직 살아 있단 말인가?

하고 소리치며, 서로의 품 안으로 뛰어들어, 기쁨으로 쓰러져 죽었습니다.
 사람의 인생에는 이런 순수한 시기가 있게 마련이어서, 여행자들이 *꾸며낸*, 낡고, 녹슨, 고대의 단편들보다, 이런 이야기가 우리의 머릿속에 더 많은 영양분을 공급합니다.
 ──스폰을 비롯한 몇몇 인사들이 리용에 관해 언급한 것을, 내 여과기에 거른 결과, 오른쪽으로 들러붙은 것은 이 이야기밖에 없었으며, 또한 무슨 여행 안내서였던가, 기억에는 없지만──아만두스와 아만다의 정절을 기념하는 문이 없는 무덤이 세워져, 연인들이 그들의 진심을 증명해 보이기 위해 오늘날까지도 방문한다고 했으며,──나는 평생 동안 그런 곤경에 빠진 적은 없지만, 이 연인들의 무덤을 잊을 수가 없었으며──나를 지배하는 제국이 되어, 리용에 대해 생각하고 얘기할 때마다──아니 때로는 *리용풍의 조끼*만 보아도, 이 고대의 자취가 떠올랐으며, 생각이 멋대로 달려갈 때마다──불손함을 무릅쓰고 이렇게 말하곤 했습니다.──"이 성지는 (비록 방치되긴 했지만) 메카와 다름없이 소중한 곳일 뿐 아니라, 화려함을 고려하지 않는다면, 산타 카사[55]에 버금갈 정도이며, 언제고, 그곳을 방문하기 위해 (리용에는 아무런 볼일

---

[55] Santa Casa는 성모 마리아가 나사렛에서 살았던 집으로서, 천사들이 이탈리아의 로레토로 옮겨놓았다고 생각했으며, 가톨릭 신자들의 중요한 순례지였다.

이 없어도) 순례길에 오를 것이다."

그런고로 리옹에서 내 *Videnda*[56] 목록에, 이곳은 *마지막*으로 등장하지만—어느 것 못지않게 중요한 항목으로서, 그 생각이 내 머릿속을 통과할 때까지, 평소보다 긴 보폭으로 방을 가로질러, 열댓 걸음을 걸어 다니다, 출발하기 위해 *Basse Cour*[57]로 내려가,—여관으로 다시 돌아올 수 있을지 확실하지 않았기 때문에, 계산서를 청구하여 여관비를 치렀으며—하녀에게 10수우를 주고는, 론 강 항해에 행운을 빈다는 르 블랑 씨의 마지막 인사를 받고 있던 참에——여관 입구가 가로막혀버렸는데—

제32장

—다름아니라, 공짜로 나누어주는 무청과 양배추 잎을 얻기 위해, 커다란 옹구 두 개를 등에 매달고 들어오고 있던 말라빠진 나귀 때문이었으며, 그놈은 앞발은 문 안쪽으로 들여놓고, 뒷발은 바깥에 둔 채, 들어가야 할지 말아야 할지 알 수 없다는 듯 서 있었습니다.

그런데 나는 (아무리 바쁘다고 해도) 이 짐승만은 때릴 수가 없는데—그의 표정과 태도에서 그대로 배어나오는, 고통을 참아내는 강한 인내심의 호소가, 내 마음을 누그러뜨릴 뿐 아니라, 말도 불친절하게 하

---

56 구경할 만한 가치가 있는 것.
57 마구간의 앞마당.

지 말아야겠다는 생각을 갖게 합니다. 오히려, 내가 그놈을 어디서 만나든—도시든 시골이든—짐마차를 끌고 있든 옹구를 지고 있든—자유의 몸이든 매인 몸이든—내가 그 짐승에게 뭔가 정중하게 할말이 있는 경우, 말이란 길어지게 마련이기 때문에 (그놈이 나처럼 한가하다면)—흔히 대화에 빠져들어, 나의 상상력은 그의 얼굴에 새겨진 표정을 통해 그의 반응을 알아내느라고 바삐 움직이며—이것으로서도 충분히 알아낼 수 없는 부분은—내 마음이 그의 마음으로 내달아, 그런 경우 나귀가 가질 만한 생각을—사람의 경우와 마찬가지로 알아내는 것입니다. 사실, 이 동물은 나보다 하위 계층에 속하는 모든 생물들 가운데, 내가 이런 말을 할 수 있는 유일한 대상입니다. 앵무새, 갈가마귀 등과는—이런 대화를 나누는 법이 전혀 없으며—원숭이 등도 마찬가지인데, 이놈들은 상대편이 말하는 것을, 계속 되풀이하여, 나를 침묵하게 만듭니다. 내가 키우는 개와 고양이도—(개는 말을 하는 경우도 있고)—비록 귀하게 생각하긴 하지만, 어찌 되었든, 이놈들은 대화의 재능이 없기 때문에—아버지와 어머니의 침대 재판에서, 두 분의 대화를 종결시켰던 것과 마찬가지로, *진술*, *대답*, *응답* 외에는, 더 이상 아무 이야기도 할 수 없으나—

—그러나 나귀라면, 얼마든지 이야기를 나눌 수 있습니다.

이것 보게나!—나귀와 대문 사이를 빠져나가기가 불가능하다는 생각에 내가 말했습니다.—그대는 들어오던 참인가, 나가던 참인가?

나귀는 머리를 비틀어 길을 쳐다보았습니다.—

자.—하고 내가 말했습니다.—네 주인이 올 때까지, 잠시 기다려보자꾸나.

—나귀는 조심스럽게 고개를 돌리며, 뭔가 할 말이 있다는 듯 눈길을 반대쪽으로 주었습니다.—

나는 너를 잘 이해한다 하고 내가 말했습니다.—네가 길을 잘못 드는 날에는, 네 주인이 너를 죽도록 때릴 것이며—일 분은 일 분일 뿐이니, 그것으로 동료 피조물이 채찍질당하는 것을 막을 수만 있다면, 그 시간이 낭비되는 것은 아닐 게다.

이런 이야기를 하고 있는 동안, 나귀는 솜엉겅퀴 줄기를 먹고 있었으며, 배가 고프다는 생각과 맛이 없다는 생각이 짜증스런 다툼을 벌이며, 그것을 입에서 떨어뜨렸다가 다시 물기를, 대여섯 번이나 반복했으며—네게 하나님의 축복이 내리기를! 하고 내가 말했습니다. 네가 그렇게 쓰디쓴 아침과—하루의 쓰디쓴 노동에다—쓰디쓴 매까지 맞는다면, 결국 어떻게 될지, 두려울 뿐이며—다른 사람의 삶이야 어떻든, 너는 온통—온통 쓰라림뿐이구나.—지금 너의 입은 숯처럼 쓰고—(나귀는 솜엉겅퀴 줄기를 뱉어버렸으며) 세상에는 너에게 매커룬[58] 하나를 줄 친구도 없구나.—나는 이 말을 하며, 방금 구입한 과자 꾸러미를 꺼내, 나귀에게 과자를 하나 주었으며—내가 이 이야기를 하고 있는 지금, 나귀가 매커룬을 먹는 모습을 보는 것이—그에게 과자를 주는 행위에 담겨 있는 선행보다, 더 큰 기쁨이 되었다는 사실이, 내 가슴을 더욱 아프게 합니다.

그 나귀가 매커룬을 먹어치우자, 나는 그를 문 안쪽으로 들어오게 하려고 했는데—말라비틀어진 나귀는 무거운 짐을 짊어지고 있었으며—다리는 밑에서 후들거리는 것 같았고—그는 망설이는 듯했으며, 내가 고삐를 잡아당기자, 고삐는 내 손에서 끊어졌으며—나귀는 걱정스러운 얼굴로 쳐다보며—"그걸로 나를 때리지 말아주세요—하지만 꼭 때려야 한다면 괜찮습니다"라고 말하려는 듯했습니다—내가

---

58 계란 흰자, 설탕, 아몬드 등을 섞어 만든 과자.

만약 그렇게 한다면, 나는 정말 ……할 놈이지 하고 내가 말했습니다.

그 말은 앞뒤에의 수녀원장의 경우와 마찬가지로, 절반밖에 입 밖에 내지 않았으니―(죄가 될 것은 없었으나)―그때 막 여관으로 들어서고 있던 한 사내가, 그 가엾은 놈의 껑거리띠에다 우레 같은 매를 내리쳐, 찬물을 끼얹고 말았습니다.

고얀 놈!

하고 내가 소리쳤습니다.―그러나 그 외침은 모호한 것이 되고 말았고―적합하지도 않았으니―그가 지나갈 때, 나귀의 옹구에서 뻗어나온 꽃버들 가지에, 내 바지 호주머니가 걸려, 바지가 최대한 가장 불행한 방향으로 찢어지고 말았기 때문이며―

내 생각에는 고얀 놈!이 여기 적당하다는 생각이지만―이 문제는 이런 일을 대비해 데리고 다니던

나의

반바지

비평가들

에게 맡기기로 하겠습니다.

제33장

    모든 것을 처리한 후, *valet de place*와 함께, 두 연인의 무덤을 방문하기 위해, 다시 층계를 내려왔을 때—나는 입구에서 두번째로 저지당했는데—이번에는 나귀가 아니라—그를 때린 사람이, (패배 후에 흔히 있는 일이지만) 나귀가 서 있던 바로 그 자리를 차지하고 있었습니다.
    그는 역참에서 보낸 역원이었는데, 6리브르 몇 수우를 지불하라는 칙서를 지니고 있었습니다.
    무엇 때문이오? 하고 내가 물었습니다.—그거야 국왕 폐하 마음대로지요. 역원은 어깨를 으쓱해 보이며 대답했습니다.—
    —이보시오 하고 내가 말했습니다.—나는 나고—당신은 당신인데—
    —도대체 당신이 누구요? 그가 물었습니다.—그렇게 곤란한 질문은 하지 마시오 하고 내가 대답했습니다.

제34장

    —그러나 한 가지 분명한 사실이 있소. 나는 증언의 형식만 바꾸어, 역원에게 말했습니다.—내가 프랑스 왕에게 빚진 것이라고는, 내 호의밖에 없으며, 그는 아주 정직한 사람이고, 그에게 건강과 행복을 기

원하는 바요.—

Pardonnez moi[59]—하고 역원이 말했습니다. 당신은 아비뇽까지 가는 도중에, 여기서부터 생 퐁스까지 가는 다음 역간에 6리브르 4수우를 빚졌는데—그 길은 국도이기 때문에, 말과 마부 삯을 두 배로 내야 하며—그렇지 않았더라면 3리브르 2수우였겠지요.—

—하지만 나는 육로로 가지 않는단 말이오 하고 내가 말했습니다.

—원하신다면 그렇게 하십시오 하고 역원이 말했습니다.—

황공하옵니다.—머리 숙여 절하며 내가 말했습니다.—

역원은 진지하고 훌륭한 가정 교육을 반영하는 예의범절을 갖추고—나에게도 똑같이 머리 숙여 절을 했습니다.—내 평생 절을 받고 이런 당혹감을 느낀 적은 없었습니다.

—제발 사람들이 이렇게 근엄한 체하지 않았으면 얼마나 좋을까? 하고 나는 중얼거렸습니다.—(독백) 이 정도의 아이러니도 이해하지 못한다니—

그 비교 대상이 옹구를 지고 바로 곁에 서 있었지만—웬일인지 입이 떨어지지 않아—그 이름을 입 밖에 낼 수가 없었으며—

선생 하고 나는 평정을 되찾으며 말했습니다.—역마차를 이용할 생각은 없소.—

—원하신다면 그렇게 하십시오.—하고 그는 처음 대답을 반복하며 말했습니다.—원하신다면 역마차를 타도 좋습니다.—

—절인 청어에 소금을 뿌려 먹어도 좋겠지 하고 내가 말했습니다. 원한다면 말이오.—

—그러나 그건 내가 원하는 바가 아니오.—

---

[59] 실례합니다만.

—그러나 원하든 원하지 않든, 돈은 내야 합니다.—

알겠소! 소금세(稅)[60]를 내지요 하고 내가 말했습니다 (알고 있으니)—

—그리고 역마차 삯도 내야 합니다 하고 그가 덧붙였습니다. 그럴 수는 없소 하고 내가 소리쳤습니다.—

나는 해상으로 여행할 계획이며—바로 오늘 오후에 론 강을 따라 내려갈 생각에—짐도 배에 실어놓았고—삯으로 9리브르를 이미 지불했으며—

C'est tout egal—어쩔 수 없소 하고 그가 말했습니다.

Bon Dieu![61] 내가 가는 길삯도 내야 하고! 내가 가지 않는 길삯도 내야 한다니!

—*C'est tout egal* 하고 그 역원이 대답했습니다.—

—빌어먹을! 내가 말했습니다.—차라리 바스티유 감옥에 수없이 갔다 오는 편이 났겠어—

오 잉글랜드! 잉글랜드! 그대 자유의 나라, 상식이 통하는 곳, 온화한 어머니요—친절한 간호사여! 나는 이렇게 소리치며, 한쪽 무릎을 꿇었습니다.—

마침 그때 마담 르 블랑의 교회 감독이 들어오다가, 창백한 얼굴이 우중충한 의복과 대조를 이루어 더욱 핏기 없어 보이는,—검은 옷을 입고, 기도에 심취해 있는 사내를 발견하고는—교회의 도움이 필요하냐고 물어왔습니다.—

나는 물로 가는데—기름[62]으로 가는 삯을 내라고 하지 않습니까,

---

60 18세기 프랑스의 4대 기본 세금 가운데 하나.
61 맙소사!
62 스턴은 가톨릭 교회의 주요 의식에 속하는, 병자에게 성유(聖油)를 바르는 병자 성

하고 내가 대답했습니다.

제35장

역원이 6리브르 4수우를 기어이 받고야 말 것이라는 생각이 들자, 나는 이 기회에, 그만한 액수의, 뭔가 재치 있는 말이라도 한마디하고 넘어가야겠다는 결론을 내렸습니다.

그래서 나는 이렇게 시작했습니다.―

―이봐요 역원 양반, 도대체 어떤 예법에 근거하여, 힘없는 외국인이 프랑스인과 반대의 적용을 받아야 한단 말입니까?

아무 근거도 없지요 하고 그가 말했습니다.

실례합니다만―당신은 처음에는 내 바지를 찢어놓더니―이제 내 주머니도 원한다는 말인데―

그렇지 않고―당신이 자국의 국민들에게 하는 것처럼, 내 주머니를 먼저 가져가고―그후에 궁 ……를 벗게 했는데도 내가 불평을 했다면―나는 짐승 같은 놈이겠지요―

말하자면―

―자연의 법칙에도 어긋나고

―이성에도 어긋나고

사 혹은 종부 성사를 빗대어 말하고 있다. 영국 성공회는 이 의식을 1552년에 폐지하였다.

―복음서에도 어긋나니 말입니다.

그러나 여기는 어긋나지 않습니다.―하고 말하며―그는 인쇄된 종이 한 장을 내 손에 쥐어주었습니다.

PAR LE ROY[63]

― ―나는, 서문이 짧군 하고 말하며―계속 읽어 내려갔습니다.
― ― ― ― ― ― ― ― ― ―
― ― ― ― ― ― ― ― ― ―
― ― ― ― ― ― ― ― ― ―
― ― ― ― ― ― ― ― ― ―

―좀 서둘러 읽고 나서 이렇게 말했습니다. 여기서 말하는 바에 따르면, 누구든 역마차로 파리를 출발하는 경우―그는 평생 동안 한 가지 수단으로 여행을 계속하든가―아니면 그 삯을 지불해야 한다는 소리 아닌가.―실례합니다만 하고 그 역원이 말했습니다. 이 포고령의 정신은 이렇습니다.―즉 역마차를 타고 파리를 출발하여 아비뇽 등지로 가는 경우, 여행을 그만두고자 하는 지점에서부터 두 역참에 대한 요금을 세금 징수인에게 지불하지 않고는, 여행 목적지나 여행 방법을 변경할 수 없으며―그 이유는, 여행자의 *변덕*으로 인해 세입이 줄어드는 일을 막기 위한 것입니다 하고 그가 말했습니다―

―맙소사! 하고 내가 소리쳤습니다.―프랑스에서는 변덕이 과세 대상이 된다면―당신들과 강화 조약을 맺기만 하면 될 것이며―

---

63 왕령으로.

그래서 강화 조약을 맺었으니,[64]

— 결과가 좋지 않다면 — 트리스트럼 샌디가 그 기초를 다진 만큼 — 다른 사람이 아닌 트리스트럼 샌디를 교수형에 처해야겠지요.

제36장

나는 그 역원에게 6리브르 4수우만큼의 재치 있는 말을 했다는 생각이 들었으며, 그곳을 떠나기 전에, 그 내용을 다른 말과 함께 기록해 두기 위해, 수첩을 꺼내려고 외투 호주머니에 손을 넣었는데 — (말이 났으니 말이지만, 이것은 여행자들에게 그들의 어록을 잘 간수하라는 충고가 되는 이야기로서) "수첩이 없었습니다." — 아무리 딱한 여행자였다 해도 자기가 한 말에 대해 이처럼 법석을 떨며 괴로워하지는 않았을 것입니다.

나는 하늘이여! 땅이여! 바다여! 불이여! 하고 소리치며, 어떻게 하면 좋을지 모든 대상에 도움을 청했습니다 — 내 수첩을 도둑맞았으니! — 어떻게 해야 할까? — 역무원 선생! 혹시 당신 옆에 서 있을 때 내가 말한 것을 떨어뜨리지는 않았습니까? —

당신이 이상한 말을 꽤 많이 하긴 했지요 하고 그가 대답했습니다.

---

64 1763년 파리 강화 조약으로 7년 전쟁이 끝났다.

—쳇! 그 말이야 몇 마디 되지도 않는 데다, 6리브르 2수우의 가치도 없지만—이건 큰 꾸러미란 말이오!—그는 고개를 흔들었습니다.—르 블랑 씨! 르 블랑 부인! 혹시 내 수첩을 보셨습니까?—이봐요 하녀 아가씨! 위층에 한번 올라가봐요—프랑수아즈! 자네도 같이 가보게.—

—그 수첩은 꼭 찾아야 해—아주 멋진 말이 씌어 있단 말이야 하고 내가 소리쳤습니다. 지금까지 언급된 어떤 말보다—지혜롭고—재치 있는—그러니 어떻게 한다지?—어디로 가야 한단 말인가?

산초 판사가 나귀의 마구를 잃어버렸을 때도, 이보다 더 비통하게 소리치지는 않았을 것입니다.[65]

제37장

최초의 소동이 지나가고, 뇌의 기록 장치가, 이 불행한 사태에 의해 야기된 혼란에서 차차 벗어나기 시작하자—내가 그 수첩을 마차 주머니에 넣어두었으며—마차를 팔 때, 내 수첩도 함께 마차 수리꾼에게 팔아버렸다는 사실이 떠올랐습니다.

내가 이렇게 공간을 비워둔 것은, 독자가 가장 좋아하는 욕설을 한 가지 보태라는 뜻입니다.—내 생애 어떤 공간에든 욕을 했다면 바로 그곳에 했을 것이며—나는 * * * * * * * * 이

---

[65] 『돈 키호테』 I.Ⅲ.9 참조. 산초는 나귀와 함께 모든 것을 잃어버렸다.

라고 말했습니다.—그래서 내가 프랑스를 돌면서 언급한, 속이 꽉 찬 계란처럼 재치로 가득한 말들을, 전술한 계란이 1페니라면, 4백 기니가 넘는 것을—마차 수리꾼에게—루이 금화 네 개에 팔아버리고—게다가 (하나님 맙소사) 금화 여섯 개의 가치가 있는 마차를 끼워주다니, 만일 도즐리 씨나 베케트 씨,[66] 혹은 그 외 믿을 만한 서적상이 사업을 그만두면서 마차가 필요했다거나—혹은 누군가 그런 사업을 시작하면서—내 소견과 함께, 돈도 몇 푼 필요했던 것이라면—참을 수 있겠지만—마차 수리꾼이라니!—나는 프랑수아즈에게 당장 그를 찾아가자고 말했습니다.—valet de place는 모자를 쓰고 길을 안내했으며—나는 역무원을 비켜가며 모자를 벗고, 그를 따라갔습니다.

제38장

우리가 그 마차 수리꾼의 집에 도착했을 때, 집과 가게는 모두 잠겨 있었으며, 그날은 9월 8일, 성모 마리아 탄신일이었습니다.—

—딴따라—라—딴—띠디—사람들은 모두 오월제 기둥을 세우고—이리 뛰고—저리 뛰며—나와 내 수첩에 대해서는 손톱만큼의 관심도 보이지 않았기 때문에, 나는 문 옆에 놓인 벤치에 앉아, 내 신세를 한탄하고 있었습니다. 그런데 평소보다 운이 좋았던지, 30분도 채 지나

---

[66] 제임스 도즐리는 1760년 말에 『트리스트럼 샌디』 3, 4권을 출판했으며 스턴은 1권 9장에서 도즐리를 언급한다. 1761년 12월부터 스턴의 책은 토머스 베케트와 P. A. 드혼트에 의해 출판되었다.

지 않아, 여주인이, 오월제 기둥을 구경가기 위해, 머리를 만 종이를 풀려고 집으로 돌아왔습니다.—

한편 프랑스의 여인네들은, 오월제 기둥을, *à la folie*[67]—아침 기도만큼이나 좋아했으며—5월, 6월, 7월, 9월 등, 어느 달이 되었든, 오월제 기둥만 있다면—횟수에 상관없이—언제든지—그들에게는 음식, 술, 목욕, 잠자기를 의미했으며—나리들께서 그들에게 (프랑스에는 나무가 다소 귀한 만큼) 오월제 기둥을 충분히 공급하는 정책을 펴신다면—

여인네들은 기둥을 세우고, (남자들과 짝을 지어) 인사불성이 될 때까지 그 주위를 돌며 춤을 출 것입니다.

마차 수리꾼의 아내가, 머리를 만 종이를 풀기 위해 돌아왔다고 말씀드렸는데—그녀는 몸치장을 서둘러야 했기 때문에—문을 열자마자, 종이를 풀려고 모자를 벗었으며, 그런 와중에 종이 하나가 바닥에 떨어졌는데—나는 즉각 내 글씨를 알아보았습니다.—

—오 세뇨르! 하고 내가 소리쳤습니다.—내 말이 모두 부인의 머리 위에 올라가 있다니요!—*J'en suis bien mortifiée*[68] 하고 그녀가 말했습니다. 나는 거기 그렇게 붙어 있는 편이, 오히려 잘된 일이라고 생각했으며,—거기서 더 깊이 파묻혔더라면, 프랑스 여인들의 머리를 혼란에 빠지게 만들어—차라리 세상 끝날까지 다시는 머리를 말지 않는 편이 나을 것입니다.

Tenez[69]—하고 그녀가 말했습니다.—그녀는 내가 당한 고통에 대해서는 전혀 모른 채, 돌돌 말린 머리에서 종이를 풀어, 시무룩한 표정

---

67 몹시, 열광적으로.
68 정말 모욕적인 일이군요.
69 자, 가져가세요!

으로 내 모자 안에 하나씩 넣었으며—하나는 이쪽으로—하나는 저쪽으로 꼬인 것이—아! 모르긴 몰라도, 그 내용이 출판될 때는,—
더욱 심하게 꼬이고 말겠지 하고 내가 말했습니다.

제39장

자 이제 리피우스의 시계를 보러 가세! 하고 나는 온갖 어려움을 극복한 사람의 태도로 말했습니다—나리와 제가 그 시계와 중국 역사를 보지 못하도록 막는 것은 아무것도 없지만, 시간이 없습니다 하고 프랑수아즈가 말했습니다.—벌써 11시가 다 되었는걸요—그렇다면 더욱 서둘러야겠군. 나는 이렇게 말하며, 성당을 향해 성큼성큼 걸어갔습니다.

서쪽 문으로 들어가는 나를 보고 수사 신부가 던진 말에, 실망을 느꼈다고는 할 수 없으니,—다름아니라 리피우스의 시계는 고장이 나서, 몇 년 동안이나 작동하지 않았다는 것이며—그렇다면 중국 역사를 좀 더 여유 있게 읽을 수 있을 뿐 아니라, 훌륭한 상태에 있는 것보다는, 고장난 상태의 시계에 대해 사람들에게 이야기하는 편이 더 용이하리라는 생각이 들었기 때문입니다.—

—그래서 나는 바로 예수회 대학으로 향했습니다.

중국어로 쓰인 중국 역사를 들여다보려던 계획은—비슷한 예를 쉽게 찾아볼 수 있듯이, 막연히 머릿속에 떠올랐다가, 그 순간이 가까워지면 가까워질수록—열정이 식고—그 기분은 점차 사그라져, 결국 이것을 만족시키고자 하는 생각이 깨알만큼도 남지 않게 되어——솔직히 말씀드리자면, 시간은 없고, 마음은 연인들의 무덤에 가 있었기 때문에——나는 문고리를 잡으며, 도서관의 열쇠가 없어졌으면 좋으련만 하고 말했으며, 결과적으로 그렇게 되었는데——

예수회 수사들이 모두 복통을 일으켰으며[70]——얼마나 심했던지 그중 나이가 많은 의사도 평생 처음 보는 일이었다고 했습니다.

제40장

나는 연인들의 무덤으로 가는 지리를, 리용에서 20년이나 살았을 정도로 잘 알고 있었는데, 문밖에서, 오른쪽으로 돌아, 포브르 드 베즈로 가는 길에 있었으며——내 약점을 아무에게도 보여주지 않고, 오랫동안 마음에 품고 있던 경의를 표하기 위해, 프랑수아즈는 먼저 배로 보냈습니다.——나는 기쁨에 넘쳐 그곳을 향해 걸어갔으며——무덤에 이르는 통로를 가로막고 있는 문을 보았을 때는, 가슴이 타올랐습니다.——

——아름답고 정숙한 영혼들이여! 나는 아만두스와 아만다에게 소리 쳤습니다.——그대의 무덤에 이 눈물 한 방울을 흘리기 위해 얼마나 오 랫동안——오랫동안 기다려서——여기까지 왔는데——왔는데——

왔더니——그 눈물을 흘릴 무덤이 없구나.

삼촌이 휘파람 부는 릴리블레로를 들을 수 있다면 얼마나 좋을까!

---

[70] 1762년 초에 시작되었던 프랑스의 예수회 탄압.

제41장

　어떻게, 혹은 어떤 기분이었는지는 모르겠지만—나는 연인들의 무덤을 떠나—사실 그곳을 *떠났다*고는 할 수 없으며—(그런 것은 아예 없었으니) 여행에 차질이 없도록 시간에 맞추어 배에 도착했고,—미처 100야드도 항해하기 전에 론 강과 사온 강이 만나는 곳에 당도하여, 그 사이를 즐겁게 미끄러져 내려갔습니다.
　론 강 항해에 관해서는, 항해가 있기 전에 이미 말씀드렸으며──
　──이제 나는 아비뇽에 도착했는데—오르몽드 공이 살았던,[71] 낡은 저택 외에는 구경거리라고는 아무것도 없었으며,[72] 이곳에 대한 짤막한 소견을 밝히는 일 외에는 더 이상 지체할 이유가 없으니, 3분 안에, 나는 노새를 타고, 말을 탄 프랑수아즈는 뒤에 가방을 싣고, 노새와 말 주인은, 혹시라도 우리가 그대로 도망이라도 갈까 봐, 어깨에는 장총을 메고, 겨드랑이에는 칼을 차고 다리를 건너가고 있는 모습을 볼 수 있을 것입니다. 내가 아비뇽으로 들어갈 때 입었던 반바지를 본 사람이라면,—아니 내가 노새에 올라탈 때 더 잘 보였겠지만,—그런 예방책을 적절하지 못하다거나, 노엽게 생각하지는 않았겠지요. 나 자신, 아주 호의적으로 받아들였으며, 우리 여행이 끝나면, 그가 완전 무장을 갖추는 번거로움을 겪게 한 그 반바지를, 그에게 선물하기로 결심했습니다.
　더 이상 진행하기 전에, 아비뇽에 대한 평가를 마무리하고자 하는

---

71 오르몽드 공은 30년 간 아비뇽에서 망명 생활을 했다.
72 스턴은 아비뇽에 있는 교황 관저를 의도적으로 무시하고 있다.

데, 다름아니라, 아비뇽에 도착한 첫날 밤 우연히 모자가 바람에 날려갔다고 해서,—"아비뇽은 프랑스 도시들 가운데 바람이 가장 심한 곳이다"라고 말해서는 안 된다는 것입니다. 따라서 나는 여관 주인에게 문의할 때까지는, 그 일에 주목하지 않았는데, 그는 정색을 하고 사실이라고 말했으며—또한 근방에서 떠도는 아비뇽의 거센 바람에 대한 격언을 듣고는—알 만한 사람들에게 그 원인이 어디 있는지 물어보고자 했으나—결과적으로—아비뇽에는 모두가 공작, 후작, 백작에다—최소한 남작이니—바람 부는 날에는, 그들과 얘기를 나눌 기회가 거의 없었습니다.

이보시오 하고 내가 말했습니다. 이 노새를 잠깐 잡아주시오.— 나는 발뒤꿈치가 아파 부츠를 벗으려던 참이었으며—그 사람은 여관 문 앞에 한가하게 서 있었기 때문에, 그가 여관이나 마구간과 어떤 식으로든 관계가 있을 것이라는 생각이 들어, 그의 손에 고삐를 맡기고— 부츠를 벗기 시작했는데,—그 일을 마치고, 노새를 넘겨받고 고맙다는 인사를 건네기 위해 돌아보았더니—

—후작 각하께서 서 있는 것이 아니겠습니까.—

제42장

이제 나는 프랑스 남부 전체를, 론 강 유역에서부터 가론 강가까지 노새를 타고 한가롭게 횡단할 수 있게 되었으며—*한가롭게라는* 말은 —나는 죽음을 떠나왔고, 하나님만이—하나님만이—그가 얼마나 뒤처져 있는지 알고 계시며—"내가 프랑스를 두루 다니며 수많은 사람들을 쫓아다녔지만" 하고 그가 말했습니다.—"이렇게 힘들게 쫓아가기는 처음이야."—그래도 그는 나를 계속 따라왔고,—나는 계속 도망쳤으나—즐거운 마음으로 도망쳤으며—그는 여전히 쫓아왔으나—아무런 희망 없이 먹이를 쫓는 짐승같이—계속 뒤처지며, 한걸음 한걸음 사이가 벌어질 때마다, 그의 표정은 누그러졌으니—이렇게 빨리 도망칠 필요가 어디 있겠습니까?

그래서 마차역의 역무원이 말한 것을 모두 무시하고, 나는 다시 한번 여행 방식을 바꾸었으며, 내가 지금까지 달려왔던 급하고 요란한 행보를 뒤로하고, 노새와 함께, 랑그도크의 풍요로운 평원을 그놈을 타고, 가능한 한 가장 느린 행보로 건너갈 생각을 하며, 만족감에 젖었습니다.

여행자를 이보다 더 기분좋게 만드는 것은 없으며—기행 작가를 이보다 더 괴롭게 만드는 것도 없는데, 다름아니라 넓고 풍요로운, 특히 웬만한 강이나 다리도 없이, 우리 눈앞에 풍요로운 모습만을 변함없이 펼쳐 보이는 평원 말입니다. 왜냐하면, 멋지다! 혹은 상쾌하다! (흔히 하는 말로)—또는 토양이 기름지고, 자연은 그 풍요로움을 한껏 쏟아내며, 등등…… 이런 말을 하고 나면 수중에 있는 드넓은 평원을 어떻게 해야 할지 속수무책일 뿐이며—그 평원은 다른 도시로 인도해주는 것 외에는 이렇다 할 소용이 없으며, 그 다른 도시도, 다음 평원이 시작되는 장소에 불과하다는—그런 말입니다.

—이건 정말 힘든 작업이기 때문에, 내가 평원을 제대로 다루는지 판단해주시기 바랍니다.

제43장

    총을 멘 사내는, 내가 1리그 반도 채 가기 전에, 장전한 것을 살폈습니다.

    나는 세 번이나, 최소한 반 마일 이상, *지나치게* 뒤처졌는데, 한번은 북 만드는 사람과 깊은 대화에 빠졌기 때문이었으며, 그는 *보케라*와 *타라스콘*의 장날에 가져가기 위해 북을 만들고 있었는데—나는 그 원리를 도무지 이해할 수가 없었습니다.—

    두번째는, 굳이 멈추었다고 할 수는 없지만,—나보다 시간에 더 쫓기는 프란체스코 수도사 두 사람을 만나, 하고 있던 이야기의 결론을 내리지 못해—그들을 따라 되돌아갔던 것입니다.—

    세번째로는, 어떤 수다쟁이 여자에게서, 프로방스 무화과 한 바구니를 4수우에 사는 일 때문이었는데, 쉽게 이루어졌을 거래였지만, 일이 성사될 무렵 도의적인 문제가 발생했으며, 무화과 값을 지불하고 보니, 바구니 밑바닥에 계란이 한 판이나 깔려 있었고—나는 계란을 살 생각이 없었기 때문에—그 소유권을 주장할 마음도 없었으며—계란이 차지하고 있는 공간에 대해서는—어떻게 하겠습니까? 나는 돈을 지불한 만큼 무화과를 받았고——

    —그 바구니가 필요했지요—수다쟁이 여자도, 계란을 둘 곳이 없었기 때문에, 그 바구니가 필요했으나—이미 옆구리가 터진 농익은 무화과 때문에, 나도 바구니 없이는 무화과를 둘 곳이 없었습니다. 이 일로 잠시 언쟁이 오갔으며, 우리 두 사람은 어떻게 해야 할지, 이런저런 궁리를 하고 있었는데—

―계란과 무화과를 어떻게 처리했는지, 당신께, 또한 사탄이 그 자리에 없었다면 그에게도 (나는 그가 거기 있었다고 생각합니다만) 한번 추측해보라고 하겠습니다. 그 일에 관해서는 앞으로 읽게 되겠지만―지금은 토비 삼촌의 연애 사건으로 서둘러 가고 있는 중이기 때문에, 올해 안에는 불가능한 일이며―평원을 지나는 여행에 관한 글모음에 포함시킬 예정인데―나는 그 글을 이렇게 부르겠습니다. 나의

평원 이야기

이런 불모의 땅을 여행하는 동안, 내 펜이 다른 여행자들의 펜과 마찬가지로, 얼마나 지쳐 있을지―세상의 판단에 맡기는 바이지만―그 자취들이, 지금 이 순간 한꺼번에 진동하며, 그때가 내 인생의 가장 풍성하고 바쁜 시기였음을 말해주는데, 나는 총을 멘 사내와 시간에 대해서는 어떤 약속도 한 적이 없었기 때문에―속보로 달리는 사람 외에는 만나는 사람마다 멈추어 대화를 나누었고―앞서가는 일행들에 합세하고―뒤에 오는 사람들을 기다리고―교차로에서 만나는 사람마다 인사를 나누고―지나가는 모든 걸인들, 방랑자들, 사기꾼들, 탁발 수도승들을 붙들었으며―뽕나무 아래 있는 여인들을 만나면, 그들의 다리를 칭찬하거나, 코담배 한 줌을 건네며 얘기꽃을 피우지 않고는 그냥 지나치는 법이 없었으니―말하자면, 이번 여행 중에 나에게 우연히 내밀어진, 어떤 크기나 모양의 손잡이도 거절하지 않고 모두 붙잡아―나는 *평원*을 도시로 변화시켰으며―항상 사람들과 함께했는데, 아주 다양한 사람들을 만났으며, 내 노새도 나 못지않게 교제를 즐겼기 때문에, 어떤 짐승이든 만날 때마다, 무엇인가 할말이 있었으니―펠멜 가나 세인트 제임스 가를 한 달 동안이나 왔다 갔다 해도, 이만한 모험을

하지는 못했을 것이며—이렇게 다양한 종류의 사람들을 만나지도 못했겠지요.

아! 그곳에는 랑그도크인들의 옷에 잡힌 주름을 한꺼번에 펼치는 경쾌한 솔직함이 있었으며—그 아래 있는 것은 무엇이 되었든, 시인들이 좋은 시절에 노래했던 순수함을 너무나 닮아—나는 스스로를 미혹시켜, 그렇다고 믿었습니다.

니스메에서 뤼넬로 가는 길에는, 프랑스 최고의 머스카토 포도주를 맛볼 수 있는데, 이 술은 **몽펠리에의 존경스런 사제들의 소유이니**—그들의 식탁에서 그 술을 마시며, 그들에게 한 방울도 주지 않는 사람에게는 저주가 있을지어다.

——해가 지고—하루 일과가 끝난 후, 처녀들이 머리를 새로 묶어 올리고,—청년들이 마상 시합을 준비하고 있을 때—노새가 갑자기 발길을 멈췄습니다—피리 소리와 북소리일 뿐이야 하고 내가 말했습니다—나는 무서워 죽겠는걸요 하고 노새가 말했습니다—나는 그를 한 번 쿡 찌르며, 그들은 재미있는 고리끼우기 시합을 하고 있는 거야 하고 말했습니다——성 부거[73]와, 연옥 문 뒤에 있는 모든 성자들에 맹세코—(앙뒤에의 수녀원장과 마찬가지로 단호하게)—나는 더 이상 한 걸음도 가지 않겠습니다 하고 노새가 말했습니다—그렇다면 할 수 없지 하고 내가 말했습니다. 나는 노새 등에서 뛰어내리며, 부츠 한 짝은 이쪽 도랑에다, 다른 한 짝은 저쪽 도랑에다 벗어 던지며—너희 일가와는 어떤 문제로도 다투고 싶지 않으니, 춤이나 한바탕 추어야겠다 하고 말했습니다—그러니 너는 여기 있거라.

햇빛에 그을린 노동의 딸이 사람들 가운데서 일어나, 그들에게 다

---

[73] 7권 25장의 bouger에 빗대어 지어낸 이름.

가가고 있던 나에게 달려왔으며, 검은색에 가까운 그녀의 짙은 밤색 머리는, 한 다발로 묶여 있었습니다.

우리는 기사가 필요해요. 그녀는 양손을 내밀며, 마치 잡으라고 하는 듯 말했습니다──그렇다면 여기 기사가 있습니다 하고 나는 그녀의 양손을 잡으며 말했습니다.

나네트, 그대는 공작 부인같이 차려입었구려!

──그러나 치마에 그런 긴 틈새를 만들다니!

나네트는 아랑곳하지 않았습니다.

당신이 아니라면 어떡할 뻔했을까요. 그녀는, 몸에 밴 정중한 태도로, 한쪽 손을 놓고 다른 손으로 나를 이끌어가며 말했습니다.

아폴론에게 피리로 보상받은, 한 절름발이 청년이, 강가에 자리를 잡고, 손수 조그만 북을 치며, 전주곡을 부드럽게 연주하기 시작했습니다.──자, 머리 좀 묶어주세요. 나네트는 이렇게 말하며 내 손에 끈 하나를 쥐어주었습니다.──나는 내가 이방인이라는 사실을 잊어버렸습니다.──모든 매듭이 풀렸던 것이지요.──우리는 수년 간 알고 지낸 사이가 되었습니다.

청년은 먼저 북을 치며 노래를 시작했고─피리로 그 뒤를 따랐으며, 우리는 뛰기 시작했습니다.──"제발 저 치마 틈새만 없어졌으면!"

하늘이 내려준 목소리를 지녔던, 그 청년의 여동생은, 오라버니와 함께 번갈아가며 노래를 했으며──그들은 가스코뉴의 라운들[74]을 불렀습니다.

VIVA LA JOIA!

---

[74] '라운들'은 후렴이 있는 짧은 노래.

FIDON LA TRISTESSA![75]

처녀들은 제창을 했으며, 청년들은 한 옥타브 밑에서 함께했습니다.—

저걸 페매버릴 수만 있다면 1크라운[76]이라도 내어놓았겠지만—나네트는 1수우도 내놓지 않았을 것이며—그녀의 입술은 *Viva la joia!* 라고 외치고 있었고—그녀의 눈도 *Viva la joia!* 라고 말하고 있었습니다. 우리 두 사람 사이에 순간적으로 호감 어린 불꽃이 튀었습니다—그녀는 얼마나 상냥해 보였던지!—여생을 이렇게 살고 끝내버릴 수는 없을까? 인간의 기쁨과 슬픔을 공정하게 분배하시는 이여 하고 나는 소리쳤습니다. 여기 만족의 무릎 위에 앉아—춤추고, 노래하고, 기도하다, 이 갈색 처녀와 함께 천국에 갈 수는 없을까? 그녀는 매력적으로 고개를 한쪽으로 수그리며, 유혹적인 춤을 추어댔으며—나는 이제 죽도록 춤만 추어야겠다고 말하며, 파트너와 곡조만 바꾸며, 뤼넬에서 몽펠리에까지 춤을 추며 내달렸고—거기서부터 페스나와 베지에—그리고 나르본, 카르카손, 노데어리 성을 지나, 페드릴로[77]의 정자에 이를 때까지 춤을 추며 달려가, 그곳에서 검은 줄이 그어진 종이를 꺼내놓고, 여담이나 삽입구 없이, 토비 삼촌의 정사로, 직진하여—

이렇게 시작했습니다—

---

75 VIVA LA JOIA!: 환희 만세; FIDON LA TRISTESSA!: 슬픔은 가라!
76 옛날 영국의 5실링 은화. 수우는 20분의 1프랑. 얼마 안 되는 돈을 가리킴.
77 '프링겔로'를 잘못 부른 것으로 여겨진다. 7권 28장 저자 주 참조.

젠틀맨 트리스트럼 샌디의 삶과 견해

제8권

작가는 항상 주제를 벗어나서는 안 되지만, 주제와 연관된 여담은 용납된다.

THE
LIFE
AND
OPINIONS
OF
TRISTRAM SHANDY,
GENTLEMAN.

Non enim excursus hic ejus, sed opus ipsum est.
PLIN. Lib. quintus Epistola sexta.

VOL. VIII.

LONDON:
Printed for T. BECKET and P. A. DEHONT,
in the Strand. MDCCLXV.

제1장

―그러나 잠깐만―이렇게 따뜻한 태양 아래, 이렇게 쾌활한 평야에서, 모든 육체들이 피리를 불고, 바이올린을 켜며, 술에 취해 춤을 추며 날뛰고 있는, 판단력이 상상력에 짓눌린 이런 형편에서는, 이미 몇 페이지에 걸쳐 *직선에** 관해 언급했음에도 불구하고―세상에서 가장 솜씨 좋은 양배추 농사꾼에게,¹ 뒤로 심든, 앞으로 심든, 문제될 것은 없으니 (다만 한 가지 경우에는 다른 것보다 후에 값을 더 치러야 하겠지만)―냉정하고, 비판적이고, 규범적으로, 양배추를 하나씩, 직선으로, 특히 치마의 틈새가 타진 경우에는, 금욕적인 간격을 두고,―양다리를 걸친다거나, 저속한 탈선으로 옆걸음질치지도 않고, 한번 심어보라고 도전하겠습니다―얼음 나라, 안개 나라, 그리고 그 외 내가 알고 있는 몇몇 나라에서는―가능하겠지요―

그러나 환상과 열정으로 밝게 빛나며, 의식적이건 무의식적이건 모든 생각이 표출되는―이 나라에서는 말이네, 유제니우스―기사도와 모험이 넘치고, 내가 지금, 토비 삼촌의 정사를 기록하기 위해 잉크병을 열고 있으며, 사랑하는 디에고를 찾아 헤매는 줄리아의 정처 없는 길이 내 서재 창문으로 환히 내다보이는, 이 땅에서는―

---

* 제6권, p. 152 참조 (이번 판에서는 p. 88).
1 6권 40장 주 58 참조.

그대가 와서 내 손을 잡아주지 않는 한——
도대체 어떤 작품이 나오겠는가!
그러나 시작해보세.

제2장

연애든 서방질이든 매한가지로——
——그나저나 지금 새로운 권을 시작하는 참에, 오래 전부터 독자님께 말씀드리고 싶었던 것이 있는데, 지금 말하지 않는다면, 죽을 때까지 말할 기회가 없을 것 같기 때문에 (비유라면 하루 중 언제든지 들 수 있지만)——잠시 그 이야기를 하고, 본론으로 들어가겠습니다.
그 이야기는 바로 이렇습니다.
다름아니라, 사람들이 세상에서 사용하는 책의 말머리를 여는 온갖 방식들 가운데, 내 방식이 가장 훌륭하다는 확신입니다.——또한 가장 종교적인 방식이기도 하다는 생각이니——첫번째 문장을 쓰기 시작하면서——두번째 문장은 전능하신 하나님께 맡기기 때문입니다.
그렇게 한다면 작가가 호들갑을 떨고 안달복달하며, 오직 한 문장이 다음 문장으로 제대로 이어지는지, 그리고 계획한 것이 전체적으로 잘 실행되는지 지켜보게 하기 위해 대문을 열고, 이웃들과 친구들, 친척들, 그리고 악마와 그의 꼬마 도깨비들까지 망치와 병기 등을 들고 들어오게 하지 않아도 됩니다.
내가 확신을 가지고, 의자에서 반쯤 일어나며, 팔걸이를 잡고, 고개를 치켜들고——때로는 미처 생각이 나에게 도달하기도 전에, 내가 그걸 잡는 모습을 당신이 볼 수 있다면 얼마나 좋을까요.——

나는 하늘이 다른 사람을 위해 내려준 많은 착상들을 내가 중간에서 가로채곤 한다는 사실을 양심에 비추어 인정합니다.

포프와 그의 초상화[2]도 내게는 쓸모없으며——어떤 순교자도 이렇게 믿음과 열정으로 가득하지는 않았을 것이며——선행도 덧붙였으면 좋겠으나——나는

열정도 노여움도——혹은

노여움도 열정도——없으며

신들과 인간들이 이것을 동일한 이름으로 부르기로 합의할 때까지는——과학——정치——혹은 종교적으로 아무리 형편없는 타르튀프[3]도, 결코 내 마음을 자극하거나, 다음 장에서 읽을 내용보다, 더 심한 말이나, 불친절한 인사를 하게 만들지는 못할 것입니다.

제3장

——봉 주르!——굿 모닝!——외투를 때맞춰 걸치셨군요!——쌀쌀한 아침에, 준비를 제대로 하셨습니다——걷는 것보다는, 말을 타는 편이 나을 것이니——혈관이 막혀버린다면 위험하기 때문입니다.——작은 마

---

2 영국의 시인 알렉산더 포프(1688~1744)가 뮤즈 신에게서 영감을 받는 모습을 새긴 작품을 가리켜 하는 말.

3 5권 1장 주 8(17쪽) 참조.

님들은 안녕하십니까—부인께서는 무고하신지요—또 양쪽에서 본 자녀 분들은요? 노신사와 노부인의 소식은 들으셨는지요—여동생과 숙모, 숙부, 그리고 사촌들은—그들의 감기, 기침, 매독, 치통, 열병, 배뇨 곤란, 좌골 신경통, 종기, 눈병 등에 차도가 있기를 빕니다. 빌어먹을 약제사 같으니라고! 그렇게 피를 많이 뽑고—몸서리나는 설사약—구토약—습포—고약—복용약—관장약—발포제라니.—감홍(甘汞)을 그렇게 많이 쓰는 이유는 어디 있단 말입니까? 산타 마리아! 아편은 또 얼마나 많이 처방하는지! 맙소사, 선생님의 가족 모두를, 머리에서 꼬리까지 위험에 빠뜨리다니요!—디나 고모의 검은색 우단 가면에 걸고 맹세합니다만! 그럴 필요는 없었습니다.

그 가면은 턱 부분이 약간 반들반들하게 되었는데, 고모가 마부의 아이를 갖기 *전에*, 자주 썼다 벗었다 했기 때문이며—그후로 우리 가족들은 아무도 그 가면을 쓰려 하지 않았습니다. 가면을 새 천으로 씌우자니, 원래 가치보다 비용이 더 들고—그렇다고 반들반들한, 아니 반쯤 들여다보일지도 모르는 가면을 쓰고 다니자니, 차라리 쓰지 않느니만 못했습니다.—

그리고 바로 그 때문에, 각하님들, 지난 4대에 걸쳐, 우리 가문의 수많은 자손들 가운데는, 대주교 한 사람, 웨일스의 재판관 한 사람, 서너 명의 참사회 회원들, 그리고 돌팔이 의사 한 명이 있었을 뿐입니다.—

그러나 16세기에는, 최소한 열두 명의 연금술사가 나왔습니다.

제4장

"연애든 서방질이든"——고통받는 당사자는, 그 집안에서 *세번째*, 아니 보통 마지막으로 그 일을 전해듣게 마련입니다. 그 이유는, 모두들 알다시피, 한 가지 사실을 표현하는 말이 열두 가지나 되기 때문이며, 말하자면, 이 사람에게는 *사랑*인 것이——다른 사람에게는 *미움*이며——반 야드 정도 높은 곳에서는 *감상*인 것이——*어리석음*——아닙니다 부인,——거기가 아니고——내가 집게손가락으로 가리키는 그 부분 말입니다——그러니 우리는 어쩌면 좋단 말입니까?

이 신비스런 감상에 빠졌던 모든 인간들과 신들 가운데, 토비 삼촌만큼 이런 혼란스런 감정을 탐구하기에 적합하지 못한 사람은 없었으며,——브리지트가 수잔나에게 미리 통고하고, 수잔나가 사람들에게 끊임없이 떠들고 다녀, 토비 삼촌이 그 일에 관심을 갖도록 만들지 않았다면, 우리가 종종 이보다 못한 일에 대처하듯이, 삼촌은 되는 대로 내버려두었을 것입니다.

제5장

직조공도, 정원사도, 검투사도——혹은 (발에 생긴 병으로 인해) 다리가 마른 남자도——언제고 가냘픈 처녀가 그를 짝사랑하여 가슴 태우는 일이 있다는 사실은, 고대와 현대 생리학자들이, 적절하고 만족스럽게 논의하고 결론지은 문제입니다.

생수를 마시는 사람도, 스스로 그렇게 공언하고, 거짓이나 속임수를 쓰지 않는 경우에는, 동일한 운명을 맞게 됩니다. 그러나 첫눈에 결과가 나타나는 것도 아니고, 논리가 있는 것도 아니며, "내 몸 속으로 흘러내리는 차가운 물줄기가, 나의 사랑스런 제니의—"

—이렇다 할 좋은 예가 떠오르지 않고, 오히려 원인과 결과의 자연스런 흐름에 반하여 작용하는 것 같군요—

그러나 인간 이성의 나약함과 무능함을 표출하지 않습니까.

—"그러고도 건강에는 아무런 문제가 없단 말입니까?"

—물론이지요—부인, 우정에 아무런 문제가 없듯이 말입니다.—

—"그리고 아무것도 마시지 않는다고요!—물밖에는?"

—격렬한 유체여! 그대가 뇌의 수문에 부딪히는 순간—그 문이 허물어지는 것을 보았는가!—

호기심의 여신이 헤엄쳐 들어오며, 시녀들에게 따라오라고 손짓하여,—그들은 흐름의 한가운데로 들어가고—

상상력은 물가에 앉아 생각에 잠긴 채, 눈은 흐르는 물을 주시하며, 짚과 갈대로 돛대와 기움돛대를 만들고 있으며—욕망은, 한 손으로 겉옷을 무릎까지 쳐들고, 다른 손으로는 헤엄쳐 지나가는 그들을 낚아채니—

아 그대 생수를 마시는 이들이여! 그렇다면 이런 현혹적인 수원(水源)으로 그대들이 이 세상을 지배하고 물레방아처럼 돌렸단 말인가—무력한 사람들의 얼굴에 맷돌질을 하며[4]—옆구리에 소금을 뿌리고—코에

---

[4] 『구약성서』 「이사야서」 3장 15절: "어찌하여 너희가 내 백성을 짓밟으며 가난한 자

다 후추를 뿌리고, 때로는 자연의 골격과 얼굴까지 변화시키다니—

—내가 자네였다면 말이네 하고 요릭이 말했습니다. 나는 물을 더 마시겠네, 유제니우스.—나도 자네였다면, 요릭. 유제니우스가 대답했습니다. 그렇게 했을 것이네.

이것으로서 이들 두 사람이 롱기누스를 읽었다는 사실을 알 수 있습니다.[5]—

나는, 내 작품을 제외하고는, 어떤 사람의 책도 읽지 않기로 결심했습니다.

제6장

나는 토비 삼촌이 생수를 마시는 사람이었더라면 좋았을 것이라고 생각했는데, 그랬더라면 과부 워드먼 부인이 그를 처음 보았을 때, 무엇인가 그녀가 마음속에 느꼈던 끌림의 원인을 알았겠지요.—무엇인가!—무엇인가.

—우정 이상의 어떤 것—그러나 사랑보다 못한—어떤 것—하지만 그게 무엇이든—어디 있든—나는 내 노새의 꼬리털 한 가닥을 주고도, 게다가 내가 그것을 뽑아야 한다면, (사실 그놈은 나누어줄 만한

의 얼굴에 맷돌질하느뇨…"
5 『숭고함에 대하여』에서 롱기누스는 "위대한 사고는 위대한 영혼에서 나오는 법이다"라고 말하며 이러한 예를 들고 있다. 파르메니우스가 "내가 알렉산더였다면 그 제안을 받아들이겠소" 하고 말하자, 알렉산더는 이런 현답을 했다고 한다. "내가 파르메니우스였다면 나도 그렇게 했을 것이오."

털도 없고, 게다가 사납기까지 하니) 각하께 그 비밀을 알려달라고 하지는 않겠습니다.―

사실, 토비 삼촌은 생수를 마시지 않았으며, 그대로든, 섞어서든, 어떻게든, 어디서든 마시지 않았으며, 다만 전진 기지에 주둔해 있을 때, 적당한 음료를 찾을 수 없는 경우―그리고 그가 치료를 받고 있는 동안, 근육을 유연하게 만들어주고, 신속하게 접합시킨다는 의사의 말을 듣고―삼촌은 마음의 안정을 위해 그것을 마셨습니다.

우리가 알다시피, 모든 자연적인 현상은 원인이 있게 마련이며, 토비 삼촌은 직조공이나―정원사, 검투사가 아니라는 사실도 모두들 알고 있었으니―대위로서 그를 포함시키고자 한다면 모르겠으나―그는 보병 대위였기 때문에―모든 것이 애매해질 뿐이며―우리가 짐작할 수 있는 것은, 토비 삼촌의 다리가―그러나 현 가설에 있어서는, *발*에 생긴 병 때문이라면 모를까, 이것도 별 도움이 되지 못하는 것이―그의 다리는 발에 생긴 병 때문에 여위지도 않았을뿐더러―사실 삼촌의 다리는 전혀 여위지도 않았습니다. 다만 3년 동안 런던에 있는 아버지의 집에서 누워 있느라고, 다리를 전혀 사용하지 않았기 때문에, 약간 뻣뻣하여 불편했을 뿐이며, 통통하고 근육이 잘 발달하여, 모든 면에서 건강한 다리와 마찬가지로 튼튼하고 전도 유망했습니다.

이 자리에서 밝히고 싶은 것은, 내 생애 어떤 주장이나 논쟁 때문에, 이처럼 나의 이성이 혼란에 빠져 결론을 내리지 못하고, 다음 장을 위해 쓰고 있던 장을 학대한 적은 없었다는 것입니다. 어떤 사람은 내가 이런 어려움에 빠져들고, 거기서 헤어나오기 위해 새로운 시도를 하는 것을 즐긴다고 생각하겠지요.―그대는 정말 경솔하도다! 뭐라고! 작가로서, 인간으로서, 사방이 피할 수 없는 고통으로 에워싸여 있는데도―트리스트럼, 그것으로도 부족하여, 스스로 더 얽혀버리게 만든단 말인가?

그대는 빚을 지고 있는 데다, 5권과 6권이 열 수레 분량이나 아직도 —아직도 팔리지 않고 남아 있어, 이것을 처분하지 못해 어찌할 바를 모르고 있는데 그것만으로는 부족하단 말인가.⁶

게다가 플랑드르의 바람 때문에 얻은 지독한 천식에 아직도 시달리고 있지 않은가? 그리고 두 달 전인가, 추기경이 소년 성가대원처럼 (양손으로) 소피를 보고 있는 모습을 보고, 포복절도하다가, 허파의 혈관이 터져, 두 시간 동안이나 피를 흘렸으며, 의사가 말하기를, 피를 그만큼 더 흘렸더라면──족히 1갤런은 되었을 것이라고 하지 않았는가?──

제7장

──그러나 이제 리터니 갤런이니 하는 말은 그만두고──본론으로 들어가고자 하며, 이 이야기는 너무나 미묘하고 복잡하여, 약간의 어긋남도 견디지 못할 정도인데, 어찌 된 일인지, 나는 이야기의 한가운데로 밀려들어가게 되었으니──

──더욱 조심해야겠지요.

---

6 『트리스트럼 샌디』 5, 6권은 4,000부가 인쇄되었으나, 15개월이 지나도록 1,000부가 팔리지 않고 남아 있었다.

제8장

　토비 삼촌과 트림 상병은, 우리가 여러 번 언급한 그 땅을 차지하고 다른 연합군들과 때를 맞추어 작전을 수행하기 위해, 경황없이 화급하게 낙향하는 바람에, 없어서는 안 될 품목 하나를 깜빡했으며, 그것은 가래도, 곡괭이도, 삽도 아니었고—

　—바로 잠을 잘 침대였습니다. 당시 샌디홀에는 아직 가구를 들여놓지 않은 상태였으며, 가엾은 르 페베가 죽었던 그 작은 여관도 아직 들어서지 않았기 때문에, 삼촌은, (훌륭한 하인에다, 마부, 요리사, 재봉사, 군의관이자 공학자였고, 게다가 뛰어난 천갈이꾼이기도 했던) 트림이, 목수 한 명과 재단사 두 명의 도움을 받아, 삼촌 집에 침대를 짜 넣을 때까지, 하루 이틀 워드먼 부인의 집에서 신세를 질 수밖에 없었습니다.

　이브의 딸이었던 워드먼 부인은, 나는 그녀의 성격을 이렇게밖에 설명할 수 없는데—

　—"완벽한 여성이었기 때문에,"
차라리 50리그쯤 떨어져 있든가—혹은 그녀의 따뜻한 침대 속에 들어가 있든가—혹은 칼집 달린 나이프[7]를 가지고 놀든가—아니면 그 외 무슨 짓을 하든—집과 가구가 모두 그녀의 소유인 곳에서, 그녀의 주목을 받는 남자가 되는 것만은 반드시 피해야 할 일이었습니다.

　물리적으로 말해, 야외에서나 벌건 대낮에, 여자가 남자를 다양한

---

7 노골적인 성적 암시.

각도에서 관찰하는 경우에는 아무런 문제가 없지만—이런 경우, 아무리 해도, 자기 소유의 가재 도구 일습과 무엇인가 결부시키지 않고는 그를 생각할 수 없는 경우—이런 결합의 계속적인 반복으로, 결국 그는 그녀의 재산 목록에 삽입되어—

—속수무책이 되고 마는 것입니다.

그러나 이것은, 위에서 이미 밝힌 대로 방식의 문제도 아니고—신앙의 문제도 아니며—나는 다른 사람의 신앙에는 관심도 없을뿐더러—사실에 관한 문제도 아니고—내가 알고 있는 바로는, 연계적인 문제로서 다음 이야기의 서론이 됩니다.

제9장

나는 천의 거칠기나 청결함—혹은 그 질기기를 두고 말하는 것이 아니며—이번 일과 마찬가지로, 다른 일에 있어서도, 야간용과 주간용이 따로 있고, 하나가 다른 것보다 훨씬 길어, 그것을 입고 누우면, 주간용이 발에 훨씬 못 미치는 만큼, 야간용은 발을 덮어버립니다.

워드먼 부인의 야간용이 (윌리엄 왕과 앤 여왕 시대의 유행에 따른 것으로 보이는데) 바로 이런 식이었으며, 유행이 바뀌었다면, (사실 이탈리아에서는 사라졌으며)—시민들에게는 안된 일인 것이, 길이가 플랑드르식으로 2엘[8] 반에다, 보통 체격의 여성이라면, 반 엘을 절약할 수

---

8 엘은 길이를 재는 단위로서 약 68.6cm 정도.

있어서, 그것으로 무엇이든 만들 수 있었습니다.

과부 생활 7년 간 쓸쓸하고 황량한 밤을 수없이 보낸 끝에, 그녀에게는 한두 가지 탐닉하는 것들이 생기기 시작하였고, 서서히 다음과 같은 형편에 이르게 되었는데, 다름아니라, 지난 2년 간 지켜온 침실 의식들 가운데 하나로서—워드먼 부인은 잠자리에 들자마자, 다리를 침대 끝까지 뻗고, 항상 그렇듯이 브리지트에게 눈짓을 하면—브리지트는 적절한 예의를 갖추어, 발치께의 이불을 들치고, 위에서 말한 반 엘의 옷감을 잡아, 양손으로 부드럽게 끝까지 펼쳐, 간격을 똑같이 하여 서너 번 접어 올리고는, 소매에서 멋진 핀을 하나 꺼내, 뾰족한 끝이 그녀를 향하도록 하여, 접은 부분을 가장자리 바로 위에서 단단히 고정시켜, 발 밑에 잘 밀어넣고는, 여주인에게 밤 인사를 건넸습니다.

이 의식은, 별다른 변화 없이 지속되었으며, 춥고 비바람 부는 밤에, 브리지트가 그 일을 위해 침대 발치의 이불을 들칠 때면—온도계가 아닌 자신의 열정에 의지하여, 때로는 선 채로—때로는 무릎을 꿇고—혹은 웅크리고서, 그날 밤 그녀가 스스로에게, 그리고 여주인을 향하여 느끼는, 믿음, 소망, 자비심의 정도에 따라 실행했습니다. 어떤 관점에서 보아도 그 예법은, 기독교 세계에서 그중 완고한 침실의, 그중 오랜 관습에 견줄 만한 것이었습니다.

첫날 밤, 10시경, 상병이 토비 삼촌을 이층으로 안내하자마자—워드먼 부인은 안락의자에 몸을 던지며, 왼쪽 무릎 위에 오른쪽 다리를 포개고, 그 위에 팔꿈치를 기댄 채, 손바닥으로는 뺨을 받치고, 몸을 앞으로 기울이고는, 자정이 될 때까지 문제의 양면을 곰곰이 따져보았습니다.

둘째 날 밤에는 경대 앞으로 다가가, 브리지트에게 새 촛불을 두 개 가져와 그 위에 놓으라고 시키고는, 부부 재산 계약서를 꺼내 자세히 읽어보았습니다. 셋째 날 밤에는 (삼촌이 마지막으로 묵은 날) 브리지트가 잠옷을 내리고, 핀을 꽂으려 하자—

—양쪽 발뒤꿈치를 한꺼번에 찼는데, 이것은 그녀의 위치에서 가능한 가장 자연스런 발길질이었으며—****** ***를 정오의 태양으로 본다면, 북동쪽 발차기로서—브리지트의 손가락에 있던 핀을 차 떨어뜨렸으며—거기 매달려 있던 예법도—함께 땅에 떨어져, 수많은 조각으로 산산이 부서지고 말았습니다.

이 모든 것을 종합해볼 때 워드먼 부인은 토비 삼촌과 사랑에 빠진 것이 확실했습니다.

제10장

당시 토비 삼촌의 머리는 다른 일로 꽉 차 있었으며, 됭케르크 함락 이후, 유럽의 모든 국가들이 안정을 찾은 후에야, 여기 화답할 여가가 생겼습니다.

이것은 거의 11년 간의 정전을 (말하자면 토비 삼촌에게는 그랬다는 것이며—워드먼 부인에게는 공백을) 의미했습니다. 그러나 이런 일이 흔히 그렇듯이, 시간이 얼마나 흘렀든, 두번째 공격이 더 큰 타격을 가져오게 마련이기 때문에—나는 이것을 워드먼 부인과 토비 삼촌의 정사라고 부르기로 했으며, 토비 삼촌과 워드먼 부인의 정사라고 부르지 않은 것입니다.

이것은 명백한 차이가 있는 구분입니다.

낡은 모자 곧추세우기[9]와—곧추세운 낡은 모자처럼 각하들을 자주 혼란에 빠뜨리곤 했던 것과는 달리—본질적인 차이가 있습니다.

신사 양반들, 큰 차이가 있다는 것을 분명히 말씀드립니다.

제11장

사실 워드먼 부인은 토비 삼촌을 사랑했지만—토비 삼촌은 워드먼 부인을 사랑하지 않았기 때문에, 그녀는 어쩔 수 없이 삼촌을 계속 사랑하거나—혹은 그만두거나 할 수밖에 없었습니다.

그러나 워드먼 부인은 이렇게도 저렇게도 하지 않았습니다.—

—이런!—나도 그녀와 비슷한 형편이라는 것을 잊고 있었으니, 주야 평분시(平分時)에 가끔 그렇듯이, 지상의 어떤 여신이 이렇고, 저렇고, 요렇고 하여, 그녀 때문에 나는 아침 식사도 못 하고 있는데—그녀는 내가 아침을 먹든 말든 상관 않습니다—

—빌어먹을! 나는 그녀를 타르타로스로 보내고, 다시 타르타로스에서 *Terra del Fuogo*[10]로, 그리고 거기서 다시 악마에게로 보내, 말하자면 모든 지옥의 틈새로 그녀를 데려가 빠져나오지 못하게 합니다.

그러나 나는 마음이 여리고, 이런 열정의 조수의 간만은 1분 동안

---

9 5권 8장 주 29 참조.
10 남아메리카 대륙 남단의 다도해를 가리키는 것으로서, 직역하면 '불의 땅.'

에도 수없이 변하기 때문에, 즉시 그녀를 다시 데려오고, 극단적인 성향이 있는 나는, 그녀를 은하수 한가운데 모셔놓았습니다.—

빛나는 별이여! 그대 누군가를 감화시키리라——

——그녀와 그녀의 감화력도 악마가 가져가버렸으면 좋으련만——나는 그 말만 들어도 모든 자제력을 잃고 마니——그에게는 쓸모가 있지 않겠습니까!——털모자를 벗어, 손가락에 감아 돌리며 나는 이렇게 소리쳤습니다. 텁수룩하고 무시무시한 것에 맹세코 말하지만——나는 이런 것이라면 6펜스에 한 다스를 준다 해도 원치 않아!

——하지만 이 모자는 아주 쓸모가 있고 (나는 모자를 머리에 얹고, 귀에까지 눌러쓰며)——따뜻하고——부드러워, 잘 어루만지다 보면——그러나 아아, 슬프게도! 내게 그런 행운이 있겠습니까——(이렇게 해서 내 깨달음은 또다시 무너지고 말았으니)

——아니오, 나는 다시는 손가락을 파이 속에 넣지 않을 것이며[11] (여기서 그 은유도 그만두겠습니다).——

껍질과 부스러기

속과 겉

위와 아래——모두 증오하고, 싫어하고, 거부하며——보기만 해도 지겨울 정도입니다.——

게다가 후추,

    마늘

      타라곤

   소금, 그리고

  악마의 똥[12]으로——아침부터 밤까지, 불가에 앉아 우리를

---

11 스턴은 외설적인 의미로 사용했으나, 간섭한다는 의미도 있다.

위해 염증을 일으키는 요리만 하는, 위대한 요리사 중의 요리사가 만든 것이니, 나는 절대 손도 대지 않겠습니다.——
——오 트리스트럼! 트리스트럼! 제니가 소리쳤습니다.
오 제니! 제니! 내가 대답했습니다. 이렇게 해서 12장으로 넘어갑니다.

제12장

——내가 "절대 만지지 않을 것"이라고 말했나요——
아이고, 그 비유 때문에 내 머리가 얼마나 열에 들떴는지!

제13장

이 모든 것이 시사하는 바는, 각하님들과 성직자님들께서 어떻게 생각하시든 (사실, *생각이야*——누가 *하든*——이번 일을 비롯해 다른 어떤 문제에 있어서도, 비슷하게 마련이며)——사랑은, 적어도 알파벳순으로 말하자면, 세상에서 가장

---

12 아위(阿魏). 냄새가 아주 고약한 약이지만, 요리에도 사용했다.

A gitating

B ewitching

C onfounded

D evilish한 일이자——가장

E xtravagant

F utilitous

G alligaskinish

H andy-dandyish

I racundulous (K 없이) 그리고

L yrical, 인간의 감정 가운데 가장 그러하며, 동시에 가장

M isgiving

N innyhammering

O bstipating

P ragmatical

S tridulous

R idiculous[13]——사실 R이 먼저 와야 하지만——어느 날 아버지가 동일한 주제에 관한 긴 논설을 끝내며 삼촌에게 말한 것과 동일한 성질로서——"여기서는 환치법 없이 두 가지 개념을 함께 결합시킬 수는 없다네, 동생" 하고 그가 말했습니다——삼촌은, 그게 뭘 하는 거죠? 하고

---

[13] A gitating: 속을 태우고; B ewitching: 넋을 잃게 하고; C onfounded: 당황스럽고; D evilish: 무모한; E xtravagant: 터무니없고; F utilitous: 쓸모없고; G alligaskinish: 헐렁한 반바지 같고; H andy-dandyish: 먹국놀이 같고; I racundulous: 화를 돋우며; L yrical: 감상적이며; M isgiving: 불안스럽고; N innyhammering: 멍청하고; O bstipating: 변비에 걸리기 쉽고; P ragmatical: 독단적이며; S tridulous: 날카로운 소리를 내며; R idiculous: 엉터리없는.

물었습니다.
 말 앞에 있는 짐마차란 말이네 하고 아버지가 대답했습니다.──
 ──여기서 말이 무슨 상관이지요? 삼촌이 소리쳤습니다.──
 아무 상관도 없지 하고 아버지가 말했습니다. 들어갈 것인가──말 것인가 하는 것 외에는 말이야.
 이미 말씀드렸듯이, 워드먼 부인은 이렇게도 저렇게도 하지 않았습니다.
 그러나 그녀는 마구를 달고 화려한 말옷을 입고 만반의 준비를 갖춘 채 기회가 오기를 기다렸습니다.

제14장

 운명의 여신은, 과부 워드먼 부인과 토비 삼촌의 정사를, 물질과 운동이 창조될 무렵부터 염두에 두고 있었으며, 원인과 결과의 고리가 아주 단단히 매달려 있도록 (다른 때보다 훨씬 정성을 들여) 계획했기 때문에, 삼촌이 워드먼 부인의 집과 정원을 나란히 하고 있는 바로 그 집과 정원이 아닌, 세상의 다른 집에 기거한다거나, 그 외 기독교 세계의 다른 정원을 차지한다는 것은 불가능한 일이었으며, 뿐만 아니라 워드먼 부인의 정원에 있는, 울타리가 빽빽하게 둘러 있는 정자는, 삼촌의 정원 관목 울타리에 접해 있다는 이점 때문에, 사랑의 교전에 필요한 기회를 충분히 마련해주었으며, 그녀는 삼촌의 행동을 하나하나 관찰할 수 있었고, 게다가 그의 전쟁 자문 위원회 여성 위원이었던 그녀를 위해, 다른 사람을 의심하는 법이 없었던 삼촌은 상병을 시켜 브리지트의 중재를 통해, 연락용 쪽문을 만들어 그녀의 왕래를 용이하게 했기 때문에, 워드먼 부인은 보초막 바로 앞에까지 접근할 수 있었고, 공격을 손쉽게 할 수 있었을 뿐 아니라, 삼촌을 보초막 그대로 날려버릴 수도 있었습니다.

제15장

정말 안된 일이지만—남성을 지속적으로 관찰한 결과 확신하는 바에 따르면, 그의 양쪽 끝에 촛불처럼 불을 붙일 수 있다는 것이며—그렇게 하자면 심지가 충분히 솟아나와 있어야 하고, 그렇지 않다면—그것으로 끝이지만, 심지가 있다고 해도—밑에다 불을 붙이면,[14] 안타깝게도 불이 저절로 꺼지기 때문에—그 또한 그것으로 끝장나는 것입니다.

그러나 나는, 어느 쪽부터 탈지 스스로 선택할 수 있다면—짐승처럼 타는 것은 견딜 수 없기 때문이며—안주인에게 계속해서 꼭대기부터 불을 붙여달라고 부탁할 것이며, 그렇게 한다면 나는 초꽂이에까지 품위 있게 타내려갈 수 있을 것이며, 말하자면, 머리에서 심장으로, 심장에서 간장으로, 간장에서 창자로, 이렇게 정맥과 동맥을 거쳐, 장과 그 피막의 구석구석을 돌며 통과하여, 맹장에까지 타들어가는 것입니

---

14 양초를 양쪽에서 불을 붙인다는 말은 정력이나 재산을 낭비한다는 뜻.

다—

　——부탁입니다만, 슬롭 선생 하고 토비 삼촌은 어머니가 나를 해산하던 날 밤 아버지와 대화를 나누던 중, 그가 맹장을 언급하자 그의 말을 방해하며 물었습니다.——부탁입니다만, 맹장이 무엇인지 설명해주시지 않겠습니까, 이 나이가 되도록, 도대체 어디 붙어 있는 것인지도 모르겠으니 말이오.

　맹장은요 하고 닥터 슬롭이 대답했습니다. 회장과 결장 사이에 있는 것으로서——

　——우리 몸 속에 말이오? 하고 아버지가 말했습니다.

　——우리 남자들뿐 아니라, 여자들도 마찬가지지요. 닥터 슬롭이 소리쳤습니다.——

　그거야 내가 알 바 아니지요 하고 아버지가 말했습니다.

제16장

　——워드먼 부인은 두 가지 방식 모두 확실하게 활용하기 위해, 삼촌을 이쪽도 저쪽도 아닌, 난봉꾼의 촛불처럼, 가능한, 양쪽에서 한꺼번에 불을 붙이기로 결심했습니다.

　기병이든 보병이든 가리지 않고, 베니스의 병기고로부터 런던 타워에 이르는, 모든 군수 창고를(독점적으로), 워드먼 부인이 브리지트의 도움을 받아, 7년 동안 샅샅이 뒤졌다 해도, 토비 삼촌의 일로 그녀가 손쉽게 손에 넣은 것보다, 그녀의 목적에 부합하는 총탄막이나 방패를 찾아내지는 못했을 것입니다.

제가 아직 말씀드리지 않았다고 생각하는데——글쎄요——혹시 말씀드렸을지도 모르겠군요——그러나 어찌 되었든, 논쟁을 벌이고 있느니보다는, 한 번 더 말하는 편이 낫겠군요.——즉 작전 중에, 상병이 도시나 요새를 지을 때마다, 삼촌은 보초막 안에서, 좌측 벽에 그 지역의 평면도를 붙여놓고, 꼭대기는 두세 개의 핀으로 고정시키고, 아래는 그대로 두어, 필요할 때마다, 얼굴 가까이 끌어당겨 볼 수 있도록 했는데, 워드먼 부인은, 공격이 결정되면, 보초막 문 가까이 다가가서, 오른손을 뻗는 동시에 왼쪽 발을 끌어당겨, 그 지도인지, 평면도인지, 수직도인지, 하여튼 그것을, 목을 길게 빼고,——그녀 쪽으로 잡아당겼으며, 그때마다 삼촌은 기쁨에 들떠——즉시 지도의 다른 쪽 모서리를 왼손으로 잡고, 오른손에는 담뱃대를 들고, 설명에 들어갔습니다.

공격이 이 정도까지 진행되면,——워드먼 부인은 전술의 다음 단계로 접어들었으며——다음 단계는, 삼촌의 담뱃대를 그의 손에서 재빨리 빼앗는 것이었는데, 이것을 위해 온갖 구실이 다 동원되었지만, 대개, 토비 삼촌이 (불쌍하게도!) 미처 5, 6투아즈도 행군하기 전에, 그녀는 지도상에 있는 특정한 각면보 혹은 흉벽에 관심을 보였습니다.

——그럴 때면 삼촌은 집게손가락을 사용할 수밖에 없었습니다.

결과적으로 공격은 변화를 겪게 되었는데, 처음에 그랬던 것처럼, 그녀의 집게손가락 끝이 토비 삼촌의 담뱃대 끝을 마주했더라면, 그의 전선이 단에서 브엘세바[15]까지 이어졌다 해도, 그녀는 아무 일 없이 전진했겠지요. 말하자면 담뱃대 끝은 혈온이나 체온을 전달하지 못하며 아무런 감정도 자아낼 수 없을 뿐 아니라——가슴 두근거리는 열정을

---

15 상투적인 성서 표현으로서, 가나안 땅을 북쪽에서 남쪽으로 잇는 경계선.

전달할 수도—화답하며 받아들일 수도 없고—다만 연기를 피울 수 있기 때문입니다.

그러나 그녀는 집게손가락으로 삼촌의 집게손가락을 바싹 쫓아가며, 모퉁이를 수없이 돌아 들쭉날쭉 그의 보루를 통과하면서—때로는 그의 손가락에 옆으로 기댔다가—손톱 위를 지나갔다가—여기를 건드렸다—저기를 건드렸다 하며—최소한 무엇인가 꿈틀거리도록 만들었습니다.

그러나 몸체에서 멀리 떨어진, 이 사소한 충돌들은, 결국 몸 전체를 끌어들이게 되었는데, 보초막의 벽면에 붙어 있던 지도가, 자주 미끄러져 떨어지는 바람에, 순진했던 삼촌은, 손바닥을 지도에 대고 설명을 계속하곤 했는데, 워드먼 부인은 생각만큼이나 빠른 기동력으로, 그녀의 손을 항상 그 옆에 갖다 놓았으며, 이것으로서, 어떤 감정이든 반복적으로 통과할 수 있을 만큼 충분히 넓은 통신 수단이 단번에 열려, 누구든 사랑 행위의 기초적이고 실제적인 부분에 능숙한 사람이라면, ……의 기회로 활용할 수 있었습니다.

그녀는 집게손가락을 (아까와 같이) 삼촌의 집게손가락 옆에 나란히 놓아—엄지손가락도 어쩔 수 없이 전투를 개시하게 만들었으며—집게손가락과 엄지손가락이 교전을 시작하자, 자연히 손 전체가 참전하게 되었습니다. 토비 삼촌! 삼촌의 손은 우세한 위치에 놓이는 법이 없었으며—워드먼 부인은 계속해서 손을 잡거나, 부드럽게 밀치거나, 끌어당기거나, 살짝 누른다거나 하며, 가능한 모든 손의 움직임을 동원하여, 삼촌의 손이 그녀의 접근을 방해하지 않는 한, 항상 가장 가까운 곳을 누르고 있게 만들었습니다.

이런 일이 진행되고 있는 동안, 그녀는, 보초막 바닥 부근에서 삼촌의 종아리를 부드럽게 누르고 있는 것이, (다른 사람이 아닌) 그녀의 다리라는 사실을, 삼촌이 알아채도록 했으며——삼촌은 이런 공격에다 양쪽 날개까지 결박된 상태였으니——이따금 그의 중심이 혼란에 빠지는 것은 당연하지 않겠습니까?——

——빌어먹을! 하고 토비 삼촌이 말했습니다.

제17장

이와 같은 워드먼 부인의 공격들은, 각각 다른 성격을 띠고 있었는데, 이것은 역사 속에서 흔히 발견되는 여느 공격들과 마찬가지라고 할 수 있으며, 동일한 근거를 바탕으로 했습니다. 일반적인 구경꾼들은, 굳이 공격이라고 여기지 않았을 수도 있고——설사 그렇게 여겼다 해도, 혼란스럽게 보이기만 했겠지만——나는 이런 사람들을 위해 글을 쓰는 것이 아닙니다. 그 공격들에 대해서는, 기회가 오면, 좀더 자세히 밝히겠지만, 최소한 몇 장은 지나야 하며, 지금 말씀드리고 싶은 것은, 아버지가 서류나 설계도 같은 것을 돌돌 말아 만들어놓은 꾸러미 속에, 부셍의 평면도[16]가 완벽하게 보존되어 있으며 (이 평면도는 내게 무엇이든 보존할 능력이 있는 한, 그대로 간직될 것이며) 그 오른쪽 아래 모서리 부분에 코담배가 밴 손가락 자국이 있는데, 그 임자가 워드먼 부인이라는 것은 분명한 사실이며, 토비 삼촌이 차지하고 있었다고 생각되는 반대편 가장자리는, 아주 깨끗한 상태로 남아 있습니다. 이 평면도는 위에

---

[16] 1711년 8월 부셍 공략은 말버러 공작의 위대한 업적 가운데 하나로 꼽힌다.

언급한 공격에 대한 확실한 증거로서, 양쪽 구석에는 거의 메워진, 그러나 아직 선명하게 보이는, 구멍 두 개의 흔적이 있는데, 평면도를 보초막에 고정시켰던 구멍들이 분명합니다.——

이 세상의 모든 성스러운 것에 맹세코! 나는 이 귀중한 유물을, 그 성흔과 찔린 흔적 그대로, 로마 가톨릭 교회의 어떤 유물보다 소중하게 생각하고 있으며——다만 내가 이런 글을 쓸 때마다, 한 가지 예외로 삼는 것이 있다면, 사막에서 성 *라다군다*의 몸을 찔렀던 가시로서, 페스에서 클뤼니[17]로 가는 길을 여행하다 보면, 동일한 이름의 수녀들이 그 가시를 기꺼이 보여줄 것입니다.

제18장

나리, 이제 다 끝났습니다 하고 트림이 말했습니다. 요새는 대충 파괴되었고——정박거(碇泊渠)는 방파제와 같은 높이가 되었습니다.——그래, 그런 것 같군 하고 토비 삼촌이 한숨을 삭이며 말했습니다.——트림, 조약서가 거실에 있으니 이리 들어오게——탁자 위에 있어.

지난 6주 간 그 위에 있었지요 하고 상병이 대답했습니다. 그런데 바로 오늘 아침에 할멈이 불쏘시개로 썼습니다.——

——그렇다면 우리는 더 이상 할 일이 없군 하고 삼촌이 말했습니다. 나리, 일이 많을수록 고통스러울 뿐이지요 하고 상병이 대답했습

---

17 페스fesse와 클뤼니cluny는 각각 프랑스어와 라틴어로 '엉덩이' 라는 뜻이다.

니다. 이렇게 말하며 옆에 놓인 삽을 손수레에 던져 넣는 상병의 태도는, 우울함의 극적인 표현이었으며, 그가 느릿느릿 몸을 돌려 곡괭이와 삽, 말뚝, 그리고 그 외 온갖 장비들을 현장에서 막 옮기려던 참에 ──아아! 하는 소리가 보초막에서 들려왔으며, 얇은 전나무 널빤지를 통해 그 소리가 울려, 그의 귀에 더욱 슬프게 들렸으며, 트림은 일손을 멈추었습니다.

──아니야 하고 상병이 중얼거렸습니다. 내일 아침 나리께서 일어나기 전에 치우는 것이 좋겠어. 그래서 그는 삽을 손수레에서 다시 꺼내, 제방 아래를 다지기라도 하려는 듯, 흙을 조금 떴으나──사실은 주인에게 좀더 가까이 다가가, 그의 기분을 달래주려는 것이었으며──그는 삽으로 뗏장 하나를 느슨하게 하더니──가장자리를 다듬고, 삽 등으로 한두 번 내려친 뒤, 삼촌의 발 옆에 앉아 이렇게 말했습니다.

제19장

정말 고통스런 일이었지요, 나리──사실 군인으로서 다소 어리석은 이야기를 하려는 참입니다만.──

군인으로서라고 하고 토비 삼촌이 그의 말을 막으며 소리쳤습니다. 트림, 군인들이 어리석은 소리를 하도록 허용되는 정도는, 학자들과 마찬가지라네.──그러나 나리, 그들처럼 그렇게 자주 해서도 안 되겠지요 하고 상병이 말했습니다.──삼촌은 고개를 끄덕였습니다.

정말 고통스런 일이었습니다. 상병은, *세르비우스 술피키우스*[18]가 아시아를 돌아나오며 (에기나에서 메가라로 항해할 때) 코린트와 피레우스를 돌아보았던 것처럼, 눈을 됭케르크 시와 그 방파제로 돌리며 말했습니다.―

― "이 보루들을 파괴하는 일은, 정말 고통스러웠습니다, 나리― 그러나 그대로 두는 것도 마찬가지겠지요."―

―자네 말이 맞네, 트림, 두 가지 경우 모두 그렇지 하고 삼촌이 말했습니다.―바로 그 때문이었지요 하고 상병이 얘기를 계속했습니다. 처음 파괴를 시작할 때부터 끝까지―휘파람을 불거나, 노래를 하거나, 웃거나, 울거나, 과거의 업적을 이야기하거나, 혹은 나리께 재미있든 재미없든 어떤 이야기도 하지 않은 것은 바로 그 때문이었습니다.―

―자네는 재주도 참 많네, 트림 하고 삼촌이 말했습니다. 이야기하는 재주도 좋아서, 내가 고통받고 있을 때면 나를 즐겁게 하기 위해, 또한 내가 수심을 띠고 있을 때면 기분 전환을 시켜주기 위해 자네가 내게 들려준 이야기들 가운데―재미없는 것은 하나도 없었으니 말이야.―

―나리, 그 이유는, *보헤미아 왕과 일곱 성 이야기* 말고는,―모두 사실을 다룬, 나에 관한 이야기였기 때문입니다.―

그래서 나는 자네 이야기뿐 아니라 그 주인공도 좋아하네, 트림 하고 삼촌이 말했습니다. 그런데 그 이야기는 도대체 어떤 내용인가? 정말 궁금한걸.

말씀드리지요, 나리 하고 상병이 말했습니다.―다만 말이네 하고 삼촌은 됭케르크와 그 제방을 진지한 눈빛으로 바라보며 말했습니다.

---

18 5권 3장 주 20 참조.

―흥겨운 이야기는 아니었으면 하는데, 그런 이야기를 들을 때는, 재미의 반은 듣는 사람이 제공하게 마련인데, 지금 내 기분으로 보아서는, 트림, 자네는 물론, 자네 이야기에도 부당한 일이라는 생각이네.―흥겨운 이야기는 절대 아닙니다 하고 상병이 대답했습니다.―너무 우울한 이야기도 싫구먼 하고 삼촌이 덧붙였습니다.―이쪽도 저쪽도 아니지요. 상병이 대답했습니다. 그러나 나리께 딱 어울리는 이야기입니다.―그렇다면 자네에게 진심으로 감사해야겠네 하고 삼촌이 외쳤습니다. 트림, 어서 시작해보게.

상병은 공손하게 인사를 했으나, 부드러운 몬테로 모자를 우아하게 벗어 보이는 일은 생각처럼 쉽지 않았으며―게다가 바닥에 쪼그리고 앉아, 늘 하는 것처럼, 존경심이 넘치는 인사를 하는 일도 곤란하기는 마찬가지였지만, 그는 주인을 향하고 있던 오른손바닥을, 인사를 제대로 하기 위해, 잔디 위로 미끄러지듯, 몸의 뒤편으로 빼며―동시에, 왼쪽 엄지손가락과 집게손가락으로, 모자에 무리하지 않을 정도의 힘을 가하여, 모자의 직경이 줄어들게 했으며―품위 있게 벗었다기보다는―그냥 쥐어짰다고 하는 편이 옳겠지만―이렇게 하여 상병은, 그런 자세로는 기대한 것보다 훌륭하게, 한 가지 일을 해치우고, 어떤 말투로 시작해야 이야기가 가장 잘 풀리고, 주인의 기분에도 어울릴까 생각하며, 헛기침을 두어 번 하고는―주인과 다정한 눈빛을 교환하고, 이렇게 시작했습니다.

보헤미아 왕과 일곱 성 이야기

옛날 어떤 보--왕――

상병이 막 보헤미아 땅으로 들어가려던 참에, 토비 삼촌이 잠깐 멈추라는 손짓을 했는데, 다름 아니라, 지난 장에서 몬테로 모자를 벗어, 땅바닥에 놓아두었기 때문에, 트림이 맨머리로 출발했던 것입니다.

——선량한 눈은 모든 것을 감지하는 법이며——상병이 이야기의 처음 대여섯 마디도 들어가기 전에, 삼촌은, 뭔가 물어보려는 듯이, 지팡이 끝으로 몬테로 모자를, 두어 번 건드렸으며——이렇게 말하는 것 같았습니다. 트림, 왜 모자를 쓰지 않는 거야? 트림은 정중한 태도로 천천히 모자를 집어들었으나, 동시에 부끄럽다는 듯한 눈빛으로, 모자 앞부분에 놓인 수를 쳐다보다가, 무늬의 중심에 있는 잎사귀와 도드라진 부분이 몹시 바래고 닳았다는 것을 깨닫고, 모자를 다시 양쪽 발 사이에 내려놓고, 이 물건이 주는 교훈을 생각해보았습니다.

——트림, 이 말은 정말 옳은 말이라고 생각하는데 하고 토비 삼촌이 말을 꺼냈습니다. 자네는——

"이 세상에 영원한 것이란 아무것도 없다"라는 말을 경험한 셈이네.

——그러나, 사랑하는 톰의 사랑과 추억의 징표가 닳아 없어진다면, 어떻게 하겠습니까? 하고 트림이 외쳤습니다.

아무런 할 말이 없겠지, 트림 하고 삼촌이 말했습니다. 트림, 세상 끝날까지 고민을 한다 해도, 더 이상 할 말은 없다고 생각하네.

상병은 삼촌의 판단이 옳다고 여기며, 모자에 대해 이보다 더 순수한 교훈을 이끌어내는 것은 불가능하다고 생각하며, 아무 말 없이 모자를 쓰고, 논제와 이론 사이에서 이마에 생긴 수심 어린 주름살을 손으로 훔쳐 지우며, 아까와 동일한 표정과 목소리로 보헤미아 왕과 일곱 성 이야기로 돌아갔습니다.

보헤미아 왕과 일곱 성 이야기, 계속

옛날 보헤미아에 어떤 왕이 있었는데, 그러나 나리, 그의 시대 외에 다른 왕에 대해서는 말씀드릴 것이 아무것도 없습니다—

트림, 그러기를 바라지도 않네, 않고말고 하고 삼촌이 말했습니다.

—나리, 때는 거인들의 번식이 줄어들 무렵이었고,—서기 몇 년이었는지는—

—알고 싶지도 않네 하고 삼촌이 말했습니다.

—나리, 다만, 이야기를 사람들이 듣기 좋게 하기 위해—

—트림, 자네 이야기이니, 장식도 자네 마음대로 하고, 아무 날짜나 잡게. 토비 삼촌은 그에게 다정한 눈길을 보내며 말했습니다.—자네가 원하는 어떤 날짜든 선택하여 사용하게—대환영이네—

상병은 고개를 숙여 보이며, 각 세기마다, 그리고 각 세기의 해마다, 태초에 세상이 창조될 때부터 노아의 홍수까지, 노아의 홍수에서부터 아브라함의 탄생까지, 그리고 족장들의 순례를 거쳐, 이스라엘 사람들이 이집트에서 떠날 때까지—그리고 그 외 모든 왕조들과 올림피아드, 우르베콘디타,[19] 또한 세상 여러 민족들의 기릴 만한 시대들과, 그리스도의 도래, 그리고 그때부터 상병이 이야기를 하고 있는 바로 그 순간까지—이 광대한 시간의 제국과 그 모든 심연들을 토비 삼촌이 그의 발 앞에 두었다 해도, 관용의 여신이 양손을 벌려 권하는 것을 겸손의 여신은 손가락 하나도 건드리지 않는 법이라—상병은 그 가운데서 *최악의 해*를 선택하는 것으로 만족했는데, 다수당과 소수당의 여러 각하들께서 '그해가 최악의 해인지 아닌지' 논쟁을 벌이느라고 뼈에서 살을 뜯어내며 싸우는 사태를 막기 위해,—분명히 그렇다고 말씀드리는

---

19 Urbecondita(로마 창건).

것입니다만, 독자께서 생각하시는 그런 이유 때문은 아닙니다—
—그해는 그와 가장 가까운 해였으며—서기 1712년, 오르몬드 공이 플랑드르를 짓밟은 해로서—상병은 그해를 선택하여 보헤미아 원정을 새로 시작했습니다.

보헤미아 왕과 일곱 성 이야기, 계속

나리, 서기 1712년에,—
—솔직히 말해서, 트림 하고 삼촌이 말했습니다. 아무 날짜든 다른 해였다면 더욱 좋았을 뻔했네, 그해에는, 파겔이 놀랄 만한 기세로 공격을 감행했음에도 불구하고, 군대를 철수시켜 케누아 공략을 포기함으로써, 우리 역사에 슬픈 오점을 남겼을 뿐 아니라—트림, 자네가 하려는 이야기만 해도—지금까지 들은 걸로 추측건대—만약 거인들이 있었던 시대라면—
딱 한 명 뿐인걸요, 나리.—
—스무 명이라도 마찬가지네 하고 삼촌이 대답했습니다.—비평가들이나 그 외 다른 사람들의 비난이 그에게 미치지 못하도록, 7, 8백 년 전으로 거슬러 올라가는 편이 좋을 것 같으니, 그 이야기를 할 기회가 또 온다면 그렇게 하라고 권하고 싶네.—
—나리, 제가 이 이야기를 한 번이라도 끝낼 수 있다면, 남자든, 여자든, 아이든, 누구에게도 다시는 하지 않을 생각입니다—삼촌이, 흠!—흠! 하며 콧소리를 냈습니다—그러나 그 소리는 부드럽게 격려하는 투였기 때문에, 상병은 다시없는 활기를 띠며 이야기를 시작했습니다.

보헤미아 왕과 일곱 성 이야기, 계속

나리, 옛날 보헤미아에 어떤 왕이 있었습니다 하고 상병은 양쪽 손바닥을 기분좋게 비비며 목소리를 높여 이야기를 시작했습니다.—

—날짜는 아예 빼버리게, 트림. 삼촌은 몸을 앞으로 기울이며, 그를 방해한 것을 무마시키려는 듯, 상병의 어깨에 부드럽게 손을 얹으며 말했습니다.—확실하지 않다면 아예 빼버리게, 트림, 그런 세부 사항 없이도 이야기는 잘 굴러가게 마련이라네.—확실하냐고요! 상병은 이렇게 말하며 고개를 저었습니다.—

그래, 트림, 그리 쉬운 일은 아니지 하고 삼촌이 말했습니다. 자네나 나처럼 군인으로 살아온 사람은, 이런 문제를 확인하기 위해, 머스킷 총 앞으로나, 혹은 배낭 뒤로 쳐다보는 법이 거의 없기 때문이네—하나님, 나리를 축복하소서! 상병은 토비 삼촌의 논리뿐 아니라, 그가 논리를 펴는 방식에도 감명을 받아 소리쳤습니다. 군인들에게는 다른 할 일이 있지요, 작전을 수행하거나, 행군을 하거나, 수비대에서 근무 중이 아니라면, 화승총을 닦고—군장을 챙겨야 하며—연대복을 수선하고—면도와 세면을 하여, 항상 열병식에 참가하는 것처럼 보여야 하니, 군인들이 *지리학*까지 알아야 할 필요가 어디 있단 말입니까? 하고 상병은 의기양양하게 말했습니다.

—*연대학*이라고 해야지, 트림 하고 삼촌이 말했습니다. 지리학이라면 군인에게 반드시 필요하고, 직업상 그가 가야 하는 모든 국가들과 국경선들을 잘 알고 있어야 하며, 읍, 면, 마을, 시, 그리고 그리로 이어지는 모든 수로와 도로, 골짜기, 그가 지나가는 강과 개울의 이름을 바로 알고 있어야 하며—그 근원지가 어디인지—어떤 경로로 흐르는지—항해는 할 수 있는지—또한 걸어서 건널 수 있는 곳과—없는 곳은

어디인지 알아야 하며, 모든 지역의 생산력을 비롯해, 쟁기질하는 농부가 누구인지도 알아야 하며, 군대가 행진하는 모든 평원과 좁은 골짜기, 성채, 오르막길, 숲, 습지를 제대로 설명할 수 있어야 하고, 필요하다면, 정확한 지도도 묘사할 수 있어야 하며, 그 지방의 소산물과 식물, 광물, 물, 동물, 절기, 기후, 열기와 냉기, 인종, 관습, 언어, 정책, 종교까지도 알고 있어야 한다네.

그렇지 않았다면 어떻게 가능했겠나, 상병. 토비 삼촌은 보초막 안에서 일어나, 이 대목에서 흥분하기 시작하며 말했습니다.—즉 말버러 경이 어떻게 군대를 뫼즈 강 유역에서 벨부르크로, 벨부르크에서 케르페노르드로—(상병은 더 이상 앉아 있을 수가 없었으며) 케르페노르드에서 칼사켄으로, 칼사켄에서 뉴도르프로, 뉴도르프에서 랜든부르크로, 랜든부르크에서 밀덴하임으로, 밀덴하임에서 엘힝겐으로, 엘힝겐에서 긴겐으로, 긴겐에서 발메르호펜으로, 발메르호펜에서 스켈렌부르크로 진군시켜, 그곳에서 적군의 요새를 공격하고, 그 기세를 몰아 다뉴브 강을 통과하고, *레흐* 강을 건너—군대를 제국의 심장부로 진격시켜, 그 선두에 서서 프라이부르크, 호켄베르트, 슌벨트를 지나, 블렌하임과 호크스테트의 평원까지 갔다는 것을 알 수 있었겠나?—상병, 그는 훌륭한 인물이었지만, *지리학*의 도움 없이는, 단 한 발자국도 진격하지 못했을 뿐 아니라, 하루도 행군하지 못했을 것이네.—그러나 트림, 연대학은 전혀 다른 문제라네. 삼촌은 냉정을 되찾으며 보초막에 앉아 얘기를 계속했습니다. 내 생각에는 이 학문이야말로 군인들에게 가장 소용이 없는 학문으로서, 화약이 언제 발명되었는지 결정하는 일 외에는 아무런 쓸모가 없는데, 화약의 가공할 파괴력은, 우레 같은 소리를 내며 우리에게 새로운 군사적 진보의 시대를 열어주었으며, 해상에서든 육지에서든 공격과 방어의 본질을 완전히 변형시켰고, 결과적으로 새로운 기술과 기량이 수없이 소개되었으니, 누구든 화약이 언제 발명되었는지 확인하려 든다고 해서 지나치게 꼼꼼하다고는 할 수 없으며, 어떤 훌륭한 인물이 화약을 발명했는지, 또한 어떤 계기로 탄생되었는지 알고 싶어한다고 해서 지나치게 호기심이 많다고도 할 수 없는 일이지.

이 자리에서 역사가들이 합의한 사실을 논박하려는 것은 아니네. 삼촌이 얘기를 계속했습니다. 그들이 내린 결론에 따르면, 서기 1380년 샤를 4세의 아들, 벤켈라우스의 치세하에 ─ 슈바르츠라는 이름의 사제가, 제노바인들과 전쟁 중에 있던 베니스인들에게, 화약의 사용법을 가르쳐주었다고 하네, 그러나 확실한 것은, 그가 최초의 인물은 아니었으며, 레온의 주교 돈 페드로의 말이 맞다면 ─ 나리, 그런데 어떻게 사제들과 주교들이 화약에 그리 관심이 많았단 말씀입니까? 그거야 하나님만이 아시겠지 하고 삼촌이 대답했습니다 ─ 그분은 모든 것에서 선을 찾으시는 분이니 말이야 ─ 그 주교가, 톨레도를 정벌한 알폰수스 왕의 연대기에서 주장하는 바에 따르면, 그보다 37년 전인, 1343년 이미 화약의 비밀이 널리 알려져 있었고, 무어인들과 기독교인들이, 해상전에서뿐 아니라, 당시 스페인과 바르바리에서 감행되었던 역사적인 포위 공격에서도 화약이 성공적으로 사용되었다고 하네 ─ 또한 수도사 베이컨이 화약에 대한 자세한 기록을 남겨, 고맙게도 슈바르츠가 태어나기 150년 전에, 그 제조법을 세상에 알려주었지 ─ 그리고 중국인들로 말하자면, 그들은 우리를, 아니 무엇보다 화약에 대한 우리의 기록을 부끄럽게 만들고 있는데, 그보다 수백 년 전에 이미 화약을 발명했다고 하네 ─

─ 모두 거짓말쟁이들입니다 하고 트림이 소리쳤습니다 ─

─ 어쨌든 그 일에 관해서는 나도 그들이 뭔가 잘못 알고 있는 것이 분명하다고 생각하고 있네 하고 삼촌이 말했습니다. 오늘날 중국의 형편없는 축성법으로 미루어 명백한 일이며, 그저 해자에다 측면 보루

도 없는 벽돌벽이 전부이고—각 모퉁이마다 있는 능보는 미개하기 짝이 없어, 마치——일곱 개의 성 중 하나같이 말이지요, 나리 하고 트림이 덧붙였습니다.

적당한 예를 찾지 못해 망설이고 있던 삼촌은, 트림의 제안을 정중히 거절했으나—보헤미아에 성이 여섯 개나 더 있는데, 어떻게 처치해야 할지 모르겠다는 말을 듣고—그의 유머스런 말솜씨에 감명을 받아—삼촌은 화약에 대한 논설을 그만두고—상병에게 즉시 보헤미아 왕과 일곱 성 이야기를 시작하도록 지시했습니다.

보헤미아 왕과 일곱 성 이야기, 계속

이 불행한 보헤미아 왕은 하고 트림이 얘기를 시작했습니다.—그렇다면 그는 불행했단 말인가? 하고 토비 삼촌이 외쳤습니다. 그는 상병에게 계속하기를 권하긴 했지만, 화약을 비롯한 그 외 군사 작전에 관한 논설에 너무나 열중해 있었기 때문에, 그가 여러 번 트림을 방해했다는 사실이, 그 형용사를 그대로 지나칠 만큼, 삼촌의 뇌리 속에 박혀 있지는 않았습니다—그렇다면 트림, 그는 불행했단 말인가? 삼촌이 측은하게 물었습니다—상병은 먼저 그 말과 그와 비슷한 모든 말에 저주를 퍼부으며, 보헤미아 왕 이야기의 중요한 내용들을 마음속으로 되새겨보기 시작했는데, 아무리 해도 세상에서 가장 행복한 사람으로밖에 생각되지 않았기 때문에—상병은 그만 말문이 막혀버리고 말았습니다. 그러나 스스로 사용한 형용사를 철회하기도 싫었지만—그보다 그것을 설명하기는 더욱 싫었으며—게다가 논리를 위해 (학자들처럼) 이야기를 왜곡시키기는 더더구나 싫었기 때문에—도움을 청하는 눈빛으로 삼촌을 쳐다보았으나—그가 바로 그 대답을 기다리며 앉아 있

는 것을 보고는──음음, 에에 하며 우물거리다가, 얘기를 계속했습니다──

나리, 보헤미아 왕이 불행했던 이유는──그는 항해와 해상에 관한 것이라면 무엇이든 관심이 많았고 즐겼으나──우연히도 보헤미아 왕국 전체에 항구라고는 하나도 없었기 때문에──

당연한 일이 아닌가──트림? 하고 삼촌이 소리쳤습니다. 보헤미아는 육지로 둘러싸여 있으니 그럴 수밖에 없지──하나님의 뜻이라면 있을 수도 있지요 하고 트림이 말했습니다──

토비 삼촌은 신의 존재와 본질에 대해 얘기할 때면 항상 조심스럽고 망설이는 태도를 취했습니다──

──내 생각은 그렇지 않네. 삼촌은 잠시 주저하다가 말을 이었습니다──내가 말한 대로 내륙인 데다, 동쪽에는 실레지아와 모라비아가, 북쪽에는 루사티아와 작센 북부가, 서쪽에는 프랑코니아가, 남쪽에는 바이에른이 있기 때문에, 보헤미아는 보헤미아가 되기를 그만두지 않고는 바다로 내달릴 수가 없으며──반면 바다도, 독일의 대부분을 물에 잠기게 하여 힘없는 불쌍한 주민들을 수없이 희생시키지 않고는, 보헤미아까지 올 수 없다네──그럴 리가! 하고 트림이 소리쳤습니다─그렇게 본다면, 트림 하고 삼촌이 조용히 덧붙였습니다. 아버지 되신 분이 그 정도로 동정심이 없다고는──트림──그런 일이 가능하다고는 생각하지 않네.

상병은 진실한 깨우침에 목례로 답하고는, 얘기를 계속했습니다.

어느 청명한 여름날 밤 보헤미아 왕과 그의 왕비, 그리고 신하들이 우연히 산책을 나왔다가──그래! 트림, 우연히라는 말이 맞네, 보헤미아 왕과 그의 왕비가 산책을 나왔을 수도, 혹은 그렇게 하지 않았을 수도 있으니,──운명의 지시에 따라, 일어날 수도, 일어나지 않을 수도 있는, 우발적인 일이란 말이지.

나리, 윌리엄 왕께서는 세상 모든 일은 필연적인 것이라고 하시며, 병사들에게 종종 말씀하시기를, "총알에 맞는 것도 팔자소관이다"라고 하시지 않았습니까. 정말 훌륭한 분이었지 하고 삼촌이 말했습니다——저도 그렇게 생각합니다 하고 트림이 얘기를 계속했습니다. 랑덴에서 나를 불구로 만들었던 그 총알이 내 무릎을 겨냥했던 이유는, 바로 내가 군복무를 그만두고, 나리를 섬기고, 노년을 좀더 편안히 보내기 위한 것이었습니다——반드시 그렇게 될 것이네, 트림 하고 삼촌이 말했습니다.

주인과 하인의 마음이, 동시에 갑작스런 충만감으로 넘쳐,——잠시 침묵이 흘렀습니다.

뿐만 아니라 하고 상병이 다시 얘기를 시작하며——훨씬 쾌활한 어조로 말했습니다——나리, 그 총알 한 방이 아니었더라면, 저는 평생 사랑에 빠져보지도 못했겠지요——

그래, 자네가 사랑에 빠진 적이 있단 말이지, 트림! 삼촌이 미소를 지으며 말했습니다——

함빡 빠졌었지요, 나리! 상병이 대답했습니다——옴짝달싹 못하게요! 정말인가, 언제? 어디서?——어떻게 그런 일이 있었단 말인가?——나는 그런 얘기는 한마디도 들은 적이 없는데 하고 삼촌이 말했습니다. ——솔직히 말씀드리자면, 우리 연대의 고수들과 상병들은 모두 그 사연을 잘 알고 있었지요 하고 상병이 말했습니다——그렇다면 나도 알아야겠는걸——하고 토비 삼촌이 말했습니다.

나리께서도 랑덴 전투[20]에서 우리 군대와 병사들이 겪었던 참패와 혼란을 잘 기억하고 계시리라고 생각하는데, 모두들 스스로 자신을 지

---

20 5권 21장 주 46 참조.

킬 수밖에 없는 형편이었을 뿐 아니라, 우리 부대의 엄호 아래 니어스피켄 다리를 건너 후퇴했던, 윈덤, 럼리, 골웨이의 연대가 아니었더라면, 국왕 폐하께서도 무사하지 못했을 것이며—나리께서도 아시다시피, 사방에서 맹렬한 공격을 받지 않았습니까—

용감한 분이었지! 삼촌은 흥분하며 말했습니다—상병, 바로 그때 그분이, 완전히 패배한 상태에서, 남아 있는 영국 기병대를 전진시켜, 우측을 도와 룩셈부르크의 이마에서 월계관을 빼앗기 위해, 좌측으로 말을 달려 내 앞을 지나갔으며—어깨띠의 장식이 총에 맞아떨어진 채, 곤경에 빠진 골웨이의 연대에 새로운 기운을 불어넣어주며—전선을 따라 달리다가—방향을 바꾸어, 적진의 선두에 있던 콩티를 향해 돌진하지 않았나—용감하고! 용감하도다! 하고 삼촌이 소리쳤습니다—정말로 왕관이 어울리는 분이 아닌가—도둑에게 교수대의 밧줄이 어울리듯이 말이지요 하고 트림이 소리쳤습니다.

토비 삼촌이 상병의 충절을 알고 있었기에 망정이지,—사실 그 비유는 전혀 그의 마음에 들지 않았으며—상병도 불만스럽기는 마찬가지였으나—취소하지도 못하고—계속할 수밖에 없었습니다.

부상자들의 수가 엄청났고, 모두들 자신의 안전밖에는 생각할 여유가 없었으나—털마쉬는 보병들을 신중하게 후퇴시켰지—그러나 저는 전장에 남아 있었는걸요 하고 상병이 말했습니다. 자네는 그랬지, 가엾은 친구! 하고 삼촌이 대답했습니다—저는 다음날 정오가 되어서야 교환되었고, 병원으로 가기 위해, 열댓 명의 다른 병사들과 함께 수레에 실렸지요.

나리, 우리 몸에서 무릎의 상처만큼 극심한 고통을 주는 곳은 없으며—

샅을 제외하고 말이지 하고 삼촌이 말했습니다. 나리, 무릎에는 수

많은 근육과 이름 모를 온갖 것이 모여 있기 때문에, 우리 몸 가운데 그중 예민한 부분이라고 생각합니다 하고 상병이 말했습니다.

마찬가지 이유로, 샅이 훨씬 더 민감하단 말이네―근육을 비롯해 이름 모를 온갖 것이 (나도 명칭에 대해서는 자네나 한가지로 문외한이니)―그 주위에 모여 있으며―게다가 * * * ―

그때까지 자기 집 정자에 있었던 워드먼 부인은―순간적으로 숨을 멈추었으며―모자 끈을 턱밑에서 풀고, 깽깽이를 하고 섰습니다―

토비 삼촌과 트림 사이의 논쟁이 우호적이고 대등한 기세로 한동안 지속되다가, 마침내 트림은, 그가 주인의 고통에 대해 슬퍼한 적은 많았으나, 본인의 상처에 대해서는 눈물 한 방울 흘린 적이 없다는 사실을 깨닫고―자신의 주장을 철회하려 했으나, 삼촌이 허락하지 않았으며―삼촌은, 입증된 것이라고는 너그러운 자네 성품밖에 없네 하고 말했습니다―

결국 샅의 상처가(cæteris paribus)[21] 무릎의 상처보다 고통스러운가―혹은

무릎의 상처가 샅의 상처보다 고통스러운가 하는 문제는―오늘날까지도 해결되지 않고 남아 있게 되었습니다.

---

[21] 다른 여건이 동등하다면.

제20장

내 무릎의 고통은 아주 심했지요, 라며 상병이 얘기를 계속했습니다. 게다가 갈라질 대로 갈라진 메마른 길 때문에 수레가 몹시 흔들려 —고통은 더욱 심했고—나는 죽을 지경이었습니다. 피를 많이 흘리고, 간호도 받지 못한 채, 열까지 오르는 바람에—(가엾게도! 하고 삼촌이 말했습니다) 말하자면, 나리, 도저히 견딜 수가 없는 상태였습니다.

행렬의 마지막에 있던 우리 수레는, 어느 농부의 집에서 쉬게 되었으며, 나는 한 젊은 여인에게 내 고통을 호소했는데, 사람들의 부축을 받으며 안으로 들어간 나에게, 그녀는 호주머니에서 강심제 한 알을 꺼내 설탕에 타주었고, 내가 기력을 얻는 것을 보고, 두번 세번 계속해서 약을 주었으며—그래서, 나리, 나는 그녀에게 내가 처한 고통을 호소하며, 도저히 참을 수가 없어, 방 한쪽 구석에 놓여 있는 침대를 가리키며, 차라리 그 위에 누워 죽는 편이—계속 가는 것보다 낫겠다고 얘기했으며—나를 침대로 데려가려던 그녀의 품 속에 나는 쓰러지고 말았습니다. 제 얘기를 들어보시면 알겠지만, 정말 착한 여인이었지요! 상병은 눈물을 훔치며 말했습니다.

나는 *사랑*은 즐거운 것이라고 생각했는데 하고 토비 삼촌이 말했습니다.

나리, (때때로) 그건 세상에서 가장 심각한 일이기도 합니다.

그 젊은 여인의 설득으로 부상자들을 실은 수레는 나를 남겨두고 출발했습니다 하고 상병이 얘기를 계속했습니다. 그녀는 내가 수레에 탄다면 금방 죽을 것이라고 말한 모양입니다. 그래서 정신을 차리고 보니―나는 어느 한적한 오두막에서 그 젊은 여인과, 농부와 그의 아내와 함께 있었습니다. 나는 방 한구석에 놓인 침대를 가로질러 누워 있었고, 부상당한 다리는 의자 위에 놓여 있었으며, 그 젊은 여인이 내 옆에서, 한 손으로는 식초에 손수건 끝을 적셔 내 코에 대어주고, 다른 손으로는 관자놀이를 문질러주고 있었습니다.

처음에 나는 그녀가 (그곳은 여관이 아니었기 때문에) 농부의 딸이라고 생각했으며―은화 18플로린이 들어 있는 조그만 지갑을 그녀 앞에 내놓았는데, 그 돈은 가엾은 내 동생 톰이 (이 대목에서 트림은 눈물을 훔쳤으며), 리스본으로 떠나기 직전, 사람을 시켜 내게 증표로 보낸 것이었으며―

―나리께 그 슬픈 이야기를 아직도 말씀드리지 못했지요―트림은 여기서 세번째로 눈물을 훔쳤습니다.

그 젊은 여인은 나이 든 남자와 그의 아내를 방으로 불러들여, 내가 병원으로 갈 수 있는 형편이 될 때까지 필요한 잠자리와 그 외 자질구레한 물품들에 대한 지불을 약속하며, 그 돈을 보여주고는―자 이것 보세요! 하고 그녀는 지갑을 닫으며 말했습니다―내가 당신의 은행 노릇을 하겠으며―그것만으로는 일이 그리 많지 않을 테니 당신의 간호사도 되겠습니다.

이렇게 말하는 그녀의 태도와 복장을 찬찬히 살펴보니―그 젊은 여인은 농부의 딸이 아니라는 생각이 들었습니다.

그녀는 발끝까지 검은 옷으로 덮고 있었으며, 머리카락은 이마 가까이 두른 아마포 띠에 가려 있었습니다. 나리, 그녀는, 나리도 아시다시피, 플랑드르 지방을 순회하며 다니는 수녀였습니다.―트림, 자네의 설명을 듣고 보니, 그녀는 베긴회 수녀였던 모양인데, 암스테르담을 제외하고는―스페인령 네덜란드에서만 만날 수 있는 그 수녀들이 다른 수녀들과 다른 점은,—결혼을 원하는 경우 수도원을 떠날 수도 있고, 환자들을 방문하여 돌보는 일을 직업으로 삼을 수도 있지만—친절한 마음씨에서 우러나온 일이라면 더욱 좋겠지.—그녀는, 그리스도의 사랑으로 하는 일이라고 말했으나—저는 그 말이 마음에 들지 않았습니다 하고 트림이 대답했습니다.—트림, 내 생각에는 우리 두 사람 다 틀린 것 같으니, 오늘 저녁 형님 댁에서 요릭 목사에게 물어보도록 하세—꼭 잊지 않도록 일러주게 하고 삼촌이 덧붙였습니다.

그 젊은 베긴회 수녀는, "내 간호사가 되겠다"는 말을 채 끝내기도 전에, 서둘러 일을 하기 시작했으며, 나를 위해 무엇인가 준비했는데—잠깐 사이에—사실 나에게는 길게 느껴졌지만—수건 같은 것을 가져와 상처를 두 시간 이상 충분히 찜질한 후, 저녁 식사로 죽을 한 그릇 쑤어주고—편히 쉬라는 당부와 함께, 다음날 아침 일찍 오겠다는 약속을 남기고 갔습니다.—나리, 그녀는 내가 얻을 수 없는 것을 당부한 셈이 되었지요. 나는 그날 밤 열이 심하게 올랐고—그녀의 모습이 내 마음을 어지럽혀—이 세상을 끊임없이 두 개로 나누어—그녀에게 그 반을 주려고 했으나—그녀에게 줄 것이라고는 배낭 하나와 은화 18플로린밖에 없었기 때문에, 밤새 흐느껴 울었습니다—그 아름다운 베긴회 수녀는 밤새도록, 천사처럼, 내 침대 곁에 머물며, 커튼을 젖히고 강심제를 주었으며—내가 꿈에서 깬 것은 그녀가 약속한 시간에 내게 와서, 실제로 그 약을 주었을 때였습니다. 그녀는 내 곁을 떠나는 법이 거의 없었으며, 나는 그녀의 손에서 원기를 받는 일에 너무나 익숙해 있었기 때문에, 그녀가 방을 나갈 때마다, 가슴이 시리고 혈색이 변했습니다. 그러나, 라고 말하며 상병은 (사랑에 관한 세상에서 그중 기묘한 견해를 밝히며) 얘기를 계속했습니다.—

—"*사랑은 아니었습니다*"—나리, 그녀가 밤낮으로, 쉴새없이, 내

무릎을 직접 찜질해주었던 3주 동안—솔직히 말씀드리자면—한 번도
* * * * * * * * * * * * * *
* * * * * * *.

정말 이상한 일이군, 트림 하고 삼촌이 말했습니다.—
저도 동감입니다.—라고 워드먼 부인이 덧붙였습니다.
절대 그런 일은 없었습니다 하고 상병이 말했습니다.

제21장

—그러나 그리 놀라실 일도 아닙니다 하고 상병은, 토비 삼촌이 생각에 잠기는 것을 보고 말을 이었습니다.—사랑은, 나리, 전쟁과 동일한 것으로서, 병사가 토요일 밤까지 3주를 온전히 살아남았다 해도,—일요일 아침에 가슴에 총을 맞을 수도 있듯이—나리, *이번 경우가 바로 그랬으며*, 다만 다른 점이 있다면—나는 일요일 오후에 갑작스럽게 단번에 사랑에 빠졌고—사랑은 나에게 폭탄처럼 떨어져—"이럴 수가"라는 말을 할 새도 없었습니다.

트림 하고 삼촌이 말했습니다. 나는 사람이 그렇게 갑작스럽게 사랑에 빠질 수 있는지 몰랐네.

나리, 그걸 피하지 못한다면 어쩔 수 없는 일이지요.—하고 트림이 대답했습니다.

어떻게 된 일인지 말해주지 않겠나 하고 삼촌이 물었습니다.

—물론이지요. 상병은 절을 하며 말했습니다.

제22장

나는 그동안 사랑에 빠지지 않고, 앞 장의 마지막까지 잘 견디었지요 하고 상병이 말을 이었습니다. 그러나 애초에 그럴 운명이 아니었다면 모를까——팔자를 바꿀 수는 없는 노릇이지요.

나리께 이미 말씀드렸듯이, 어느 일요일 오후——

농부와 그의 아내는 외출을 하고——

집 안은 한밤중같이 조용하고 고요했으며——

뜰에는 오리 한 마리도, 아니 오리 새끼 한 마리도 눈에 띄지 않았으며——

——그때 그 수녀가 나를 방문했습니다.

상처는 차차 아물어가고 있었고——염증이 가라앉은 지도 오래되었으나, 무릎 위 아래로 극심한 가려움증이 생겨, 밤새 눈을 붙이지 못한 형편이었습니다.

어디 봅시다 하고 그녀는 내 무릎과 평행이 되도록 바닥에 무릎을 꿇고, 상처 아래 부분에 손을 갖다 대며——좀 문지르면 되겠군요 하고 말하고는, 침대보를 그 위에 덮고, 오른쪽 집게손가락으로 무릎 밑을 문지르기 시작했으며, 상처를 싸고 있던 플란넬 천 주위로 집게손가락을 위아래로 움직였습니다.

오륙 분이 지나고 나면서부터 나는 그녀의 두번째 손가락 끝을 느끼기 시작했으며——손가락 두 개를 납작하게 눕혀, 한동안 그런 식으로 둥그렇게 문질렀는데, 바로 그때 나는 사랑에 빠질 것 같다는 생각을 하게 되었으며——그녀의 손이 얼마나 하얗던지 나는 얼굴을 붉혔으며

―평생 그렇게 하얀 손은 두 번 다시 보지 못할 것입니다―

―그곳에 놓인 것은 다시 보기 힘들겠지 하고 토비 삼촌이 말했습니다.―

상병은 절망스러운 심정이었지만―한편으로는 미소짓지 않을 수 없었습니다.

젊은 베긴회 수녀는 하고 상병이 말을 이었습니다. 그녀는 문지르는 것이 나에게 큰 위안을 주는 것을 보고는―한동안, 손가락 두 개로 비비다가―세 개로 문지르기 시작했으며―서서히 네번째 손가락도 합하여, 결국 손바닥을 펴서 비비기 시작했습니다. 나리, 손에 대해서는, 더 이상 언급하지 않을 생각입니다만―공단보다 부드러운 데다―

―그래, 트림, 실컷 칭찬을 해보게 하고 삼촌이 말했습니다. 내 기꺼이 듣겠네.―상병은 주인에게 진심으로 감사를 표했으나, 베긴회 수녀의 손에 대해서는, 더 이상 할말이 없었기 때문에―다음 이야기로 넘어갔습니다.

그 아름다운 베긴회 수녀는 손 전체로 내 무릎 아래를 계속 문질렀으며―나는 그 열성이 그녀를 지치게 하지 않을까 걱정이 되었지만―그녀는 "나는 그리스도의 사랑으로, 언제까지라도 계속할 수 있어요"라고 말했습니다―그녀는 이렇게 말하며 손의 위치를 플란넬 천을 건너뛰어 무릎 위로 바꾸며, 내가 똑같이 가려움증을 호소했던 바로 그곳을 문지르기 시작했습니다.

바로 그때, 나는 사랑에 빠지기 시작했다는 것을 인식했으며―

그녀가 계속해서, 문지르고 문지르고 문지르는 사이―나는 그 마찰이 그녀의 손바닥에서부터 내 몸 전체로 골고루 퍼지는 것을 느꼈으며―

문지르면 문지를수록, 그녀의 손놀림은 점점 느려졌고―그러면 그럴수록 내 혈관 속의 불꽃은 더 튀었으며—결국, 두세 번, 다른 때보다 긴 손놀림이 이어진 후—나의 열정은 절정에 달해—그녀의 손을 움켜쥐고 말았고—

—그래서, 트림, 그 손을 입술로 가져갔단 말이지 하고 삼촌이 말했습니다—그리고 고백을 했겠구먼.

상병의 정사가 삼촌이 묘사한 그대로 이루어졌는가 하는 문제는 중요한 일이 아니며, 다만 태초 이래로 기록된 이 세상 모든 사랑 이야기의 정수를 담고 있다는 사실만 말씀드리겠습니다.

제23장

상병이 사랑 이야기를 끝내자마자—아니 사실 토비 삼촌이 대신 끝내자마자—워드먼 부인이 자기 집 정자에서 조용히 나와, 모자에 핀을 다시 꽂고, 등나무 쪽문을 지나, 토비 삼촌의 보초막을 향해 서서히 다가갔습니다. 트림이 일구어놓은 삼촌의 마음 상태가, 그대로 놓치기에는 너무나 호의적인 기회였기 때문에—

—공격을 감행하기로 결심했던 것입니다. 게다가 삼촌이 상병에게 부삽, 삽, 곡괭이, 말뚝, 그리고 됭케르크가 서 있던 자리에 흩어져 있는 모든 군사 비품들을 실어가라는 지시를 내렸기 때문에 더없이 용이한 기회였으며—상병은 자리를 이미 떴고—전장은 비어 있었습니다.

자, 선생, 한번 생각해보십시오, 싸움이든, 글쓰기든, 혹은 그 외 어떤 것이든 (압운이 맞고 안 맞고 상관없이) 사람이 하는 일을—설계에 맞춘다는 것이 얼마나 어리석은 일인지 말입니다. 그러나 주변 상황과 독립적으로 놓고 볼 때, (고텀의 기록 보관소에[22]) 금 글자로 명기할 만한 설계가 하나 있다고 한다면—분명 워드먼 부인이 짜낸 토비 삼촌의 보초막 공격 설계라고 하겠지만, 설계로 말하자면—지금 이 중대한 시점에 보초막 안에 걸려 있는 설계도는, 됭케르크의 설계도이며—됭케르크의 이야기는 긴장이 완화되는 이야기이니만큼, 그녀가 이끌어내고자 하는 감정에 반하는 것이었습니다. 게다가 그녀가 행동에 옮긴다고 해도—보초막을 공격하는 손가락과 손의 움직임이, 트림의 이야기에 등장하는 아름다운 베긴회 수녀의 손놀림에는 미치지 못할 것이기 때문에—그와 같은 공격이, 과거에 아무리 성공적이었다고 해도, 지금은—그야말로 형편없는 공격이 될 상황이었으니—

아! 그러나 이런 일은 여성들에게 맡기십시오. 워드먼 부인은 등나무 쪽문을 미처 열기도 전에, 천재성을 발휘하여 상황 변화에 즉각 대처했습니다.

—그리고 그녀는 당장 새로운 공격 계획을 세웠지요.

제24장

—샌디 대위님, 정말 괴로워요. 워드먼 부인은 아마포 손수건을 왼쪽 눈가에 갖다 대고, 토비 삼촌의 보초막 문으로 다가가며 말했습니

---

[22] 고텀은 주민들이 모두 바보였다고 전해지는 영국 노팅햄의 마을.

다.―티끌이나―모래―아니면 무엇인가―뭔지 모르겠지만, 눈에 들어간 것 같으니―한번 봐주세요―흰자위는 아닌 모양인데―

워드먼 부인은 이렇게 말하며 삼촌 곁에 바싹 다가갔으며, 그가 앉아 있던 벤치 한쪽에 끼어 앉아, 삼촌이 일어서지 않고도 그녀의 눈을 들여다볼 수 있도록 하며――한번 봐주세요―하고 말했습니다.

순진한 양반! 당신은 어린아이가 손돌림풍금 속을 들여다보듯, 순수한 마음으로 들여다보았으니, 당신에게 상처를 입힌다면 그만큼 큰 죄가 되겠지요.

――누구든 자진해서 그런 것을 들여다본다면――아무 할 말이 없지만――

토비 삼촌은 그런 사람이 아니었습니다. 내가 굳이 대변하자면, 그는 트라키아*의 로도페[23]의 눈처럼 아름다운 눈을 옆에 두고도, 그 눈이 검은지 파란지도 모른 채, 6월에서 1월까지 (아시다시피, 이 사이에 덥고 추운 계절이 모두 포함되어 있으니) 조용히 소파에 앉아 있을 사람이었습니다.

말하자면 애초부터 삼촌이 어떤 눈이든 들여다보게 만드는 것 자체가 힘든 일이었습니다.

그러나 일단 그 일은 해결된 셈이었지요.

삼촌이 담뱃대를 대롱대롱 손에 들고, 담뱃재를 떨어뜨리며―보고―또 보고―눈을 비비며―태양의 흑점을 찾던 갈릴레오보다 두 배

---

* Rodope Thracia tam inevitabili fascino instructa, tan exacte oculis intuens attraxit, ut si in illam quis incidesset, fieri non posset, quin caperetur(로도페는 온갖 성적인 유혹과 방탕한 몸짓에 능했기 때문에, 그녀의 눈에서 뿜어나오는 음탕한 매력은 불가항력의 힘을 발휘했으며, 그녀를 바라보는 사람마다 사랑에 빠지지 않는 이가 없었다).―누군지는 모르겠습니다.

23 트라키아의 로도페는 기원전 6세기 그리스의 창녀였다.

나 참을성 있게 들여다보는 모습이 저쪽에 보이는군요.
　——그러나 헛된 일이로다! 눈에 생기를 돋우는 온갖 힘에 의해——워드먼 부인의 왼쪽 눈은 그녀의 오른쪽 눈같이 투명하게 빛났으며——그 속에는 티끌도, 모래도, 먼지도, 왕겨도, 흠도, 혹은 어떤 불투명한 입자도 떠 있지 않았으며——사랑하는 삼촌! 그 속에서는 감미롭게 어른거리는 불빛이, 곳곳에서, 사방으로, 은밀하게 뿜어나와 당신의 눈 속으로 들어가고 있었으며——
　——삼촌, 삼촌이 그 티끌을 찾아 일순간이라도 더 들여다본다면——당신은 끝장입니다.

제25장

　이런 관점에서 볼 때, 눈은 대포와 흡사하며, 중요한 것은 눈이나 대포 자체가 아니라, 눈의 임자와——대포의 포차이며, 양자 모두 이것을 통해 커다란 위력을 발휘합니다. 나는 이 비유가 제법 그럴듯하다고 생각합니다. 그러나 이 비유를 이번 장의 서두에 둔 것은, 장식적인 효과를 위한 것일 뿐 아니라, 워드먼 부인의 눈 이야기가 나올 때마다 (다만 다음 문장은 제외하고) 염두에 두기를 바라는 마음에서입니다.
　아무것도 없습니다, 부인 하고 토비 삼촌이 말했습니다. 당신의 눈 속에는 아무것도 없는걸요.
　흰자위가 아니라니까요 하고 워드먼 부인이 말하자, 삼촌은 그녀의 눈동자를 더욱 열심히 들여다보았습니다——

이 세상에 창조된 모든 눈 가운데—말하자면, 부인, 당신의 눈에서부터, 사람의 머리에 박힌 눈으로서 가장 색정스럽다는 평가를 받았던 비너스의 눈에 이르기까지—삼촌이 지금 바라보고 있는 바로 그 눈보다, 그의 휴식을 방해하기에 적당한 눈은 없었으며—부인, 그 눈은 뒤룩거리는 눈도—까불거리거나 정숙하지 못한 눈도—번득이는 눈도—안달하거나 오만한—혹은 거만한 요구와 부당한 강요로 삼촌을 채우고 있는 인간 본성의 유액(乳液)을 당장 응고시켜버리는 눈도 아니었으며—온화한 인사말과—부드러운 응답으로 가득한 눈으로서—나도 경험한 바 있지만, 엉터리로 만든 오르간의 음전(音栓)처럼, 품위 없이 응답하는 눈이 아니라—숨이 넘어가는 성자의 마지막 말처럼—나지막이 속삭이는 눈이었습니다—"샌디 대위님, 어떻게 그리 쓸쓸하게 혼자 살 수가 있겠습니까, 머리를 기대고—걱정을 털어놓을 사람도 없이?"

그 눈은—

그러나 한마디만 더한다면, 내가 그 눈과 사랑에 빠질 것 같습니다.

—그 눈은 이미 삼촌을 해치웠으니까요.

제26장

아버지와 토비 삼촌의 성격을 가장 흥미롭게 드러내어 보여주는 것은, 동일한 일을 당했을 때, 두 사람이 반응하는 태도로서—내가 사랑을 불행이라고 생각하지 않는 이유는, 사랑으로 인해 인간의 마음이 선해진다는 확신 때문인데──그러나 맙소사! 사랑 없이도 이미 자비로운 삼촌의 마음은 어떻게 되었을까요.

아버지가 남긴 글을 통해 보면, 그도 혼인을 하기 전까지는, 이런 감정에 아주 민감했으나──다분히 신랄한 경향을 띠는 익살스럽고 조급한 그의 성격 때문에, 그런 일이 있을 때마다, 기독교인답게 순종하기보다는, 콧방귀를 뀌거나, 발끈 화를 내고, 튀어오르고, 발길질을 하고, 욕을 하고, 난리를 치며, 눈에 대한 세상에서 그중 신랄한 공격 연설을 썼으며──아버지를 이삼 일 밤잠을 설치게 만들었던 누군가의 눈에 대한 시가 남아 있는데, 자신의 분노를 전달하는 첫마디를 이렇게 시작하고 있습니다.

"악마가 따로 없으니──이교도든, 유대인이든, 터키인이든
그 어떤 인간도 꾀한 적이 없는 해악을 저질렀도다."*

말하자면 그런 발작이 진행되는 동안, 아버지는, 저주에 가깝다고 해야 할, 상소리와 욕설로 일관했으며──다만 에르눌푸스[24]만큼 체계적이지는 못했고──지나치게 성급하여, 에르눌푸스만큼 정책적이지도 못했는데──아버지는 견딜 수 없는 심정으로, 그의 사랑을 부추기고 선동하는 모든 것에, 세상의 온갖 욕설을 한꺼번에 퍼부었으며──게다가 자기 스스로에게 욕을 하지 않고는, 욕설의 장을 마감하는 법이 없었으며, 스스로 이 세상에 태어난 그중 지독한 바보요 난봉꾼이라고 말했습니다.

---

* 이 작품은 아버지가 집필한 소크라테스의 생애 등과 함께 출판될 것입니다.
24 3권 12장 참조.

반면, 삼촌은, 새끼 양처럼 순응하며—얌전히 앉아, 아무런 반항 없이 독이 혈관을 타고 퍼지도록 내버려두었는데—상처로 인한 (샅의 상처와 마찬가지로) 극심한 고통 속에서도 언짢은 말이나 불평을 하는 법이 없었으며—하늘도 땅도 원망하지 않았고—어떤 사람에 대해서도, 또한 그 사람의 어떤 부분에 대해서도, 해가 되는 생각이나 말을 하는 경우도 없었고, 담뱃대를 들고 조용히 앉아 생각에 잠긴 채—불편한 다리를 쳐다보고 있다가—갑자기, 아아, 아이고! 하고 감정적으로 내뱉는 그의 소리는 담배 연기와 섞여버려, 그 누구에게도 해가 되는 법이 없었습니다.

그는 새끼 양같이 순종했다고—할 수 있겠지요.

사실 삼촌도 처음에는 오해를 했으며, 그날 아침 아버지와 함께, 성당 참사회에서 가난한 사람들에게 나누어주기 위해*25 잘라버리려는 아름다운 숲을, 가능한 구제해보려고 마차를 타고 나갔었는데, 그 숲은 삼촌의 집에서 훤히 내려다보였으며, 위넨데일 전투를 묘사하는 데 반드시 필요한 곳이었기 때문에—그 숲을 구하기 위해 지나치게 서둘러 달려갔을 뿐 아니라—안장도 불편한 데다—말도 형편없었고, 등등의 이유로, 혈액의 장액성 물질이, 삼촌의 몸 최하부(最下部)의 피부 사이에 스며들어—처음 통증을 느꼈을 때 (그는 사랑의 경험이 전혀 없었기 때문에) 그걸 그런 감정이라고 생각했으며—물집 하나가 터지고—하나만 남았을 때까지도—그의 상처는 피부에 생긴 것이 아니라—마음의 상처라고 생각했습니다.

---

* 돈을 그들이 나누어 가졌으니, 샌디 씨는 *마음이* 가난한 사람들을 가리키는 모양이다.
25 『신약성서』「마태복음」 5장 3절: "심령이 가난한 자는 복이 있나니 천국이 저희 것임이요."

제27장

　　세상은 정직함을 가치 없이 여겼으나——그런 세상을 거의 몰랐던 토비 삼촌은, 워드먼 부인을 사랑하고 있다는 생각이 들자, 그녀가 날선 나이프로 삼촌의 손가락을 베게 만들었다고 해도, 이보다 더 비밀로 해야 할 까닭은 없다고 생각했습니다. 뿐만 아니라——삼촌은 트림을 허물없는 친구로 생각했으며, 평생 동안 매일 그를 친구로 대해야 할 새로운 동기를 발견하곤 했기 때문에——트림에게 그 일을 밝힌 경위도 바로 그런 식이었습니다.

　　"나는 사랑에 빠졌네, 상병!" 하고 삼촌이 말했습니다.

제28장

　　사랑이라고요!——상병이 말했습니다.—나리께서는, 제가 보헤미아 왕의 이야기를 해드리던 엊그저께만 해도 멀쩡하지 않으셨습니까.—토비 삼촌은, 보헤미아! 하고 외치며----잠시 생각에 잠겼다가---그래 그 이야기는 어떻게 됐나, 트림? 하고 물었습니다.

　　—그건 우리 사이 어딘가에서 사라진 것 같은데요, 나리—그러나 그때만 해도 나리께서는 저와 마찬가지로 사랑에서 자유롭지 않으셨습니까—자네가 손수레를 끌고 간 사이—워드먼 부인과 그렇게 되었네

하고 삼촌이 대답했습니다―그녀는 여기 포탄 하나를 남겨두고 갔지
―하고 말하며―자신의 가슴을 가리켰습니다―

―나리, 그녀가 날 수 없듯이, 포위 공격도 견디지 못할 것입니
다.―하고 상병이 소리쳤습니다―

―그러나 트림, 우리는 이웃지간이니만큼,―그녀에게 정중히 알
리는 편이 낫지 않겠나―하고 삼촌이 말했습니다.

제가 감히 나리와 의견을 달리해도 괜찮겠습니까 하고 상병이 물었
습니다―

―괜찮지 않다면 내가 자네에게 무엇 때문에 의논을 하겠는가 하
고 삼촌이 온화하게 말했습니다―

―나리, 그렇다면 저는 먼저 그녀에게, 우레 같은 공격으로 응답하
고―그 다음에는 정중하게 말하는 편이 좋겠다는 생각인데―그녀가
나리의 사랑을 이미 알고 있다면―하나님 맙소사!―아니네 트림, 지
금 그녀는 거기에 대해―아직 세상에 나오지 않은 태아만큼도 모르고
있다네 하고 삼촌이 말했습니다―

가엾은 사람들!――

워드먼 부인은, 이미 스물네 시간 전에 브리지트에게 모든 주변 정
황과 함께 그 이야기를 전해들었으며, 바로 그때 두 사람은 그 일을 상
의하고 있었고, 결코 잠잠하게 있는 법이 없는 사탄이, 그녀가 *te
Deum*[26]을 절반도 채 끝내기 전에 그녀의 머릿속에 넣어준, 사소한 걱
정거리 하나를 논하고 있었습니다―

정말 걱정이야 하고 워드먼 부인이 말했습니다. 브리지트, 내가 그
와 결혼을 하고―가엾은 대위님이, 샅에 입은 심한 상처 때문에, 건강

26「주님께 찬양을 돌리세」는 전통적인 찬송가로서 전쟁이나 전투 후에 많이 불렀다.

하게 살지 못한다면 어떡하지—

　마님, 생각만큼 그렇게 심하지 않을 수도 있어요 하고 브리지트가 대답했으며—지금쯤 모두 아물지 않았을까요.—하고 덧붙였습니다—

　—확실히 알 수만 있다면 좋겠는데—그저 그분을 위해서 말이야 하고 워드먼 부인이 말했습니다—

　—열흘 안에 진실을 알아낼 수 있을 것입니다.—하고 브리지트가 대답했습니다. 대위님이 마님을 방문하는 동안—트림 씨는 저에게 구애를 할 것이 분명하니—나는 그에게서—모든 것을 알아낼 수 있을 때까지만—허락하겠습니다 하고 브리지트가 덧붙였습니다.

　당장 필요한 조치가 취해졌으며—토비 삼촌과 상병도 그들의 계획을 실행에 옮겼습니다.

　상병은 왼손을 허리에 얹고,—성공을—다만 성공을 약속한다는 듯, 오른손을 휘둘러 보이며—이렇게 말했습니다—자, 이제 저의 공격 계획을 말씀드리도록 허락해주신다면—

　—그렇게 해준다면 더없이 기쁘겠네, 트림 하고 삼촌이 말했습니다—그리고 자네가 나의 부관으로 활약해야 할 것이니, 상병, 우선 여기 구전으로 은화 한 닢이 있네.

　나리, 그렇다면 시작하겠습니다 하고 (구전에 대한 감사 표시로 절을 하며) 상병이 얘기를 시작했습니다—먼저 나리의 레이스 달린 예복을 큰 군용 트렁크에서 꺼내, 통풍을 시키고, 근위복의 소매를 늘리고—라말리 가발을 파이프에 새로 감아놓겠으며[27]—재단사에게 나리의 주홍색 반바지를 손질하도록 하고—

---

27 가발의 컬이 풀어지지 않게 하기 위해 백토로 만든 작은 관에 감아놓았다.

—붉은 벨벳 바지가 낫지 않을까 하고 삼촌이 말했습니다—그 옷은 세련되지 못한 것 같은데요—라고 상병이 대답했습니다.

제29장

—내 검을 닦으려면 솔과 백악(白堊)도 필요하겠지—나리께 방해만 될 것 같은데요 하고 상병이 말했습니다.

제30장

—나리의 면도칼 두 개를 새로 갈고—내 몬테로 모자도 손질하고, 저는 나리께서 가엾은 르 페베 중위를 생각하며 입으라고 주신 그의 연대복을 입고—나리께서는 면도를 끝내고—깨끗한 셔츠를 입고—근위복이든, 연대복이든 마음 내키시는 대로 걸치고—공격을 위한 모든 준비가 완료되면—요새의 정면을 향해 내달리는 것처럼 용감하게 전진하여, 나리께서 우측의 거실에서 워드먼 부인과 교전을 하는 동안—저는 좌측의 부엌에서 브리지트를 공격하겠으며, 일이 거기까지만 진행된다면, 제가 확실히 말씀드립니다만—승리는 우리의 것입니다 하고 상병은 손을 머리 위로 올려 손가락으로 딱 소리를 내며 말했습니다.

일이 제대로 되었으면 좋겠어 하고 삼촌이 말했습니다.—그런데 상병 차라리 한 번에 참호 끝까지 전진하는 편이 낫지 않을까—

—여자는 전혀 별개의 문제입니다.—하고 상병이 말했습니다.

—그렇겠지 하고 삼촌이 대답했습니다.

제31장

삼촌이 사랑에 빠져 있는 동안, 아버지가 그를 아주 화나게 만들었는데, 다름아니라 수도자 힐라리온을 표현하는 아버지의 심술궂은 말투 때문이었으며, 그 수도자의 금욕, 철야, 채찍질, 그리고 그 외 온갖 종교적인 행위들을—수도자에게는 어울리지 않는 익살스런 표현으로—이렇게 말했습니다—"*당나귀*가 (그의 몸을 뜻하며) 발길질을 하는 것을 막기 위한 방편일 뿐이다."

아버지는 이 말을 아주 흡족하게 생각했으며, 간결한 말이었을 뿐 아니라—동시에 우리 하체의 욕망과 욕구를 모욕하는 표현이었기 때문에, 그는 평생 동안, 이 표현을 빈번하게 사용했으며—욕정이라는 말 대신—항상 *당나귀*라는 표현을 썼습니다—그러니 아버지도, 그동안 그의 당나귀, 혹은 다른 사람의 당나귀 뼈나 그 등에 올라타고 다녔다고 말할 수 있는 것입니다.

이 자리에서 꼭 밝히고 넘어가야 할 것은,

아버지의 당나귀와

내 목마의 차이점인데—우리 여정에 등장하는 인물들을, 혹시라도 혼동하지 않을까 하는 염려 때문입니다.

내 목마는, 기억이 나실는지 모르겠습니다만, 성질이 온순하고, 당나귀를 닮은 구석이라고는 털 한 오라기도 없었으며——지금 당신을 태우고 있는 팔팔한 암망아지처럼——구더기, 나비, 그림, 바이올린의 활——토비 삼촌의 포위 공격——혹은 그 외 우리가 인생의 걱정과 근심에서 벗어나기 위해, 느릿느릿 타고 다니는, 그런 것이며——꽤 쓸모 있는 짐승으로서——나는 세상에서 없어서는 안 될 짐승이라고 생각합니다.——

——그러나 아버지의 당나귀는——아! 타세요——타세요——타세요——(이번이 세번째지요, 맞습니까?)——타지 마세요——얼마나 호색한 짐승인지——그놈이 발길질을 하도록 내버려두는 사람은 천벌을 받아 마땅합니다.

제32장

자! 이보게 토비 동생. 아버지는 삼촌이 사랑에 빠지고 난 후, 그를 처음으로 만났을 때 이렇게 말했습니다.——그래 자네 **당나귀**[28]는 좀 어떤가?

그러나 당시 삼촌은, 힐라리온의 은유보다는, 물집이 생긴 그 부분

---

[28] 영어로 당나귀와 엉덩이는 'ass'라는 동일한 단어로 표시된다. 워드먼 부인과의 일이 어떻게 되어가고 있느냐는 뜻으로 욕정을 가리키는 의미에서 '당나귀 ass'에 대해 묻는 월터의 질문에 대해, 토비는 '엉덩이 ass'에 관해 묻는 것으로 생각하고 대답하는 바람에 모두들 웃음을 터뜨린다.

에 더 신경을 쓰고 있던 참이었으며—게다가 우리의 지각은 (아시다시피) 사물의 형태뿐 아니라 말소리에도 아주 민감하기 때문에, 삼촌은, 격식을 갖추어 말을 하는 법이 없었던 아버지가, 당시 거실에는 어머니와 닥터 슬롭, 그리고 요릭 목사까지 있었음에도 불구하고, 그 명칭이 가리키는 바로 그 부분을 두고 묻는 것이라고 생각했으며, 아버지가 의도하지 않은 표현보다는 의도한 표현을 따르는 편이 낫다는 판단을 내렸습니다. 누구든 두 가지 무례한 언동 사이에 끼여 그 중 한 가지를 선택해야 하는 경우—흔히 나타나는 현상으로서—어느 쪽을 택하든, 욕을 먹기는 마찬가지이며—삼촌이 욕을 먹는다고 해도 그리 놀라운 일은 아닌 것입니다.

엉-이는 괜찮습니다, 샌디 형님 하고 삼촌이 말했습니다.—사실 아버지는 이번 공격에서 당나귀에 대한 기대가 컸고, 할 말이 많았으나, 닥터 슬롭이 참을 수 없다는 듯 웃음을 터뜨렸고—어머니가, 아이고 하—님! 하고 소리치는 바람에—아버지의 당나귀는 도망가버리고—모두들 웃음보를 터뜨렸기 때문에—잠시 공격을 멈출 수밖에 없었으며—

아버지가 빠진 가운데 이야기가 계속되었습니다.

도련님, 모두들 도련님이 사랑에 빠졌다고 하던데요 하고 어머니가 말했습니다.—저는 사실이었으면 좋겠습니다.

사실입니다, 형수님, 다른 사람들이 사랑에 빠지는 것과 똑같이 말입니다 하고 삼촌이 대답했습니다—흥! 하고 아버지가 콧방귀를 뀌었습니다—언제 그 사실을 알게 되었습니까? 하고 어머니가 물었습니다—

—물집이 터졌을 때요 하고 삼촌이 대답했습니다.

삼촌의 대답에 기분이 풀린 아버지는—일어서서 공격을 시작했습니다.

제33장

　토비 동생 하고 아버지가 말했습니다. 옛 현인들이 말하기를, 세상에는 두 가지 독특한 *사랑*이 있으며, 이것은 사랑의 영향을 받은 부위가 —뇌인가 간인가 하는 것에 따라 달라지는데—누구든 사랑에 빠진 사람이라면, 어느 쪽에 빠졌는지 고려해보아야 한다네.

　샌디 형님 하고 삼촌이 말했습니다. 중요한 것은, 두 가지 가운데, 결혼을 하고, 아내를 사랑하고, 아이도 몇 명 낳을 수 있는 쪽을 선택하는 것이 아니겠습니까.

　—아이도 몇 명! 아버지는 의자에서 일어나, 어머니의 얼굴을 똑바로 쳐다보더니, 그녀와 닥터 슬롭 사이를 비집고 들어가며 소리쳤습니다.—그는 삼촌의 말을 반복하며 이리저리 왔다 갔다 걸어다니며 다시 한 번, 아이도 몇 명! 이라고 소리쳤습니다—

　—오해하지 말게, 동생. 아버지가 갑자기 평정을 되찾으며, 삼촌의 의자 뒤로 가까이 다가가며 말했습니다—자네가 자녀를 스무 명을 갖는다고 해도 내가 싫어할 이유가 어디 있으며—아니 오히려 기뻐할 것이고—그 아이들을 아버지나 다름없이 자상하게 보살펴주겠네—

　토비 삼촌은 아무도 눈치채지 못하게 손을 의자 뒤로 돌려, 아버지의 손을 꽉 쥐었습니다—

　—뿐만 아니네. 아버지는 삼촌의 손을 쥔 채 얘기를 계속했습니다—토비, 자네는 인간 본질의 유액을 충분히 가지고 있는 반면, 혹독한 기질은 거의 없으니—세상이 자네를 닮은 사람들로 채워지지 않은 것이 애석할 뿐이며, 내가 만일 아시아의 군주였다면 하고 말하며 아버지

는 새롭게 떠오른 착상에 흥분을 느끼며 이렇게 덧붙였습니다―자네가 힘이 달린다거나―원초적 수분이 지나치게 빨리 말라버린다거나―혹은 기억력이나 사고력이 감퇴되지 않는 한, 즉 토비 동생, 말하자면 그런 운동을 과도하게 하다 보면 생기기 쉬운 현상들만 일어나지 않는다면―동생, 나는 이 나라에서 가장 아름다운 여자들을 구해다가, *nolens, volens*, 매달 나에게 국민을 하나씩 낳아주는 책임을 자네에게 부가하겠네.

아버지가 그 문장을 막 끝내자마자―어머니는 코담배를 한 줌 들이쉬었습니다.

저는, *nolens, volens*, 즉 원하든 원하지 않든, 그런 식으로 아이를 얻고 싶은 생각은 없습니다 하고 토비 삼촌이 말했습니다. 아무리 훌륭한 군주를 위한 일이라 해도 말입니다―

―그래 토비, 자네에게 억지로 강요하는 것도 잔인한 일일 테지 하고 아버지가 말했습니다―그러나 지금 내가 하고 싶은 얘기는―자네가 설사 그렇게 할 수 있다 해도, 아이를 갖는 문제가 아니라―자네가 말하는 사랑과 결혼의 방식을 제대로 잡아주기 위한 것이네―

그러나 샌디 대위님의 사랑에 대한 견해에도 나름대로 충분한 이유와 의미가 있다는 생각인데요 하고 요릭 목사가 말했습니다. 지금까지 평생 아까운 시간을 낭비하며 수많은 시인들과 웅변가들의 유창한 글을 읽었지만, 이렇게 많은 것을 얻지는 못했습니다―

요릭 군, 나는 자네가 플라톤을 읽어보았으면 좋겠네 하고 아버지가 말했습니다. 그러면 사랑에는 두 가지 종류가 있다는 사실을 알게 될 걸세―고대인들에게 두 가지 종교가 있었다는 사실은 알고 있습니다 하고 요릭이 말했습니다―하나는―일반인들을 위한 것이었고, 다른 하나는 지식인들을 위한 것이었는데, 그래도 사랑은 한 가지로 충분하지 않겠습니까—

그건 잘못된 생각이네 하고 아버지가 대답했습니다—벨라시우스에 대한 피키누스의 논평을 보면, 종교와 마찬가지 이유로, 그 두 가지 사랑 가운데 하나는 *이성적인* 것이고—

—다른 하나는 *자연적인* 것이며—

첫번째는—어머니가 없었으니—비너스와는 아무런 상관이 없고, 두번째는, 주피터와 디오네 사이에서 태어났기 때문에—

—그런데 형님 하고 토비 삼촌이 말했습니다. 하나님을 믿는 사람들이 그런 것과 무슨 상관입니까? 아버지는 이야기의 맥락이 끊어질까 두려워, 삼촌의 물음에 답하기 위해 하고 있던 얘기를 그만둘 수가 없었습니다—

후자는 비너스의 성질을 그대로 닮았다네.

첫번째는, 하늘에서 내려온 금사슬[29]로서, 본질적으로, 영웅다움을 사랑하고, 철학과 진실을 열망하며—두번째는, 단지 욕망을 열망한다네—

—저는 아이를 낳는 것이 세상에 득이 된다고 생각하는데요 하고 요릭이 말했습니다. 마치 경도를 발견하는 것처럼 말입니다—

—다른 건 몰라도 하고 어머니가 말했습니다. *사랑은* 세상을 평화롭게 하지요—

—*가정에서도* 마찬가지고요—여보, 그리고—세상을 충만하게 채워주지요 하고 어머니가 말했습니다—

그러나 하늘을 텅 비워놓는단 말이오—아버지가 대답했습니다.

---

29 금사슬은 호머에서 밀턴에 이르기까지, 하늘과 땅을 이어주는 사랑, 화합, 조화의 상징이었다.

—순결입니다 하고 닥터 슬롭이 의기양양하게 소리쳤습니다. 천국을 채우는 것은 순결입니다.

강요당한 수녀들뿐이지! 하고 아버지가 말했습니다.

제34장

아버지는 논쟁을 벌일 때마다, 신랄한 말투에, 날카롭게 접전을 벌이며, 밀치고 찢고, 한 사람씩 돌아가며 일격을 가하는 통에—스무 명이 함께 있다고 해도—30분 안에 모두 적을 만들어버리고 말았습니다.

그를 이렇게 동지 하나 없이 만드는 데 적잖은 공헌을 한 것이 있다면, 무엇보다, 아버지는 사수하기 힘든 경계 구역을 발견하면, 항상 그쪽으로 몸을 던졌으며, 일단 그곳에 들어가면, 너무나 용맹스럽게 방어했기 때문에, 용감한 사람이나, 심성이 착한 사람이라면, 그가 격퇴되는 것을 지켜보기 힘들어했습니다.

그 때문에, 요릭은, 종종 아버지를 공격하긴 했지만—차마 전력을 다할 수가 없었습니다.

앞 장의 마지막에서, 닥터 슬롭이 말한 순결이, 아버지를 처음으로 성벽의 유리한 쪽에 자리잡게 했으며, 닥터 슬롭의 귓가에다 대고 기독교 세계의 모든 수녀원을 폭파시켜버릴 작정이었으나, 바로 그때 트림 상병이 거실로 들어와, 토비 삼촌이 워드먼 부인을 공격할 때 입기로 한, 얇은 주홍빛 반바지를 입을 수가 없게 되었으며, 다름아니라, 재단사가 바지를 뒤집어 다시 재봉하기 위해 옷을 뜯었더니, 이미 한 번 뒤집은 적이 있다는 것이었습니다—그렇다면 또 뒤집으면 될 것 아닌가, 동생 하고 아버지가 서둘러 말했습니다. 어차피 그 일이 끝나기 전에 바지는 몇 번이고 뒤집어질 테니—형편없이 낡았던걸요 하고 상병이 말했습니다—그렇다면 말이네 하고 아버지가 말했습니다. 새로 한 벌 장만하게, 동생—내 생각에는 하고 아버지는 일행을 돌아보며 얘기를 계속했습니다. 과부 워드먼 부인이 내 동생 토비를 수년 동안 깊이 사모하여, 동생도 동일한 감정을 갖도록 만들기 위해 여성의 온갖 기교와 계략을 동원했고, 이제 그가 걸려든 마당에—그녀의 열정은 고지를 넘어설 것이라는 말이네—

—그녀는 목표에 도달했단 말이지.

이런 경우에는 하고 아버지가 말을 이었습니다. 플라톤도 미처 생각지 못했으리라고 보는데—사랑은, 알다시피, 감정이라기보다는 상황으로서, 토비 동생이 군대에 들어가듯, 들어가는 것이기 때문에—그 일이 좋든 싫든 상관없이—일단 들어가고 나면—좋은 척해야 하며, 무슨 수를 써서라도 자신이 용기 있는 사람이라는 것을 보여주어야 한다네.

이 가설도, 아버지의 다른 가설들과 마찬가지로, 아주 그럴듯했기 때문에, 삼촌은 한마디로밖에는 반박할 수 없었으며—트림이 여기에 재청할 준비를 하고 있었으나—아버지는 아직 결론을 내리지 못하고 있었고—

바로 그 때문에 하고 아버지가 얘기를 계속했습니다. (자신의 논지를 반복하며) 온 세상 사람들이, 토비 동생을 향한 워드먼 부인의 *애정*과—역으로 워드먼 부인을 향한 토비 동생의 *애정*을 알고 있을 뿐 아니라, 바로 오늘밤 그들 사이에서 음악 소리가 흘러나온다고 해도 도저히 막을 도리가 없겠지만, 분명한 것은, 그 선율을 일 년 내에는 들을 수 없다는 말이네.

우리가 뭔가 잘못 생각한 모양이야. 토비 삼촌은 미심쩍다는 표정으로 트림의 얼굴을 쳐다보며 말했습니다.

그러자 트림은, 제 몬테로 모자를 걸지요 하고 말했습니다―전에 말씀드렸지만, 트림은 그 몬테로 모자를 끊임없이 내기에 걸었으며, 공격을 위해 그날 밤 볼품 있게 새로 고쳤기 때문에―더욱 승산이 있어 보였습니다―나리, 제 몬테로 모자를 1실링에 걸겠습니다―다만 나리들께 내기를 거는 것이 무례한 짓이 아니라면 말입니다 하고 트림이 (절을 하며) 말했습니다―

―무례할 것이 무엇이겠나 하고 아버지가 대답했습니다―표현방식의 하나인 것을, 즉 자네가 몬테로 모자를 1실링에 걸겠다는 말은 ―다른 뜻이 아니라―자네가 확신이 있다는 말이 아니겠나―

―그나저나 자네가 믿는 것이 도대체 무엇이란 말인가?

나리, 과부 워드먼 부인이 열흘도 견디지 못할 것이라는 믿음이지요―

정말인가 하고 닥터 슬롭이 비웃듯이 소리쳤습니다. 어떻게 여자에 대해 그렇게 많이 알게 되었나?

가톨릭 교회의 여자 성직자와 사랑에 빠진 덕분이지요 하고 트림이 말했습니다.

그게 아니고 베긴회 수녀였다네 하고 토비 삼촌이 말했습니다.

닥터 슬롭은 그 차이에 귀를 기울이기에는 지나치게 격분해 있었으며, 아버지는 그 상황을 틈타 베긴회 수녀들과 그 외 다른 수녀들을, 어리석고 곰팡내 나는, 닳고닳은 여자들이라고 마구 공격했으니―닥터 슬롭은 더 이상 참을 수가 없었고―토비 삼촌은 반바지 때문에 치수를 재러 가야 했으며―요릭은 설교의 네번째 단락을 끝내야 했기 때문에

―각자 다음날 있을 공격을 위해―일행은 흩어졌습니다. 혼자 남게 된 아버지는, 잠자리에 들 때까지 30분의 여유가 있었기 때문에, 펜과 잉크, 종이를 꺼내, 토비 삼촌에게 다음과 같은 교훈의 편지를 썼습니다.

사랑하는 토비 동생

내가 자네에게 하고 싶은 얘기는, 여성의 본질과 그들에게 사랑을 구하는 문제에 관한 것으로서―자네가 이런 교훈의 편지를 받고, 내가 그것을 쓴다는 사실이―나에게는 잘된 일이라고 할 수 없지만―자네에게는 다행한 일이라고 생각하네.

우리의 운명을 결정하는 그분이 쾌히 허락하시고―자네가 그 지식을 필요로 하지 않았다면, 지금 내가 아닌 자네가 펜을 잉크에 찍고 있었으면 하는 마음이지만, 형편이 그렇지 않고――자네 형수가 지금 옆에서, 잠자리를 준비하고 있으니―자네에게 도움이 될 만한 주의 사항과 증거 자료를, 두서없이 생각나는 대로 긁어모아, 나의 사랑의 징표로 전해주려는 것이며, 자네도 기꺼이 받으리라고 믿어 의심치 않네.

먼저, 그 문제의 종교적인 측면으로서――지금 내 뺨이 상기되는 이유는, 항상 과묵한 자네지만, 종교적인 임무를 소홀히 하는 법은 없다는 사실을 잘 알고 있기 때문에, 그 주제를 놓고 이야기를 시작하려니 내 얼굴이 붉어지는 것이네―그러나 (자네가 구애를 하는 동안) 잊지 말아야 할 점을 한 가지 특별히 상기시켜주고 싶은데, 다름아니라, 그 일에 착수하기 전에, 아침이 되었든 저녁이 되었든, 먼저 전능하신 하나님께, 악한 자로부터 보호해달라고 꼭 기도해야 한다는 것이네.

사오 일에 한 번씩, 정수리 끝을, 아니 형편이 된다면 더 자주 깨끗이 면도하여, 깜박하고, 그녀 앞에서 가발을 벗는 경우, 세월에 의해 깎

여나간 부분과——트림이 깎은 부분을 그녀가 구분하지 못하도록 해야 하네.

——그녀의 머릿속에 대머리라는 말이 떠오르지 않게 해야 된다는 말이지.

이것을 항상 마음속에 간직하고, 지침으로 삼아 행동하기 바라네——

한 가지 다행스러운 점은, "여자들은 소심하다는 것이네."——그렇지 않았다면 우리는 그들과 어떤 거래도 하지 못했겠지.

그리고 반바지가 너무 꼭 낀다거나, 우리 선조들의 트렁크-호즈[30]처럼, 지나치게 헐렁해서도 안 된다네.

——중용은 모든 속단을 방지하는 법이니까.

무슨 말을 하든, 될 수 있으면, 부드럽고 낮은 목소리로 하는 것을 잊지 말게. 침묵을 비롯해, 그와 비슷한 것은 무엇이든, 머릿속에 한밤중의 비밀스러운 꿈을 짜넣게 마련이네. 그러니, 가능하다면, 혀에 대한 경계를 늦추어서는 안 되네.

그녀와 대화를 나누는 동안에는 농담과 익살을 일체 피해야 하며, 동시에 그런 종류의 글과 책을 그녀가 가까이하지 않도록, 최대한의 노력을 기울여야 하네. 반면 믿음에 관한 소책자 같은 것을 읽도록 한다면——아주 좋겠지. 특히 라블레, 스케론,[31] 혹은 돈 키호테는 절대 읽게 해서는 안 되며——

——그런 책은 모두 웃음을 자극하는 반면, 자네도 알다시피, 욕정만큼 심각한 감정은 없지 않은가.

---

30 16~17세기에 유행한 반바지.
31 폴 스케론 Paul Scarron(1610~1660): 『희극적인 로맨스 *Le Roman Comique*』의 저자로서 『트리스트럼 샌디』와 종종 비교되는 작품이다.

그녀의 거실로 들어가기 전에, 웃옷 가슴 부분에 핀을 하나 꽂아두게.

그리고 그녀와 함께 소파에 앉도록 허락받고, 그녀가 자기 손 위에 자네 손을 얹을 기회를 주더라도—그렇게 하지 않도록 주의해야 하는데—자네 손을 그녀의 손 위에 얹어서는 안 되네. 만약 그렇게 된다면 그녀가 자네 기분을 눈치채고 말 걸세. 뿐만 아니라 가능한 다른 것도 알아채지 못하게 하여, 그녀의 호기심을 자극해야 하는데, 그렇게 해도 그녀를 정복할 수 없고, 당연한 일이겠지만, 자네 당나귀가 계속해서 발길질을 한다면—고대 스키티아인들이, 갑작스레 폭발하는 욕정을 다스리기 위해 사용했던 관습에 따라, 귀밑에서 피를 몇 온스 뽑는 수밖에 없겠지.

아비체나[32]는, 그렇게 한 다음, 배설과 하제(下劑) 습관을 제대로 하고, 그 부분에 크리스마스로즈시럽을 발라야 한다고 했는데—나도 동감하는 바이네. 그리고 염소고기나 붉은 사슴고기는 되도록 먹지 않도록 해야 하며—망아지고기도 절대 먹어서는 안 되고—가능한 한 공작, 왜가리, 검둥오리, 농병아리, 물닭 등을 자제해야 하며—

음료로는—굳이 말할 필요도 없겠지만, 아이올리스인들이 효과를 보았다고 전하는 베르벵과 약초로 알려진 하네아를 혼합한 것이 좋겠지만—뱃속이 불편하다면—때때로 그 음료를 끊고, 오이, 수박, 쇠비름, 수련, 인동덩굴, 양상추 등을 먹는 것이 좋겠지.

지금은 더 이상 생각나는 것이 없으니—

—새로운 전쟁이 발발하지 않는 한——이만 건투를 비네.

사랑하는 형,

월터 샌디가

---

[32] Avicenna: 아라비아의 의사이자 철학자.

제35장

아버지가 이 교훈의 편지를 쓰는 동안, 토비 삼촌과 상병은 공격 준비를 서두르고 있었습니다. 주홍빛 반바지를 뒤집는 일은 포기했기 때문에 (현재로서는) 다음날 아침 이후로 미룰 필요도 없었으며, 따라서 11시에 공격을 감행하기로 결정했습니다.

부인 하고 아버지가 어머니에게 말했습니다.—우리가 형과 형수로서, 토비 동생 집에까지 걸어내려가—그의 공격을 격려해주는 것이 어떻겠소.

아버지와 어머니가 도착했을 때, 삼촌과 상병은 이미 옷을 갖추어 입고, 시계가 11시를 치자, 출진을 하려던 참이었습니다—그러나 그 이야기를 이런 작품의 8권 끄트머리에 끼워넣기에는 너무 아깝다는 생각이 드는군요.—아버지는 교훈의 편지를 삼촌의 외투 호주머니에 넣어주었으며—어머니와 함께 공격이 성공하기를 빌어줄 시간밖에 없었습니다.

그저 궁금해서 그러니, 열쇠 구멍으로 한번 들여다볼 수 있었으면 좋으련만 하고 어머니가 말했습니다—부인, 말은 바로 해야지요 하고 아버지가 말했습니다—

그리고 나서 실컷 열쇠 구멍으로 들여다보구려.

젠틀맨 트리스트럼 샌디의 삶과 견해

제9권

당신께서는 좀더 점잖은 재밋거리를 원하실지도 모르겠으나, 뮤즈의 신과 자비의 신, 그리고 모든 시인들의 관대함으로, 저를 너그러이 보아주시기 바랍니다.

THE
LIFE
AND
OPINIONS
OF
TRISTRAM SHANDY,
GENTLEMAN.

Si quid urbaniuscule lusum a nobis, per Musas et Charitas et omnium poetarum Numina, Oro te, ne me male capias.

VOL. IX.

LONDON:
Printed for T. BECKET and P. A. DEHONDT,
in the Strand. MDCCLXVII.

위대한 인물에게 바치는 헌정사[1]

토비 삼촌의 정사를 * * * 선생께 헌정하기로, *a priori*,[2] 생각하고 있었으나—*a posteriori*,[3] * * * * * * * 경께 헌정하는 것이 타당하다고 여겨지는군요.

그러나 이번 일로 성직자님들의 질투심을 살까 걱정스러운데, 로마 가톨릭 교회에서는, *a posteriori*가 승진을 위해, 손에 입을 맞추거나—혹은 동일한 목적으로 하는—그 외 다른 행위를 의미하기 때문입니다.

* * * * * * * 경에 대한 나의 평가가, * * * 선생보다 나을 것도 못할 것도 없습니다. 작위는, 동전의 문양처럼, 비금속 조각에 관념적이고 부분적인 가치를 부여하는 반면, 금과 은은 어떤 천거도 없이 그 무게 자체만으로 이 세상 어디에서나 통용되기 때문입니다.

* * * 선생께서 공직에서 물러나시면 30분 간 여흥을 제공하겠다고 마음먹게 했던, 그 선의가—지금 나를 더욱 강하게 부추기는데, 30분 간의 여흥은, 철학적인 만찬 끝에보다는, 수고와 슬픔 뒤에 더욱 상쾌하고 기운을 돋워주게 마련입니다.

사실 완전한 사고(思考)의 변화보다 훌륭한 여흥거리는 없을 것이

---

1 1760년 1, 2권의 두번째 판과 마찬가지로 윌리엄 피트에게 헌정하고 있다. 그는 1766년 자작과 백작의 작위를 받았으며, 1761년부터 1766년까지 공직을 물러나 있었다. 스턴은 피트 경의 정치 인생의 굴곡을 헌정사에서 암시하고 있다.
2 선험적으로.
3 후험적으로, 귀납적으로.

며, 대신(大臣)들과 순결한 연인들의 사고만큼 서로 다른 개념도 없을 것이니, 내가 정치가들과 애국자들에 대해 논하며, 앞으로 그들에 대한 혼란과 오해가 없도록 조처를 취할 때—나는 그 장을 순한 양치기에게 바치고자 하며,

> 그의 사고(思考)는 오만한 학문에 의해,
> 정치가의 길이나 애국자의 길에까지,
> 방황하여 가는 법이 없으며,
> 소박한 자연이 그의 소원대로
> 구름 덮인 정상(頂上)에서 겸허한 천국을 내려주었으니,
> 깊은 숲 속 야성의 세계를 포옹하며—
> 광활한 물나라의 행복한 섬에서—
> 같은 하늘 아래 거하도록 허락된,
> 그의 충성스런 개들이 그와 함께하도다.

말하자면, 그의 상상 속에 전혀 새로운 주제를 소개함으로써, 정열적인 사랑에 번민하는 그의 생각이 자신도 모르게 *전환되도록* 만들고자 하는 것입니다. 그건 그렇고,

저는
저자입니다.

제1장

세상을 살아가는 동안 우리를 종종 방해하는 시기(時期)와 우연의 힘[4]에 증인이 되어달라고 호소하는바, 나는 바로 이 순간까지도, 즉 어머니가 그 일을 두고 말했듯이, 그녀의 궁금증이,—혹은, 아버지가 주장했듯이, 그와는 다른 어떤 충동이—어머니로 하여금 열쇠 구멍으로 들여다보기를 원하도록 만들었을 때까지도, 토비 삼촌의 정사를 본격적으로 다룰 수가 없었습니다.

"부인, 말은 바로 해야지요" 하고 아버지가 말했습니다. "그리고 나서 실컷 열쇠 구멍으로 들여다보구려."

앞에서도 자주 언급한 바 있지만, 아버지의 기질 가운데, 이와 같은 신랄한 유머의 발효 작용만큼, 훌륭한 풍자를 이끌어내는 것은 없었으나—그의 본성은 솔직하고 관대했으며, 항상 설득의 여지가 있었기 때문에, 이런 무례한 언동의 마지막 한마디에 도달하기 전에, 항상 양심의 가책을 느꼈습니다.

그때 어머니는 왼팔을 아버지의 오른팔 아래로 다정하게 비틀어 넣으며, 그녀의 손바닥이 아버지의 손등에 닿도록 하고—손가락을 들어 올렸다가 떨어뜨렸는데—손가락으로 두드렸다고 하기도 그렇고, 설사

---

[4] 『구약성서』「전도서」9장 11절: "내가 돌이켜 해 아래서 보니 빠른 경주자라고 선착하는 것이 아니며 유력자라고 전쟁에 승리하는 것이 아니며 [……] 이는 시기와 우연이 이 모든 자에게 임함이라."

두드렸다고 하더라도——항의하는 뜻이었는지, 시인하는 뜻이었는지는, 궤변가들조차 알 수 없는 노릇이었습니다. 그러나 머리끝부터 발끝까지 감수성으로 뭉쳐 있던 아버지는, 그 의미를 제대로 파악했으며——양심이 어머니의 공격에 힘을 배가시켜주었으니——그가 갑자기 얼굴을 돌리자, 어머니는 그의 몸도 집을 향해 돌 것이라고 생각하고, 왼쪽 다리로 중심을 잡고, 오른쪽 다리를 앞으로 내밀며 몸을 기울여, 그가 얼굴을 돌렸을 때, 두 사람의 눈이 마주쳤는데——또 한 번의 혼란! 아버지는 자신의 질책을 지워버려야 할 천 가지 이유와, 자신을 질책해야 할 마찬가지 수의 이유를 떠올렸으며——그는 얇고, 푸른빛을 띠는, 차갑고 투명한 크리스털 그릇 같아서, 그 속에 담긴 액체가 완전히 정지된 상태에서, 최소한의 티끌이나 먼지만큼의 욕망[5]이라도 있었다면, 바닥에 가라앉은 것이 보였겠지만——아무것도 없었습니다——그런데 내가 이렇게 외설스러울 수가 있다니, 특히 춘분과 추분이 가까운 시점에——하나님은 아시겠지만——나의 어머니는——부인——천성으로 보나, 교육이나 행동거지로 보나, 전혀 그럴 분이 아니었는데 말입니다.

    어머니의 혈관 속에는 일 년 열두 달, 그리고 위기 상황이 닥칠 때는 밤낮을 가리지 않고, 절제력 있는 피가 절도 있게 흘렀으며, 그 자체로서는 아무런 뜻도 없지만, 인간 본성이 흔히 의미를 부여하게 마련인, 종교적인 소책자의 문자가 주는 흥분감을 통해서도 그녀의 기질에 일말의 열기를 더하는 법이 없었고——아버지의 태도를 보자면! 전혀 도움을 주지도 부추기지도 않았을 뿐 아니라, 일생 동안 어머니의 머릿속에 그런 생각이 들어가지 않게 하는 것이 그의 가장 큰 임무였으니——조

5『신약성서』「마태복음」 7장 3절: "어찌하여 형제의 눈 속에 있는 티는 보고 네 눈 속에 있는 들보는 깨닫지 못하느냐."

물주가 그 책임을 다한 덕분에, 아버지는 수고를 덜었으며, 적잖이 모순적인 일이긴 했지만, 그도 그 사실을 알고 있었습니다—그리고 나는 지금, 1766년 8월 열둘째 날, 자줏빛 가죽 조끼에 노란색 실내화를 신고, 가발도 모자도 쓰지 않고, 아버지의 예언을 너무나 희비극적으로 성취하고 있습니다. "그 일에 관한 한, 나는 다른 사람들의 자식들과 전혀 다르게 사고하고 행동할 것이라는 말입니다."

아버지의 실수는, 어머니의 행동이 아니라 그 의도를 공격한 데 있었습니다. 사실 열쇠 구멍은 다른 목적을 위해 만들어졌으니, 그 행동을, 그 진정한 목적에 상충된 것으로 볼 때—어머니의 행동은 부자연스런 것일 뿐 아니라, 범죄가 되는 것이었지요.

바로 이런 이유 때문에, 존경하는 목사님들, 열쇠 구멍은, 세상의 다른 모든 구멍들을 합쳐놓은 것보다 더 많은 죄와 부도덕을 낳았습니다.

—열쇠 구멍 얘기가 났으니 말이지만 토비 삼촌의 정사 이야기로 돌아가야겠습니다.

제2장

삼촌의 라말리 가발을 파이프에 잘 말아놓겠다던 상병이 말 그대로 실천을 했지만, 제대로 효과를 보기에는 시간이 너무 촉박했습니다. 가발은 몇 해 동안이나 삼촌의 군용 트렁크 구석에 처박혀 있었고, 한 번 틀어진 형태를 제대로 잡기도 힘들었으며, 타다 남은 초 동강에 불을 붙이는 일도 수월하지 않았기 때문에, 생각만큼 일이 쉽지 않았습니다. 상병은 눈을 반짝이며 양쪽 팔을 벌린 채, 몇 번이고 뒤로 물러서서, 가발에 영감을 불어넣기 위해 노력했으나—우울의 여신이 보았더라면 그녀를 미소짓게 했을 정도로—가발은 상병이 원하는 부분만 제외하고 온통 곱슬거렸으며, 그의 말에 의하면, 조금만 더 곱슬거리도록 손을 보았더라면, 죽은 사람도 벌떡 일어날 지경이었습니다.

사실이 그랬으며—다른 사람의 이마 위에 얹혔더라면 분명히 그렇게 보였겠지만, 선량함이 넘쳐나는 삼촌은, 주위의 모든 것을 그에게 주체적으로 동화시켰으며, 창조의 여신이 그 아름다운 손으로 삼촌의 얼굴 구석구석에 젠틀맨이라고 써놓았기 때문에, 금물로 장식한 낡은 모자와 촌스럽고 커다란 호박단 모표도 그에게는 잘 어울렸으며, 그 자체로 치자면 한 푼의 가치도 없는 것들이었지만, 삼촌이 머리에 얹는 순간, 중후한 물건으로 변했기 때문에, 그를 돋보이게 하기 위해 과학의 손이 직접 정선한 것처럼 보였습니다.

여기다 삼촌의 근위복만큼 잘 어울리는 것은 없었으나—다만 양(量)이 품위의 필요조건이 아니라면 하는 말입니다.[6] 그 옷을 지어 입은 후 십오륙 년이 지나는 동안, 삼촌은 전혀 활동이 없는 생활을 했으며, 잔디 볼링장보다 멀리 나가는 일도 거의 없었기 때문에 그의 근위복은 지나치게 꼭 끼여, 상병이 옷을 입히는 것도 힘들었고, 소매를 늘인 것도 전혀 도움이 되지 않았습니다.—그러나 근위복은 옆구리의 솔기 부분과 등을 따라 내려가며 수가 놓여 있었고, 윌리엄 왕 시대의 유행을 따랐으며, 사설을 줄이자면, 그날 아침 햇살 아래 얼마나 눈부시게 반짝

---

[6] 호가스는 『미의 분석』에서, 동방의 의복이 유럽의 의복의 아름다움을 능가하는 이유는, 그 화려함뿐 아니라 풍성함에도 기인한다고 말했다. 말하자면 양이 품위를 고취시켜준다는 말이다. 토비 섄디는 그동안 몸이 불어 근위복이 작아졌다는 표현.

이며 금속성의 강인한 분위기를 자아냈던지, 삼촌이 갑옷을 입고 공격하려는⁷ 생각이었다면, 이보다 그의 상상력을 자극하는 것은 없었을 것입니다.

얇은 주홍빛 반바지는, 재단사가 가랑이 사이의 솔기를 뜯어놓았기 때문에, *엉망이 되어 있었고*——

——예, 부인,——그러나 상상력을 자제하도록 합시다. 그 바지는 전날 밤 쓸모없게 되었고, 삼촌의 옷장에는 차선책이 없었기 때문에, 그는 붉은 벨벳 바지를 입고 출동할 수밖에 없었습니다.

상병은 르 페베의 연대복을 차려입었으며, 이번 기회에 새로 손질한 몬테로 모자 안으로 머리카락을 밀어넣고, 주인을 좇아 삼 보 뒤에서 행군했으며, 군인다운 당당한 기운이 그의 셔츠 소매를 부풀렸으며, 손목에는 장식술이 달린 검은 가죽끈에 그의 지팡이가 매달려 있었고——삼촌은 지팡이를 미늘창처럼 들고 있었습니다.

——괜찮아 보이는군 하고 아버지가 중얼거렸습니다.

제3장

토비 삼촌은 상병의 원조를 확인하기 위해, 여러 번 고개를 돌려 뒤를 돌아보았으며, 상병은 그때마다 지팡이를 가볍게 흔들어 보였으나——허풍스럽지는 않았으며, 이를 데 없이 상냥한 목소리로 주인에게 정

---

7 콘돔을 사용한다는 18세기 표현.

중한 격려의 말을 전했습니다. "두려워하지 마십시오."

사실 삼촌은 두려워하고 있었으며, 그것도 몹시 두려워하였습니다. 그는 (아버지의 책망대로) 여자의 앞뒤도 구별 못 하는 사람이었으며, 여자들 앞에서는 항상 안절부절못했으나—다만 누구든 슬픔과 고통에 빠져 있는 경우에는, 그의 연민은 끝 간 데 없었으며, 아무리 예의바른 소설 속의 기사였다 해도, 한쪽 다리만 가지고 그렇게 멀리까지 가서, 여자의 눈물을 닦아주지는 못했을 정도이지만, 단 한 번 워드먼 부인에게 속았던 경우를 제외하고는, 여성의 눈을 응시하는 일은 결코 없었으며, 종종 아버지에게 순진하게 고백하기를, 그렇게 하는 것은 음담패설이나 (똑같지 않다면) 거의 다름없다고 말했습니다.—

—그러면 어떤가? 하고 아버지가 말했습니다.

제4장

그녀가 거절하면 안 되는데 하고 토비 삼촌은, 워드먼 부인의 집 문 앞에서 이십 보 정도 떨어진 곳까지 진격해 가서 말했습니다.—상병, 그녀가 거절하면 안 되는데.—

—거절하지 않을 겁니다, 나리 하고 상병이 말했습니다. 리스본에서 그 유대인 과부가 내 동생 톰을 거절하지 않았던 것처럼 말입니다.—

—그래 그 일은 어찌 되었나? 삼촌은 상병을 향해 몸을 완전히 돌리다시피 하며 물었습니다.

나리께서도 톰의 불행을 아시겠지만 하고 상병이 말을 이었습니다. 이번 일과 그의 불행은 더 이상 아무런 공통점이 없으며, 톰이 그 과부와 결혼하지 않았더라면—혹은 그들의 결혼 후, 소시지에 돼지고기만 넣지 않도록 하나님께서 돌봐주셨더라면, 그 불쌍한 녀석이 따뜻한 침대에서 쫓겨나, 종교 재판소로 끌려가지는 않았을 텐데—정말 저주받아 마땅한 곳이지요—하고 상병이 고개를 저으며 덧붙였습니다—어느 누구든 한번 들어가기만 하면, 영원히 나올 수가 없으니까요.

맞는 말이네 하고 삼촌은 어두운 표정을 지으며 워드먼 부인의 집을 쳐다보며 말했습니다.

나리, 세상에 그런 것은 없습니다 하고 상병이 얘기를 계속했습니다. 평생 갇혀 있는 것보다 슬픈 일은 없고—자유만큼 달콤한 것도 없습니다.

없고말고, 트림—삼촌은 이렇게 말하며, 생각에 잠겼고—

자유를 위하여—하고 소리치며, 상병은 지팡이를 휘둘렀습니다—

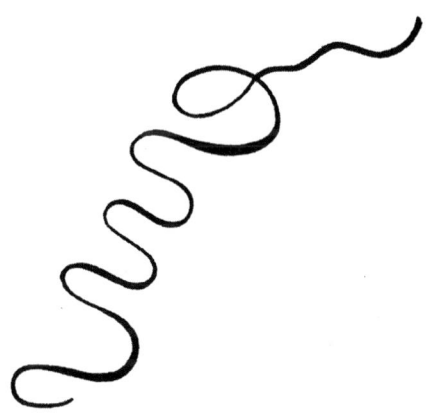

수없이 많은 아버지의 심원한 삼단 논법도 독신 생활에 대해 이보다 많

은 얘기를 하지는 못했겠지요.

토비 삼촌은 집과 잔디 볼링장을 진지한 표정으로 바라보았습니다.

상병은 경솔하게도 지팡이로 신중함의 영혼을 불러냈기 때문에, 이야기로 다시 불러들이는 수밖에 없었으며, 그는 다음과 같이 아주 비(非)교회적인 액막이를 실시했습니다.

제5장

나리, 톰은 지내기도 편하고—날씨도 온화하여—그곳에 정착하는 문제를 심각하게 고려하고 있었으며, 당시 같은 골목에서 소시지 가게를 하고 있던 유대인이, 협착에 의한 배뇨 곤란으로 갑작스레 사망하는 바람에, 그의 미망인이 번창하고 있던 사업을 물려받았는데—톰은 (리스본에 있는 모든 사람들이 자신의 안녕을 위해 최선을 다했듯이) 그 사업을 이끌어가는 데 그의 노력을 제공하는 것도 괜찮겠다는 생각이 들었습니다. 그래서 그녀의 가게에서 1파운드의 소시지를 사겠다는 생각 외에는, 어떤 준비도 없이—톰은 집을 나섰고—마음속으로 그 일을 되짚어보며, 최악의 경우, 1파운드의 소시지를 제값을 주고 살 뿐이며—만에 하나, 일이 잘된다면, 1파운드의 소시지뿐 아니라—아내와—소시지 가게도 덤으로 얻게 되어, 그곳에 정착할 수 있으리라는 생각을 하며 걸어갔습니다.

집 안의 모든 하인들이, 지위 고하를 막론하고, 톰의 성공을 빌었으며, 나리, 저는 그가 흰색 무명 조끼와 반바지에, 모자를 비스듬히 쓰고, 지팡이를 흔들며, 미소를 머금고 만나는 사람마다 인사를 건네며, 유쾌하게 걸어가는 모습이 지금도 눈에 선합니다.―그러나, 슬프게도! 톰! 너는 더 이상 미소짓지 못하는구나. 상병은 고개를 한쪽으로 돌려 땅을 쳐다보며, 지하 감옥에 있는 그에게 소리치듯이 말했습니다.

가엾은 친구! 삼촌은 감정을 넣어 말했습니다.

녀석은 그지없이 솔직하고, 낙천적이었지요, 나리―

――그렇다면 트림, 자네와 닮았구먼 하고 삼촌이 재빨리 덧붙였습니다.

상병은 손톱 끝까지 빨개졌으며―감상적인 수줍음의 눈물 한 방울과―삼촌을 향한 감사의 눈물 한 방울―그리고 동생의 불행에 대한 슬픔의 눈물 한 방울이 눈에 고여 그의 뺨을 타고 한꺼번에 흘러내렸으며, 램프 하나가 다른 램프에 불을 붙이듯 토비 삼촌도 점화되어, (르페베가 입었던) 트림의 외투 가슴 자락을 쥐고, 불편한 다리를 쉬기라도 하듯, 그러나 사실은 보다 섬세한 감정을 삭이며―1분 30초 동안 그러고 서 있다가, 마침내 손을 내렸고, 상병은 고개 숙여 절을 하며, 동생과 유대인 과부의 이야기를 계속했습니다.

제6장

나리, 톰이 가게에 도착하고 보니, 한 흑인 소녀가, 긴 막대기 끝에 하얀 깃털 뭉치를 매달아 파리를 쫓고 있었으나―죽이지는 않았습니다.―정말 아름다운 그림이군! 하고 삼촌이 말했습니다―트림, 그녀는 박해를 당하며 자비를 배웠겠지—

—나리, 박해 때문만이 아니라, 천성이 착했지요 하고 트림이 말했습니다. 의지할 데 없는 그 가엾은 아이의 사연을 듣고, 마음이 녹아내리지 않을 사람은 아무도 없었으며, 황량한 겨울밤에, 나리께서 원하신다면, 톰의 이야기를 마저 들려드릴 때, 그 이야기도 함께 해드리겠습니다—

꼭 그렇게 해주게, 트림 하고 삼촌이 말했습니다.

나리, 흑인에게도 영혼이 있을까요? 하고 상병이 (의심스럽다는 듯이) 물었습니다.

상병, 나는 그런 일에 대해서는 별로 아는 바가 없네 하고 삼촌이 말했습니다. 그러나 생각해보면, 하나님이 자네나 나처럼, 흑인에게도 영혼을 주었을 것 같지 않은가—

—만약 그렇게 하지 않았다면, 슬픈 일이지만, 사람을 차별하는 것이 아니겠습니까 하고 상병이 말했습니다.

그런 셈이지 하고 삼촌이 말했습니다. 그렇다면, 나리, 흑인 하녀보다 백인 하녀가 더 대접을 받는 이유가 무엇일까요?

그건 모르겠는걸 하고 삼촌이 말했습니다—

—다만 하고 상병은 고개를 저으며 큰 소리로 말했습니다. 그녀 편을 들어줄 사람이 없기 때문이겠지요—

—바로 그 때문이네, 트림 하고 삼촌이 말했습니다—그 때문에 그녀와—그녀의 동포들을 보호해야 하며, *지금은* 전쟁의 운세가 우리 손에 채찍을 들려주었지만—앞으로는 누구의 손으로 가게 될지, 하나님만이 아시는 일이고—누구 손에 있든, 용기 있는 사람이라면, 트림!—그 채찍을 몰인정하게 사용하지는 않겠지.

—그렇다마다요 하고 상병이 말했습니다.

아멘. 삼촌은 가슴에 손을 얹으며 응답했습니다.

상병은 하던 이야기로 다시 돌아갔으나——어색한 감이 드는 것을 어쩔 수 없었으며, 잘 이해가 가지 않는 독자도 있겠지만, 여기까지 오는 동안 한 가지 애틋한 열정에서 다른 열정으로, 급속한 변화를 계속하다 보니, 이야기에 감정과 활기를 불어넣었던, 감칠맛 나는 어조를 잃어버리고 말았습니다. 그는 두 번이나 그 어조를 회복하기 위한 시도를 했으나, 실패로 돌아갔으며, 후퇴하는 활기를 다시 불러모으기 위해 큰 소리로 에헴! 하고 헛기침을 하며, 목소리에 힘을 실어주기 위해, 왼쪽 팔은 허리에 얹고, 오른팔은 앞으로 뻗어——최대한 그 어조에 가까이 도달하기 위해 노력을 기울이며, 그런 태도로 이야기를 계속했습니다.

제7장

그러나 나리, 당시 톰은 그 무어 소녀에게는 전혀 볼일이 없었기 때문에, 유대인 과부와——사랑과 소시지 1파운드 얘기를 하려고 뒷방으로 갔으며, 나리께 말씀드렸다시피, 솔직하고 쾌활한 청년이었던 그는, 생김새와 태도에 성격이 그대로 묻어나, 별다른 해명도 없이, 의자를 집어들고, 그녀 가까이 다가가 탁자 앞에 놓고 앉았습니다.

그러나, 나리, 소시지를 만들고 있는 여인에게 구애하는 것처럼 거북한 일이 또 어디 있겠습니까——그래서 톰은 소시지에 대한 얘기로 말을 꺼냈으며, 처음에는 진지하게,——"어떻게 만드는 것인지——어떤 고기와 향초, 양념을 쓰는지"——그러고는 약간 쾌활하게——"껍질은 어떤 것을 쓰는지—그리고 터지지는 않는지—또한 클수록 좋은 것인지"—등등—소시지에 대한 얘기를 계속하며, 약간 모자란 듯 양념하도록 주의하여,—운신할 여유를 마련했으며—

바로 그런 경계를 소홀히 했기 때문이었네 하고 토비 삼촌이, 트림의 어깨 위에 손을 얹으며 말했습니다. 모트 백작이 위넨데일 전투에서 패배한 것은 바로 그 때문이었다네.[8] 그가 숲속으로 그렇게 급하게 밀어붙이지 않았다면, 우리는 라일을 비롯해, 그와 동일한 운명을 맞은 겐트와 브뤼헤도 함락시키지 못했을 것이 분명하니, 때는 세밑이었고, 날씨가 험한 계절이었기 때문에, 일이 그렇게 되지 않았다면, 우리 군대는 허허벌판에서 소멸되었을 것이네.—

—나리, 그러니 결혼이 하늘의 뜻이라고 하는 것처럼, 전쟁도 그렇지 않겠습니까?—토비 삼촌은 생각에 잠겼습니다.—

종교는 이렇게 말하라고 하는데, 병법에 대한 그의 고견은 저렇게 말하라고 하니, 삼촌은 마음에 쏙 드는 대답을 찾지 못해—아무 말도 하지 않았으며, 상병은 얘기를 계속했습니다.

톰은 출발이 순조로웠을 뿐 아니라, 소시지에 관한 얘기가 기분좋게 전달되었다는 것을 깨닫고, 계속해서 그녀를 도와주기 시작했습니다.—처음에는 소시지 끝을 잡고 그녀가 고기를 주물러 밀어넣는 것을 도와주다가—계속해서 실을 길이에 맞게 잘라, 손에 들고 있다가—그녀가 하나씩 집어, 입에 물고, 필요할 때마다 빼서 쓸 수 있도록 했으며—이렇게 조금씩 더해가다가, 마침내 그녀가 소시지 주둥이를 잡고, 그가 묶는 형편에까지 오게 되었습니다.—

---

[8] 프랑스군은 두 시간 만에 6천 내지 7천 정도의 군인을 잃었으며, 연합군은 912명만을 잃었다.

—나리, 과부들이 두번째 남편을 얻을 때는, 첫남편과 전혀 다른 사람을 선택하게 마련이지요. 따라서 톰이 그 얘기를 꺼내기도 전에 그녀의 마음은 이미 반 이상 결정된 셈이었습니다

그녀는 소시지를 움켜쥐며, 자신을 방어하는 체했습니다.—그러나 톰도 재빨리 소시지를 집어들었으며—

톰의 소시지에 연골이 더 많이 들어 있는 것을 보고—

그녀는 항복 문서에 서명했으며—톰이 그것을 봉인함으로써, 그 일은 마무리되었습니다.

제8장

여자들은 말입니다, 나리 하고 트림은 (자기 이야기에 대한 논평을 덧붙이며) 말했습니다. 지위 고하를 막론하고, 우스갯소리를 좋아하게 마련이며, 문제는 어떤 종류를 선호하는지 알아내는 것이기 때문에, 우리가 전장에서 목표물을 맞추기 위해, 대포의 포미를 올렸다 내렸다 할 때처럼 조준을 잘해야 합니다.—

—논제보다 그 비유가 더 마음에 드네 하고 토비 삼촌이 말했습니다—

—그야 나리께서는 쾌락보다 명예를 더 사랑하시니까요 하고 상병이 말했습니다.

내가 바라는 바는 하고 삼촌이 말했습니다. 그 두 가지보다 인류를 더 사랑하는 것이며, 전쟁에 대한 지식이 인류의 복리와 평화에 이바지

하고——특히 우리가 잔디 볼링장에서 함께했던 전투도, 야망의 보폭을 좁히고, 소수의 생명과 재산을 다수의 약탈로부터 보호하는 것을 목적으로 삼았으니——상병, 우리는 귓가에 북소리가 울릴 때마다, 넘치는 인류애와 동지애로 뒤로 돌아 행진할 것이네.

이 말이 떨어지자마자, 토비 삼촌은 뒤로 돌아, 중대의 선두에 서기라도 한 듯, 꼿꼿한 자세로 행군하기 시작했으며——충성스러운 상병은, 지팡이로 어깨총을 하고, 손으로 외투 자락을 치며 첫발을 내디디더니——그의 뒤에 바짝 붙어 길을 내려갔습니다.

——아니 저 두 사람이 도대체 뭘 하고 있는 거지? 아버지가 어머니에게 소리쳤습니다——이상한 일이긴 하지만, 두 사람은 워드먼 부인을 형식을 갖추어 제대로 포위하기 위해, 그녀의 집을 돌아가며 참호를 파려고 경계선을 표시하는 모양이구먼.

제 생각에는요 하고 어머니가 말했습니다——아니, 잠깐만요——어머니의 의견이 무엇이었는지——또한 아버지가 무엇이라고 대답했는가 하는——어머니의 응답과 아버지의 대꾸에 대해서는, 앞으로 읽고, 숙독하고, 부연하고, 논평하고, 상설할 기회가 올 것이며——한마디로 말하자면 별개의 작품에서 후세들이 읽을 것이라는 말이며——후세들이라 함은——그 말을 다시 한 번 반복하는 것이 된다 하더라도——이 책도 『모세의 사절』이나 『테일 오브 터브』⁹ 같은 작품들과 함께 시간의 수로를 타고 내려가지 못할 이유가 어디 있겠습니까?

이 일을 가지고 논쟁을 벌이고 싶은 생각은 없습니다. 시간은 살같

---

9 *Tale of a Tub*(1704)는 조너선 스위프트의 풍자 작품. *The Divine Legation of Moses Demonstrated on the principles of a Religious Deist* (1737~1741)는 워버튼 Warburton 주교가 저술한 신학 서적. 워버튼 주교는 자신의 진지한 작품이 스위프트의 풍자 작품과 나란히 비교되는 것이 못마땅했을 것이다.

이 흘러, 내가 쓰는 글자 하나하나가, 삶이 내 펜을 얼마나 바싹 쫓아오고 있는지 말해주고 있으며, 사랑하는 제니! 그대의 루비 목걸이보다 더 귀중한, 내 인생의 모든 시간이, 우리 머리 위를 바람 부는 날 가벼운 구름처럼 지나가, 다시는 되돌아오지 못할 것이며——그대가 머리카락을 비틀고 있는 지금도——모든 것은 내달리고 있으니,——봐요! 머리카락이 희어지는 것을, 그리고 내가 당신 손에 입맞추며 고하는 작별과, 매번 그 입맞춤에 이어지는 헤어짐도, 우리가 곧 맞이하게 될 영원한 이별의 전주곡인 것이오.——

——하나님 우리에게 자비를 베푸소서!

제9장

사람들이 위의 절규에 대해 어떻게 생각하든——조금도 개의치 않을 작정입니다.

제10장

어머니는 왼팔을 아버지의 오른팔에 낀 채, 닥터 슬롭이 오바댜의 말에 차였던, 허물어져가는 정원담을 끼고 있는 그 숙명적인 모퉁이까지 왔으며, 거기서는 워드먼 부인의 집이 정면으로 보였기 때문에, 아버지는 그곳에 도달하자마자, 건너편을 쳐다보았는데, 토비 삼촌과 상병이 문에서 십 보 정도 떨어진 곳까지 다가간 것을 보고는, 방향을 바꾸며—"여기서 잠시 기다렸다 갑시다 하고 말했습니다. 토비 동생과 그의 하인 트림이 첫 입성을 어떻게 장식하는지 한번 지켜봅시다—1분도 걸리지 않을 거요 하고 그가 덧붙였습니다."—10분이라도 상관없어요 하고 어머니가 말했습니다.

—1분의 절반도 안 걸릴 거요. 아버지가 말했습니다.

마침 그때 상병은 동생 톰과 유대인 과부 이야기에 본격적으로 들어가고 있었습니다. 이야기는 이어지고—또 이어졌으며—이야기 속에 삽입된 이야기도 있었고—되돌아갔다가는, 다시 앞으로 가고—그렇게 계속하는 바람에, 이야기는 끝날 줄을 몰랐으며—독자님도 길게 느낄 정도이니—

—아버지는, 맙소사! 하고 말하며 그들이 자세를 바꿀 때마다 콧방귀를 수없이 뀌었고, 상병이 지팡이를 휘두르고 흔들 때마다 욕설을 퍼부었습니다.

아버지가 기다리고 있는 이런 종류의 일이, 운명의 저울에 매달려 있을 때면, 우리의 마음은 기대의 원칙을 세 번까지 바꿀 수 있는데, 그렇게 하지 않고는 끝까지 기다릴 여력이 없기 때문입니다.

*처음 순간*에는 호기심이 지배하고, 그 다음 순간은 처음 시작한 데 들어간 손실이 아깝다는 생각에—그리고 세번째, 네번째, 다섯번째, 여섯번째 순간을 비롯해, 계속해서 최후의 심판날까지는—명예의 문제입니다.

윤리학자들은 이 모든 것을 인내심으로 돌린다는 사실을 알고 있지만, 그 미덕은, 이미 나름대로 충분한 활동 영역을 차지하고 있기 때문에, 명예가 세상에서 소유한 몇 채의 허물어진 성을 침입하지 않고도 **인내심**은 부족함이 없습니다.

    아버지는 이 세 가지 보조물의 도움으로 트림의 이야기가 끝날 때까지, 그리고 그때부터 그 다음 장에서 토비 삼촌의 전쟁에 대한 찬사가 끝날 때까지, 훌륭하게 잘 견디었으나, 두 사람이 워드먼 부인의 집 문을 향해 걸어가는 대신, 뒤로 돌아 아버지의 기대와는 정반대로 길을 따라 내려가는 것을 보고는—그의 성격을 다른 사람들의 성격과 확연히 구분짓곤 하는, 그 특유의 신랄하고 날카로운 기질을 당장 드러내기 시작했습니다.

제11장

    —"아니 저 두 사람이 도대체 뭘 하고 있는 거지?" 하고 아버지가 소리쳤습니다--등----

    제 생각에는요 하고 어머니가 말했습니다. 두 사람은 참호를 파고 있는 모양이에요—

    —워드먼 부인의 땅에다 말인가! 아버지는 한 발 뒤로 물러서며 소리쳤습니다—

    그럴 리가 있겠습니까 하고 어머니가 말했습니다.

    제발 좀 하고 아버지가 큰 소리로 외쳤습니다. 그 빌어먹을 놈의 축성법을, 거지발싸개 같은 대호와 지뢰, 방어물, 보람(堡籃), 둔덕, 해자와 함께 모두 내다버렸으면 좋겠구먼——

—쓸데없는 것들이지요—어머니가 말했습니다.

생각난 김에 말씀드리는데, 어떤 분이든 어머니를 그대로 흉내낼 수만 있다면, 지금 당장 내 자줏빛 조끼와 노란색 슬리퍼를 거저 드리겠습니다.—다름아니라, 어머니는, 아버지가 제시하는 것에는 무엇이든, 이해가 가지 않는 경우나, 그의 주장이나 진술이 전개되는 중심 단어나 용어의 뜻을 전혀 모르는 경우에도, 동의와 찬성을 아끼지 않았습니다. 어머니는 대부들과 대모들이 그녀를 위해 했던 서약을 기꺼이 지켰으나—그게 전부였으며, 20년 간이나 이런 모호한 어투를 고집했고—동사의 서법과 시제에 맞추어 대답할 뿐이었으며, 말의 내용을 이해하기 위해 노력하는 법도 없었습니다.

이 때문에 아버지는 늘 비참한 지경에 빠졌으며, 두 사람 사이의 훌륭한 대화를, 어떤 신랄한 반대보다 빈번하게, 시작부터 그 목을 분질러 놓았는데—쿠베트[10]는 드물게 살아남은 경우에 속했으며—

—"쓸데없는 것들이지요" 하고 어머니가 말했습니다.

—특히 쿠베트가 그렇지 하고 아버지가 대답했습니다.

그것으로 충분했습니다—그는 승리의 단맛을 보았으며—얘기를 계속했습니다.

—엄밀하게 말하자면, 워드먼 부인의 땅이라고는 할 수 없지 하며 아버지는 말을 일부 수정했습니다.—그녀는 일생 동안 세든 것에 불과하니 말이야—

—그렇다면 얘기가 다르지요—어머니가 말했습니다—

—얼간이들에게는 그렇겠지 하고 아버지가 대답했습니다—

---

10 cuvettes: 넓이가 6, 7미터 정도 되는 깊은 참호 혹은 실내용 변기를 뜻하기도 한다. 8권 32장에서 'ass'를 가지고 장난을 쳤던 월터는 비슷한 상황을 연출하고 있다.

그녀가 아이를 갖지만 않는다면요—어머니가 말했습니다—

——그러나 아이를 가지려면 먼저 토비 동생을 설득해야지—

——물론이지요 하고 어머니가 말했습니다.

——하지만 설득에 관해서라면—하고 아버지가 말했습니다—하나님 그들에게 자비를 베푸소서.

아멘. 어머니가 말했습니다, *piano*.

아멘. 아버지가 소리쳤습니다, *fortissimè*.[11]

아멘. 어머니가 다시 말했습니다—그러나 그녀의 말이 지극한 자기 연민에 탄식하는 듯한 어조로 끝을 맺자, 아버지는 적잖이 당황했으며—당장 수첩을 꺼냈으나, 미처 펼쳐보기도 전에, 요릭 목사의 교인들이 교회에서 몰려오는 바람에, 아버지의 용건의 절반이 충분히 응답되었으며—게다가 그날은 성찬식을 행하는 일요일[12]이라는 어머니의 말에—나머지 절반의 의혹도 완전히 풀어졌기 때문에—그는 수첩을 다시 호주머니에 집어넣었습니다.

세입 재원(歲入財源)을 궁리하는 재무위원회 위원장도, 이렇게 난처한 표정으로 집에 돌아가지는 않았을 것입니다.

---

11 piano: 약하게 ; fortissimè: 강하게.
12 성찬식은 매달 첫번째 일요일에 행하는 것이 관례였다. 그날은 월터 샌디가 '그 외 가정사'를 해결하는 날이기도 하다.

제12장

앞 장의 마지막에서 지금까지 쓴 글을 되짚어보며 그 구성을 검토한 결과, 이번 페이지를 비롯해 앞으로 다섯 페이지에 걸쳐, 꽤 많은 양의 이질적인 내용을 삽입할 필요를 느꼈으며, 이것은 지혜와 어리석음의 정확한 균형을 유지하기 위한 것인데, 이렇게 하지 않는다면 어떤 책도 한 해를 견디지 못하기 때문입니다. 그러나 빈약하고 미적지근한 여담으로는 (이름만 여담이지, 대로를 가듯 그대로 지나치는 편이 나을 것이니) 문제를 해결할 수 없으며—없다마다요, 여담이라면, 아주 유쾌한 것이어야 하며, 주제도 유쾌하여, 반동을 이용하지 않고는 말이나 말을 탄 사람을 잡을 수 없어야 합니다.

한 가지 난제가 있다면, 그 일을 수행하기에 적합한 방법을 찾는 것인데, 상상은 너무 변덕스럽고—기지는 찾는다고 얻어지지도 않으며—익살은 (마음씨 좋은 말괄량이이긴 하지만) 그 발 앞에 제국을 대령하지 않는 한, 부름에 응하는 법이 없지요.

—가장 좋은 방법은, 기도를 하는 것인데—

기도하는 사람의 육체적, 정신적 약점과 결점을 되새기게 하려는—그런 목적이라면, 기도를 하기 전보다 더 형편없는 상태가 될 것이며—그러나 다른 목적이라면 호전되겠지요.

내 입장을 말씀드리자면 이 세상 모든 정신적, 물리적 방법들 가운데 시도해보지 않은 것이 하나도 없으며, 때로는 내 마음에 직접 호소하며, 나의 능력의 한계에 대해 끈질기게 따져보기도 했지만—

—그렇다고 그 한계가 한 차라도 늘어나는 것은 아니었습니다—

그럴 때는 방법을 바꾸어, 육체적인 절제, 절주, 순결[13]이 정신에 어떤 도움이 되는지 시도해보았습니다. 나는 이렇게 말하지요. 좋지, 좋은 것들이지—절대적으로도 좋고,—상대적으로도 좋고,—건강에도 좋고—이 세상에서의 행복에도 좋고—저 세상에서의 행복에도 좋고—

말하자면, 다른 모든 곳에는 좋지만 꼭 필요한 데는 도움이 되지 않으니, 여기서는 아무런 쓸모가 없으며, 지적(知的) 능력은 신이 내려주신 그대로 내버려둘 수밖에 없고, 종교적인 미덕인 믿음과 소망이 용기를 불어넣어주긴 하지만, 눈물 짜는 미덕인 온유함이 (아버지가 항상 그렇게 불렀는데) 다시 가져가버리는 바람에, 변한 것이라고는 아무것도 없습니다.

사실 평범하고 일상적인 경우에는, 이보다 더 보탬이 되는 것은 없는데—

—논리에 어긋나지 않고 내가 이기주의에 눈먼 것이 아니라면, 질투심이 무엇인지도 모르는 이 증상만 두고 보더라도, 나에게는 진정한 천재성 같은 것이 있다고 생각합니다. 나는 글을 잘 쓰는 데 도움이 되는 발명품이나 기구를 발견하면, 모든 사람들이 나와 똑같이 글을 잘 쓰기를 바라는 마음에서, 당장 일반에게 공개합니다.

—사람들이 나처럼 생각을 적게 한다면, 반드시 그렇게 될 것입니다.

---

13 영국 성공회의 교리문답에 포함되어 있는 내용.

제13장

　일상적인 경우, 즉 내가 멍하게 있는 상태에서 빽빽하게 밀려온 생각들이 엿가락처럼 펜으로 전달되거나—
　혹은 그 경위는 모르겠으나, 재미없고 무미건조한 글세계로 빠져들어, *아무리 해도 빠져나올 수가 없는* 경우, 이변이 일어나지 않는 한, 그 장이 끝날 때까지 네덜란드 주석가처럼 계속해서 쓰는 수밖에 없습니다—
　—나는 펜과 잉크를 앞에 두고 망설이며 시간을 보내는 것은 질색이기 때문에, 코담배를 맡거나 방을 왔다 갔다 걸어다녀도 효과가 없으면—당장 면도기를 집어들고, 날을 손바닥에 대어본 후, 턱수염에 비누거품을 바르는 절차 외에는, 더 이상 아무런 지체 없이, 수염을 깎아버리는데, 다만 수염이 한 가닥이라도 남게 되는 경우에는, 그 남은 수염이 새치가 되지 않도록 주의해야겠지요. 그리고 나서는, 셔츠를 바꿔 입고—아껴두었던 양복을 걸치고—마지막 하나 남은 가발을 가져오라고 시키고는—황수정 반지를 손가락에 끼고, 말하자면, 머리끝에서 발끝까지, 최고로 차려입는 것입니다.
　이렇게 하고도 효과가 없다면, 지옥의 악마가 관여하고 있는 것이 분명합니다. 선생, 한번 생각해보십시오, 누구든 자기 수염을 깎을 때면 본인은 반드시 그 자리에 있게 마련이며 (모든 규칙은 예외가 있긴 하지만) 그 일이 끝날 때까지, 도움이 필요할 때를 대비하며, 어쩔 수 없이 자신을 마주하고 앉아 있어야 하는데—그 상황도, 다른 모든 상황들과 마찬가지로, 나름대로 머릿속에 무엇인가 떠오르게 합니다.—

——수염이 꺼칠꺼칠한 사람들의 사고(思考)는, 한 번 깎을 때마다 7년 간의 명쾌함과 젊음이 더해지며, 모두 깎아버리는 불상사만 피한다면, 부단한 면도로, 고상함의 절정에 도달할 수 있으며—호머가 수염을 그렇게 기르고 어떻게 글을 쓸 수 있었는지, 정말 알 수 없는 노릇이지만—내 가설에 어긋나는 일이니, 상관할 바 없으며—우리는 의복 문제로 돌아가도록 하겠습니다.

루도비쿠스 소르보넨시스[14]는 의복은 오로지 육체와 관련된 것이라고 (ἐξωτερικὴ πρᾶξις) 말했지만—그것은 잘못된 생각으로서, 육체와 정신은 모든 것을 서로 공유하기 때문입니다. 사람이 옷을 입으면, 그의 생각도 동시에 옷을 입고, 그가 신사같이 옷을 차려입으면, 그와 함께 그의 생각도 품위를 갖추어 심상에 떠오르기 때문에—그는 그저 펜을 들고, 생각나는 대로 쓰기만 하면 되는 것입니다.

따라서, 존경하는 각하들과 성직자님들께서 내 글이 명쾌하고 읽기 좋게 쓰어졌는지 알고 싶다면, 내 작품뿐 아니라, 세탁부의 청구서를 통해서도 충분히 판단할 수 있으며, 명쾌한 글을 쓰기 위해, 한 달 동안 셔츠를 서른한 벌이나 더럽힌 적도 있음을 확인시켜드릴 수 있는데, 사실, 그 달은 내 글 때문에, 그해 나머지 모든 달을 합쳐놓은 것보다, 더 심하게 비방받고, 욕을 먹고, 비판받고, 좌절당했으며, 사람들은 나를 보고 당혹스런 표정으로 고개를 저었습니다.

——그러나 존경하는 각하들과 성직자님들께서는 그때 내 *청구서*를 보지 못하셨지요.

---

14 Ludovicus Sorbonensis. 소르본 대학을 염두에 두고 스턴이 지어낸 이름. 그리스어를 그대로 직역하면 '외적인 일'이라는 의미다.

제14장

    이렇게 하여 여담을 위한 만반의 준비가 끝났으나, 15장까지는 여담을 시작하고 싶은 생각이 없기 때문에—이번 장은 내 마음대로 할 수 있는 셈이며—현재 준비되어 있는 주제만 해도 스무 가지나 되니—단춧구멍에 관한 장[15]을 쓸 수도 있고—
    그 뒤에 바로 이어져야 하는, *콧방귀*에 관한 장이라든가—
    혹은 *매듭*에 관한 장으로서, 존경하는 성직자님들께서 이 문제에 대해 더 이상 할말이 없다면 그것도 좋겠지만—그러나 그 일로 내가 곤경에 처하게 될 수도 있겠지요. 가장 안전한 길은 학자들을 본받아, 지금까지 내가 쓴 글에 대해 이의를 제기하는 것인데, 미리 말씀드리지만, 나는 여기 어떻게 응수해야 할지 내 발뒤꿈치만도 모르겠습니다.
    먼저, 이 글을 쓰는 데 사용한 잉크처럼 검은 *테르시티스적인* 무자비한 풍자가 있다고 하겠는데—(말이 났으니 말이지만, 이 말을 사용하는 사람은, 그리스 측 군대의 군사명부 기재 담당관에게 빚을 지는 것이라고 생각하는데, *테르시티스*[16]같이 못생기고 입이 건 사람을 그 명부에 그대로 두어—이런 형용사를 만들어냈기 때문이며)—이런 글을 쓸 때는, 아무리 씻고 세탁해도 실추하는 천재에게 전혀 도움이 되지 못하며—오히려, 저자가 더러우면 더러울수록, 대개 더 성공적이라는 주장입니다.

---

15 4권 14장에서 트리스트럼은 하녀, 콧방귀, 단춧구멍에 관한 장을 쓰겠다는 약속을 했다.
16 호머의 『일리아드』에 등장하는 인물로서, 욕쟁이의 전형으로 불린다.

이런 주장에 대해, 내가 할 수 있는 유일한 답변은—지금으로서는—베네벤토 대주교는 불결하기 짝이 없는 갈라테아의 로맨스를, 세상이 다 아는 대로, 자줏빛 상의와 조끼, 그리고 자줏빛 바지를 입고 썼으며, 그 일을 속죄하는 의미에서 계시록에 대한 해설서를 썼는데, 일부는 가혹한 평가를 내렸지만, 다른 사람들은, 단지 그 의복 때문에, 전혀 다른 평가를 내리지 않았습니까.

지금까지 내린 처방에 대한 두번째 이견은, 보편성이 결여되었다는 것이며, 면도에 관한 한 인류의 반이, 영구불변의 자연 법칙에 의해, 그 처방을 전혀 사용할 수 없기 때문에 스트레스에 시달린다는 것입니다. 이러한 이견에 대해 내가 할 수 있는 말이라고는, 여성 작가들은, 영국이 되었든, 프랑스가 되었든, 어쩔 수 없는 일이지만—

스페인 여성들은—걱정이 없습니다—

제15장

마침내 15장이 되었으나, 얻은 것이라고는 "이 세상에서 우리의 행복이 얼마나 쉽게 발밑에서 빠져나가는가," 하는 슬픈 징표밖에 없으니,

여담에 관한 나의 발언은—아주 성공적이었다고 확신합니다! 인간이란 얼마나 기묘한 존재인가! 하고 그녀가 말했습니다.

옳은 말이오. 내가 말했습니다—그러나 지금은 이 모든 것을 머리에서 지워버리고, 토비 삼촌에게 돌아가야겠습니다.

제16장

    삼촌과 상병은 길 아래쪽까지 행군해 내려온 뒤에야, 볼일은 반대편에 있다는 것을 깨닫고, 다시 워드먼 부인의 집 대문을 향해 똑바로 전진해 올라갔습니다.
    나리, 제가 약속드리겠습니다. 상병은 손으로 몬테로 모자를 만지며, 문을 두드리기 위해 삼촌을 지나쳐 걸어가며 말했습니다——삼촌은 충성스런 하인을 대하던 평소의 태도에 반하여, 가부간 아무 말도 하지 않았습니다. 사실 삼촌은 아직 생각을 정리하지 못한 상태였기 때문에, 다시 한 번 의논을 하고 싶었으며, 상병이 문 앞에 있는 계단 세 개를 오르기 시작하자——헛기침을 두 번 했으며——한 번 할 때마다, 삼촌의 망설임이 일부 상병에게 옮겨갔기 때문에, 그는 문고리를 손에 쥔 채 1분 간이나 그대로 서 있었으나, 자신이 그렇게 한 이유를 도무지 알 수가 없었습니다. 브리지트는 안에서, 기대감에 부푼 채, 손가락으로 걸쇠를 붙잡고 숨어 있었으며, 워드먼 부인은, 정복당할 준비를 갖춘 표정으로, 숨을 죽이고, 침실 커튼 뒤에 앉아, 그들이 접근하는 모습을 지켜보고 있었습니다.
    트림! 하고 삼촌이 말했습니다——그러나 그 말이 입 밖에 나온 순간, 1분이 다 지나고, 트림은 문고리를 놓고 말았습니다.
    다시 한 번 의논을 하려던 토비 삼촌의 생각은 그것으로 물거품이 되고 말았으며——그는 릴리블레로를 휘파람 불었습니다.

제17장

　브리지트 양의 손가락이 걸쇠를 붙잡고 있었기 때문에, 상병은 어쩌면 각하의 양복장이만큼도 여러 번 노크할 필요가 없었으며—사실 더 가까운 곳에서 실례를 찾을 수도 있는데, 나는 내 양복장이에게, 최소한 25파운드를 빚지고 있으니, 그의 인내심이 놀라울 뿐입니다—
　—그러나 나는 아무것도 아닙니다. 빚을 진다는 것은 저주받을 일이며, 몇몇 가난한 군주들과, 특히 이 나라의 재무장관들을 따라다니는 재앙이 있다면, 아무리 노력을 해도 경제를 묶어놓을 수가 없다는 것입니다. 내 입장을 밝히자면, 이 세상의 어떤 군주나 고위 성직자, 혹은 세력가도, 지위 고하를 막론하고, 나보다 더 성실하게 살아가기를 소망하거나—더 많은 노력을 기울인 사람은 없다는 것입니다. 나는 반 기니 이상을 적선하는 법도 없고—부츠를 신고 걷거나—이쑤시개를 값싸게 여긴다거나—판지 상자에 일 년 내내 1실링을 내버려두는 법도 없고, 시골에서 지내는 6개월 간은, 전혀 여유가 없기 때문에, 아무리 해도, 막대기 하나 길이만큼은 항상 루소[17]를 능가하게 마련이며—하인이나 시종, 말, 소, 개, 고양이 등 먹고 마셔야 하는 것은 아무것도 두지 않고, 다만 베스타 신전의 처녀[18]같이 (불을 꺼뜨리기 않기 위해) 말라깽이 하녀 하나를 데리고 있을 뿐인데, 나와 마찬가지로 식욕이 전

---

17 프랑스 철학자 장 자크 루소Jean-Jacques Rousseau(1712~1778). 그는 자연으로 돌아간 단순한 삶을 주장했다.
18 고대 로마의 벽난로의 여신 베스타에게 몸을 바치고 그 제단에 성화를 꺼지지 않도록 지키는 처녀들.

혀 없는 아이입니다—그렇다고 내가 철학자라도 된 듯이 생각하신다면—여러분! 여러분의 판단력은 형편없다고 말할 수밖에 없습니다.

참된 철학은—그러나 릴리블레로를 휘파람 불고 있는 삼촌을 두고 이런 이야기를 하고 있을 수는 없겠지요.

—자, 집으로 들어갑시다.

제18장

ща 19장

제20장

―그걸 보여드리지요, 부인 하고 토비 삼촌이 말했습니다.

워드먼 부인은 얼굴을 붉히며―문을 향해 고개를 돌렸다가―낯빛이 창백해지더니―다시 홍조를 띠었다가―원래 혈색을 되찾았으나―곧 전에보다 훨씬 붉어졌는데, 이해를 하지 못하는 독자들을 위해 해석을 하자면―

"어머나! 그걸 어떻게 보라고―
내가 그걸 보면 사람들이 뭐라고 할까?
그걸 본다면, 난 기절하고 말 거야―
그래도 봤으면 좋겠는데―
본다고 죄가 되지는 않겠지.
―그래 한번 보자."

워드먼 부인이 이런 생각을 하고 있는 사이, 삼촌은 소파에서 일어나, 복도에 있던 트림에게 심부름을 시키기 위해, 거실 문을 열고 나갔으며—

* * * * * * * * * * * *
* * * * * * * * *   —다락방에 있을 거야 하고 삼촌이 말했습니다—오늘 아침 제가 거기서 보았지요 하고 트림이 대답했습니다.—그러면, 트림, 어서 가서 그걸 이리로 가져오게 하고 삼촌이 말했습니다.

상병은 그 심부름이 못마땅했지만, 기꺼이 순종했습니다. 전자는 자신의 의지에 반하는 것이었으나—후자는 합당하다는 생각에, 몬테로 모자를 쓰고, 불편한 다리가 허락하는 한 최대한으로 빨리 달려갔습니다. 삼촌은 거실로 돌아가, 다시 소파에 앉았습니다.

—그걸 손으로 만져보셔야 합니다—하고 삼촌이 말했습니다.—아니, 만지지 않겠어 하고 워드먼 부인이 혼잣말로 중얼거렸습니다.

해석이 또 필요하군요.—말로 전달되는 지식이 얼마나 미미한 것인지 여실히 드러나지 않습니까—우리는 원천으로 거슬러 올라가야 합니다.

앞의 세 페이지를 덮고 있는 안개를 걷기 위해, 보다 명쾌해지도록 노력하겠습니다.

독자께서도 손으로 이마를 세 번 문지르고—코를 풀고—배설 기관들을 비우고—재채기도 하고, 그렇지요!—시원하시지요—

자 이제 힘껏 도와주십시오.

제21장

여자가 남편을 얻는 목적은 쉰 가지 이상인데(사회적이고 종교적인 목적도—모두 포함하여), 먼저 그녀는 마음속으로, 그 많은 목적들 가운데, 자기 것은 어떤 것인지 조심스럽게 저울질하고, 분류하고 구분해야 합니다. 그리고 논의와 질문, 논쟁과 추론을 통해, 자신이 올바른 선택을 했는지 연구하고 알아본 후—만일 그렇다면—이쪽저쪽으로 조심스럽게 잡아당겨보아, 중간에 끊어질 염려는 없는지 판단을 내려야 합니다.

슬로켄베르기우스가, 세번째 데카드[19]에서, 독자들의 머릿속에 이것을 새겨넣기 위해 사용한 비유적인 묘사는, 너무나 우스꽝스러워 여성들을 향한 나의 존경심으로 미루어 밝히기가 쉽지 않지만—유머가 넘치기는 합니다.

"먼저 그녀는 나귀를 세우고, (혹시 달아날까 봐) 고삐를 왼손에 꼭 잡고 오른손을 옹구 밑바닥에 밀어넣어 그것을 찾기 시작했다 하고 슬로켄베르기우스가 말했습니다.—무엇을요?—물어본다고 더 빨리 알 수 있는 것은 아니지요 하고 그가 말했습니다." —

"가진 것이라고는, 빈 병밖에 아무것도 없는걸요" 하고 나귀가 말했습니다.

"나는 내장을 잔뜩 싣고 있을 뿐입니다" 하고 두번째 나귀가 말했

---

19 decad. 10이라는 뜻으로서 슬로켄베르기우스의 저서에는 각 편에 10개의 이야기가 들어 있다. 3권 42장 참조.

습니다.

　—너는 좀 낫구나 하고 그녀는 세번째 나귀에게 말했습니다. 네 옹구에는 반바지와 실내화가 담겨 있으니—이렇게 그녀는 네번째, 다섯번째로 계속 옮겨가다가, 그 물건을 싣고 있는 나귀를 찾아내어, 옹구를 뒤집더니, 그것을 쳐다보고—살펴보고—맛보고—재어보고—잡아 늘여보고—적시고—말리고 하더니—이빨로 날실과 씨실을 물고—

　—아이고, 도대체 그게 무엇이란 말입니까!

　절대로 안 되지요 하고 슬로켄베르기우스가 말했습니다. 이 세상의 모든 권력을 동원한다 해도 내게서 그 비밀을 캐내지는 못할 거요.

제22장

　우리는 신비와 수수께끼에 싸여 이 세상을 살아가고 있으니—이상할 것도 없지요—그렇지 않았다면, 모든 것을 목적에 맞게 훌륭하게 만드는 창조의 여신이, 쟁기, 포장마차, 짐수레 등, 어떤 용도로 쓰이는 물건이든, 그녀의 손을 거치면 모두 알맞은 생김새와 적성을 타고나도록 만들어, 재미로 하는 것이 아니라면, 실수를 하는 법이 거의, 아니 절대 없으며—나귀 새끼를 빼고는, 무엇을 만들어내든, 계획대로 성취하게 마련인데, 유독 기혼 남자를 만드는 그 수월한 일에, 그토록 서투르다는 것은 이상한 일이겠지요.

　진흙에 문제가 있었는지—혹은 흔히 있는 일이지만 굽는 과정이 잘못되어, 너무 오래 굽는 바람에 (아시다시피) 딱딱한 남편을 얻게 되거나—혹은 열이 부족하여, 제대로 구워지지 않거나—혹은 창조의 여신이 플라톤적인 사랑[20]을 원하는 사람을 위해 남편을 만드는 과정에서, 충분히 주의를 기울이지 않았거나—혹은 숙녀 분이 스스로 어떤 남편을 원하는지 전혀 모르고 있었기 때문인지는—나도 모르겠습니다. 그 이야기는 저녁 식사 후로 미루도록 하겠습니다.

그러나 이런 관찰이나 추론은, 아무런 보탬이 되지 못할 뿐 아니라—오히려 방해가 되는 것이, 토비 삼촌은 그 어느 때보다, 결혼 생활에 적합한 상태에 있었기 때문입니다. 창조의 여신은 그를 훌륭하고 인정 많은 진흙으로 빚어—자기 젖으로 부드럽게 하고, 신선한 기운을 불어넣어—온화하고, 너그럽고, 인정 많은 사람으로 만들었으며—신뢰와 확신으로 마음을 채우고, 그리로 통하는 모든 통로들은 애정 어린 신호를 전달하도록 했으며—뿐만 아니라 혼인이 제정된 다른 이유도 고려에 넣었는데—

말하자면　　*　*　*　*　*　*　*　*　*
*　*　*　*　*　*　*　*　*　*
*　*　*　*　*　*　*　*　*　*
*　*　*　*　*　*．

토비 삼촌의 상처도 이 선물만은 어떻게 하지 못했습니다.

그러나 이 마지막 항목은 어떻게 보면 미심쩍은 것이었으며, 흔히 우리의 신뢰를 깨뜨리곤 하는 악마란 놈이, 워드먼 부인의 마음 속에 그 상처에 대한 의구심을 갖게 했으며, 참으로 악마답게, 나름대로 일을 꾸미며, 삼촌의 미덕을 빈 병 내지는 내장, 반바지, 슬리퍼 등으로 만들어버렸습니다.

---

20 정신적인 연애.

제23장

　브리지트 양은 일개 하녀가 소유할 수 있는 모든 명예를 담보로, 열흘 안에 그 일을 철저히 알아내겠다고 맹세했으며, 그녀의 맹세는 누구나 인정하는 인간 본성에 근거하고 있었는데, 다름아니라, 토비 삼촌이 주인 마님에게 애정을 표하는 동안, 상병은 자신에게 사랑을 구하는 일 외에는, 달리 할 일이 없을 것이라고 생각하여—"나는 모든 것을 알아낼 때까지, 그가 원하는 대로 허락하겠어요"라고 말했던 것입니다.
　우애는, 겉옷과 속옷, 이렇게 두 겹 옷을 입고 있습니다. 브리지트는 전자의 의미로서는 주인 마님을 돕고—후자의 의미로서는 자신이 가장 좋아하는 일을 하는 셈이니, 삼촌의 상처에는, 악마처럼 많은 것이 걸려 있었으나—워드먼 부인에게는 오직 한 가지가 걸려 있었으며—이번이 마지막이 될 가능성도 있었기 때문에 (브리지트 양을 말리지도, 그녀의 재능을 의심하지도 않았고) 이번 기회를 십분 활용하기로 마음먹었습니다.
　그녀는 격려를 받을 필요조차 없었습니다. 삼촌의 손은 어린아이도 엿볼 수 있었으며—텐-에이스[21]에 대한 순진한 무지함으로—으뜸패를 내어놓는 그의 소박하고 순수한 태도와—있는 그대로 무방비인 채 워드먼 부인과 함께 같은 소파에 앉은 그를 보고, 선량한 사람이라면 누구나 그의 승리를 기원하며 눈물지었을 것입니다.
　이제 비유는 그만두도록 합시다.

---

21 카드놀이의 일종인 휘스트 whist에서는 '텐'과 '에이스'가 가장 중요했다.

제24장

　—그리고 이 이야기도—양해해주신다면 이제 그만두고 싶습니다. 사실 나는 이 대목을 향해, 진심 어린 열정을 가지고, 열심히 달려왔으며, 내가 세상에 내놓을 수 있는 가장 훌륭한 단편임을 잘 알고 있으나, 지금 거기 도달한 마당에, 누구든 내 펜을 대신 잡고, 이야기를 계속했으면 하는 마음이니—앞으로 서술할 내용의 난해함과—내 체력의 한계를 느끼기 때문입니다.

　다만 한 가지 위로가 되는 것은, 이번 장을 시작할 때 나를 덮친 무자비한 열병으로 이번 주에만 피를 80온스나 흘렸기 때문에, 희망이 있다면, 나의 문제가 혈액의 장액성(漿液性) 혹은 점액성[22] 물질에 있지, 뇌의 이상을 전하는 *전조*는 아니며—어느 쪽이 되었든—기도를 한다고 해가 되지는 않을 테니—나는 모든 것을 이 기도의 대상에게 맡기며, 나에게 영감을 주든 영약을 주든, 그분의 처분을 기다릴 따름입니다.

기도

　달콤한 해학의 온화한 영이시여, 지난날 사랑하는 세르반테스의 날렵한 펜 위에 앉아, 격자 창문을 미끄러져 지나다니며, 어스름한 그의

---

22 당시에는 혈액이, 장액성 부분과 점액성 부분의 두 가지 성분으로 되어 있다고 생각했다.

감옥을, 당신의 영기(靈氣)로 대낮같이 밝게 비추시고—그의 조그만 물단지에 하늘이 내려준 신의 음료를 섞고, 그가 산초와 그 주인에 대해 기록하는 동안, 말라버린 그의 팔에* 당신의 신비로운 망토를 덮어주며, 그의 삶의 모든 해악도 함께 덮어버리신 이여—

——이제 이리로 오시기를 간청합니다!——이 반바지를 좀 보십시오!——단 한 벌 남은 것인데——리용에서 이렇게 형편없이 찢어지지 않았습니까——

내 셔츠를 보십시오! 얼마나 치명적인 분열을 겪었는지—안감은 롬바르디아에 있고, 나머지는 여기 있으니—단지 여섯 벌이 남아 있던 것을, 밀라노의 한 교활한 집시 세탁부가 다섯 벌의 앞부분의 안감을 잘라버리지 않았습니까—솔직히 말하자면, 그녀도 어느 정도 생각은 있었다고 해야 하는데—마침 나는 이탈리아를 떠나던 참이었으니까요.

그러나, 이 일을 비롯해, 시에나에서 권총 부싯깃통을 도둑맞고, 삶은 계란 두 개를, 한 번은 라디코피니에서, 그리고 또 한 번은 카푸아에서, 5파올로[23]나 주고 사야 했지만, 그럼에도 불구하고—프랑스와 이탈리아를 구경하는 여행이, 누구든 도중에 성질만 부리지 않는다면, 사람들이 얘기하는 것처럼 그렇게 괴롭지만은 않을 것이라고 생각합니다. 무엇이든 기복이 있게 마련이며, 그렇지 않다면 자연이 온갖 즐거움의 잔칫상을 펼치고 있는 깊은 계곡으로 우리가 어떻게 들어갈 수 있겠습니까.—그 사람들이 마차를 공짜로 내어주며 마음껏 흔들고 다니게 하리라는 생각은 터무니없는 발상이며, 마차 바퀴에 기름을 바르는 데 12수우도 지불하지 않는다면, 가난한 농부들이 빵에 바를 버터를 어디서

---

* 그는 레판토 전투에서 한쪽 손을 잃었다.
23 paolo: 옛 이탈리아 동전.

구하겠습니까?—우리는 항상 너무 많은 것을 기대하며—저녁 식사와 잠자리에 1, 2리브르 더 쓴다고 해도—기껏해야 1실링 9펜스 반 페니에 불과하니—겨우 이것 때문에 속을 끓일 일이 어디 있겠습니까? 제발 자신을 위해서라도 돈을 지불하십시오—너그럽게 지불하여, 당신이 떠날 때, 입구에서 배웅하는 아름다운 여주인과 그 딸들의 눈이 *실망감*으로 처지지 않게 하고—게다가, 선생님, 그들이 최소한 1파운드의 가치가 있는 자매애가 깃든 키스를 해주지 않습니까—아무튼 나는 그랬으니까요—

—지금까지 내 머릿속을 토비 삼촌의 연애 사건이 줄곧 지배했으며, 내 일이나 마찬가지 효과를 냈기 때문에—나는 관대함과 호의로 넘쳐흘렀고, 마차의 흔들림과 조화를 이루는 기분좋은 진동을 마음속에 느꼈으며, 길이 험하든 매끄럽든, 상관없이, 내가 보고 관심을 가졌던 모든 것은, 감상적이고 환희에 넘치는 비밀스런 원천에서 솟아나왔습니다.

—정말 아름다운 선율이었기 때문에, 나는 좀더 똑똑히 들어보기 위해 즉각 앞 창문을 내렸으며—마리아로군요 하고 마부는 내가 귀를 기울이는 것을 보고 말했습니다——가엾은 마리아. (우리 사이를 가로막고 있던 그는, 몸을 한쪽으로 기울여 내가 그녀를 잘 볼 수 있도록 하며) 얘기를 계속했습니다. 마리아가 제방에 앉아, 새끼 염소를 데리고, 저녁 기도 성가를 피리로 불고 있군요.

그 말을 하는 젊은이의 말투와 표정이, 동정심으로 넘치는 그의 마음과 완벽한 조화를 이루었으며, 나는 물랭에 도착하는 대로 그에게 24수우를 주겠다고, 그 자리에서 맹세했습니다—

—그런데 *가엾은 마리아*가 도대체 누구요? 하고 내가 물었습니다.

이 일대 마을 주민들의 애정과 연민의 대상이지요 하고 마부가 말했습니다—3년 전만 해도, 그렇게 아름답고, 현명하고, 상냥한 처녀는 하늘 아래 없었는데, *마리아*에게 그런 불행이 닥치다니, 그녀의 결혼을 교회에서 예고하기로 되어 있던 교구 목사의 음모로, 그 결혼에 이의가 제기되었지요—

그가 얘기를 계속하는 동안, 마리아는 잠시 쉬었다가, 피리를 입에 대고 다시 불기 시작했으며—곡조는 같았으나,—열 배나 더 아름답게 들렸습니다. 성모 마리아에게 드리는 저녁 성가입니다 하고 젊은이가 말했습니다—그런데 그녀에게 누가 그걸 가르쳐주고—피리는 어디서 구했는지, 아무도 아는 사람이 없고, 사람들은 두 가지 모두 하늘의 도우심이라고 생각하고 있으며, 그녀가 정신을 놓고 난 후로, 유일한 위로가 되어주었고—항상 그 피리를 지니고 다니며, 그 성가를 밤낮으로 불고 다닌답니다.

마부는 그 이야기를 너무나 사려 깊고 설득력 있게 했기 때문에, 그의 표정에 나타나는 것 이상의 무엇인가를 엿볼 수 있었으며, 뭔가 사연이 있을 법도 했으나, 나는 마리아에게 완전히 사로잡혀 있었습니다.

마침내 우리는 마리아가 앉아 있는 제방 가까지 왔습니다. 그녀는 흰색의 얇은 웃옷을 입고, 머리카락은, 땋은 머리 두 가닥 말고는 모두 위로 올려 비단 망사에 쌌는데, 한쪽에는 올리브 잎사귀가 어색하게 비틀려 꽂혀 있었으며—그녀는 아름다웠고, 내가 진정으로 가슴 아픈 상황을 경험했다면, 바로 그녀를 본 순간이었을 것입니다—

—하나님 그녀를 보살펴주소서! 가엾게도! 근방의 여러 교회와 수녀원에서 그녀를 위해 수없이 미사를 드렸지만, 아무런 효과가 없었지요 하고 마부가 말했습니다—그래도 아직 희망이 있는 것은, 그녀가 가끔 제정신으로 돌아오는 것을 보면, 성모 마리아께서 언젠가는 완

쾌시켜주시리라고 믿습니다만, 그녀를 가장 잘 아는, 그녀의 부모는, 아무런 희망이 없으며, 결코 제정신을 차릴 수 없을 것이라고 생각하고 있습니다.

마부가 이 말을 하는 순간, 마리아가 너무나 우울하고, 가냘프고, 언짢은 소리를 내는 바람에, 나는 그녀를 도와주기 위해 마차에서 튀어 나왔으며, 진정을 하고 보니, 그녀는 염소들 사이에 앉아 있었습니다.

마리아는 뭔가 할말이 있다는 듯 나를 지그시 바라보다가, 염소를 쳐다보다가—다시 나를 보다가—염소를 보다가, 이렇게 번갈아 계속했으며—

—이봐요, 마리아. 내가 부드럽게 말했습니다—우리가 어디 닮은 곳이라도 있소?

이 자리에서 독자에게 믿어달라고 부탁하고 싶은 것은, 내가 이런 질문을 하는 이유는, 인간의 *짐승* 같은 성품을 겸허하게 인정하기 때문이며,—라블레가 보여주었던 풍성한 기지의 주인공이 될 수 있다 해도, 경의를 표해야 할 불행의 여신 앞에서 이렇게 어울리지 않는 농담을 할 리는 없으며—솔직히 나는 마음이 너무나 괴로웠고, 그 생각을 하면 통렬함을 금할 길 없어, 죽는 날까지 지혜를 숭상하며 진지한 말만 하고—절대—절대, 아무리 오래 산다고 해도, 남자에게든, 여자에게든, 아이에게든 우스갯소리를 하지 않으리라고 맹세했습니다.

그러나 실없는 소리를 쓰는 것에 대해서는—아무 말도 않았으니—그저 세상에 맡기는 바입니다.

아듀, 마리아!—아듀, 가엾고 불행한 소녀여!—*지금*은 아니더라도, 언젠가는 그대의 입에서 그 슬픈 사연을 들을 때가 오겠지—그러나 나의 이런 생각은 잘못된 것이었으며, 그녀는 당장 그 자리에서 피리를 들고 슬프디슬픈 이야기를 들려주었고, 나는 앉아 있던 곳에서 일어나, 비틀거리는 걸음걸이로 조용히 마차로 돌아갔습니다.
—— 물랭에서 묵었던 여관은 정말 훌륭했지요!

제25장

우리가 이번 장의 말미에 도달하면 (그 전은 아니며) 30분 동안이나 내 명성을 피 흘리게 했던, 그 두 편의 공백의 장(章)으로 돌아가야 하는데—나는 노란 실내화 한 짝을 벗어 있는 힘껏 맞은편 벽을 향해 던지며 출혈을 멈추고, 그 뒤꿈치에 이렇게 덧붙였습니다—

—그 두 편의 장은 이 세상에서 씌어진, 그리고 아마 지금도 씌어지고 있을, 모든 장의 절반과 닮은 점이 있긴 하지만—제욱시스의 말이 흘렸던 비지땀처럼[24] 우연에 불과한 것이다. 게다가, 나는 아무것도 없는 장을 높이 평가하며, 세상에 그보다 형편없는 것이 얼마나 많은지 생각해보면—풍자의 소재로도 적합하지 않다—

—그런데 왜 그렇게 남겨두었냐구요? 그 대답을 하는 대신, 가르강튀아 왕의 양치기들이 레르네의 빵 굽는 사람들에게 퍼부었던 것과 같은, 바보, 멍청이, 얼간이, 멍텅구리, 팔푼이, 머저리, 천치, 저능아, 등신 등—온갖 불미스런 호칭을 듣는다고 해도—나는 브리지트의

---

24 플리니는 『박물학 Natural History』에서 화가 프로토게네스(기원전 4세기)가 개의 입에 스펀지를 던져 거품을 그려넣은 일화를 전하고 있다. 이 이야기는 문학에서 흔히 우연을 뜻하는 것으로 통한다. 화가 네알세스 Nealces도 말의 입에 거품을 내기 위해 동일한 방법을 썼던 것으로 전해지고 있다.

말대로, 원하는 대로 하도록 내버려둘 수밖에 없으며, 내가 18장 등을 쓰기 전에 25장을 먼저 써야 했던 사정을 어느 누가 알겠습니까.

──그러니 언짢게 생각할 일도 없고──나는 오직, "누구든 원하는 방식대로 자기 이야기를 하도록 *내버려두라*"는 교훈이 되기를 바랄 뿐입니다.

열여덟번째 장

상병이 노크도 제대로 하기 전에 브리지트가 문을 열었고, 그 순간부터 토비 삼촌이 거실로 안내되기까지의 시간이 너무나 짧았기 때문에, 워드먼 부인은 커튼 뒤에서 나와──탁자 위에 성경책을 내려놓고, 한두 걸음 문 앞으로 다가가, 삼촌을 맞이할 여유밖에 없었습니다.

토비 삼촌은 서기 1713년 당시, 남성이 여성을 맞는 방식대로 워드먼 부인에게 예의를 차렸으며──뒤로 돌아, 그녀와 나란히 소파로 다가가, 정확하게 세 마디로──자리에 앉기 전은 아니고──그렇다고 앉은 후도 아니며──앉는 도중에 "그는 *사랑에 빠졌다*"고 말했기 때문에──삼촌은 그 말에 필요 이상으로 힘을 가했습니다.

워드먼 부인은 당연히 눈을 아래로 향하고, 꿰매다 만 에이프런의 찢어진 곳을 쳐다보며, 기대에 차서, 토비 삼촌이 계속하기를 기다렸으나, 그는 말을 보충하는 재주도 없고, 더구나 사랑이라는 주제에 관해서는 문외한이었기 때문에──워드먼 부인에게 사랑한다고 말한 후에는, 더 이상 아무것도 하지 않은 채, 일이 저절로 진행되도록 내버려두었습니다.

아버지는 이러한 토비 삼촌의 대화 방식을 항상 경이롭게 생각했으며, 물론 방식이라고 한 것은 이름을 잘못 붙인 것이지만, 삼촌이 여기다 담배 한 대만 덧붙인다면——스페인 사람들의 격언이 믿을 만하다는 가정하에,[25] 그 방식으로, 이 세상 모든 여성들의 절반을 사로잡을 수 있을 것이라고 말하곤 했습니다.

삼촌은 아버지의 말을 결코 이해할 수 없었으며, 나도, 이 세상 사람들 대부분이 짊어져야 하는 오해의 죗값이라는 것밖에는, 더 이상 아무것도 알아낼 재간이 없으나——반면 프랑스인들은, 한 사람도 빠짐없이, "사랑에 관해 말하는 것이, 곧 사랑 행위이다"라고 말하며, 실재설[26]을 믿듯이 믿었습니다.

——그 조리법을 가지고 순대를 만들면 좋겠군요.

자 계속합시다. 워드먼 부인은 토비 삼촌이 그렇게 해주기를 바라며, 이쪽 편 혹은 저쪽 편의 침묵이 품위 없는 것으로 여겨지기 시작하는, 바로 그 순간의 처음 맥박 소리가 가까워질 때까지 그렇게 앉아 있었습니다. 그리고는 삼촌에게 좀더 가까이 다가앉으며, 눈을 치켜뜨고, 얼굴을 약간 붉히며——도전에 응했으며——혹은 (이런 표현이 낫다고 생각하신다면) 이야기에 응했으며, 삼촌과 대화를 시작했습니다.

결혼 생활은 수많은 근심과 걱정을 동반하게 마련이지요 하고 워드먼 부인이 말했습니다. 그렇겠지요—삼촌이 대답했습니다. 샌디 대위님. 워드먼 부인이 말했습니다. 그러니 당신처럼 마음이 편하고—자기 자신, 친구들, 그리고 취미 생활에 대해서도 만족스럽게 여기시는 분이—무슨 이유로 결혼을 생각하게 되었는지 궁금하군요—

---

[25] 어떤 격언을 가리키는 것인지 확실하지는 않지만, 『돈 키호테』(II.III.37)에서 산초 판사가 "지혜로운 사람에게는 한마디로 족하다"라는 격언을 사용한다. 그리고 당시 영국에는 "닫힌 입에는 파리가 들어가지 못한다"는 스페인 격언이 알려져 있었다.

[26] 그리스도의 실재. 가톨릭 교회에서 성체 성사 시에 그리스도의 살과 피가 실재한다는 교리.

—기도서에 보면 쓰여 있지요 하고 삼촌이 대답했습니다.

여기까지 삼촌은 방심하지 않고, 안전한 지대에 머물러 있었으며, 워드먼 부인 혼자 실컷 심연을 항해해가도록 내버려두었습니다.

—자식 문제라면—하고 워드먼 부인이 말했습니다—결혼 제도의 주된 목적이자, 모든 부모의 당연한 소망이겠지만—사람들은 자식이 확실한 고통과, 불확실한 위안을 가져다 준다고 생각하고 있지요. 그러니 고생을 사서 할 일이 어디 있겠으며—그런 고통에 대한 걱정스럽고 불안한 두려움과 아이를 세상에 탄생시키는 힘없는 어머니에 대해 어떤 보상이 있습니까? 아무것도 없지요 하고 삼촌은 비통함에 젖어 말했습니다. 하나님을 기쁘시게 했다는 만족감 외에는, 아무런 보상이 없지요—

—그까짓 것을요! 하고 그녀가 말했습니다.

열아홉번째 장

세상에는 이런 경우 *그까짓 것*이라는 말을 할 수 있는 무수한 어조나 곡조, 말투, 음조, 선율, 표정, 악센트가 있으며, *불결함*과 *깨끗함*의 차이만큼이나 서로 다른 의미와 뜻을 전달하는데—궤변가들은 (그 일은 양심에 관한 문제이기 때문에) 우리가 옳을 수도 틀릴 수도 있는 만 4천 가지 이상의 예를 나열하고 있습니다.

*그까짓 것*이라는 워드먼 부인의 말은, 토비 삼촌의 정숙한 피를 모두 얼굴로 불러모았으며—어쩌다 보니 자신이 너무 깊이 들어갔다는 생각이 들자, 당장 거기서 멈추었으며, 결혼 생활의 고통과 기쁨, 이 두 가지에 대해서는 더 이상 알려 하지 않고, 손을 가슴에 얹으며, 그는 그 두 가지를 있는 그대로 받아들이고, 그녀와 함께 모든 것을 나누겠다고

말했습니다.

토비 삼촌은 이렇게 말하며, 그 말을 다시 반복하고 싶지 않았기 때문에, 워드먼 부인이 식탁 위에 놓아둔 성경책에 눈길을 주었으며, 그것을 집어들더니, 저런! 하필이면 그가 가장 좋아하는—여리고 성 함락 부분이 펼쳐졌고—그는 그것을 읽을 준비를 했으며—청혼은, 그의 사랑 고백과 마찬가지로, 그녀에게 자연스럽게 작용하도록 내버려두었습니다. 그러나 이러한 그의 행동은 수렴제나 이완제, 혹은 아편이나 기나피, 수은제, 갈매나무액, 혹은 자연이 제공하는 이 세상의 어떤 약의 효과도 내지 못했으며—말하자면, 그녀에게 아무런 영향을 끼치지 못했는데, 그 이유는 그 안에 이미 무엇인가 작용하고 있었기 때문이며—호기심이 많은 나로서는! 그것이 무엇인지 수없이 상상해보았으나, 아직도 결론을 내리지 못했으니—allons.[27]

제26장

난생처음 런던에서 에든버러까지 가는 사람이, 출발하기 전에 중간 지점인 요크까지 몇 마일이나 되는지 알아보는 것은 당연한 일이며—뿐만 아니라, 그 지방의 시의회 등등에 관해 질문하는 것도 그리 놀라운 일은 아닙니다.

따라서 첫 남편이 평생 좌골 신경통으로 고생한 워드먼 부인의 입

---

[27] 갑시다!

장에서는, 둔부에서 샅까지의 거리가 얼마나 되는지, 또한 결과적으로, 지난번과 비교해 이번에는 그녀의 감각이 얼마나 손상을 입을지 알고 싶어하는 것은 당연한 일이었지요.

그녀는 이것을 위해 드레이크의 해부학을 처음부터 끝까지 읽었습니다. 그리고 뇌에 관한 휘턴의 글을 잠깐 들여다보았으며, 뼈와 근육에 관한 그라프의 저서*를 대출했으나, 전혀 이해할 수 없었습니다.

그리고 스스로도 논리적 추론을 통하여——원리를 세우고——결과를 이끌어냈으나, 결론을 내리지는 못했습니다.

모든 것을 분명히 하기 위해, 그녀는 닥터 슬롭에게, "샌디 대위님이 상처를 회복할 가능성이 있겠느냐——?"고 두 번이나 물었습니다.

——그는 이미 회복했는걸요 하고 닥터 슬롭이 말했습니다——

정말요! 완전히?

——완전히요, 부인——

그런데 회복이라니 무슨 말씀이세요? 하고 워드먼 부인이 말했습니다.

닥터 슬롭은 무슨 말이든 정의하는 일에는 문외한이었기 때문에, 워드먼 부인에게 아무런 도움이 되지 못했으며, 결과적으로, 토비 삼촌에게서 알아내는 수밖에 없었습니다.

이런 종류의 질문은 의혹을 잠재우는 인정스런 어조를 띠게 마련이며——이브와 대화를 나누었던 사탄도 그 비슷한 태도를 취했으리라고 생각하는데, 사탄이 그렇게 하지 않았는데도 그와 무모하게 한담을 나눌 정도로, 여성들이 현혹되기 쉬운 성향을 타고났다고는 생각하지 않기 때문입니다——그런데 인정스런 어조를 띠었다는 것을——어떻게 설

---

* 그라프는 췌액(膵液)과 생식에 관한 책을 썼으므로 이는 샌디의 착오가 분명하다.

명해야 할까요?—그런 어조는 질문하는 사람이, 환부를 헝겊으로 씌워 놓고, 외과 의사처럼 조목조목 따지는 것과 같습니다.

"—기력이 감퇴하지는 않았나요?—

—잠자리에서는 견딜 만한가요?

—어느 쪽으로든 편안히 돌아누울 수 있나요?

—말에 오르는 데는 지장이 없나요?

—움직이면 해로운가요?" 등등, 지극히 부드러운 목소리로, 삼촌의 마음에 똑바로 겨냥하여, 원래 상처보다 하나하나 더 깊이 박혔으며— 워드먼 부인은 그의 상처를 공격하기 위해 나무르로 우회하여, 삼촌이 돌출된 해자 외벽을 공격하는 교전을 시작하도록 했다가는, 다시 손에 칼을 쥐고 성 로슈 성문의 외루 벽을 차지하기 위해 네덜란드인들과 뒤죽박죽 싸우도록 했으며—삼촌의 귓가에 부드러운 선율을 들려주며, 피를 흘리는 그의 손을 잡고 참호 밖으로 이끌어내어, 그녀는 눈물을 흘리며, 그를 그의 텐트로 데려갔습니다—하늘이여! 땅이여! 바다여!—모든 것이 들려 올라가고—천연의 샘이 넘쳐흐르고—자비의 천사가 소파 위 그의 옆자리에 앉았으며—그의 가슴은 불타올랐고—그에게 천 개의 가슴이 있었다면, 모두 워드먼 부인에게 빼앗겨버렸을 것입니다.

—그런데 그 가슴 아픈 일격을 어디에 받으셨습니까? 하고 워드먼 부인은 다소 단호한 목소리로 물었습니다—워드먼 부인은 이렇게 물으며 삼촌의 붉은 비로드 반바지의 허리띠를 힐끗 쳐다보았으며, 그 물음에 대한 가장 간단한 답으로서, 삼촌이 그곳을 집게손가락으로 가리킬 것이라고 기대하고 있었으나—예상은 빗나갔으며—토비 삼촌은 성 로슈 성문의 반월보 철각 맞은편, 성 니콜라스 성문 앞, 참호 방벽들 가운데 서 있다가 상처를 입었기 때문에, 그가 돌에 맞은 바로 그 지점에 언제든지 정확하게 핀을 꽂을 수 있었습니다. 이 생각이 삼촌의 감각

중추를 순간적으로 공격했으며, 동시에 그가 투병하고 있을 때 입수하여, 상병의 도움으로 판자에 붙여놓았던, 나무르의 성채와 그 근방을 담은 대형 지도가 머릿속에 떠올랐으며―그 지도는 다른 군사 비품들과 함께 그동안 다락에 보관되어 있었기 때문에, 상병을 보내 다락에서 지도를 가져오도록 시켰던 것입니다.

토비 삼촌은 워드먼 부인의 가위를 가지고, 성 니콜라스 성문 앞의 요각에서부터 30트와즈를 측정하여, 그녀의 손가락을 지극히 순결하고 정숙한 태도로 바로 그 지점에 가져다 놓았으며, 그때 품위의 여신이 그곳에 있었더라면―그곳에 없었다면, 그녀의 그림자라도―워드먼 부인의 눈 앞에다 손가락을 양옆으로 흔들고, 고개를 저으며,―그의 오해를 바로잡지 못하게 했을 것입니다.

가엾은 워드먼 부인!―

―당신을 부르는 돈호법적인 외침이 아니고는 이번 장을 제대로 끝낼 수가 없으나―그러나 이런 위기 상황에서는 돈호법은 무례함의 가장일 뿐이며, 곤궁에 처한 여성을 그렇게 대하기보다는―이번 장을 차라리 내던져버리는 편이 낫겠다는 생각이며, 다만 빌어먹을 고용 비평가들[28] 가운데 한 사람이 이것을 거두어가는 수고를 해주어야겠지요.

---

28 출판사에서 고용한 비평가들.

제27장

토비 삼촌의 지도가 부엌으로 내려갔습니다.

제28장

—여기가 뫼즈 강이고—여기가 삼브르 강이지요 하고 상병은 오른손을 앞으로 약간 뻗어 지도를 가리키며, 왼손은 브리지트 양의 어깨 위에 얹은 채 말했습니다—그러나 그에게 가까운 쪽의 어깨는 아니었으며—상병은 계속해서 이것은 나무르 시이고—그리고 여기가 성채이고—프랑스군의 진지는 저쪽에 있었고—나와 나리는 이쪽에 있었으며—브리지트 양, 바로 이 참호에서 그 일이 있었지요 하고 상병은 그녀의 손을 잡으며 말했습니다. 거기서 나리께서 그 상처를 입어 바로 여기가 무참히 으스러지고 말았지요—이렇게 말하며 그녀의 손등을 지그시 누르더니, 그가 더듬어 찾고 있던 바로 그곳으로 가져가—손을 놓았습니다.

트림 씨, 나는 더 가운데였을 것이라고 생각했는데요—하고 브리지트가 말했습니다—

그랬더라면 우리는 끝장이 났겠지요—하고 상병이 말했습니다.

—그리고 가엾은 우리 마님도 끝장이 났겠지요—하고 브리지트

가 말했습니다.

상병은 그녀의 응답에 대해서는 아무 말도 하지 않고, 브리지트의 입을 맞추었습니다.

자—자—하고 말하며 브리지트는—왼손바닥을 수평면과 평행이 되도록 하고, 다른 손의 손가락을 그 위로 미끄러지게 했는데, 사마귀나 돌기가 있었다면 불가능했을 것입니다—그 말은 모두 거짓말이오 하고 상병은 그녀의 말이 채 끝나기도 전에 소리쳤습니다—

—사실이라고 알고 있는데요 하고 브리지트가 말했습니다. 믿을 만한 목격자도 있고요.

——맹세코 말하겠는데 하고 상병은 손을 가슴에 얹고, 분개하여 얼굴을 붉히며 말했습니다—거짓말이오, 브리지트, 그럴 리가 없어요 —사실이건 아니건 나와 우리 마님이야 전혀 개의치 않습니다 하고 브리지트가 그의 말을 막으며 소리쳤습니다.——그러나 결혼을 하고 나면, 그것을 해야 하지 않겠습니까, 최소한—

브리지트 양이 집총 훈련으로 공격을 감행한 것이 잘못이었다고 할까요. 상병은 즉각 * * * * * * * * * *
* * * * * * * * * * * *
* * * * * * * * * * * *
* * * * * * *.

제29장

"브리지트는 웃어야 할지 울어야 할지," 4월 어느 아침의 촉촉한 눈꺼풀처럼 순간적인 힘겨루기를 벌였습니다.

그녀는 밀대를 집어들었으며—십중팔구 웃었겠지요—

그러나 밀대를 내려놓고—그녀는 울었으며, 그녀의 눈물이 한 방울이라도 비통함에 젖어 있었다면, 상병은 자신이 논쟁을 틈타 그녀를 이용했다는 생각에 마음이 아팠겠지만, 그는 토비 삼촌보다는 여성들을 훨씬 잘 알고 있었기 때문에, 브리지트 양에게 적절한 공격을 가했습니다.

알아요, 브리지트. 상병은 지극히 점잖은 태도로 그녀의 입을 맞추며 말했습니다. 당신은 천성이 착하고 정숙하며, 인정 많은 여성이기 때문에, 내 생각이 맞다면, 벌레 하나도 다치게 할 사람이 아니며, 더군다나 백작 부인을 시켜준다 해도, 우리 나리같이 용기 있고 훌륭한 분의 명예에 상처를 입힐 일은 하지 않을 것을 잘 알고 있으니—당신은 속았어요, 잘못 알고 있다고요, 브리지트, 여성들이 흔히, "자기 자신보다는 다른 사람을 기쁘게 하기 위해—"

브리지트는 상병이 불러일으키는 감정에 북받쳐 눈물을 쏟았습니다.

—말해봐요—브리지트, 말해보라고요. 상병은 양옆으로 늘어져 있던 그녀의 손을 잡으며—두번째로 입을 맞추고 말했습니다—누가 당신을 현혹했나요?

브리지트는 한두 번 흐느끼더니—눈을 떴으며—상병이 그녀의 앞치마 자락으로 눈물을 닦아주자——마음을 열고 그에게 모든 것을 털어놓았습니다.

제30장

토비 삼촌과 상병은 이번 작전을 거의 독립적으로 수행했기 때문에, 뫼즈 강과 삼브르 강이 분리되어 있는 것처럼, 두 사람의 활동에 대한 모든 통신이 완전히 차단되어 있었습니다.

삼촌은 삼촌대로, 매일 오후 연대복과 근위복을 번갈아 차려입고, 지속적인 공격을 감행했으나, 공격이라는 생각을 하지 않았기 때문에——상병에게 전달할 것이 아무것도 없었습니다——

한편, 브리지트를 정복하여, 상당히 유리한 입장에 서게 된 상병은——전달할 것이 많았으나——그 유리한 입장과——그가 그런 입장에 서게 된 경위를 전달하자면, 세밀한 역사가가 필요했기 때문에 감히 그가 나설 수가 없었으며, 명예를 중요시했던 그였지만, 주인의 정숙한 성품을 일순간이라도 괴롭히기보다는, 영원히 월계관을 쓰지 않고 맨머리로 다니는 편이 낫다고 생각했습니다——

——참으로 정직하고 용기 있는 하인이로다!——트림! 이미 그대를 돈호법으로 외쳐 부른 적이 있으니——이번에는 그대를 (말하자면) 신으로 모실 수 있다면[29]——바로 다음 장에서 *격식은* 차리지 않고 그렇게 하겠소.

제31장

어느 날 저녁 토비 삼촌은 담뱃대를 탁자 위에 내려놓고, 손가락 끝을 짚어가며 (엄지를 시작으로) 워드먼 부인의 완벽성을 하나씩 세어보고 있었는데, 뭔가 빠뜨렸는지, 혹은 중복해서 세었는지, 두세 번 가운뎃손가락을 넘기지 못하고 막히자 — 이보게, 트림! 하고 삼촌은 담뱃대를 입에 물며 말했습니다. — 펜과 잉크를 가져오게. 트림은 종이도 가져왔습니다.

맨 꼭대기부터 시작하게, 트림! — 삼촌은 트림에게 의자를 가져다가 탁자 앞에 놓고 그의 곁에 앉으라고 담뱃대로 손짓을 하며 말했습니다. 상병은 그대로 순종했습니다 — 그는 종이를 앞에 놓고 — 펜을 집어들어 잉크를 찍었습니다.

—트림, 그녀에게는 수많은 미덕이 있네! 하고 삼촌이 말했습니다—

그걸 모두 써야 하나요, 나리? 하고 상병이 물었습니다.

—무엇보다 차례대로 써야 하네 하고 삼촌이 대답했습니다. 왜냐하면, 트림, 그 모든 미덕들 가운데 내가 가장 좋아하는 것으로서, 나머지 모든 미덕들과 맞바꿀 만한 것은, 그녀의 인정스런 성격과 훌륭한 인간성이네—삼촌은 그 말을 하며, 얼굴을 들고, 천장을 쳐다보았습니다—트림, 내가 천 번이나 그녀의 오빠가 되었다 해도, 이미 다 나은 내

---

29 스턴은 돈호법으로 부른다는 뜻의 'apostrophize'와 신격화한다는 뜻의 'apotheoses'로 말장난을 하고 있다.

상처에 대해——그렇게 한결같이 다정스럽게 묻지는 않았을 것이네.

상병은 삼촌의 주장에 대해 아무런 반응을 보이지 않았으며, 짧게 헛기침을 하고는——펜에 잉크를 한 번 더 찍었으며, 삼촌이 담뱃대로 종이의 왼쪽 위 모서리, 가능한 가장 구석 부분을 가리키자——그는

인 간 성--------이라고 썼습니다.

이보게, 상병 하고 삼촌은 그가 이렇게 쓰자마자 말했습니다——브리지트 양이 자네가 랑덴 전투에서 입은 무릎뼈의 상처에 대해 얼마나 자주 물어보던가?

나리, 그녀가 그 상처에 대해 물어본 적은 한 번도 없었습니다.

바로 그거야, 상병. 삼촌은 그의 착한 마음씨가 허락하는 한도 내에서 한껏 승리감에 도취되어 말했습니다——바로 거기에 여주인과 하녀의 차이점이 있단 말이네——전쟁의 운세가 나에게도 똑같은 상처를 입혔다면, 워드먼 부인은 그와 관련된 모든 상황에 대해 골백번은 더 물어보았을 것이네——나리께서 샅에 입은 상처를 열 배는 더 궁금해할 것 같은데요, 나리——트림, 고통스럽기는 마찬가지니,——동정심도 양자 모두 똑같이 유발하겠지——

——아이고 나리! 하고 상병이 소리쳤습니다——여자의 동정심과 남자의 무릎에 난 상처가 도대체 무슨 상관이란 말씀입니까? 랑덴 전투에서 나리의 무릎이 산산조각이 났다 해도 워드먼 부인은 브리지트 양과 마찬가지로 아무런 관심을 보이지 않았을 것입니다. 상병은 낮은 목소리로 그러나 분명하게 그 이유를 덧붙였습니다——

"무릎은 몸체에서 멀리 떨어져 있지만—샅은, 나리도 아시다시피, 바로 그곳의 막벽이 아닙니까."

삼촌은 길게 휘파람을 불었으나——그 소리는 탁자 너머에서도 간신히 들릴 정도로 작았습니다.

상병은 후퇴하기에는 너무 멀리 진격해 있었기 때문에——세 마디로 이야기를 끝냈습니다——

삼촌은 담뱃대를 벽난로 망 위에, 마치 그 망을 거미줄을 풀어 짠 것처럼 조심스럽게 내려놓았으며——

——샌디 형님 댁으로 가세 하고 말했습니다.

제32장

토비 삼촌과 트림이 아버지 집으로 가는 동안 밝혀두고 넘어가야 할 것은, 워드먼 부인이 몇 달 전에 이미 어머니께 모든 비밀을 털어놓았으며, 여주인의 비밀뿐 아니라 자신의 집도 짊어져야 했던 브리지트 양도, 정원 울타리 뒤에서 수잔나에게 모든 것을 속 시원히 털어놓았다는 사실입니다.

한편, 어머니는 전혀 부산을 떨 일이 아니라고 생각했으나——집안의 비밀을 퍼뜨릴 만한 목적과 이유를 충분히 가지고 있었던 수잔나는, 당장 조녀선에게 신호를 보내 그 사실을 알렸고——조녀선은 요리사에게, 그녀가 양고기의 허리살을 씻고 있을 때, 상징적으로 알려주었으며, 요리사는 은화 한 닢을 받고 부엌에서 나온 비곗덩어리와 함께 마부에게 팔았고, 그는 젖 짜는 여자에게 그 비슷한 값을 받고 넘겨주었는데——건초가 쌓인 헛간에서 속삭인 말이었으나, 소문의 여신이 그녀의 뻔뻔스런 나팔에 그 말을 실어 지붕 꼭대기에서 불어대는 바람에——그 마을 혹은 근방 5마일 내의 노파들 가운데, 토비 삼촌의 공략이 처한 어려움과, 항복이 지체되는 비밀스런 이유를 모르는 사람은 하나도 없었습니다.—

아버지는 이 세상 모든 일을 가설로 꿰어맞추곤 했기 때문에, 그만큼 신속하게 진실을 십자가에 못박았으며—삼촌이 막 출발할 무렵 그 소식을 듣게 된 그는, 동생이 욕을 보았다는 생각에 흥분하며, 어머니가 옆에 앉아 있는데도, 요릭 목사에게—"여자들 속에는 사탄이 들어앉아 있고, 모든 것은 욕정 때문이며," 세상의 온갖 악과 혼란은 그 종류와 성격에 상관없이, 말하자면 아담의 타락에서부터, 토비 삼촌의 몰락에 이르기까지(모두 포함해서), 어떻게든 그 주체할 수 없는 욕망과 관련되어 있다는 것이었습니다.

요릭이 아버지의 가설을 약간이나마 희석시키려던 참에, 토비 삼촌이 무한한 자비심과 관대함이 풍기는 표정을 하고 거실로 들어왔으며, 아버지의 달변이 그런 그의 태도에 반기를 들며 다시 불이 붙었고—화가 날 때면 단어 선택에 신중을 기하지 못했던 그는—삼촌이 난롯가에 앉아, 담뱃대를 채우자마자, 이렇게 폭발했습니다.

제33장

—인간이라는, 위대하고 고귀하며 신성한 존재의 혈통을 이어나가기 위해서는, 무슨 방책이 필요하다는 사실을—결코 부정하는 것은 아니지만—철학은 모든 것을 거리낌없이 말할 수 있게 하니, 이처럼 인간의 지적(知的) 능력을 꺾고, 지혜와 사고력 및 정신력을 퇴보시키는 감정에 의해 인간의 혈통이 이어진다는 사실은 애석한 일이 아닐 수

없으며——그 감정은 하고 아버지는 어머니를 쳐다보며 얘기를 계속했습니다. 현인이건 바보건 누구나 동등하게 만들어버리고, 우리를 사람이라기보다는 사티로스나 네 발 가진 짐승처럼 동굴이나 은신처에서 기어나오게 한다고 생각하고 주장하는 바이네.

그러나 이렇게 말할 수도 있겠지 하고 아버지는 (*예변법*〔豫辯法〕[30]을 활용하며) 말을 이었습니다. 그 자체로서는, 그저——배고픔이나 목마름, 혹은 졸음처럼——좋지도 나쁘지도——혹은 창피스럽지도 않은 것이라고 말이야.——그렇다면 왜 고상한 디오게네스와 플라톤이 그 감정을 그렇게 반대했을까? 그리고 인간을 만들어 씨를 뿌리는 일을 할 때 촛불을 끄는 이유는 무엇인가? 그리고 필요한 모든 요소들——즉, 원료——준비 과정——도구, 그리고 그외 그 일과 관련된 모든 것을, 아무리 조심스럽게 말하고, 해석하고, 우회적으로 표현해도, 순결한 마음이 알 일이 못 된다고 생각하는 까닭은 무엇이란 말인가?

——사람을 죽이고 파멸시키는 일이라면 하고 아버지는 목소리를 높이며——삼촌을 돌아보고 말했습니다——모두들 알고 있다시피, 명예로운 일로 간주되며——그때 사용하는 무기도 명예로운 취급을 받고——그 무기를 어깨에 메고 행진하거나——옆구리에 끼고 활보하기도 하며——금박을 입히고——조각을 하고——세공을 하고——장식을 하고——그 극악무도한 대포까지도, 포미(砲尾)를 장식하지 않는가 말이네.——

——토비 삼촌이 좀더 나은 표현을 찾아 중재하기 위해 담뱃대를 내려놓고——요릭이 그 가설 자체를 무너뜨리기 위해 일어섰을 때——

——오바댜가 거실 한가운데로 뛰어들어와, 촌각을 다투는 일이라며 불평을 늘어놓았습니다.

---

[30] 이의·반론 따위를 예상하고 미리 반박하여 예방선을 쳐두는 법.

사정은 이랬습니다.

아버지는, 장원(莊園)의 오랜 관습 때문이었는지, 혹은 교회 재산 소유인으로서의[31] 의무 때문이었는지, 교구민들에게 필요한 황소 한 마리를 키우고 있었으며, 오바댜가 지난 여름 바로 이맘때 암소 한 마리를 몰고 그놈을 방문했는데—이맘때라고 한 것은—우연히도 그날 그는 아버지 댁의 하녀와 결혼을 했기 때문에—서로 잣대가 되어주었던 것입니다. 따라서 오바댜의 아내가 해산을 했을 때—오바댜는 하나님께 감사했으며—

—자, 이제 송아지 차례야 하고 말했습니다. 그리고 그는 매일 그 암소를 살폈습니다.

월요일에는 새끼를 낳을 거야—화요일에는—아니 최소한 수요일에는—

그러나 그때까지도—아니—그 다음 주가 되어도 새끼는 나오지 않았고—암소는 지나치게 시간을 끌었으며—마침내 여섯째 주가 지나자 오바댜는 (여느 선량한 사람들처럼) 황소를 의심하기 시작했습니다.

사실 그 마을은 규모가 꽤 컸기 때문에, 아버지의 황소는, 생김새로 말하자면, 그 일에 적합하지 않았으나, 어쨌든, 그 일에 뛰어들게 되었고—항상 엄숙한 얼굴로 임무를 감당했기 때문에, 아버지는 그놈을 높이 평가하고 있었습니다.

—나리 하고 오바댜가 말했습니다. 마을 사람들은 대부분 황소 탓이라고 믿고 있습니다—

—그러나 암소가 불임인 경우도 있지 않겠소? 아버지는 닥터 슬

---

[31] 땅의 소산, 즉 곡물, 건초, 목재 등에서 나오는 교회 수입원의 소유주인 평신도를 가리킨다.

롭을 돌아보며 물었습니다.

절대 그런 일은 없지요 하고 닥터 슬롭이 말했습니다. 그러나 오바댜의 아내가 조산을 했을지도 모를 일이지요――그래 아이 머리에 머리카락이 있던가?――하고 그가 물었습니다――

――저처럼 털이 많던걸요[32] 하고 오바댜가 대답했습니다.――그는 3주 간이나 면도를 하지 않은 형편이었으며――아버지는, 휴우--우----우--------하고, 놀라움을 표하는 휘파람 소리를 내며 말했습니다――토비 동생, 가엾은 내 황소는, 이 세상 어떤 황소보다 힘이 좋고, 옛날 같았으면 에우로페에게도[33] 한번 했을 것이네――그러니 다리가 둘만 달렸더라면, 민법 박사 회관[34]에 끌려들어가 그의 상징을 잃고 말았을 텐데――마을 황소에게는, 생명이나 마찬가지 물건이 아니겠나――

아이고! 하고 어머니가 외쳤습니다. 도대체 이게 다 무슨 이야기랍니까?――

수탉과 황소 이야기지요[35] 하고 요릭 목사가 대답했습니다――세상에서 가장 재미있는 이야기 한 편이었습니다.

---

[32] 머리카락이 많다는 것은 만산을 의미하는 것으로 받아들여지기도 했으나, 사실 조산의 징후로서, 6개월 정도에 나타났다가 10개월 무렵에 없어지는 솜털을 가리키는 것이다. 따라서 월터의 반응은 오바댜의 아내는 조산을 했고 황소는 불임이 아닐 수도 있다는 뜻으로도 볼 수 있다. 그러나 스턴의 외설스런 장난기로 미루어 오바댜의 아내는 황소의 아이를 임신했다는 뜻으로 해석하는 것도 가능하다. 5권 3장에도 노새의 탄생을 두고 오바댜를 의심하는 대목이 있다.
[33] 황소로 변신한 제우스 신은 왕녀 에우로페를 크레테 섬으로 납치하여 여러 명의 자식을 보았는데, 그 중에는 황소를 닮은 미노스 왕이 있었다.
[34] 유언, 결혼, 이혼 문제 따위를 처리하던 종교, 해군 재판소.
[35] 앞뒤가 맞지 않는 황당무계한 이야기.

■ 옮긴이 해설

18세기에 씌어진 현대 소설
——혁신적인 서술 방식과 인간 본성에 대한 새로운 이해

1

"기묘한 것은 오래가지 못하는 법이어서 『트리스트럼 샌디』는 사라졌다." 18세기 영국을 대표하는 비평가 새뮤얼 존슨Samuel Johnson은 『트리스트럼 샌디』에 대한 평가를 이렇게 내렸다. 그러나 이러한 그의 결론은 때 이른 것이었으며, 세월이 지남에 따라 이 작품은 새롭게 조명되어 주목받고 있다.

1759년에서 1767년 사이에 모두 아홉 권으로 출간된 로렌스 스턴 Laurence Sterne의 『젠틀맨 트리스트럼 샌디의 삶과 견해 The Life and Opinions of Tristram Shandy, Gentleman』는 주인공 트리스트럼이 세상에 태어난 지 2백 년이 훨씬 지난 오늘날에 이르기까지 서구 유럽의 작가들과 일반 독자들에게 영문학 소설의 맥을 잇는 중요한 작품으로 평가받고 있다. 『트리스트럼 샌디』에 대한 이러한 관심은 초기 영문학 소설의 대표작들이라고 할 수 있는, 헨리 필딩 Henry Fielding의 『톰 존스 Tom Jones』나 새뮤얼 리처드슨 Samuel Richardson의 『파멜라 Pamela』를 비롯한 18세기 소설로서가 아니라, 20세기 소설의 모태 역할을 담당한 현대 소설로서의 관심이다. 오늘날 스턴은 18세기에서 20세기로 뛰어든 작가라는 찬사를 받으며 현대 소설의 대부로서 제임스 조이스를 비롯해 토마스 만, 괴테, 니체, 샐먼 루시디, 밀란 쿤데라 등의 작품에 큰 영향을 끼친 것으로 평가받고 있을 뿐 아니라 해체주의의 전형으로까지 연구되고 있다.

2

　『트리스트럼 샌디』가 출판되었을 당시 그 인기는 스캔들에 가까울 정도로 높았으나 인기에 못지않게 비판의 목소리도 컸으며 저속할 뿐 아니라 목적도 의도도 알 수 없는, 소설의 형식을 완전히 무시한 작품이라는 평가를 받았다.
　제목에서 알 수 있듯이 저자는 트리스트럼 샌디라는, 직업이 작가인 인물의 자서전을 쓰는 것이 그 목적임을 분명히 밝히고 있으며 주인공이 수태되는 내용으로 1권을 시작한다. 그러나 독자의 기대와는 달리 그는 소설의 중반부에 접어드는 6권에 가서야 우여곡절 끝에 겨우 태어나며 그후에도 자서전적이라고 할 만한 내용은 찾아보기 힘들다. 소설의 대부분은 저자가 태어나기 전에 일어난 사건들과 인물들로 채워져 있으며, 주인공의 아버지 월터 샌디의 작명(作名)에 대한 강박관념이나, 토비 삼촌의 연애 사건, 소문 때문에 유명을 달리한 요릭 목사 이야기 등, 이런저런 여담들이 독자들의 주의를 사방으로 끌고 가기 때문에 줄거리를 더듬어가는 것조차 불가능하게 만든다.
　그러나 무엇보다 충격적인 것은 소설의 내용뿐 아니라 그 전달 방식도 당시 일반적으로 받아들여지고 있던 소설 형식에 반하는 획기적인 것이라는 사실이다. 스턴은 줄거리나 인과 관계, 종결 등을 무시한 지극히 자유로운 서술 방식을 표방하고 있는데, 예를 들자면 서론 후에 마땅히 뒤따라야 할 본론과 결론 없이 엉뚱한 방향으로 갑작스럽게 전환하는 바람에 독자들을 혼란에 빠뜨리곤 한다. 『트리스트럼 샌디』는 줄거리를 따라갈 수도 없고, 따라갈 만한 줄거리도 없으며, 아무런 상관 없는 이야기들이 저자의 어거지로 두서없이 이어지다가 모든 것이 갑자기 멈추어버리는 소설로서, 급기야는 이렇게 끝을 맺고 만다.

아이고! 하고 어머니가 외쳤습니다. 도대체 이게 다 무슨 이야기랍니까?―

수탉과 황소 이야기지요 하고 요릭 목사가 대답했습니다―세상에서 가장 재미있는 이야기 한 편이었습니다. (제9권 제32장, p. 394)

그러나 스턴의 탁월함은 그가 소설의 내용과 형식의 새로운 장을 여는 데 머물지 않고 인간의 삶 자체가 그의 소설과 마찬가지로 줄거리, 인과 관계, 종결 등이 무시된 통제 불가능한 것이라는 사실을 보여주는 데 있다. 우연과 불확실성으로 가득한 트리스트럼의 세계가 바로 우리가 살아가는 세계라는 것이다. 그러나 그럼에도 불구하고 스턴은 결코 냉소적이고 비관적인 태도를 취하는 법이 없다. 오히려 그는 우연과 불확실성은 인간이 벗어나기 위해 노력해야 할 굴레라기보다는 인간이 탐닉해야 할 미덕임을 유머와 해학을 매개로 우리에게 호소하고 있으며, 작가는 독자에게 그런 사실을 알려줄 의무가 있다는 것을 강조한다. 스턴이 20세기 현대 소설가들에게 커다란 매력으로 다가온 것도 바로 이런 이유 때문일 것이다.

그는 소설을 어떻게 써야 할 것인가를 묻는 동시에 인간이 어떻게 살아야 할 것인가도 묻고, 이 두 가지의 관계에 대해 끊임없이 질문을 던지고 있다. 독일의 시인 하이네는 "『트리스트럼 샌디』는 인간 영혼의 가장 깊은 심연을 드러내 보여주며, 영혼의 한 귀퉁이를 찢어 그 지옥과 천국을 엿보게 한다"고 평했다. 스턴 스스로도 로크의 『인간 오성론』에 깊은 영향을 받았음을 작품 속에서 밝히고 있는데, 『인간 오성론』이 인간의 마음 속에 일어나는 일을 다루는 '역사책'이라면 『트리스트럼 샌디』는 주인공의 모험이 아닌 주인공의 의식을 더듬어가는 자서전이라고 말한다. 이와 같은 인간의 심리와 삶에 대한 스턴의 깊은 통찰력은 그의 개인적인 삶과 무관하지 않다.

3

로렌스 스턴은 1713년 아일랜드의 클론멜에서 태어나 1768년 런던에서 사망하였다. 그의 아버지는 군인이었으며 『트리스트럼 샌디』의 주요 등장인물 가운데 전쟁놀이를 즐겼던 토비 삼촌의 성격 묘사에 아버지에 대한 기억이 중요한 역할을 했으리라고 짐작할 수 있다.

경제적으로 넉넉하지 못했던 그는 친척의 도움으로 케임브리지 대학교의 지저스 칼리지 Jesus College에서 공부할 수 있었는데, 이 무렵 평생 우정을 잃지 않았던 존 홀 스티븐슨을 만난다. 스티븐슨은 돈 많고 방탕하며 괴팍스런 기인이었고, 후에 스턴과 함께 '데모니악스Demoniacs'라는 모임의 주요 멤버가 된다. 이 모임은 남자들끼리 술 마시고 흥청대며 토론을 벌이는 모임으로서, 『트리스트럼 샌디』에 배어 있는 기존의 문학과 사회적인 권위에 대한 불손함, 그리고 중요한 작가들과 유명 인사들을 조롱거리로 만드는 태도는 아마도 이 술친구들의 영향 때문이었을 것이다. 그리고 작가는 그의 작품을 제대로 평가해줄 독자를 염두에 두고 글을 쓰게 마련이기 때문에 이 모임이야말로 스턴의 작품에 가장 이상적인 독자가 되었을 것이다.

1738년 스턴은 숙부 자크의 도움으로 영국 국교회 성직자가 되었는데, 요크셔 지방 서튼의 교구 목사로 재직한다. 20년 간의 목회 경험은 『트리스트럼 샌디』에 등장하는 요릭 목사라는 인물에 그대로 반영되어 있는데, 요릭은 사람들의 비웃음을 사고 결국 불행한 최후를 맞지만 유머를 잃지 않는 따뜻한 인물로 묘사된다. 스턴은 엘리자베스 럼리라는 여성과 결혼하여 딸을 하나 두지만 그들의 결혼 생활은 행복하지 못했다. 『트리스트럼 샌디』를 집필하기 시작할 무렵 아내 엘리자베스는 일시적인 정신 이상 상태에 빠지는데, 그때 그녀는 자신이 보헤미아의 여왕이라고 믿었다고 한다. 그러나 스턴은 이러한 개인적인 불행조차 그의 작품 속에서 해학의 소재로 삼고 있다.(제8권 제19장)

스턴은 1759년 『트리스트럼 샌디』를 집필하기 시작한 지 반년 만에 1, 2권을 완성하였다. 계속해서 1761년에는 3~6권이 출간되었다. 지속적인 집필 생활은 스턴의 건강을 악화시켜 그는 가족들과 함께 프랑스 남부로 요양을 떠난다. 2년 반이 지난 후 가족들을 남겨두고 혼자 귀국한 스턴은 1765년 7, 8권을 펴낸다. 건강이 완전히 회복되지 않은 상태에서 프랑스와 이탈리아를 여행하며 『감상적인 여행』이라는 자전적인 기행문을 구상하고, 1767년에는 『트리스트럼 샌디』 9권을 완성한다.

그해에 런던을 방문한 스턴은 이십대의 엘리자 드레이퍼 부인을 만나 사랑에 빠지지만 몇 달 후 그녀는 남편에게 돌아가버린다. 1768년 2월 『감상적인 여행』을 출간하고 나서 그는 감기가 늑막염으로 악화되어 그해 3월 18일 숨을 거둔다. 평생 폐가 나빠 고생했던 스턴은 항상 죽음을 염두에 두고 살아갈 수밖에 없었음에도 죽음에 쫓기는 자신을 익살스럽게 표현하며 죽음 또한 해학의 주제로 삼고 있다.

결국 **죽음**이 내 방문을 두드렸을 때—그대는 다음에 다시 오라고 일렀으며, 아무렇지도 않은 듯 명랑한 목소리로 말했기 때문에, 죽음이 자신의 임무를 착각하도록 만들지 않았는가.—
"—뭔가 오해가 있었던 것이 분명해" 하고 죽음이 말했습니다.
나는 말하는 도중에 방해받는 것을 가장 싫어했으며—마침 유제니우스에게 아주 야한 이야기를 하나 해주고 있었는데, 자신이 조개라고 생각했던 수녀와, 홍합을 먹고 파문을 당한 수도승에 관한 이야기였으며, 그에게 그런 조치의 정당성과 근거를 설명해주고 있었지요—
"—그렇게 엄숙한 사람들이 어떻게 그런 상스러운 궁지에 빠질 수가 있단 말인가?" 하고 죽음이 말했습니다. (제7권 제1장, pp. 181~82)

4

소설이라는 서술 형식은 신고전주의 시대에 작가들이 고전 문학의 모방 및 타도에 골몰하고 있을 때 출현했다. 알렉산더 포프의 호메로스 번역, 존 드라이든의 초서와 셰익스피어 번역 혹은 번안 등, 보통 사람들의 삶은 고전의 선례에 밀려 그 가치를 인정받지 못하고 있었다. 이런 시점에 등장한 소설의 매력은 모든 것을 새로 시작하고 지금까지 알려진 모든 기교를 버리는 데 있었다. 소설은 글쓰기와 말 그리고 삶에 대한 질문을 던지는 것을 그 목적으로 했으며 답을 제시하려는 것이 아니었다. "어떤 사람의 이론도 따르지 않을 작정"이라는 트리스트럼의 말대로 제멋대로 가기 일쑤인 인간의 마음과 우발적인 사건들로 가득한 통제 불가능한 인간의 삶을 묘사하기 위해서는 기존의 서술 방식은 적합하지 않았다.

『트리스트럼 샌디』가 출간되기 10년 전에 헨리 필딩의 『톰 존스』가 출판되었는데, 당시 이 작품은 '훌륭한 소설'의 원형으로 받아들여지고 있었으므로 독자들과 비평가들은 이 작품과 『트리스트럼 샌디』를 끊임없이 비교할 수밖에 없었다.

『톰 존스』는 전기(傳記)적인 작품으로서 주인공의 삶을 일관성 있게 점진적으로 묘사한다. 주인공 톰은 소설의 초반에 갓난아기로 등장하며, 나머지 부분은 젊은 시절 그의 모험을 다루고 있다.

『트리스트럼 샌디』와 『톰 존스』를 비교해보면 소설의 혁신적인 측면이 분명히 나타난다. 스턴이 보여주는 종잡을 수 없는 혼란스러움에 비해 필딩의 권위적인 통찰력은 이야기의 줄거리를 분명한 방향으로 일관성 있게 이끌어간다. 필딩은 고전적인 규칙과 종잡을 수 없는 현실 사이에서 타협을 보는 작품을 만들어냈다. 그는 소설을 '산문으로 된 희극적 서사시'로 정의했으며, 그의 소설은 서사시에 코미디와 산문이 더해져 보다 대중화된 형태를 띠었다. 그러나 이러한 타협에도 불구하고 주인공 톰을 시골에서 도시로 당당하게 등장시키고 그를 영웅적인 인물로 그리는 필딩의 내러티브는 고전적인 서사시의 영향을 벗어나지 못했다. 반면 『트리스트럼 샌디』의 이야기는 시작과 끝이 분명치 않고 목적도 없으며 등장인물들도 혼란스러운 미완의 성격을 띠고 있다. 스턴은 당대의 삶과 문학을 지배하고 있던 형식적인 규율과 도덕적인 굴레를 벗어버린 결과 혁신적인 서술 방식과 인간 본성에 대한 새로운 이해를 이끌어낼 수 있었다.

트리스트럼에게 삶은 얽히고설키는 주변 상황과 알 수 없는 사건들로 인해 거대하게 뒤엉킨 실타래 모양을 하고 있으며 그는 수태되는 시점부터 우연의 장난에 의해 좌지우지될 자신의 운명을 예고한다.

나는 아버지나 어머니, 아니 사실 두 분 모두 나를 수태하기 위해 애쓰고 계셨을 때, 두 사람이 막 하려는 일에 좀더 신중을 기했더라면 좋았을 것이라고 생각하곤 하는데, 당시 그 행동에 얼마나 많은 것이 좌우되는지 충분히 인식하셨더라면, 〔······〕
그런데, 여보. 어머니가 말했습니다. *시계 밥 주는 거 잊지 않으셨지요?*—하나님 맙—! 아버지가 목소리를 누그러뜨리려 애쓰며 소리쳤습니다.— 유사 이래 이런 바보 같은 질문으로 여자가 남자를 방해한 일은 없었을 거요. 〔······〕
결국 어머니의 질문이 혈기를 흩어 쫓아버리고 말았는데, 이들에게는 **극미인**을 호위하여 그의 손을 잡고 목적지까지 가야 하는 책임이 있었습니다. (제1권 제1장, pp. 13~15)

말하자면 그가 수태될 당시 어머니의 갑작스런 질문으로 결정적인 순간에 방해를 받아 그의 삶은 애초부터 어긋나기 시작했다는 것이다.

스턴은 소설이 사실주의를 표방한다면 다양성과 우연성으로 점철된 인간의 삶을 있는 그대로 표현해야 한다고 생각했다. "나는 내 이야기를 풀어나가며, 그(호라티우스)의 이론을 포함한 지금까지 생존했던 어떤 인물의 이론에도 구애받지 않을 작정입니다." 트리스트럼이 자신의 일생을 기록하기 시작하며 선언하는 말이다. 그는 호라티우스의 이론을 따르지 않을 뿐 아니라 소설가가 따라야 하는 유일한 규칙은 스스로 만드는 것뿐임을 분명히 한다. 또한 소설에서 여담 digression의 중요성을 강조하며 인간의 삶이 일관성 있고 계획적으로 움직이지 않는다면 그 삶을 묘사하는 것을 목적으로 하는 소설도 마찬가지여야 한다는 주장이다. 이러한 그의 여담의 논리는 소설과 삶, 양자 모두를 지배한다.

> 내가 뜻하지 않게 빠져든 이 긴 여담을 비롯해, 그외 모든 여담도 (하나만 제외하고는) 절묘한 기술을 요하는 것이었으나, 독자들은 줄곧 그 가치를 알아보지 못하고 있다는 생각이 드는데, 〔……〕
> 두 가지 상반된 동작이, 서로 모순된 것처럼 보이지만, 조화를 이루며 돌아가는 것입니다. 말하자면, 이 작품은 지엽적이면서도, 점진적이라고 하겠지요,—그것도 동시에 말입니다.
> 〔……〕 나는 애초부터, 본론과 그 나머지 부분들이 서로 교차하도록 구성하여, 지엽적인 움직임과 점진적인 움직임을, 바퀴 안에 바퀴를 넣어, 서로 복합적으로 얽히게 만들어, 기계 전체가, 지속적으로, 돌아가도록 했으며,—뿐만 아니라, 건강의 샘이 긴 수명과 왕성한 기력으로 나를 축복한다면, 앞으로 40년은 더 돌아가게 할 것입니다. (제1권 제22장, pp. 91~92)

소설의 대부분을 차지하는 가족들과 지인들에 관한 일화들은 시작했다가 끊어졌다가, 또다시 이어지기를 반복한다. 때로는 사건의 결말이 먼저 등장하여 독자들을 어리둥절하게 만들기도 하고 이야기의 서두가 시작되었다가 백 페이지 이상 지난 다음에야 다시 이어지기도 한다. 예를 들어 하녀 수잔나가 트리스트럼이 어렸을 때 창문에서 오줌을 누이다가 아이의 고추를 다치게 한 사건은 다음과 같이 시작하는데, 독자의 입장에서는 도무지 무슨 소리를 하는지 끝까지 읽어보기 전에는 알 수가 없다.

> —사실 별일도 아니었고,—나는 한 방울의 피도 흘리지 않았

으며—사람들은 내가 사고로 당한 것을 일부러 자초하는 마당이니—외과 의사가 옆집에 살았다고 해도, 그를 청할 일은 없었을 것입니다. 〔……〕—하녀가 깜박하고 * * * * * * * * * 을 침대 밑에 준비해두지 않았군요.—도련님, 어떻게 안 되겠어요? 수잔나가 한 손으로 내리닫이 창을 올리며, 다른 손으로는 내가 창틀 위로 올라갈 수 있도록 부축하며 말했습니다.—도련님, 이번 한 번만 * * * * * * * * * * * * * * * * 하면 안 되겠어요? (제5권 제17장, p. 58)

스턴은 소설가가 창작을 한다고 해서 신과 같은 힘을 가지고 모든 것을 들여다볼 수는 없다고 생각했다. 따라서 필딩과 같은 전지전능한 내레이터 대신 트리스트럼의 불분명한 지식과 무능함, 나약함을 선택했다. 그러나 그 결과는 절망적인 것도 실망스러운 것도 아니었으며 고달픈 그의 삶에도 불구하고 『트리스트럼 샌디』는 낙천적인 생명력으로 넘쳐흐른다. 저자라고 해서 독자들보다 등장인물들에 대해 더 많이 알고 있을 수는 없다고 주장하면서 스턴은 그런 작가의 어려움을 호소하고 있다.

그 비평의 대가가 제안한 수정안에 따라, 인간의 가슴에 모무스의 창문을 냈더라면, 〔……〕
누구든 다른 사람의 성격을 파악하기 위해서는, 아무것도 필요 없이, 다만 의자를 하나 가지고 조용히 가서, 굴절 광학적인 꿀벌의 집을 들여다보듯, 들여다보기만 하면,—그 사람의 마음을 홀딱 벗은 그대로 볼 수 있으며,—그의 모든 의도와,—음모를 관찰할 수 있을 뿐 아니라,—장난스런 생각 하나가 처음 생겨나 움직이기 시작할 때부터, 〔……〕 다소 심각한 모습까지도 볼 수 있을 것이니,

―펜과 잉크를 가지고 눈으로 보고 확인한 것만 기록하면 되지 않겠습니까.―그러나 우리 행성에 살고 있는 전기 작가에게는 이런 편의가 허락되지 않았으며, (제1권 제23장, p. 93)

즉 인간의 가슴에 모모스의 창문을 만든다면 그 마음을 좀더 잘 들여다볼 수 있겠지만 지구상에 살고 있는 전기 작가는 이런 도움을 받을 수 없기 때문에 아무리 작가라고 해도 사람의 마음을 열어 보여줄 수는 없으며 등장인물들을 제대로 묘사하기 위해서는 가능한 모든 방법을 동원해 최선을 다해야 한다는 것이다.

예를 들어, 어떤 작가들은 사람의 성격을 관악기로 그리기도 합니다.―디도와 아에네아스의 사랑 이야기에서 베르길리우스가 이 방법을 시도했으나,― 명성의 입김만큼이나 허황한 것이었으며, [……]

때로는, 사람들의 성격을, 다른 아무런 도움 없이, 오직 배설물로만 그리기도 하는데, [……]

그와 같은 방법을 반대할 이유는 없지만, 지나치게 머리를 쥐어짠 냄새가 난다는 생각이며, [……]

나는 토비 삼촌의 성격을 묘사하면서, 이 모든 오류를 피하기 위해, [……] 한마디로 말해, 나는 삼촌의 성격을 그의 목마를 통해 묘사할 작정입니다. (제1권 제1장, pp. 94~96)

스턴은 세상일에 서론, 본론, 결론이 없듯이 아무리 섬세한 소설도 등장인물들의 행동을 완벽하게 예측할 수는 없으며 무엇보다도 소설이 그 매개로 사용하는 언어는 우리가 생각하는 것만큼 많은 것을 전달하지 못한다고 여겼다. 스턴은 요릭의 죽음을 애도하는 뜻에서 온통 검은 칠을 한 페이지를 삽입하기도 하고 대리석 무늬로 설명을 대신하기도 한다. 워드먼 부인에게 구애를 하러 가는 삼촌 앞에서 트림 상병이 독신의 자유로움에 찬사를 보내며 지팡이를 휘둘렀을 때도 독자들은 그의 말이 아니라 그가 휘두른 지팡이의 자취를 본다.

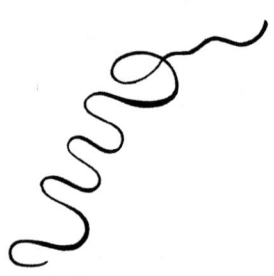

스턴은 소설의 매개인 말의 불완전성을 역설하며 음악과 그림으로 대체하려는 시도를 한다. 트리스트럼의 삼촌 토비는 말재주가 좋은 형과 논쟁을 벌이기보다는 '릴리블레로'를 휘파람 부는 것으로 열기를 식히기 일쑤였으며 바비의 죽음을 알리는 편지를 읽을 때는 홍얼거리는 것으로 대신하며 일련의 줄표로 그 내용을 표현했다.

삼촌이 편지를 홍얼거리며 읽는 동안, 〔……〕 탁자 위에 양쪽 팔꿈치를 받치고 몸을 앞으로 기울였습니다.
― ― ― ― ― ―
― ― ― ― ― ―
― ― ― ― ― ―
― ― ― ― ― ― ― 그 아이가 갔어요! 삼촌이 말했습니다. (제5권 제2장, p. 25)

5

『트리스트럼 샌디』는 우리가 소설에서 마땅히 기대하는 줄거리도 없을 뿐 아니라, 주인공 트리스트럼이 불합리하고 기이하기 짝이 없는 가족들과 지인들에 대한 두서없는 이야기를 늘어놓는 것이 그 주된 내용이다. 독자들은 일화, 기담, 여담 등으로 혼란에 빠지고 작품을 완성하기 전에 죽을지도 모른다는 저자의 불안한 호소에 끊임없이 시달린다. 그러나 독자가 트리스트럼의 재담이나 혼란스런 그의 이야기를 하나하나 모두 이해하고 따라갈 필요는 없다. 이 소설의 재미, 혹은 그 목적은 일관성 없는 사건들의 연속과 그 혼란스러움 자체로서, 저자는 독자에게 그저 주인공의 의식이 흘러가는 대로 따라오라고 손짓한다.

스턴은 『트리스트럼 샌디』를 통해 우리가 글을 어떻게 써야 하는지, 또한 우리가 어떻게 살아야 하는지, 그리고 이 두 가지 사이의 분리할 수 없는 관계에 대해 끊임없이 질문을 던지고 있다. 의식의 흐름 형식 소설의 선두 주자로서 스턴의 『트리스트럼 샌디』가 없었다면 그의 후계자라고 할 수 있는 제임스 조이스의 『율리시스』가 과연 가능했을지 생각해보는 것도 흥미로운 일일 것이다.

번역의 텍스트는 *Tristram Shandy*(W. W. Norton & Company, 1980) 와 *The Life and Opinions of Tristram Shandy, Gentleman*(Penguin Books, 1997)을 사용하였다.

■ 작가 연보

1713   11월 24일, 아일랜드 티퍼래리Tipperary의 클론멜Clonmel에서 출생. 부친은 군인이었으며 『트리스트럼 샌디』의 주요 등장인물인 토비 삼촌의 성격 묘사에 아버지에 대한 기억이 중요한 역할을 하였다.

1723~31 요크셔의 헬리팩스 근방에 위치한 학교에서 수학.

1731   부친 사망.

1733~37 경제적으로 넉넉하지 못했던 스턴은 친척의 도움으로 케임브리지 대학의 지저스 칼리지Jesus College에서 수학. 이 무렵 평생 우정을 잃지 않았던 존 홀 스티븐슨을 만났다.

1737   학사학위 취득.

1738   사제서품을 받음. 스턴은 숙부 자크의 도움으로 영국 국교회 성직자가 되었으며, 요크셔 지방 서튼의 교구 목사로 재직한다. 20년 간의 목회 경험은 『트리스트럼 샌디』에 등장하는 요릭 목사라는 인물에 그대로 반영되었다.

1740   석사학위 취득.

1741   요크 대성당의 참사회원으로 임명됨. 엘리자베스 럼리와 결혼. 아내 엘리자베스는 『트리스트럼 샌디』를 집필하기 시작할 무렵 일시적인 정신이상 상태에 빠져 자신이 보헤미아의 여왕이라고 믿었다고 한

다.

1743   스틸링튼의 교구 목사로 취임.

1747   딸 리디아 스턴 출생(그외 자녀들은 모두 일찍 사망).

『엘리야와 사르밧 과부 이야기. 이웃 사랑에 관한 설교 The Case of Elijah and the Widow of Zarephath considered. A Charity Sermon』 출간.

1750   『양심의 남용: 설교 The Abuses of Conscience: set forth in a Sermon』 출간. 요크의 성 베드로 대성당에서 설교한 내용을 그대로 출간한 것이며 『트리스트럼 샌디』 2권에 포함되어 있다.

1759   『정치 이야기 A Political Romance』 출간. 후에 『따뜻하고 편리한 외투 The History of a Good Warm Watch-Coat』라는 제목으로 바뀌었다.

1760   1월 1일, 런던에서 『트리스트럼 샌디 Tristram Shandy』 1, 2권 출간.

1761   『트리스트럼 샌디』 3~6권 출간.

1762~66 지속적인 집필 생활로 건강이 악화되어 가족들과 함께 요양차 프랑스와 이탈리아를 여행하였다.

1765   『트리스트럼 샌디』 7, 8권 출간.

1766   『요릭 선생의 설교집 The Sermons of Mr. Yorick』 출간.

같은 해 런던을 방문한 스턴은 이십대의 엘리자 드레이퍼 부인을 만나 사랑에 빠지지만 몇 달 후 그녀는 남편에게 돌아가버린다.

1767   『트리스트럼 샌디』 9권 출간.

1768   자전적인 기행문 『감상적인 여행 A Sentimental Journey』 출간.

3월 18일, 평생 폐가 나빠 고생했던 스턴은 감기가 늑막염으로 악화되어 런던에서 숨을 거둔다.

기획의 말

'대산세계문학총서'를 펴내며

근대문학 100년을 넘어 새로운 세기가 펼쳐지고 있지만, 이 땅의 '세계문학'은 아직 너무도 초라하다. 몇몇 의미 있었던 시도에도 불구하고, 전체적으로는 나태하고 편협한 지적 풍토와 빈곤한 번역 소개 여건 및 출판 역량으로 인해, 늘 읽어온 '간판' 작품들이 쓸데없이 중간 되거나 천박한 '상업주의적' 작품들만이 신간 되는 등, 세계문학의 수용이 답보 상태에 머물러 있었음을 부인하기 힘들다. 분명한 자각과 사명감이 절실한 단계에 이른 것이다.

세계문학의 수용 문제는, 그 올바른 이해와 향유 없이, 다시 말해 세계문학과의 참다운 교류 없이 한국문학의 세계 시민화가 불가능하다는 의미에서, 보다 근본적으로, 우리의 문화적 시야 및 터전의 확대와 그 질적 성숙에 관련되어 있다. 요컨대 이것은, 후미에 갇힌 우리의 좁은 인식론적 전망의 틀을 깨고 세계 전체를 통찰하는 눈으로 진정한 '문화적 이종 교배'의 토양을 가꾸는 작업이며, 그럼으로써 인간 그 자체를 더 깊게 탐색하기 위해 '미로의 실타래'를 풀며 존재의 심연으로 침잠하는 작업이라 할 수 있다.

우리의 현실을 둘러볼 때, 그 실천을 위한 인문학적 토대는 어느 정도 갖추어진 듯이 보인다. 다양한 언어권의 다양한 영역에서 문학 전공자들이 고루 등장하여 굳은 전통이나 헛된 유행에 기대지 않고 나름의 가치 있는 작가와 작품을 파고들고 있으며, 독자들 또한 진부한 도식을 벗어나 풍요로운 문학적 체험을 원하고 있다. 새롭게 변화한 한국어의 질감 속에서 그 체험이 이루어지기를 바라는 요청 역시 크다. 그러므로 필요한 것은 어쩌면 물적 토대뿐일지도 모른다는 판단이 우리를 안타깝게 해왔다.

이러한 시점에서, 대산문화재단의 과감한 지원 사업과 문학과지성사의 신뢰성 높은 출간을 통해 그 현실화의 첫발을 내딛게 된 것은 우리 문화계의 큰 즐거움이 아닐 수 없다. 오늘의 문학적 지성에 주어진 이 과제가 충실한 결실을 맺을 수 있도록, 우리는 모든 성실을 기울일 것이다.

'대산세계문학총서' 기획위원회

대 산 세 계 문 학 총 서

001-002 소설	트리스트럼 샌디 (전 2권)	로랜스 스턴 지음 | 홍경숙 옮김
003 시	노래의 책	하인리히 하이네 지음 | 김재혁 옮김
004-005 소설	페리키요 사르니엔토 (전 2권)	
	호세 호아킨 페르난데스 데 리사르디 지음 | 김현철 옮김	
006 시	알코올	기욤 아폴리네르 지음 | 이규현 옮김
007 소설	그들의 눈은 신을 보고 있었다	조라 닐 허스턴 지음 | 이시영 옮김
008 소설	행인	나쓰메 소세키 지음 | 유숙자 옮김
009 희곡	타오르는 어둠 속에서/어느 계단의 이야기	
	안토니오 부에로 바예호 지음 | 김보영 옮김	
010-011 소설	오블로모프 (전 2권)	I. A. 곤차로프 지음 | 최윤락 옮김
012-013 소설	코린나: 이탈리아 이야기 (전 2권)	마담 드 스탈 지음 | 권유현 옮김
014 희곡	탬벌레인 대왕/몰타의 유대인/파우스투스 박사	
	크리스토퍼 말로 지음 | 강석주 옮김	
015 소설	러시아 인형	아돌포 비오이 까사레스 지음 | 안영옥 옮김
016 소설	문장	요코미쓰 리이치 지음 | 이양 옮김
017 소설	안톤 라이저	칼 필립 모리츠 지음 | 장희권 옮김
018 시	악의 꽃	샤를 보들레르 지음 | 윤영애 옮김
019 시	로만체로	하인리히 하이네 지음 | 김재혁 옮김
020 소설	사랑과 교육	미겔 데 우나무노 지음 | 남진희 옮김
021-030 소설	서유기 (전 10권)	오승은 지음 | 임홍빈 옮김
031 소설	변경	미셸 뷔토르 지음 | 권은미 옮김
032-033 소설	약혼자들 (전 2권)	알레산드로 만초니 지음 | 김효정 옮김
034 소설	보헤미아의 숲/숲 속의 오솔길	아달베르트 슈티프터 지음 | 권영경 옮김
035 소설	가르강튀아/팡타그뤼엘	프랑수아 라블레 지음 | 유석호 옮김

036 소설	**사탄의 태양 아래**	조르주 베르나노스 지음 | 윤진 옮김
037 시	**시집**	스테판 말라르메 지음 | 황현산 옮김
038 시	**도연명 전집**	도연명 지음 | 이치수 역주
039 소설	**드리나 강의 다리**	이보 안드리치 지음 | 김지향 옮김
040 시	**한밤의 가수**	베이다오 지음 | 배도임 옮김
041 소설	**독사를 죽였어야 했는데**	야샤르 케말 지음 | 오은경 옮김
042 희곡	**볼포네, 또는 여우**	벤 존슨 지음 | 임이연 옮김
043 소설	**백마의 기사**	테오도어 슈토름 지음 | 박경희 옮김
044 소설	**경성지련**	장아이링 지음 | 김순진 옮김
045 소설	**첫번째 향로**	장아이링 지음 | 김순진 옮김
046 소설	**끄르일로프 우화집**	이반 끄르일로프 지음 | 정막래 옮김
047 시	**이백 오칠언절구**	이백 지음 | 황선재 역주
048 소설	**페테르부르크**	안드레이 벨르이 지음 | 이현숙 옮김
049 소설	**발칸의 전설**	요르단 욥코프 지음 | 신윤곤 옮김
050 소설	**블라이드데일 로맨스**	나사니엘 호손 지음 | 김지원·한혜경 옮김
051 희곡	**보헤미아의 빛**	라몬 델 바예-인클란 지음 | 김선욱 옮김
052 시	**서동 시집**	요한 볼프강 폰 괴테 지음 | 안문영 외 옮김
053 소설	**비밀요원**	조지프 콘래드 지음 | 왕은철 옮김
054-055 소설	**헤이케 이야기** (전 2권)	지은이 미상 | 오찬욱 옮김
056 소설	**몽골의 설화**	데. 체렌소드놈 편저 | 이안나 옮김
057 소설	**암초**	이디스 워튼 지음 | 손영미 옮김
058 소설	**수전노**	알 자히드 지음 | 김정아 옮김
059 소설	**거꾸로**	조리스-카를 위스망스 지음 | 유진현 옮김
060 소설	**페피타 히메네스**	후안 발레라 지음 | 박종욱 옮김
061 시	**납**	제오르제 바코비아 지음 | 김정환 옮김
062 시	**끝과 시작**	비스와바 쉼보르스카 지음 | 최성은 옮김
063 소설	**과학의 나무**	피오 바로하 지음 | 조구호 옮김
064 소설	**밀회의 집**	알랭 로브-그리예 지음 | 임혜숙 옮김
065 소설	**홍까오량 가족**	모옌 지음 | 박명애 옮김
066 소설	**아서의 섬**	엘사 모란테 지음 | 천지은 옮김
067 시	**소동파 사선**	소동파 지음 | 조규백 옮김
068 소설	**위험한 관계**	쇼데를로 드 라클로 지음 | 윤진 옮김

069 소설	거장과 마르가리타	미하일 불가코프 지음	김혜란 옮김
070 소설	우게쓰 이야기	우에다 아키나리 지음	이한창 옮김
071 소설	별과 사랑	엘레나 포니아토프스카 지음	추인숙 옮김
072-073 소설	불의 산(전 2권)	쓰시마 유코 지음	이송희 옮김
074 소설	인생의 첫출발	오노레 드 발자크 지음	선영아 옮김
075 소설	몰로이	사뮈엘 베케트 지음	김경의 옮김
076 시	미오 시드의 노래	지은이 미상	정동섭 옮김
077 희곡	셰익스피어 로맨스 희곡 전집	윌리엄 셰익스피어 지음	이상섭 옮김
078 희곡	돈 카를로스	프리드리히 폰 실러 지음	장상용 옮김
079-080 소설	파멜라(전 2권)	새뮤얼 리처드슨 지음	장은명 옮김
081 시	이십억 광년의 고독	다니카와 슌타로 지음	김응교 옮김
082 소설	잔지바르 또는 마지막 이유	알프레트 안더쉬 지음	강여규 옮김
083 소설	에피 브리스트	테오도르 폰타네 지음	김영주 옮김
084 소설	악에 관한 세 편의 대화	블라디미르 솔로비요프 지음	박종소 옮김
085-086 소설	새로운 인생(전 2권)	잉고 슐체 지음	노선정 옮김
087 소설	그것이 어떻게 빛나는지	토마스 브루시히 지음	문항심 옮김
088-089 산문	한유문집-창려문초(전 2권)	한유 지음	이주해 옮김
090 시	서곡	윌리엄 워즈워스 지음	김숭희 옮김
091 소설	어떤 여자	아리시마 다케오 지음	김옥희 옮김
092 시	가윈 경과 녹색기사	지은이 미상	이동일 옮김
093 산문	어린 시절	나탈리 사로트 지음	권수경 옮김
094 소설	골로블료프가의 사람들	미하일 살티코프 셰드린 지음	김원한 옮김
095 소설	결투	알렉산드르 쿠프린 지음	이기주 옮김
096 소설	결혼식 전날 생긴 일	네우송 호드리게스 지음	오진영 옮김
097 소설	장벽을 뛰어넘는 사람	페터 슈나이더	김연신 옮김
098 소설	에두아르트의 귀향	페터 슈나이더	김연신 옮김
099 소설	옛날 옛적에 한 나라가 있었지	두샨 코바체비치	김상헌 옮김
100 소설	나는 고故 마티아 파스칼이오	루이지 피란델로	이윤희 옮김